*Golfe du Mexique, sud de la Floride, au large*
*12 septembre 2006*

Briana Devon fit surface et nota sans surprise que les eaux du golfe étaient devenues plus agitées durant sa plongée. Mais ce qui lui fit comprendre que quelque chose clochait, ce fut de constater que le bateau n'était plus là.

Elle dut lutter contre la forte houle pour ne pas perdre son appareil photo et son flash. Son bloc-notes de plastique, qu'elle portait en sautoir, vint lui heurter la figure. Avec agacement, elle le rejeta en arrière.

L'embout du détendeur toujours serré entre les dents, elle continuait d'inspirer l'oxygène de sa bouteille quasiment vide, qui bougeait dans son dos. Le souffle de sa respiration précipitée se mêlait à celui d'un vent toujours plus violent.

Le cœur battant, Briana songea d'abord qu'elle avait dû s'éloigner de son point d'immersion sans s'en apercevoir, et refaire surface au mauvais endroit. Pourtant, la balise Pelican qu'elle avait déployée se trouvait toujours là, ballottée par les flots. Dans ce cas, où avaient pu passer Daria et le bateau ?

Effectuant un tour complet sur elle-même, elle scruta l'horizon. Peut-être le *Mermaids II* avait-il dérivé et se trouvait-il non loin de là ? Mais elle ne vit rien d'autre que de l'eau à perte de vue, et des nuées de plus en plus sombres et menaçantes qui s'amoncelaient. Pas un bateau pour l'aider. Avec ce grain qui se levait plus vite que la météo ne l'avait annoncé, tous avaient dû rentrer se mettre à l'abri.

Cela ne suffisait pas à expliquer la disparition du bateau et de Daria. Il avait dû lui arriver quelque chose, songea Briana avec appréhension. C'était la seule explication possible. Autrement, jamais elle ne l'aurait abandonnée ainsi.

Un vent de panique souffla sur son esprit. Le sort de Daria lui importait autant que le sien. Non seulement parce qu'elles étaient sœurs jumelles, mais aussi parce qu'elles étaient les meilleures amies du monde.

Pour se maintenir à flot, Bree injecta de l'air dans le gilet gonflable qui lui servait de stabilisateur. Inspirant à fond, elle s'efforça au calme. N'avait-elle pas passé vingt de ses vingt-huit années à plonger dans ces eaux — et plus longtemps encore à y nager ?

Chaque semaine, elle explorait en compagnie de Daria le récif artificiel formé par l'épave d'un vieux cargo naufragé. Elles avaient pour mission de mesurer la résistance à la pollution de la flore sous-marine. C'était un bon indicateur de la qualité des eaux du golfe.

Si son travail avait été cette fois encore de pure routine, peut-être Bree aurait-elle vu l'ancre remonter. Mais elle avait été totalement absorbée par les notes et les photos qu'elle devait prendre. Elle ramenait avec elle d'inquiétantes preuves qui allaient ennuyer bien des gens haut placés. Elle s'était décidée à remonter en constatant que la visibilité avait baissé. Elle s'était certes attendue à ce qu'en son absence le temps se soit gâté en surface, mais elle n'aurait jamais imaginé se retrouver seule en mer aux prémices d'une tempête…

Les deux sœurs plongeaient toujours ensemble, sauf s'il s'agissait juste de racler les coquillages accrochés aux coques des bateaux dans la marina. Il y avait eu deux bonnes raisons pour que Daria n'accompagne pas Briana ce jour-là. D'abord une soudaine rage de dents, qui serait devenue insupportable pour elle sous l'effet de la pression. Ensuite, il avait fallu qu'elle reste en surface pour surveiller leur bateau à la place de Manny, l'unique employé de leur petite entreprise de recherches et sauvetages en mer. En effet, Daria avait dû accorder l'après-midi à ce dernier dont la fille traversait une passe difficile. En fait, à bien y réfléchir, accaparée qu'elle était par ses cours de comptabilité, Daria n'avait pas beaucoup plongé le mois précédent.

A force de lutter contre les vagues pour conserver son équipement photographique, Bree avait mal au bras. Elle n'avait jamais eu peur de l'océan. Elle n'éprouvait pour cette vaste étendue d'eau qu'elle connaissait depuis toujours que respect et fascination. Mais à présent, le fait de s'y retrouver seule — abandonnée ? — l'emplissait d'une peur panique qui la paralysait. Sans doute aurait-elle dû se mettre à nager, mais outre qu'elle se trouvait à quatre milles de la côte, elle n'avait aucune envie d'abandonner son précieux matériel. Elle se reprochait de n'avoir pas pris pour un mauvais présage ce requin bouledogue qui rôdait près de l'épave, en lieu et place du mérou qui hantait habituellement les lieux. Ces squales devenaient nerveux lorsque la mer était agitée, et ils étaient connus pour attaquer les humains. Combien de fois avait-elle répété la recommandation de ne jamais nager seul au large, ou en faisant de trop grands gestes ?

Bree avait bien sur elle un sifflet pour appeler au secours, mais qui l'aurait entendue ? Un instant, elle songea à faire fonctionner le flash de son appareil pour attirer l'attention, mais l'effort qu'il lui aurait fallu fournir pour le brandir à bout de bras aurait été trop épuisant. A contrecœur, elle se résigna à lâcher le coûteux équipement. Il lui restait à espérer qu'il coulerait non loin de l'épave et qu'elle pourrait le récupérer. Il leur avait fallu racler bien des coques de navires pour le payer…

La petite affaire des deux sœurs avait connu des débuts difficiles, mais dernièrement leur situation financière s'était améliorée. L'éventail de leurs prestations était large — entretien des parties immergées des coques de bateaux, surveillance sous-marine, repérage et récupération d'épaves. C'était un travail souvent dur et salissant, parfois même dangereux, mais elles aimaient toutes deux la liberté et les sensations qu'il leur procurait. Elles connaissaient aussi bien qu'elles se connaissaient l'une l'autre les fonds sous-marins du sud-ouest de la Floride.

C'était un contrat aussi inattendu que lucratif qui leur avait définitivement mis le pied à l'étrier. La prestigieuse Commission d'épuration des eaux du golfe les avait préférées à leur concurrent mieux établi basé de l'autre côté de la baie. Leur tâche consistait à enregistrer le difficile retour de la flore sous-marine en butte à toutes sortes d'attaques toxiques. L'ensemble de l'écosystème local avait pâti du ruissellement des engrais employés dans les champs de canne à sucre, sur les fairways des parcours de golf, et de manière plus générale du rejet en mer des eaux usées d'une population sans cesse accrue.

Pour s'économiser, Bree décida de plonger de nouveau aussi loin que possible de la surface agitée. Elle pourrait ainsi nager jusqu'à ce que ses réserves en oxygène s'épuisent. Alors, elle laisserait couler ses bouteilles et sa ceinture de lestage pour se résoudre à nager à l'air libre. Peut-être, lorsqu'elle regagnerait la surface, aurait-elle la chance de croiser la route d'un navire en route pour un abri sûr. Rassérénée par ce plan d'action, elle plongea pour ne s'arrêter qu'à une profondeur où les eaux étaient plus calmes.

Le golfe du Mexique, au large de Naples, de Marco Island et de Turtle Bay, était peu profond — du moins, en comparaison avec les abysses de l'Atlantique. Le fond en était à peu près plat sur une longue distance. Après une forte pente aux abords de la côte, la déclivité s'accentuait d'environ quarante centimètres au kilomètre, brisée seulement par de petits hauts-fonds et quelques récifs artificiels. Mais en raison même de leur manque de profondeur, les eaux du golfe pouvaient rapidement devenir agitées. La tempête de sable et de vase qui s'était levée au fond, obligeant Briana à remonter vers celle qui s'annonçait en surface, en constituait une parfaite illustration. Même les macrophotographies très bien éclairées qu'elle prenait par temps calme ne pouvaient être tout à fait nettes.

Pour cette raison, bon nombre d'adeptes de la plongée sous-marine — notamment ceux que leurs amis plongeurs des environs qualifiaient d'Esquimaux glacés du Grand Nord — jugeaient la région peu propice à leur sport favori. Les sœurs Devon, elles, préféraient ces eaux à celles plus glamour et plus translucides des Caraïbes. N'avoir que cinq mètres de visibilité pouvait paraître minable à certains, mais l'été la mer restait souvent d'huile et les perturbations rares. De plus, ce secteur n'étant pas prisé des amateurs de plongée, ceux qui en faisaient leur ordinaire avaient pour eux de vastes étendues sauvages fréquentées par les mérous, les tarpons, les raies, les tortues de mer, les beaux coquillages, et, malheureusement parfois, les requins. Sauf pour ce qui était des récifs artificiels, le fond semblait vierge de toute intervention humaine. Mais si le projet auquel Bree et Daria apportaient leur concours ne portait pas ses fruits, la faune et la flore de cette partie du golfe seraient aussi menacées que l'étaient les récifs de corail naturels.

Bree nageait à présent dans une épaisse purée de pois qui l'empêchait d'être tout à fait sûre de sa direction. Elle aurait pu se baser sur les courants, mais la marée était descendante et les vents, luttant contre elle, transformaient l'océan en un maelström bourbeux. Elle ne parvenait même pas à lire les diodes lumineuses de la boussole intégrée au chronomètre de plongée que Daria lui avait offert pour leur anniversaire, le mois précédent. Cette pensée suffit à raviver sa détresse. Elle n'arrivait pas à imaginer pour quelle raison sa sœur avait pu disparaître avec le bateau.

Rien n'aurait pu faire chavirer le *Mermaids II*, skiff à fond plat de vingt-quatre pieds adapté à la plongée. Les pirates des mers et autres trafiquants de drogue n'auraient su que faire d'un bateau aussi lent, et le prétendu triangle des Bermudes n'englobait pas la Floride. On parlait aussi régulièrement de passeurs qui profitaient de la détresse de réfugiés cubains, ou de bateaux chargés de pauvres femmes guatémaltèques, fuyant la misère de leur pays pour se retrouver bonnes à tout faire — voire esclaves sexuelles — d'un bout à l'autre de l'Etat. Mais ces trafiquants de chair humaine voyageaient de nuit pour éviter de se faire repérer. Les autres explications qui lui venaient à l'esprit ne la satisfaisaient pas davantage. Même si elle était brusquement tombée malade, jamais Daria ne serait partie en la laissant seule en mer.

Bree ne réussissait pas à lire la jauge de pression dans l'eau troublée par la tempête, mais elle sentit l'oxygène se raréfier dans l'embout du détendeur. Comprenant qu'il lui fallait refaire surface sous peine d'étouffer, elle se résigna à nager vers le haut, où les vagues atteignaient deux mètres. Elle se laissa emporter par elles, roulant tel un bouchon de haut en bas de leurs montagnes russes. Il avait commencé à pleuvoir. Bree ne se posait plus qu'une seule question : dans quelle direction la terre ferme pouvait-elle se trouver ?

Par inadvertance, elle avala une gorgée d'eau de mer et hoqueta en vain pour la recracher. Avaler de l'eau salée lui avait toujours donné la nausée. En plus d'avoir l'estomac retourné, elle était dorénavant furieuse et terrorisée. Son père lui avait enseigné qu'en plongée il ne fallait jamais se laisser dominer par ses émotions. D'une certaine manière, après la mort de sa femme, c'était devenu pour lui un credo dans la vie aussi. Toujours se maintenir suffisamment occupé pour ne pas se laisser submerger par un torrent d'émotions trop désespérantes et trop difficiles à supporter…

Rapidement, Bree déboucla sa ceinture de lestage, largua sa bouteille vide grâce au système d'urgence et commença à respirer à travers son tuba. Son équipement coula avec un gargouillement sinistre, mais elle se sentit mieux, plus légère, et prête à affronter ce qui l'attendait. Elle pouvait y arriver. Keewadin Island, long et étroit ruban de terre, devait se trouver quelque part devant elle, à trois milles tout au plus. Dieu merci, elle n'était pas allée plonger ce jour-là sur des sites plus distants tels que Naples Ledge ou Black Hole Sink.

En se remettant à nager, elle tenta de se convaincre que la tempête n'était qu'un de ces orages d'été qui glissaient en fin de journée sur le golfe avant d'aller arroser les Everglades, laissant derrière eux une soirée humide et étouffante. Quand cela allait-il s'arrêter ? Songeant qu'elle n'aurait peut-être jamais la réponse à cette question, Bree redoubla d'efforts tout en s'efforçant de ne plus avaler d'eau.

Mais bientôt, nager à une vitesse soutenue dans une mer aussi démontée devint pour elle trop épuisant. Il lui fallait se ménager, en dépit de sa hâte à se sortir de ce guêpier, si elle voulait retrouver la terre ferme. Gardant ce qu'elle espérait être le bon cap, elle ralentit le rythme de son crawl, inspirant tous les trois battements de bras. Un courant l'emportait et, en dépit de la marée descendante, elle souhaitait rester dans la bonne direction.

Mais plus elle nageait, plus elle doutait, et plus il lui était difficile de reprendre son souffle. Puis ce qu'elle craignait le plus se produisit. Dominant le bruit de la pluie percutant les vagues, un coup de tonnerre retentit. Ce qui signifiait que les éclairs ne tarderaient pas à suivre. Bree réprima un gémissement apeuré.

La semaine précédente encore, elle se tenait avec Daria dans la véranda de leur maison dominant Turtle Bay lorsque s'était déclenché un orage tel que celui-ci. Des gerbes d'éclairs s'étaient abattues sur le golfe, puis sur la baie, juste derrière les docks, de plus en plus rapprochées. Comme souvent en pareil cas, le courant était resté coupé un long moment. Bree et Daria n'en avaient pas souffert, n'étant pas adeptes de l'air conditionné, contrairement à Amelia, leur sœur aînée. Celle-ci n'ouvrait presque jamais ses fenêtres, même par beau temps, de peur de faire entrer la poussière. Ses pauvres enfants, qu'elle était si fière de garder propres comme des sous neufs, n'auraient sans doute quant à eux rien trouvé à redire à pouvoir se rouler un peu dans la poussière.

Les muscles endoloris de Bree étaient à deux doigts de se tétaniser. Sous son crâne, elle pouvait entendre la voix de son père lui donner ce conseil qu'il répétait souvent à ses filles : « Au moindre doute, sortez de l'eau ! » Sortir… S'en sortir ! Elle ne demandait que cela. Elle aurait voulu se retrouver, à l'instant même, sur le pont du *Mermaids II* en compagnie de Daria. Mieux encore, elle aurait voulu se retrouver chez elle, au sec, au chaud. Elle aimait nager, plonger, faire des eaux du golfe son élément, mais pas dans ces conditions : seule, épuisée, à deux doigts de…

Au bord de la panique, Bree ne cessait de prier en son for intérieur. *Mon Dieu, je vous en supplie, ne me laissez pas mourir ! Daria ? Que t'est-il arrivé ? Où es-tu ?*

Une vague plus vicieuse que les autres emporta une de ses palmes. Elle dut abandonner l'autre pour ne pas nager de travers. Il ne lui restait plus que cet espoir : nager, respirer, sans répit, fuir le tonnerre et les éclairs. Elle se sentait au bord de l'évanouissement, luttant pour ne pas sombrer. Comme quand elle abusait du jogging.

Le premier éclair tomba non loin d'elle comme pour la réveiller. Il lui fit si peur qu'elle cria dans l'embout de son tuba. Puis elle remarqua une autre raison de crier mais qui la laissa cette fois sans voix et glacée de terreur : un gros requin bouledogue la suivait.

Cole DeRoca n'en revenait pas de la vitesse à laquelle l'habituelle tempête de fin de journée s'était levée. En temps normal, il était quasiment possible de régler sa montre en voyant les nuages s'amonceler sur les eaux du golfe… Cette fois, le grain qui montait menaçait d'être aussi brutal que dangereux.

Même si son sloop de construction traditionnelle était tout en bois, il préférait éviter que son mât puisse être le point le plus élevé dans les parages quand les éclairs frapperaient. Après tout, le *Streamin'* ne manquait pas d'éléments en cuivre et en laiton. Et comme tous les marins le savaient, la foudre pouvait frapper mortellement n'importe où.

Il n'était pas assez fou pour tenter de rentrer au port. Il lui faudrait se contenter d'échouer son bateau sur une plage de Keewadin Island, et espérer pouvoir l'en tirer ultérieurement. Le navire filait un bon vingt-cinq nœuds, tout son gréement sifflant au vent. Il se serait grisé de cette vitesse, d'ordinaire, mais il était pour l'heure trop occupé à chercher un point d'échouage.

A son grand étonnement, d'un coup le bateau vira de bord en gîtant et fila cap au sud. Il se sentit propulsé, agrippé par la main d'un géant et emporté à la surface de l'eau à toute allure. Un contre-courant ? Sans doute. Aussi localisé qu'impétueux, né probablement de la bataille qui faisait rage entre le vent et les flots.

Dans un premier temps, Cole laissa filer le bateau sans résister. Il attendit que le courant se soit affaibli pour tirer des bords, jusqu'à pouvoir faire demi-tour et reprendre son cap au nord. Enfin, dans la grisaille uniforme, derrière les rideaux de pluie qui hachuraient sa vision, l'une des interminables plages beiges de Keewadin Island se dessina. Quand il jugea qu'il était assez près, il releva la dérive et largua les écoutes de la voile principale et du foc, laissant le navire poursuivre sur sa lancée. Les voiles se mirent à claquer follement, mais il était davantage désireux de sauver son bateau et lui-même que de ménager un gréement presque neuf.

Juste avant d'échouer son navire sur la plage, Cole décoinça les taquets pour libérer les drisses. En hâte, il tira sur les voiles jusqu'à ce qu'elles s'affalent sur le pont, libérées de l'emprise du vent. Il sentit la proue du *Streamin'* se soulever sous la forte poussée d'une vague. Quand elle retomba, ce fut pour s'enfoncer dans le sable. Des vagues continuaient d'agiter la poupe du vaisseau échoué. Mais au moins il s'agissait à présent d'un simple ressac, qui n'avait rien de la violence d'un contre-courant.

Cole sauta par-dessus bord dans la mer couverte d'écume. Immergé dans l'eau jusqu'à la taille, il tira de toutes ses forces sur la proue du navire pour le hisser plus avant sur la plage. Dans un grondement de tonnerre, une gerbe d'éclairs lézarda l'horizon. Sachant qu'il pourrait lui être fatal de s'attarder dans l'eau plus longuement, il redoubla d'efforts.

Cole chérissait comme la prunelle de ses yeux ce bateau qu'il avait construit avec son père. C'était le seul sur lequel ils avaient travaillé tous les deux avant que tout ne se mette à aller de travers. Agé de trente-quatre ans, il vivait sa propre vie depuis près de quinze ans, mais naviguer sur le *Streamin'* le faisait immanquablement se sentir plus proche de son père. La lignée familiale pouvait s'enorgueillir de cinq générations successives de constructeurs de bateaux. Du Portugal, leur activité s'était successivement déplacée aux Bahamas, puis à Key West, avant de s'implanter à Sarasota, et définitivement enfin à Naples.

Les sloops des Bahamas tels que celui-ci étaient autrefois utilisés dans toute la région des tropiques. A présent, ils y étaient presque aussi rares que certaines espèces en danger. Cole rêvait parfois d'abandonner son activité d'aménagement intérieur de yachts de luxe pour tenter sa chance, lui aussi, dans la construction de bateaux. Il aurait adoré remettre au goût du jour l'utilisation de navires tels que le sien. Même si la culture américaine vivait dans le fantasme d'un perpétuel renouvellement, ces fiers voiliers étaient conçus pour durer.

Changeant de tactique, Cole alla se placer à l'arrière du bateau. Ses pieds cherchant sur le fond sableux la meilleure prise possible, les deux mains sur la poupe, il s'arc-bouta et poussa de toutes ses forces. Lentement, la longue coque élégante du *Streamin'* alla s'enfoncer dans le sable humide de la laisse de mer. Pour ne pas avoir à toucher le métal, Cole saisit l'ancre par la corde et prit le temps d'assurer le mouillage du navire. Puis, ses chaussures de course pleines de sable et d'eau, il pataugea jusqu'aux racines des palétuviers, en bordure de plage, sur lesquelles il s'accroupit.

Il savait que moins il serait en contact avec le sol, mieux sa sécurité serait assurée. Dieu merci, songea-t-il en regardant la pluie et le vent redoubler de violence, ils étaient à l'abri, son bateau et lui, de la fureur des eaux du golfe. Ce grain qui l'avait pris par surprise semblait décidé à devenir la pire des tempêtes.

Bree n'avait plus qu'une envie en tête : fermer les yeux et se laisser aller. Une turbulence — peut-être un contre-courant, qui risquait de l'entraîner au large — venait de la prendre par le travers. En dépit de la peur que lui inspirait son redoutable poursuivant, il lui fallait se remettre à nager. Un coup d'œil dans sa direction faillit lui arracher un cri horrifié. Voyait-elle double, à présent ?

Non, ils étaient bien deux, dorénavant, à lui faire escorte. Deux requins bouledogues, au corps gris et luisant, au ventre blanc, à la nageoire dorsale fendant l'eau comme une lame. Le nouveau venu devait faire plus de deux mètres de long. Ses petits yeux plats se braquaient sur elle chaque fois qu'il refaisait surface. Bree ne savait que faire. Devait-elle laisser le courant l'emporter sans réagir, pour ne pas risquer d'attirer leur attention ? Les requins bouledogues avaient la réputation d'être agressifs, mais la tempête les déboussolait.

Si elle ne bougeait pas, peut-être finiraient-ils par se laisser distraire par l'agitation des vagues ?

Entre deux maux, Bree ne savait lequel choisir. Elle avait l'impression de nager en plein cauchemar. Si la foudre la frappait au large, ou si les requins décidaient de l'attaquer, sans doute ne retrouverait-on jamais son corps. Daria avait-elle connu un sort semblable à celui qui la guettait ? Avait-elle disparu à tout jamais ?

En désespoir de cause, Bree se laissa dériver pendant ce qui lui parut durer une éternité. Quand elle sentit la force du courant diminuer, elle se remit à nager vers le rivage en bougeant aussi peu que possible. Ses deux compagnons attentifs ne s'étaient pas lassés. Dès qu'elle replongeait un bras dans l'eau, chaque fois qu'elle relevait la tête pour respirer, elle redoutait de les voir fondre sur elle ou de finir grillée par un éclair tombé trop près.

Soudain, elle se sentit projetée en avant, sans savoir ce qui l'avait heurtée. Le contre-courant, de nouveau ? Un requin lassé d'attendre ? La morsure, plus redoutable encore, de la foudre ? Crachant l'embout de son tuba, elle lâcha un cri de détresse. Un flash de couleurs sanglantes explosa sous ses paupières et dans son crâne. Quelque chose d'énorme fondit sur elle. Puis il n'y eut plus que le noir.

# 2

Cole était trempé jusqu'à l'os. Le vent fouettait son corps. La pluie percutait ses épaules et son dos à travers sa chemise détrempée. L'étroite langue de sable semblait frissonner à chaque coup de tonnerre. Pourtant, à travers le bruit incessant de la tempête, il crut percevoir un cri qui lui fit redresser la tête.

L'oreille aux aguets, il se persuada que malgré la plainte lancinante du vent à travers le gréement du navire il n'avait pas rêvé. C'était bien un cri — un cri presque humain — qui avait retenti.

Quittant son refuge, Cole fonça sous la pluie jusqu'à son bateau. Le *Streamin'* avait donné de la bande sous les assauts du ressac, mais il restait en sécurité sur la plage. Ce qui était plus inquiétant, c'était la forme sombre allongée sur le côté de la coque, comme si quelqu'un s'était heurté à la proue.

Prudemment, il s'approcha pour voir de quoi il retournait. Lorsqu'il reconnut la silhouette d'une femme — d'une… sirène ? —, son cœur battit plus vite et il en perdit le souffle, comme sous le coup d'un direct à l'estomac.

Evidemment qu'il ne pouvait s'agir d'une sirène, songea-t-il en se penchant sur le corps immobile. La combinaison de plongée, d'un vert argenté, semblait tatouée à même la peau tant elle épousait les courbes féminines de la jeune femme inconsciente. Un astucieux motif imitant des écailles de poisson donnait l'illusion d'une nageoire caudale mais, à y regarder de plus près, de longues jambes fuselées se distinguaient parfaitement. Les cheveux auburn et mi-longs de l'inconnue allongée sur le ventre étaient plaqués sur son crâne. Ses bras reposaient en arc gracieux au-dessus de sa tête, comme ceux d'une ballerine figée en plein mouvement. Etait-elle… morte ?

Craignant de la retourner sur le dos — au cas où le choc avec son bateau aurait occasionné des lésions vertébrales —, Cole chercha du bout des doigts un pouls à la base du cou de l'inconnue. La froideur de sa peau était inquiétante. Et, en dépit du bronzage, la partie de son visage qui était visible arborait un teint livide et cireux, semblable à celui d'un mannequin. Sous ses doigts, il perçut enfin une pulsation, mais si faible qu'il ne put être certain qu'elle respirait encore.

Avec un luxe de précautions, il se décida à la placer sur le dos et sursauta en découvrant son visage. Il connaissait cette femme ! Tout du moins, elle ou sa sœur. Les deux jumelles dirigeaient non loin de son propre cabinet cette petite affaire de recherches et sauvetages en mer qu'elles avaient baptisée Les Deux Sirènes. Il avait même partagé un sandwich avec l'une d'elles — Briana — le jour où elle était occupée à gratter la coque du yacht de Richardson dont il lambrissait, quant à lui, le salon d'acajou. Cole était alors en plein divorce et ne fréquentait que son bateau. Sans quoi, il aurait cherché à la revoir. Dieu merci, elle était encore en vie, mais elle risquait de ne pas le demeurer longtemps s'il ne l'aidait pas à respirer de nouveau.

Insensible à la pluie qui redoublait et à la menace de la foudre, Cole glissa ses mains sous les aisselles de la jeune femme et la tira sur le sable à l'abri des vagues. Quand ce fut fait, il s'agenouilla et pratiqua sur elle le bouche-à-bouche. La dernière fois qu'il avait eu recours à cette technique, c'était sur son père, qu'il avait découvert inanimé sur le sol, alors qu'il était déjà trop tard. Qu'était-il arrivé à la jeune femme ? Si loin des côtes, elle ne pouvait avoir été surprise par la tempête alors qu'elle nageait.

Elle paraissait mince et menue, mais Cole savait que ces apparences cachaient un corps d'athlète, plein de dynamisme et de vitalité. *Fais pas ça, ma belle !* s'impatienta-t-il en son for intérieur. *Reviens parmi nous… Respire un peu, pour me faire plaisir. Laisse mes lèvres réchauffer les tiennes. Allez ! Un petit effort !*

Cela l'avait d'abord amusé, puis impressionné, que deux femmes aient pu se lancer dans une entreprise aussi rude et risquée que les recherches et sauvetages en mer. Surtout que leur concurrent direct, de l'autre côté de la baie, était un type intraitable et bourru qui possédait jusqu'alors le monopole de ce type d'activité sur le secteur. Les sœurs jumelles ne se chargeaient pas des travaux lourds dont Sam Travers s'était fait une spécialité — comme le dragage ou la démolition —, mais tout travail au fond de l'eau était par nature épuisant et dangereux.

*Allez, ma jolie ! Veux-tu bien refaire surface ? Je sais que tu es une femme pleine de cran… Reviens parmi nous, jolie sirène.*

Cole commençait à paniquer. Sur son front, la sueur se mêlait à la pluie, malgré le vent glacé qui le cinglait. Enfin, il sentit les lèvres de la jeune femme remuer sous les siennes. Redressant la tête, il fixa avec attention son visage luisant de pluie. Ses cils épais battirent un instant mais sans que ses yeux s'ouvrent tout à fait. Les sourcils froncés, elle lâcha un faible gémissement.

— Hé, sirène ! lança-t-il à haute voix. Reste avec moi !

Il se sentait un peu ridicule, mais il ne parvenait pas à se rappeler du nom de famille des sœurs et il ne savait pas à laquelle des deux il avait affaire. A tout hasard, il se décida à employer le prénom qui s'était gravé dans sa mémoire, parce qu'il lui avait paru aller comme un gant à celle qui le portait. Il lui évoquait le mot *brio*, ce qui correspondait tout à fait à la verve et à l'enthousiasme de celle avec qui il avait parlé et plaisanté le temps d'une pause déjeuner.

— Briana ? lança-t-il d'une voix mal assurée. Briana !

Les yeux de la jeune femme s'ouvrirent d'un coup.

— Daria ?

A peine eut-elle prononcé ce nom qu'elle tourna la tête sur le côté pour évacuer en hoquetant un flot d'eau de mer.

Cole s'allongea derrière elle et l'aida à se placer sur le flanc, soutenant son front d'une main, comme quand sa mère l'aidait à vomir dans son enfance. Alors, seulement, il vit la trace de brûlure, au poignet gauche de Briana, qui faisait comme un second bracelet à sa montre de plongée. Il n'était donc pas à exclure qu'elle ait pu être foudroyée. Doucement, Cole replaça Briana sur le dos et lui fit un abri de son corps pour la protéger du vent et de la pluie.

— Où est Daria ? s'enquit-il d'une voix pressante. Qu'est-il arrivé ?

Cole n'eut aucune réponse. Il sursauta en constatant à quel point les yeux de la jeune femme étaient dilatés, les pupilles noires effaçant presque les iris d'un gris-vert semblable à celui de l'océan. Il comprit qu'il n'y avait plus une minute à perdre. Elle devait au plus vite être hospitalisée. Il ne pouvait attendre la fin de la tempête, et il ne fallait pas compter qu'un hélicoptère de secours puisse les rejoindre par ce temps. Il pouvait alerter les gardes-côtes par radio, mais ils mettraient plus de temps à arriver sur cette île que lui à regagner Naples — si tout allait bien.

Dans un cas comme dans l'autre, il lui fallait faire vite. Sa sirène venait de replonger dans l'inconscience.

Avant de se remettre sur ses pieds, il vérifia en posant la main sur sa poitrine qu'elle respirait encore. Ce n'était pas évident, mais il perçut sa respiration. Même s'il détestait l'idée de mettre en péril son navire, il lui fallait reprendre la mer sans attendre. La course ne serait pas de tout repos, mais il n'avait pas le choix.

Priant pour que Briana n'ait ni fracture ni blessure interne, Cole la prit dans ses bras et l'amena jusqu'au sloop, dans lequel il la déposa en douceur. Même s'il était trempé, il se défit de son polo et en recouvrit le torse de la blessée. L'un de ses clients, frappé par la foudre lors d'une course en mer, lui avait raconté qu'une intervention rapide des secours lui avait épargné de sévères complications. L'idée que cette femme jeune, belle et en pleine santé puisse garder à vie des séquelles de son accident lui était intolérable. Il éprouvait ce sentiment de responsabilité que ressent, paraît-il, le sauveteur envers la personne qu'il a sauvée. A la différence près que la jeune femme était encore loin d'être tirée d'affaire…

Faisant appel à toutes ses forces, au risque de se claquer un muscle, Cole tenta de profiter du ressac pour renflouer le *Streamin'*. Mais les vagues semblaient décidées à contrarier ses efforts et il dut renoncer, craignant de voir l'embarcation submergée ou renversée par les flots avant d'avoir pu quitter la plage. Son sloop de quatorze pieds, qu'il connaissait plus intimement qu'aucune femme ces derniers temps, paraissait lui aussi décidé à lui donner du fil à retordre.

Il remarqua alors que le vent avait tourné et soufflait vers le nord. Dans un sursaut d'espoir, il entreprit de hisser sa voile principale. Ce que ses bras seuls ne suffisaient pas à faire, la force éolienne pouvait l'accomplir. En grimaçant et en grognant pour se donner du courage, il poussa la proue au vent et vit avec satisfaction la voile se gonfler peu à peu et le petit sloop s'avancer dans l'eau. Lorsqu'il fut suffisamment à flot, Cole grimpa à bord et s'installa dans le cockpit. Tenant la barre d'une main, il acheva de l'autre de hisser la voile. Et lorsqu'il mit à l'eau la dérive, le voilier gagna rapidement en vitesse, jusqu'à filer sur les eaux telle une voiture de course.

Ce ne fut pas une navigation facile. Maintes fois, Cole dut enjamber sa sirène évanouie pour manœuvrer la voile ou faire contrepoids à la gîte en se penchant sur le plat-bord. Il craignait de prendre par le travers une lame traîtresse et il lui fallut en conséquence manier la barre avec attention. Chaque fois qu'il gîtait, le bateau embarquait des paquets d'eau dont certains allaient arroser Briana. Alors qu'une vague particulièrement violente venait de l'asperger, elle revint à elle et se redressa sur un coude pour crier :

— Les requins ! Daria, les requins !

— Restez allongée ! lui cria Cole. Sinon la bôme va vous heurter quand nous virerons de bord ! Je suis avec vous sur un bateau et tout va bien. Ne vous redressez pas. Il n'y a pas de requins. Et s'il y en avait, je ne les laisserais pas s'en prendre à vous ni à Daria.

Cela suffit à la calmer. La confiance qu'elle lui témoignait ainsi lui alla droit au cœur. Plus que jamais, il était décidé à la ramener en lieu sûr, et à veiller à ce qu'elle soit soignée au plus vite. Manifestement, elle n'avait plus toute sa tête. Cela n'était pas forcément inquiétant, car le client qui lui avait raconté sa mésaventure avait expliqué que l'amnésie et la confusion mentale pouvaient être des effets secondaires temporaires chez une victime de la foudre.

Si seulement ce chaos pouvait lui laisser un instant de répit, il lâcherait la barre et pourrait appeler à l'aide par radio, afin qu'une équipe de secours aille les attendre à la marina. Il ne parvenait même pas à repérer où il en était. Les yeux plissés, il cherchait en vain à percer les ténèbres noyées de pluie qui l'entouraient. Etait-il arrivé au niveau de la jetée ? Il n'aurait plus manqué que faute de la voir il aille fracasser son bateau sur elle !

Quant aux requins, même si Briana ne pouvait les avoir aperçus de là où elle se trouvait, il fallait croire qu'elle avait deviné leur présence. Car ils étaient bien là. En découvrant les requins bouledogues qui semblaient escorter son bateau, Cole se renfrogna. A la place d'honneur, dans son bureau, il avait accroché une reproduction de tableau ayant pour thème une scène identique. *The Gulf Stream* était une œuvre de Winslow Homer qui l'avait toujours fasciné. Il avait donné à son bateau le nom de *Streamin'* pour cette raison.

Mais les squales qui leur faisaient une sinistre escorte, manquant de se cogner à la coque à tout instant, n'étaient en rien de pittoresques images figées. Ils lui rappelaient que la course dans laquelle il était engagé était une course contre la montre. Une course contre la mort.

# 3

— S.O.S. ! S.O.S. ! Ici le sloop *Streamin'*. S.O.S. !

Cole laissait son téléphone cellulaire à terre depuis qu'il était équipé d'une radio à bord. Plus d'une fois, il avait perdu son portable en mer ou l'avait rendu inutilisable. Sa radio offrait l'avantage d'être étanche et de se manier d'une main.

Enfin, quelqu'un se décida à répondre à son appel.

— *Streamin'*, *Streamin'*…, Ici la station de gardes-côtes du port de Naples. Je vous reçois, sloop *Streamin'*. Indiquez votre position. Terminé.

— Cole DeRoca à l'appareil ! lança-t-il avec soulagement. J'étais de sortie seul en mer au large de Turtle Bay. J'ai dû m'abriter sur une plage de Keewadin Island à cause de la tempête. Je me dirige actuellement vers Naples — Port Royal, je pense.

Un flot d'adrénaline se déversait dans ses veines. Il n'était pas certain d'être tout à fait clair, mais il se força néanmoins à poursuivre :

— J'ai avec moi une passagère à moitié noyée rejetée par la mer sur cette plage de Keewadin où je m'étais échoué. Elle a peut-être également été touchée par la foudre. Elle a les pupilles dilatées, un discours incohérent, et des pertes de conscience récurrentes.

— *Streamin'*..., reprit la voix calme et rassurante dans le haut-parleur. Avez-vous un GPS à bord ?

— Pas de GPS. Je navigue dans une vraie purée de pois... Attendez ! Je viens d'apercevoir la digue de Gordon Pass.

— Mettez le cap au nord de la passe. Nous y envoyons une équipe de premiers secours.

Lâchant précipitamment la radio, Cole reprit la barre à deux mains. Il lui fallait à présent lutter contre le courant qui risquait de drosser le *Streamin'* sur la digue de pierre de cette passe qu'il avait empruntée si souvent. Ici, la Gordon River rencontrait violemment les eaux du golfe. Combiné au vent violent, ce phénomène pouvait suffire, s'il n'y prenait garde, à les faire chavirer.

Sans avoir eu le temps de passer un harnais, perché sur le plat-bord, il dut faire contrepoids de tout son corps à la forte gîte du navire. De nouveau, la sirène s'agita et cria quelque chose, mais la situation requérait toute son attention et il ne répondit pas. Une fausse manœuvre dans ces terribles contre-courants et ils se retrouveraient à lutter pour leur vie dans les eaux du golfe. Il n'était pas évident qu'il y survive, mais Briana, elle, n'aurait aucune chance. Ce qui constituait pour lui une motivation supplémentaire de s'en sortir.

Les dents serrées, Cole lutta pour garder le contrôle de son bateau. Il lui fallut même se résoudre, en désespoir de cause, à barrer avec un pied tout en s'accrochant à deux mains au filin de la voile principale. Le cordage de Nylon lui sciait les doigts. Il sentit ses mains s'engourdir. Ses tendons saillaient comme des cordes le long de son cou. Tous ses os, tous ses muscles protestaient tandis qu'il jetait ses dernières forces pour épargner au sloop un chavirement fatal.

Un cri de victoire lui échappa lorsque enfin le *Streamin'* entra dans la passe, la coque passant à dix mètres à peine des rochers. En hâte, Cole reprit sa place dans le cockpit et lança son voilier vers la grève. Puis il se précipita vers Briana et la serra contre lui pour amortir le choc de l'échouage. Et quand la coque se fut enfoncée dans le sable, dans un équilibre précaire, il la reposa doucement.

En se redressant, il lui sembla que la tempête se calmait. Peut-être s'habituait-il simplement au déluge de pluie. Mais, en observant le ciel, il constata que ce n'était pas qu'une impression et que le tonnerre et les éclairs s'éloignaient à présent en direction des Everglades. Curieusement, il y vit comme une bénédiction des éléments pour avoir survécu au péril qu'ils lui avaient fait courir.

Penché sur le corps de la jeune femme inconsciente, Cole tendit le bras et récupéra sa radio, qu'il n'avait pas éteinte. Pour leur signaler sa position, il appela les gardes-côtes et leur indiqua qu'il se trouvait au nord de Gordon Pass, aux abords de la cinquième maison sur le front de mer. Ils lui assurèrent que le 911 était prévenu et qu'une ambulance était déjà en route pour le rejoindre.

— Une dernière chose, dit-il à l'officier qu'il avait en ligne. Dites-leur qu'il s'agit de Briana — je ne connais pas son nom de famille, mais c'est une des deux sœurs qui dirigent cette entreprise de recherches et sauvetages en mer, à Turtle Bay. Elle a mentionné sa sœur jumelle, Daria. Si quelqu'un pouvait la localiser, il faudrait la prévenir de ce qui est arrivé à Briana. Je n'en suis pas sûr, mais il est possible que Daria ait été de sortie en mer avec elle.

— Si c'est le cas, conclut le garde-côte, cette Daria et son bateau doivent être à l'heure qu'il est portés disparus. Si vous avez des nouvelles, rappelez-nous. Terminé !

— C'est ça…, marmonna Cole, soudain très las. Du moins, on essaiera.

D'un geste sec, il éteignit la radio et se pencha sur Briana. La prenant dans ses bras, il la serra contre lui pour tenter de la réchauffer. Elle ouvrit brièvement les yeux, ces yeux gris-vert aux pupilles dilatées à l'extrême qui ne semblaient pas le voir, avant de se blottir contre lui. Cole en fut remué jusqu'aux tripes. Cela faisait longtemps qu'il n'avait pas tenu une femme dans ses bras, et plus longtemps encore qu'il n'avait pas compté à ce point pour quelqu'un.

Il eut l'impression qu'il s'était écoulé une éternité — et trop peu de temps pourtant — lorsque le hurlement d'une sirène se fit entendre au loin sur Gordon Drive. Il ne quitta Briana que lorsque les ambulanciers apparurent entre deux maisons, courant tout en dépliant une civière. Il se recula pour les laisser monter à bord du bateau et s'activer autour de la jeune femme inconsciente. Finalement, pour les laisser travailler, il se résolut à sauter sur le sable.

Les occupants des maisons qui s'élevaient en bordure de plage commençaient à sortir sous la pluie incessante, pour venir aux nouvelles. Un petit homme d'un certain âge s'approcha de Cole et lui déposa un léger coupe-vent sur les épaules. Alors, seulement, il réalisa qu'il tremblait comme une feuille.

— Si je dois aller à l'hôpital avec elle, demanda-t-il à son bienfaiteur, pourriez-vous surveiller mon bateau ?

Cole claquait tellement des dents, à cause du froid et de la tension nerveuse, qu'il avait eu du mal à s'exprimer.

— Pour sûr…, répondit le vieil homme. Qu'est-ce qu'elle a ? C'est votre femme ?

— Une amie.

— Pour sûr… Un beau vieux bateau que vous avez

là. Ne vous inquiétez de rien. Il ne lui arrivera rien. Ni au bateau ni à votre amie.

Manuel Salazar — que tout le monde appelait Manny — claqua la portière de son vieux camion Ford. Fonçant sous les dernières gouttes de pluie, il se hâta de déverrouiller la porte du local des Deux Sirènes. Sa fille de quatorze ans, Lucinda, lui emboîta le pas sans cesser de récriminer. Dernièrement, elle avait pris la décision de ne plus s'adresser à ses parents qu'en anglais. Tout le monde, dans la famille, communiquait avec fierté en espagnol, mais pas Lucinda.

Dernier sujet de fâcherie en date, la décision qu'il venait de lui imposer d'organiser pour son quinzième anniversaire une *quinceañera* en bonne et due forme. Cette grande fête destinée à célébrer avec faste en compagnie de la famille et de nombreux amis son entrée dans l'âge adulte, toute *chica* normalement constituée était censée y aspirer. Pas Lucinda... Depuis quand, exactement, sa cadette avait-elle cessé d'être sa petite fille chérie pour se transformer en cette étrangère qui refusait d'employer sa langue natale et d'honorer les traditions de ses ancêtres ? Manny n'aurait su le dire.

Pour commencer, il se rendit à son bureau afin de vérifier qu'aucun message n'était arrivé sur le répondeur. *Nada*. Il se demanda, l'estomac noué, où le *Mermaids II* avait pu finir, avec cette tempête.

Lucinda, pendant ce temps, expérimentait un nouvel angle d'attaque. En anglais.

— Et puis tout ça coûte une fortune ! Imagine ce que vous pourriez faire, maman et toi, avec cet argent. Je t'ai entendu lui expliquer que vous ne pouviez pas vous le permettre ! Tu lui as dit que tu trouverais le moyen de te débrouiller, mais pourquoi faire des dettes pour une bêtise pareille ?

Ses yeux sombres lançant des éclairs dans sa face ronde et mutine, elle se tut et le dévisagea, les poings sur les hanches. Elle ressemblait tant à sa mère, parfois… Même si celle-ci n'aurait jamais osé se montrer dans un jean troué et un petit top à bretelles qui offrait au regard bien trop de peau nue.

— Mes amis, reprit-elle, mes amies *américaines*, disent que c'est complètement démodé.

— Alors, ce ne sont pas de vraies amies. Et tu devrais arrêter de snober tes amies latinos. Je ne connais pas de *chica* assez folle pour refuser une belle *quinceañera*. Tes amies latinos, au moins, sont heureuses de faire la fierté de leurs parents, de leurs grands-parents, de leurs parrain et marraine, de leurs *padrinas*, de s'amuser et de danser avec des garçons. Et toi, tout ce que tu trouves à faire, c'est de demander à tes amies *américaines* si nos traditions sont *branchées* ?

— Arrête, p'pa…, maugréa Lucinda en roulant des yeux effarés. Tu parles comme un psy, comme un curé et comme un politicard ! Je suis une teenager américaine. Et, dans ce pays, les teenagers ont leur mot à dire sur leur propre vie. Bien sûr que la plupart des *chicas* ne rêvent que du jour de leur *quinceañera*. Mais pas moi ! Si tu veux te ruiner pour moi, tu n'as qu'à m'offrir une jolie petite voiture qui me permettra au moins de trouver un job en ville quand j'aurai seize ans. Seize ans — voilà l'âge auquel aspirent tous les jeunes Américains !

— Pour la voiture, c'est non ! Et tu n'as qu'à dire à tes amies américaines de ne pas venir si elles n'aiment pas les danses et la nourriture mexicaines…

— J'en ai plus que marre ! explosa Lucinda en se frappant les cuisses du plat des deux mains. Il devient impossible de vous parler, à maman et à toi. Carianna, elle, n'a pas eu à se farcir une *quinceañera* !

Manny fit de son mieux pour ne pas s'emporter.

— Ta sœur aînée aurait bien aimé que nous puissions en organiser une pour elle. Mais à l'époque, c'était impossible. Les choses ont changé. Briana et Daria m'ont fait confiance et m'ont offert ce job. Elles ont même souhaité être tes *padrinas* et seraient prêtes à mettre la main à la poche pour…

— Je comprends ! le coupa sèchement sa fille. C'est pour elles que tu veux organiser tout ce tralala ! Et aussi pour toi, pour maman, et même pour Carianna et grand-mère Rosa ! Mais pas pour moi !

— Moi, moi, moi ! railla Manny en imitant sa voix. C'est donc tout ce qui compte, pour une teenager américaine ? Quand ta mère et moi avions ton âge…

Un hurlement de rage le fit taire.

— Je ne suis ni toi ni maman ! Et je n'en ai que faire de cette grande patrie mexicaine où nous crevions tous de faim ! Quand voudras-tu enfin comprendre ?

Manny soupira longuement. Cette fois, elle allait trop loin.

— La ferme, jeune Américaine ! lâcha-t-il entre ses dents serrées. Que cela te plaise ou non, tu vas participer à ta *quinceañera* pour honorer ta mère et ta grand-mère. Tu feras la fierté de ta famille, ou tu n'auras plus qu'à en trouver une autre ! A présent, reste là et tiens-toi tranquille le temps que je mette la main sur cette caméra.

Lucinda lui tourna le dos, raide et digne, et alla s'installer au bureau de Bree, dans le fauteuil pivotant. Grommelant entre ses dents, Manny quitta la pièce et pénétra dans le grand espace bétonné ouvrant sur une contre-allée où ils stockaient le matériel. Au-dessus de la porte, une pancarte proclamait fièrement : *Notre bureau, c'est au fond de l'eau !* Et sur le mur opposé, un grand poster montrait les deux jumelles dans leur tenue de plongée, leurs bouteilles à leurs pieds, avec cette légende : *L'air en bouteille est sans pareil !* Un autre, plus petit, collé à la porte donnant sur l'extérieur, les représentait en pleine action, leurs palmes semblables à des queues de sirènes émergeant de la surface. Une main anonyme avait tracé sous la photo, en grosses lettres rouges : *Renversantes !*

Aux murs, des panneaux adhésifs regorgeaient de notes, de tables des profondeurs, de cartes des épaves naufragées dans cette région du golfe, de croquis de la précieuse « herbe à tortue » que les sœurs étaient chargées de bichonner sur le site de Trade Wreck. Le matériel était rangé à même le sol bétonné, entre des allées qui permettaient d'accéder au stock de combinaisons, de treuils, de cabestans, de balises, de détecteurs de métal, de filets de remorquage, de torches étanches, de balises Pelican et de caméras.

Le domaine de Manny, quant à lui, était situé à l'arrière du magasin. Il s'occupait des moteurs et des équipements les plus lourds, mais aussi de la réparation des bateaux et de la location d'équipements de plongée. D'un commun accord avec les sœurs, il n'effectuait pas de plongées sous-marines. Dès qu'il atteignait une certaine profondeur, il devenait dingue — *claustro-hydrophobie*, avait diagnostiqué Daria. Il aimait pourtant cet endroit et l'odeur qui en émanait. Sa plus grande ambition était de diriger un jour cette affaire et de la gérer à son idée. Il était convaincu qu'il serait de taille à faire rendre gorge à cette brute de Sam Travers, leur concurrent installé de l'autre côté de la baie, et à lui clouer le bec une fois pour toutes. Puisqu'il tirait profit de gros travaux lucratifs comme le dragage, la démolition ou l'implantation de pilotis, il aurait pu sans problème abandonner aux Deux Sirènes les marchés de moindre envergure. Mais Sam avait une dent contre les jumelles — plus spécialement contre Bree.

L'empilement du matériel dans la salle de stockage avait un petit air de chaos organisé tout à fait adapté, de l'avis de Manny, aux vies bien remplies de ses patronnes. Comme il les enviait, d'être parvenues à mettre sur pied cette affaire ! Même s'il n'était pas étranger, lui non plus, à cette réussite, et même s'il estimait ne pas être payé à la hauteur de ce qu'il apportait. Mais il avait découvert récemment que la moitié de l'entreprise lui reviendrait au cas où il arriverait malheur à l'une ou l'autre des deux sœurs. Ce qui l'avait amené à prendre de grandes et difficiles décisions. Il allait peut-être même être obligé de se forcer à plonger en profondeur pour obtenir ce qu'il voulait, plutôt que de se cantonner aux plongées superficielles.

Les yeux de Manny scrutèrent le matériel éparpillé, à la recherche de la caméra vidéo qu'il voulait emprunter. Elle allait lui permettre de filmer le luxueux salon de réception Garcia qu'il avait loué pour la *quinceañera* de sa fille. Ce qu'il souhaitait par-dessus tout, c'était montrer à sa *madre* à quel point tout allait bien pour eux avant que le cancer ne la fauche. Elle avait renoncé à tant de choses, pour lui… Son souhait le plus cher était de faire sa fierté avant sa mort. A n'importe quel prix.

Après avoir mis la main sur la caméra, il la retira de sa protection de plastique étanche et rejoignit Lucinda, qui se donnait le tournis en pivotant à toute vitesse dans le fauteuil de Bree. Au moins, sa *chica* s'était-elle décidée à la fermer. Mais, tout compte fait, ne plus avoir à se disputer avec elle ne lui convenait pas mieux. Pour ne pas devenir fou en attendant d'avoir des nouvelles de Daria et Bree, il allait avoir besoin de s'occuper l'esprit.

Pour une fois, Amelia Westcott était heureuse de retrouver son domicile. Elle détestait conduire sous la pluie. Davantage encore, elle haïssait ce temps étouffant et humide qui vous mettait les nerfs en pelote. Au moins, ses fils n'étaient pas encore rentrés de leur sortie avec leur club de scouts. Cela allait lui permettre de prendre une douche et de se calmer avant leur retour. Pour commencer, son rendez-vous avec Daria avait été un désastre. Ensuite, le vernissage de l'expo, à la galerie, avait duré plus longtemps que prévu, en partie parce que la mémorable tempête qui s'achevait avait fait sauter le courant. Dans un mois, heureusement, deux tout au plus, la saison chaude et pluvieuse s'achèverait et elle pourrait de nouveau respirer.

Si Amelia n'avait pas épousé Ben, qui était à présent le très important et très occupé procureur général du comté, elle aurait sans doute quitté le pays pour aller vivre en Caroline du Nord. Outre un changement de climat, cela aurait eu le mérite de l'aider à effacer les mauvais souvenirs d'enfance attachés à la Floride dans sa mémoire. Mais elle adorait Ben et le style de vie qu'ils menaient ici, et elle était très fière de la réussite de son mari. Elle regrettait simplement de ne pas avoir un métier, une cause à défendre — quelque chose qui lui permettrait de se rendre *vraiment* utile aux autres. Les comités auxquels elle participait, les conseils auxquels elle siégeait, tout philanthropiques fussent-ils, n'avaient en effet pour intérêt que celui d'aider à promouvoir la carrière de son mari. Elle aurait aimé pouvoir regarder au-delà de ces quatre murs luxueux entre lesquels elle s'était enfermée, et avoir autre chose en tête que les tours pendables que lui jouaient ses garnements. Une mère au foyer qui aspirait à prendre le large : voilà ce qu'elle était devenue.

Amelia aperçut le voyant clignotant des messages en attente sur son répondeur aussitôt qu'elle eut refermé la porte de communication entre le garage et la maison. Sans doute, se dit-elle, un changement d'horaire pour la réunion de la Commission d'épuration des eaux du golfe prévue le lendemain. Au moins sa participation à cette austère assemblée avait-elle fait comprendre à Bree et Daria qu'elle pouvait être bonne à quelque chose. Même si ce n'était pas à son intervention, mais à celle de Josh Austin, membre du Congrès pour la Floride, que Les Deux Sirènes devaient de travailler pour la Commission.

« Un — messages ont été laissés par vos correspondants » ânonna la voix en boîte du répondeur quand elle eut pressé le bouton. Avec toute la sophistication dont était capable la technologie moderne, Amelia ne comprenait pas pourquoi il n'était pas possible d'apprendre à une machine à parler sans faire de faute. Surtout que le correcteur orthographique, sur son laptop, ne se gênait pas pour souligner d'un trait rouge les coquilles qui émaillaient les courriers qu'elle adressait régulièrement aux rédactions de journaux.

Une voix de femme, claire et précise, se fit entendre après le bip.

— « Ceci est un message important à l'intention d'Amelia Devon Westcott. »

Amelia sentit son estomac se retourner. Elle n'utilisait jamais son nom de jeune fille. Ce n'était pas bon signe.

— « L'un de nos internes, poursuivit la voix, a mentionné votre appartenance au comité chargé de lever des fonds pour l'hôpital. C'est par ce biais que nous avons retrouvé votre trace. Madame Westcott, je vous appelle parce que votre sœur — nous pensons qu'il s'agit de Briana Devon… »

*Briana ?* songea Amelia, au comble de la confusion. *Pas Daria ?*

— « … a été conduite aux urgences de l'hôpital de Naples par une équipe de premiers secours. Elle a eu… un accident en mer, et nous aimerions que vous veniez dès que possible confirmer son identité et prendre les mesures nécessaires. »

Amelia ne savait plus que penser. Bree ? Bree avait eu un accident ? Elle devait l'identifier ? Qu'essayaient-ils de lui faire comprendre, au juste ? Qu'elle était morte ? Ce n'était pas possible ! Il n'était pas possible que ce soit… elle.

Insensible à sa détresse, la voix poursuivit :

— « Nous avons été informés que vos sœurs jumelles vivent ensemble, mais il ne nous a pas été possible d'entrer en contact avec Daria Devon, que ce soit à son domicile ou sur son lieu de travail. »

Comme si sa correspondante avait pu l'entendre, Amelia murmura dans l'appareil :

— Moi non plus, je n'ai jamais réussi à entrer en contact. Ni avec l'une, ni avec l'autre. Ce n'est pas faute d'avoir essayé…

Dans la salle d'attente des urgences, Cole faisait les cent pas comme un jeune père guettant l'arrivée imminente de son premier-né. Il en avait tout l'air en tout cas dans ce coupe-vent trop petit qu'on lui avait prêté et qu'il était incapable de fermer. Toujours vêtu de son bermuda mouillé, il faisait crisser ses chaussures détrempées sur le sol chaque fois qu'il faisait demi-tour.

La détresse évidente des gens qui patientaient avec lui n'était pas de nature à le rasséréner. Il y avait là une mère dans tous ses états, dont le gamin venait d'avaler une pièce de monnaie ; un jeune homme qui se tordait de douleur, tyrannisé par un calcul rénal ; quelques personnes âgées, aussi absentes et diaphanes que si la mort les avait déjà emportées. Il y avait foule, mais au moins Briana avait été admise à passer sur un brancard les portes battantes pour rejoindre sans attendre le saint des saints. Plusieurs fois, déjà, il était allé interroger une infirmière inflexible au guichet des admissions. Pourquoi, au juste, ne voulait-on rien lui dire ?

Cole avait l'impression de revivre cette terrible nuit au cours de laquelle son père était mort d'une crise cardiaque. Sachant pertinemment qu'il était trop tard, il avait néanmoins appelé une ambulance. L'équipe de premiers secours avait emmené le corps jusqu'aux urgences de Sarasota, pour finir par lui annoncer ce qu'il savait déjà. Mais Briana, elle, allait s'en tirer. Le simple fait de ne pas s'être noyée dans cette mer démontée montrait combien elle était forte et résistante. Sans compter que pour survivre au milieu des requins, comme manifestement elle l'avait fait, il fallait une bonne dose de sang-froid… Cole avait réussi à s'imposer dans l'ambulance qui l'amenait à l'hôpital, mais, aux portes de la salle de réanimation, il avait été mis à l'écart sans ménagement. Peu lui importait, il était prêt à s'y résoudre.

Depuis son divorce avec Jillian, l'année précédente, c'était une situation qu'il connaissait bien. Il n'avait pas réalisé à quel point il avait sacrifié sa propre existence pour elle, jusqu'à ce qu'elle le coupe après leur séparation de ceux qu'il avait pris pour ses amis, et qui n'étaient en fait que ceux de son ex-épouse. Cela n'avait pas arrangé ses affaires, de voir son carnet d'adresses fondre comme neige au soleil. Au moins, cela lui avait fourni une excuse pour déserter le country club. Mais ce qu'il retenait surtout de la plus grosse erreur de jugement de son existence, c'était qu'au terme de deux ans de vie commune Jillian n'était pas devenue partie intégrante de sa vie, qu'elle ne lui manquait pas du tout. L'échec de leur mariage le rendait triste et l'avait abattu, mais il ne ressentait aucun manque. Curieusement, il aurait été bien plus affecté par la disparition de Briana, alors qu'ils n'avaient partagé qu'un déjeuner quelques mois plus tôt, et la terrible expérience de ce jour.

Soudain, l'irruption dans le hall d'Amelia Westcott, avec qui il siégeait à la Commission d'épuration des eaux du golfe, lui fit relever la tête et le surprit. Manifestement très inquiète, elle se hâta de rejoindre le guichet des admissions.

— Vous m'avez appelée ! dit-elle à l'infirmière, le souffle court. Je suis la sœur de Briana Devon. Pouvez-vous me dire si Daria, notre autre sœur, est arrivée ?

Cole, qui s'était approché, prit les devants.

— Amelia…, J'ignorais que vous êtes la sœur de Briana. C'est moi qui l'ai trouvée sur une plage de Keewadin Island, à demi noyée. Je l'ai ramenée à terre et…

— A demi noyée ? le coupa-t-elle, livide. Elle devait être avec Daria. C'est toujours ensemble qu'elles plongent. Je ne comprends pas ce qu'elles faisaient en mer par ce temps !

Cole perçut un soupçon d'amertume dans l'inquiétude que se faisait Amelia pour ses sœurs. Plus il vieillissait, plus il se rendait compte que les problèmes de famille étaient la chose la mieux partagée au monde, sous la surface tranquille et rassurante des vies quotidiennes. Autrefois, il s'imaginait que son histoire familiale tourmentée était unique. Désormais, il savait qu'elle était dans la norme et presque de règle.

L'infirmière de l'accueil, qui les avait écoutés sans rien

dire, se décida enfin à décrocher son téléphone pour prendre des nouvelles de Briana. Pour tromper son impatience, Cole reporta son attention sur Amelia. Son apparence, comme à l'accoutumée, était irréprochable. Ses yeux d'un bleu glacier formaient un contraste frappant avec ceux de Briana, gris-vert. De même, ses cheveux blond platine impeccablement coiffés et son maquillage sans défaut prenaient le contre-pied de l'allure sportive et non apprêtée de ses sœurs. Lorsqu'il était arrivé à Cole de les croiser, la plupart du temps elles étaient encore ruisselantes d'eau de mer et n'avaient d'autre coiffure que celle que le vent leur offrait — ce qu'il trouvait quant à lui sexy en diable. Manifestement, Amelia était l'aînée des deux jumelles. Elle paraissait également moins relax qu'elles — sans doute autant par nature qu'en vertu des circonstances. Tassée sur elle-même, les yeux plissés, le souffle court, elle faisait penser à un bouledogue prêt à mordre. Ce qui lui ramena à la mémoire les requins auxquels Briana avait réussi à échapper — détail qu'il s'abstint de préciser à sa sœur.

Soudain, un homme en blouse blanche, raide comme un piquet et doté d'une calvitie galopante, passa les portes des urgences et se dirigea droit sur Amelia. Le Dr Micah Hawkins — ainsi que le précisait le badge épinglé à sa blouse — consulta son écritoire à pinces.

— Madame Westcott. Etes-vous apparentée à Briana Devon ?

Cole sentit ses genoux faiblir. Etait-ce une entrée en matière pour annoncer que le pire était arrivé ?

— Oui, je suis sa sœur, répondit-elle d'une voix tendue. Enfin… l'une de ses sœurs.

D'un geste, le médecin invita Amelia à le suivre. Sans y avoir été invité, Cole leur emboîta le pas.

— Votre sœur a ingurgité beaucoup d'eau, expliqua le

Dr Hawkins tout en marchant. Mais le plus inquiétant, ce sont les suites de la foudre qui est tombée sur elle. Cela pourrait entraîner quelques complications.

Après un rapide coup d'œil à Cole, il ajouta :

— Puis-je vous demander qui vous êtes ?

— Cole DeRoca. C'est moi qui l'ai trouvée et l'ai amenée ici. Je lui ai fait du bouche-à-bouche. Elle ne respirait plus. Est-ce qu'elle va s'en tirer ?

Le jeune interne acquiesça d'un hochement de tête.

— Elle vous devra une fière chandelle, monsieur DeRoca. Sans votre présence d'esprit, elle serait sans doute morte à l'heure qu'il est. Si Mme Westcott n'y voit pas d'inconvénient, vous pouvez nous suivre. Nous allons devoir programmer une série de tests et demander l'avis d'un spécialiste en neurophysiologie. Ses pertes de conscience sont inquiétantes et elle réclame de manière obsessionnelle une certaine Daria.

— Naturellement, faites pour le mieux…, répondit Amelia. Vous voulez dire que Daria n'a pas été retrouvée ?

— Daria est la sœur jumelle de Briana, expliqua Cole au médecin. Elles devaient être ensemble au large, et Briana a dû tomber du bateau.

— Seigneur ! gémit Amelia. Pourvu que Daria n'ait pas…

Laissant sa phrase en suspens, elle agrippa le poignet du médecin et reprit :

— Docteur… Faites appel à tous les spécialistes que vous jugerez nécessaires. Je ne suis pas certaine que Briana soit couverte par les assurances, mais je prendrai tout en charge.

Cette précision rectifia quelque peu l'impression mitigée qu'avait laissée à Cole la sœur de Briana. En parcourant le dédale de boxes fermés par des rideaux dans lequel le Dr

Hawkins les entraînait, il ne put s'empêcher de remarquer à haute voix :

— Mais si Daria était au large avec Briana, où se trouve-t-elle à présent ?

En refaisant surface une nouvelle fois, Briana se demanda si elle était morte. Les paupières entrouvertes, elle fit de son mieux pour filtrer l'aveuglante lumière qui tentait de chasser les ténèbres de son esprit. Elle se sentait groggy, impuissante, à la merci de la mer démontée à la surface de laquelle elle flottait comme un bouchon. Pourtant, le ciel paraissait s'être éclairci. Il était même trop brillant, et plusieurs soleils s'y trouvaient... Dans un éclair de lucidité, elle comprit que ce n'était pas le ciel mais un plafond brillamment éclairé par des spots lumineux qui lui faisaient mal aux yeux. Simultanément, elle prit conscience de voix humaines dans la pièce. Pourquoi tous ces gens se sentaient-ils obligés de hurler ?

Des visages inconnus, flous et énigmatiques, flottaient de temps à autre au-dessus d'elle. Briana se demanda comment elle avait pu échapper aux requins. N'avait-elle fait que les imaginer ? Et Daria, qui lui ressemblait depuis la naissance autant que son reflet dans la glace, où avait-elle bien pu passer ? Briana n'avait jamais aimé plonger seule. Quand elle passait de l'autre côté du miroir de la mer pour s'aventurer au pays merveilleux des profondeurs, elle préférait avoir près d'elle son alter ego.

Quelqu'un força ses paupières à s'entrouvrir et darda sur sa pupille un fin rai de lumière qui plongea comme une lame au fond de son cerveau. Briana sursauta. Elle tenta de couvrir son visage de ses mains, mais l'un de ses bras était entravé par des fils reliés à des machines et l'autre, bandé, lui faisait souffrir le martyre dès qu'elle le bougeait. Un homme en blouse blanche — sans doute un docteur — se pencha sur elle et scruta son visage avec attention. Briana eut un coup au cœur en découvrant Amelia à son côté. Qu'est-ce qu'Amelia fichait là ? Et qui était cet homme élancé et séduisant, aux yeux sombres et aux cheveux noirs, qui l'accompagnait ? Pourquoi semblait-il se faire tant de souci pour elle ? Ses vêtements disparates et mouillés indiquaient qu'il n'était pas médecin. Avait-il été dans l'eau avec elle ?

— Que s'est-il passé ? tenta-t-elle d'articuler.

Mais elle ne reconnut pas sa voix, et nul ne lui répondit. Qu'est-ce qui clochait, avec tous ces gens ? Pourquoi Daria n'était-elle pas là ?

— Elle ne souffre pas de brûlures, expliqua le médecin à Amelia et à l'inconnu. Sauf au poignet gauche, où elle portait une montre de plongée en acier. Une brûlure superficielle qui devrait disparaître en quelques jours. J'ai déjà demandé un scanner et une IRM. Nous la ferons transférer en chambre particulière dès que possible. Il nous sera ainsi plus facile de surveiller l'évolution de son cas et de faire effectuer quelques scanners fonctionnels supplémentaires par un spécialiste.

D'une voix grave et profonde, semblable à une caresse, l'homme aux vêtements humides s'étonna :

— Fonctionnels ? Vous craignez pour le fonctionnement du cerveau ?

— Ce n'est pas à exclure, répondit le docteur. Les suites de ce genre d'accidents varient beaucoup d'un sujet à l'autre. Je dois cependant vous préciser, madame Westcott, qu'il ne faut pas forcément craindre des lésions au cerveau, même si les pupilles de votre sœur sont dilatées.

Sur ce, il se pencha au-dessus de Briana et lança, tout près de son visage :

— Briana Devon ? Vous êtes à l'hôpital de Naples. Je suis le docteur Hawkins. Vous m'entendez ?

Briana grimaça. Elle ne risquait pas de ne pas l'entendre, s'il lui hurlait ainsi dans les oreilles ! Elle entendait même le plus petit bruit dans la pièce, jusqu'au discret métronome de son goutte-à-goutte.

Parce qu'elle n'avait pas la force de hocher la tête, Briana se força à parler, malgré ses lèvres sèches et parcheminées qui lui semblaient en carton.

— Oui, répondit-elle à grand-peine. Où est Daria ?

Ce ne fut pas le médecin qui lui répondit, mais le grand et séduisant inconnu.

— Briana, pouvez-vous nous dire où vous avez vu Daria pour la dernière fois ?

Briana lutta pour articuler sa réponse. Ils devaient l'aider à retrouver Daria.

— Quand j'ai plongé… depuis notre bateau. Sur le site… de Trade Wreck. Juste avant la tempête.

Amelia lâcha un cri qui transperça les tympans de Briana.

— Tu veux dire… tu veux dire qu'elle a disparu en mer ?

Les nerfs de sa sœur semblaient sur le point de lâcher. L'homme, en lui posant la main sur l'avant-bras, réussit à lui faire reprendre contenance.

— Faites un effort pour vous rappeler, insista-t-il. Etait-elle encore sur le bateau, quand vous avez plongé ?

— Bien sûr. Oui !

Amelia poussa un soupir de soulagement et murmura :

— Alors, elle a pu s'en tirer. Elle a probablement dû

se mettre à l'abri de la tempête, ou être entraînée plus au large.

Puis, après avoir brièvement serré dans sa main l'épaule de Briana, elle s'éloigna en compagnie du Dr Hawkins.

Bree aurait voulu crier de rage et d'indignation. Comment Amelia pouvait-elle imaginer que Daria l'aurait abandonnée au milieu d'une plongée pour aller se mettre à l'abri ? Jamais sa sœur jumelle ne l'aurait laissée là de son plein gré.

Comme s'il avait pu lire dans ses pensées, l'homme aux cheveux noirs et à la voix de velours tenta de la rassurer.

— Nous allons la chercher et la trouver. Restez tranquille et essayez de vous reposer, à présent.

Lui aussi avait posé la main sur son épaule. Mais Briana ressentait plus d'apaisement à son contact qu'à celui de sa sœur. Sa paume était chaude, sa poigne solide, rassurante.

Si le docteur et Amelia s'étaient imaginé lui dissimuler la vérité en faisant des messes basses avant de quitter la pièce, c'était raté… Le praticien avait expliqué à sa sœur qu'un éclair tombant non loin d'elle — un choc latéral, avait-il dit — lui avait probablement occasionné une commotion cérébrale. Il avait ensuite énuméré une liste de séquelles possibles : amnésie sporadique, neurasthénie, abattement, irritabilité, distraction.

L'amnésie la menaçait peut-être, mais Briana doutait qu'elle puisse oublier un jour ce qui était arrivé à Daria. Mais que lui était-il arrivé, au juste ? Heureusement, cet homme dont elle ne parvenait pas à se rappeler où elle l'avait déjà vu avait promis de l'aider. « *Nous* allons la chercher et la trouver », avait-il dit. Elle aurait dû se souvenir de lui. Son identité semblait flotter juste en périphérie de sa mémoire, hors de portée. Cela la rendait inquiète et furieuse à la fois, ce qui paraissait donner raison au docteur quant aux effets de son accident sur son humeur.

Bien que redoutant, en fermant les yeux, de se retrouver nez à nez avec les requins, Bree laissa retomber ses paupières. Elle ne supportait plus ces lumières cruelles qui l'aveuglaient ni ces bruits qui l'assourdissaient. Comment pouvait-elle entendre jusqu'aux semelles des infirmières qui glissaient sur le sol ? Ces voix angoissées, ces cris de douleur qui s'élevaient occasionnellement autour d'elle, ne faisait-elle que les imaginer ou existaient-ils réellement ?

Le brusque grincement d'anneaux de rideaux sur une tringle en métal faillit la rendre sourde. Elle entendit celui dont l'identité lui échappait demander son portable à Amelia et sortir du box en annonçant son intention d'appeler les gardes-côtes pour les tenir informés à propos de Daria.

Epuisée, nauséeuse, Bree se fit une promesse avant de sombrer de nouveau dans l'inconscience : aussitôt qu'elle en serait capable, dès qu'elle pourrait tromper la vigilance des infirmières et d'Amelia, elle trouverait un bateau pour se lancer elle-même à la recherche de sa sœur. Même si cet homme avait promis de l'aider, et même si les gardes-côtes étaient prévenus, c'était à elle de s'aventurer sur la mer traîtresse et dévoreuse pour la retrouver.

# 4

Briana eut l'impression que l'on s'était donné le mot pour la maintenir éveillée toute la nuit — en supposant qu'elle ait eu envie de dormir. Elle brûlait d'envie de quitter son lit, de trouver des vêtements et de partir à la recherche de Daria. Les aides-soignantes qui se relayaient toutes les heures à son chevet pour lui faire ouvrir les yeux et y pointer un rayon lumineux ne lui en laissèrent pas le loisir. Elles vérifiaient sa tension et le débit de ses perfusions. Et lorsqu'elles sortaient, elle les entendait aller et venir en mâchant leur chewing-gum. En arrière-plan sonore, il lui semblait même percevoir toujours le bruit des vagues et le rugissement du vent.

Malgré son envie de rester éveillée et de se lever, chaque fois que les infirmières la laissaient seule Briana sombrait de nouveau dans un sommeil de plomb. Lors de brefs instants de lucidité, son esprit s'enfiévrait. Qu'était-il arrivé à Daria ? Et si des trafiquants de drogue l'avaient surprise en allant récupérer une cargaison et avaient décidé de la faire taire ? A moins qu'elle n'ait été la victime de ces monstres sans foi ni loi qui vivent du trafic d'êtres humains… Comment expliquer sa disparition autrement ? Jamais Daria ne l'aurait abandonnée ainsi, de son propre chef. Ne connaissait-elle pas sa sœur jumelle aussi bien qu'elle se connaissait elle-même ?

Luttant de son mieux contre la peur panique qui menaçait de l'engloutir, Bree passa ainsi de cauchemar en cauchemar. Elle n'en sortit qu'en prenant conscience de la présence à son chevet d'une femme — Amelia, alors qu'elle aurait tant voulu que ce soit Daria.

Au milieu d'un rêve où elle tentait d'expliquer à son si séduisant et mystérieux sauveteur ce qui lui était arrivé, elle s'entendit murmurer :

— L'eau… elle était trop forte.

Dans ce rêve, elle se trouvait en sécurité, dans ses bras, blottie contre lui pour plus de sûreté. Jamais elle n'aurait imaginé avoir un jour autant envie et besoin d'un homme. Qui était-il ? Pourquoi ne pouvait-elle se le rappeler ?

— Tout de suite…, fit Amelia, pensant qu'elle réclamait de l'eau. Je vais te donner à boire.

Bree ouvrit les yeux et la vit approcher de ses lèvres la paille d'un gobelet de plastique. Elle constata par la même occasion que l'aube éclairait le ciel et qu'on l'avait transférée dans une chambre particulière. La lumière du jour, presque aussi vive qu'en plein midi, se déversait à flots dans la pièce par une grande baie.

— Des nouvelles ? parvint-elle à demander en tournant la tête vers Amelia. L'ont-ils retrouvée ?

Refermant les lèvres sur la paille, elle but avidement. Une de ses perfusions devait servir à l'hydrater, mais sa gorge lui semblait aussi sèche qu'un désert.

— Ils devaient lancer les recherches aux premières lueurs du jour, répondit Amelia d'une voix absente. C'est-à-dire maintenant. Les gardes-côtes ont fait un premier repérage sur les lieux dont ton employé leur a fourni les coordonnées.

*Manny...* Songer à lui suffit à raviver la détresse de Bree. Rien ne serait arrivé, songea-t-elle, si seulement il avait été là, avec elles. Et si une soudaine rage de dents n'avait pas empêché Daria de plonger.

Epuisée par l'effort fourni pour boire, Bree dut reprendre haleine.

— Mon *employé* s'appelle Manny, dit-elle à Amelia. Son nom exact est Manuel Salazar. S'il te plaît, appelle-le pour lui dire que je vais bien.

Briana se rappelait parfaitement le nom de Manny, mais quel pouvait bien être celui de cet autre homme, qui l'avait apparemment sauvée d'une mort certaine ? Son visage lui semblait si attirant et si familier qu'elle devait, qu'elle ne pouvait que le connaître.

Penchée sur elle pour remonter son drap sur sa poitrine, Amelia ne lui répondit pas mais expliqua d'un ton neutre :

— Ils vont effectuer également des recherches aériennes. Je suis sûre que Daria se trouve toujours sur votre bateau et qu'ils vont la retrouver. Le moteur a dû tomber en panne, l'amarre se briser. La tempête l'aura entraînée jusqu'aux Ten Thousand Islands. Ils vont la retrouver...

Briana n'aurait pas demandé mieux que de s'en persuader elle aussi.

— Merci, dit-elle à mi-voix. Merci d'être là près de moi.

— Où d'autre pourrais-je me trouver ? s'offusqua sa sœur aînée. Alors que vous n'avez plus que moi, Daria et toi ? Je suis peinée que tu aies besoin d'un accident pour t'en rendre compte...

Il y avait dans le ton de sa voix une dureté, quelque chose de coupant, qui n'était que trop familier à Briana et qui lui rappelait ce qu'elle désirait par-dessus tout oublier.

Amelia était âgée d'à peine six ans lorsque leur mère était morte d'éclampsie puerpérale en donnant naissance aux jumelles. A présent, arrivées à l'âge adulte, elles comprenaient qu'elle puisse leur en vouloir et même leur en tenir rigueur. Leur père, devenu veuf, s'était jeté corps et âme dans la dure tâche d'avoir à élever seul Bree et Daria, devant lesquelles tout le monde s'extasiait. Amelia, timide et fière de nature, s'était sentie mise de côté quand son papa, sportif accompli, avait appris à nager, à plonger et à pêcher à ses filles cadettes. Il avait bien tenté d'inclure son aînée dans leur cercle, mais celle-ci, peu portée sur la pratique sportive, n'avait rien voulu savoir. Tandis que les jumelles, en vrais garçons manqués, passaient de plus en plus de temps avec lui dans et hors de l'eau, Amelia était restée dans les jupes de leur grand-mère maternelle pour remâcher son chagrin et son amertume.

— Amelia ? demanda Bree en émergeant de ses pensées. Quel est le nom de cet homme qui m'a sauvée ? Je suis sûre de l'avoir déjà rencontré, mais certains détails — certains détails récents — restent dans le flou.

Amelia sourit et parut se radoucir.

— Rien de plus naturel, affirma-t-elle. Tu as peut-être subi une légère commotion. Et même si ce n'est pas le cas, cette mésaventure a de quoi te chambouler la tête. Je te conseille pourtant de ne pas trop t'agiter, sans quoi ils vont te donner un sédatif pour te plonger dans le sommeil, comme ils le font toujours en cas de commotion cérébrale. De quoi calmer ton anxiété et te faire oublier à quel point il a dû être traumatisant pour toi de…

Bree l'interrompit sèchement.

— Je n'ai pas besoin d'oublier ! Et comment pourrais-je ne pas être anxieuse, alors que Daria est portée disparue ?

Je dois me lever ! Elle a besoin d'aide. Il faut que je parte à sa recherche…

— Tu n'iras nulle part ! répliqua Amelia en lui tapotant la main, comme elle aurait pu le faire pour une enfant. Ils vont devoir te faire subir une batterie de tests aujourd'hui, avec un spécialiste venu de Fort Myers, avant de pouvoir te relâcher. Si ça peut te calmer, sache que le fringant chevalier qui est venu à ton secours sur son fier esquif n'est autre que Cole DeRoca, avec qui je siège à la Commission d'épuration des eaux du golfe.

Amelia poursuivit sur sa lancée, expliquant que le bureau de la Commission se réunissait ce jour-là. Selon elle, ce qui était arrivé aux jumelles Devon allait être au cœur de toutes les discussions. Elle regretta presque de ne pouvoir y être pour répondre aux questions de ses collègues, mais Bree ne l'écoutait plus.

Une drôle de sensation était née au creux de son ventre. Tous les détails de sa rencontre avec Cole DeRoca, l'homme qui habillait de bois précieux l'intérieur des yachts de luxe, lui étaient revenus d'un coup à la mémoire. Bree raclait la coque d'un gros bateau sur lequel il travaillait aussi. Il l'avait invitée à partager à la pause déjeuner quelques sandwichs et une bouteille de vin de la cave de bord.

Bree l'avait tout de suite trouvé outrageusement séduisant, en dépit ou à cause de son look naturel et un peu débraillé. Sa voix de basse avait fait vibrer à cœur chaque atome de son corps. Quand elle travaillait, elle n'accordait aucune attention à sa tenue, à son maquillage ou à ses cheveux. Mais ce jour-là, elle avait regretté de ne pouvoir se montrer à lui dans d'autres atours que sa tenue de plongée, ses cheveux trempés réunis simplement en queue-de-cheval dans son dos. Cole, quant à lui, était habillé d'un jean fané usé aux genoux et d'un T-shirt noir parsemé de sciure. Pourtant, il était arrivé sans qu'elle sache comment à les porter avec autant de classe qu'un mannequin posant pour une pub de yachting. En fait, le bateau aurait tout aussi bien pu lui appartenir plutôt que de lui servir de chantier… Son corps tonique et musclé était si bronzé que son propre hâle, par comparaison, faisait pâle figure. Son sourire facile et ses rires plus rares creusaient des fossettes dans ses joues et plissaient ses yeux sombres aux sourcils épais mais parfaitement dessinés. Tout en parlant de choses et d'autres avec elle, il n'avait cessé de la scruter avec une intensité qui la laissait encore toute chose quand elle y repensait. Et si elle parvenait à se rappeler tout cela autant que l'effet dévastateur que Cole DeRoca avait produit sur sa libido, n'était-ce pas la preuve que son esprit — tout autant que son corps — fonctionnait parfaitement ?

D'autres détails de leur brève rencontre lui revenaient en rafales. Il lui avait expliqué qu'il travaillait seul, prenant les mesures, dessinant les plans, taillant et assemblant les bois exotiques précieux dont il s'était fait une spécialité. Il adorait se servir de ses mains, lui avait-il confié avec un sourire de connivence. Il lui avait raconté comment sa femme, qui ne voulait pas d'un travailleur manuel pour mari, avait décidé de rompre avec lui quand il avait expliqué, lors d'une réception, être charpentier et non architecte d'intérieur. Bree n'en était pas fière, mais elle devait s'avouer qu'un grand soulagement l'avait envahie quand elle avait appris qu'il était divorcé.

— J'ai appelé Manny à votre boutique et je lui ai parlé, était en train d'expliquer Amelia. Mais je dois avouer que j'ai eu du mal à le comprendre. Son accent est à couper au couteau ! Au moins, tu n'auras pas pris pour rien tous ces cours d'espagnol. Toi et tes hispanos…

— N'oublie pas d'inclure Cole dans le lot ! répliqua

Bree avec amusement. Son grand-père portugais était fabriquant de bateaux.

D'autres bribes de cette conversation qu'ils avaient eue des mois plus tôt lui revenaient si clairement qu'elle n'avait plus aucun doute quant à la fiabilité de sa mémoire. Amusée, elle songea qu'à en juger par l'effet que Cole avait produit sur elle elle n'avait pas attendu la tempête de la veille pour être frappée par un coup de foudre… Dans ce cas, pourquoi n'était-elle pas parvenue à le reconnaître immédiatement quand elle l'avait vu ?

Certes, elle percevait toujours la lumière et les sons avec une acuité inquiétante, mais elle pouvait s'en accommoder pour l'instant. Restait à espérer que tout finirait par rentrer dans l'ordre. Parce qu'il lui fallait sortir de l'hôpital aussi vite que possible pour pouvoir porter secours à Daria, elle n'avait pas l'intention de confier ces dysfonctionnements ou les tours que lui jouait sa mémoire à qui que ce soit. Il lui faudrait pour commencer prendre contact avec les gardes-côtes et la patrouille de recherches aériennes. Elle avait un ami qui y travaillait, qu'elle pourrait appeler. Elle avait en tête quelques pistes pour retrouver le *Mermaids II*. Ce qui la terrifiait, c'est que certaines d'entre elles conduisaient au fond de l'eau.

Très tôt le matin, après avoir été emmenée en fauteuil roulant pour une batterie de tests neuro-cognitifs, Bree sommeilla sur son lit d'hôpital. Les yeux clos, plus épuisée que jamais, elle attendait les résultats que le spécialiste avait promis de lui fournir dans un délai très court.

— Ton chevalier servant t'a fait porter ceci, annonça Amelia en la rejoignant, chargée d'un paquet. Les infirmières ne l'ont pas laissé aller plus loin que leur bureau à cet étage. Seule la famille a droit aux visites, surtout depuis qu'une troupe de journalistes fait le pied de grue en bas dans l'espoir de pouvoir monter jusqu'à toi.

Bree tourna la tête et vit un magnifique plant d'orchidée aux fleurs teintées d'orange. Cette délicate attention de Cole lui amena instantanément les larmes aux yeux. Alors que les souvenirs terribles de la veille étaient encore présents à son esprit, les fleurs graciles ressemblaient à de petits papillons légers porteurs d'espoir. La plante elle-même était présentée dans un écrin original et précieux, fabriqué dans un bois sombre qu'elle ne connaissait pas.

Amelia n'avait rien manqué de sa réaction.

— Il est divorcé…, reprit-elle en lissant soigneusement sa literie autour d'elle. Et plutôt bel homme, si tu veux mon avis.

— Tu sais bien que je n'ai que faire d'un homme. Sauf pour Daria.

— Oui, bien sûr. C'est juste que tu n'as eu aucune histoire sérieuse depuis Ted — et même avant la mort de Ted. Aïe ! Désolée. Je n'aurais pas dû amener ça sur le tapis.

— Ça ne fait rien…, assura Bree, même si elle se sentait d'humeur à étrangler sa sœur. Tant que tu n'abordes pas le sujet devant Sam Travers. Il me tient toujours pour responsable de l'enrôlement de Ted et de sa mort.

En se perchant près du lit sur un tabouret, Amelia haussa les épaules.

— Comme s'il m'arrivait de fréquenter Sam Travers ! Et ça lui ressemble bien de t'en vouloir simplement pour avoir rompu avec son fils, qui n'a trouvé refuge dans les bras de l'armée que pour y mourir… Remarque, garder pendant des années une dent contre quelqu'un que l'on juge responsable de la perte d'un être cher n'a rien d'extraordinaire. C'est même quelque chose que je peux comprendre.

Faisant appel au peu de force qui lui restait, Bree actionna le bouton pour redresser le haut de son lit. Puis elle s'empara de la télécommande sur la table de nuit. Discuter de pertes et de deuils impossibles lui était insupportable pour l'heure. Comme d'habitude, en dépit de ses efforts pour se rendre aimable, sa sœur aînée n'arrivait qu'à lui taper sur les nerfs.

D'un geste sec, Bree alluma la télévision posée sur un support mural dans un coin de la pièce. Il était presque midi, et les stations locales entamaient habituellement leur bulletin d'information par un point sur les recherches en cas de disparition en mer. En attendant d'être en mesure de se lancer elle-même sur les traces de sa sœur, c'était tout ce que Bree pouvait faire pour elle.

Un clip politique s'afficha à l'écran. Le genre de spot dont tout le monde était déjà fatigué, alors que l'élection n'était prévue que deux mois plus tard. Celui-ci chantait les louanges de Marla Sherborne, conservatrice et sénatrice en titre, farouchement opposée aux jeux de hasard. Comme la plupart de ceux qu'elle diffusait, ce message était une mise en garde contre les dangers qu'il y aurait à autoriser l'installation de casinos flottants « qui ouvriraient les vannes de l'argent sale dans le pays ». Dom Verdugo, un florissant homme d'affaires de Miami, envisageait en effet l'arrivée d'un de ces bateaux dans la baie. L'initiative n'avait pas encore été approuvée par la population, et les débats étaient vifs à ce sujet. Les uns arguaient que le casino drainerait une nouvelle clientèle pour les commerces, les bars, les hôtels et les restaurants des environs. D'autres faisaient valoir que des hordes de nouveaux arrivants feraient grimper les prix de l'immobilier et mettraient à mal l'atmosphère de la Floride traditionnelle, déjà bien malmenée. Sans compter les dégâts supplémentaires que causerait à l'environnement cet afflux de population. Habilement, le spot établissait un lien entre le projet de casino et la pollution marine qui avait menacé la faune et la flore sous les scintillantes eaux du golfe.

Curieusement, il existait un point commun entre les deux compétiteurs. Josh Austin, l'adversaire de Marla Sherborne pour la course au Sénat, avait pour beau-père un richissime baron de la canne à sucre, veuf de longue date, qui entretenait une liaison avec Marla. Si cette affaire venait à la connaissance du grand public, Josh en tirerait-il parti pour déstabiliser sa belle-mère par alliance ?

Tout en réfléchissant aux méandres politico-mondains de cette situation explosive, Bree constata avec soulagement que son cerveau fonctionnait sans rechigner, livrant à sa réflexion des noms, des faits et des détails aussi bien récents que vieux de plusieurs années. Cela ne rendait que plus mystérieuses les raisons pour lesquelles elle ne se rappelait rien de ce qui s'était passé durant son sauvetage par Cole. Elle en vint à se demander si les infirmières ne lui glissaient pas sans le lui dire ce sédatif dont Amelia lui avait parlé. Dorénavant, il lui faudrait s'arranger pour ne plus avaler ces pilules dont on la gavait. Pour se lancer à la recherche de Daria, il lui fallait disposer de tous ses moyens.

Amelia, qui suivait d'un œil distrait ce qui se passait sur l'écran, commenta d'un ton sans appel :

— Les membres de la Commission ne sont pas dupes des proclamations de vertu écologique de Marla. Chacun sait qu'elle partage le lit de ce baron de la canne, Cory Grann. Or, c'est l'épandage systématique d'engrais et de désherbants toxiques sur ses champs qu'il faut rendre responsable de la quasi-disparition de la vie sous-marine.

Quelques coups furent frappés contre la porte entrouverte.

Une voix se fit entendre, que Bree reconnut immédiatement, même si son propriétaire n'entra pas tout de suite.

— N'est-ce pas le nom de mon cher beau-père, que je viens d'entendre prononcé à la légère ? Ma belle, tu es bien gardée… Même la presse ne peut arriver jusqu'à toi, et j'ai dû tirer quelques ficelles pour y parvenir.

— Josh ! s'exclama joyeusement Bree en le voyant, tout sourires, passer la tête dans l'entrebâillement de la porte.

Dans ces circonstances, elle était heureuse et soulagée de recevoir la visite de leur vieil ami. Homme politique sur qui l'on pouvait compter, Josh Austin n'avait pas son pareil pour résoudre les problèmes et faire aboutir les causes les plus désespérées.

— J'espère, intervint Amelia en grimaçant, que tu ne m'as pas entendue déblatérer sur tous ces spots électoraux. Car je suppose que le tien va suivre…

Josh était une vieille connaissance des deux sœurs depuis qu'il était sorti avec Daria des années plus tôt. Et lorsqu'ils avaient rompu — à l'initiative unilatérale de Josh —, toutes deux étaient restées en bons termes avec lui, même s'ils ne se voyaient que rarement. Parti pour accomplir une brillante carrière dans la politique, Josh Austin était une gloire locale dont tout le monde était fier.

— Je n'ai pas le choix ! protesta-t-il d'une voix pleine d'entrain. Ces spots télé sont un mal nécessaire, un signe des temps. Mais je les déteste, moi aussi.

— C'est tellement bon de te voir ! lui lança Bree. Je ne te cache pas que nous allons avoir besoin de toi pour nous aider à retrouver Daria.

— C'est pour ça que je suis là, expliqua-t-il en pénétrant dans la pièce. Je fais tout mon possible. J'ai déjà appelé les gardes-côtes et la patrouille aérienne pour qu'ils fassent de ces recherches une priorité.

Après avoir serré entre les siennes les mains d'Amelia, Josh gagna le lit et se pencha pour embrasser Briana sur la joue. En arrière-plan, un de ses spots de campagne venait de succéder à l'écran à celui de Marla. Sa conviction à lui était qu'un strict contrôle de l'économie du jeu de hasard pouvait cohabiter avec une politique écologique ambitieuse pour les eaux du golfe. En outre, selon lui, le casino apporterait plus d'argent et créerait plus d'emplois pour l'économie locale, ce qui dégagerait de nouvelles ressources pour la protection de l'environnement. Le clip se terminait sur un plan du candidat et de sa très belle épouse, Nicole, avocate elle aussi. Main dans la main, tout sourires, ils s'avançaient vers la caméra, sur la plage au soleil levant. Ils n'avaient pas d'enfant, sans quoi ils auraient figuré sur la photo de famille, eux aussi… Daria avait entendu dire que Nicole — surnommée Nikki par Josh — avait enduré deux fausses couches.

Redevenant brusquement sérieux, Josh posa la main sur l'épaule de Briana et expliqua, le front ridé de plis soucieux :

— Quand j'ai entendu ce qui t'est arrivé, j'ai accouru ventre à terre. Nikki t'embrasse. Elle est en bas, dans le hall, pour répondre aux reporters, afin qu'ils te fichent la paix.

— Je leur parlerais moi-même, si cela pouvait contribuer à retrouver Daria. Tu la remercieras pour moi.

— Tu peux compter sur elle. C'est un vrai petit soldat.

Il se pencha en avant et ajouta, mi-figue mi-raisin, sur un ton de conspirateur :

— Tout à fait entre nous, elle est persuadée qu'une fois que je siégerai au Congrès, je n'aurai qu'un pas à faire pour aller à la Maison Blanche. Le genre de résidence secondaire qui lui plairait… Mais assez parlé de ça ! Je suis convaincu qu'ils vont retrouver Daria. Au fait : je t'ai amené le journal de ce matin qui relate ton sauvetage.

De sous son bras, il tira un exemplaire replié du *Naples Daily News*, qu'il tendit à Amelia.

— Toi et ce DeRoca, ajouta-t-il, vous vous êtes conduits en héros. Je vous admire tous les deux pour votre courage.

Bree hocha la tête en souriant et songea que c'était Josh Austin, le héros. Pas seulement à cause de son infatigable dynamisme et de ses airs d'éternel jeune premier. Depuis qu'elles le connaissaient, il avait toujours fait l'admiration de Briana, et Daria avait tout de suite été folle de lui. Ils étaient sortis ensemble durant trois ans à l'université, bien avant ses jours de gloire dans les hautes sphères de l'Etat. Mais déjà à l'époque, sa popularité était grande sur le campus, où il était en charge de tout ce qu'il était possible à un étudiant de décider. Aussi brillant et éphémère qu'une étoile filante dans un ciel nocturne, il était sorti de la vie de tous lorsqu'il avait épousé la fille d'une des plus grosses fortunes du pays. Dans la foulée, il était devenu un brillant homme d'affaires et s'était fait élire plus jeune député de l'Etat à Tallahassee. Son nouveau challenge consistait à déboulonner Marla Sherborne de son siège de sénatrice, ce que chacun s'accordait à considérer comme possible. Tout le monde dans le pays adorait Josh ; même Daria, qu'il avait plaquée avant de quitter l'université, bien avant la rupture de Ted et Bree. Quelle joyeuse bande ils avaient formée, tous les quatre, songea-t-elle avec nostalgie. Ted avait quitté ce monde, à présent. Elle ne pouvait que prier pour que ce ne soit pas le cas de Daria aussi.

Tous trois regardèrent en silence le journal télévisé qui faisait son ouverture sur le sauvetage de Briana, ainsi que sur la disparition en mer de Daria et du *Mermaids II*. Le porte-parole des gardes-côtes fit le point sur la situation, suivi par une intervention d'un des membres de la patrouille aérienne qui avait survolé les îles de la côte toute la matinée sans rien trouver d'autre que les débris habituels après une tempête. Puis le speaker revint à l'écran pour lancer une interview de Cole DeRoca.

Bree n'avait pas réalisé qu'il était si grand. A côté de lui, le reporter ressemblait presque à un nabot. Son maillot de bain et son T-shirt noir ne cachaient pas grand-chose de son corps puissamment musclé. Il était évident, à voir son visage, qu'il n'avait pas dormi et ne s'était pas rasé. Cela rendait Bree malade de savoir que le staff de l'hôpital ne l'avait pas laissé lui rendre visite. Elle lui devait la vie, et si jamais il réussissait dans les recherches qu'il effectuait pour retrouver Daria, elle lui serait doublement redevable.

L'épaisse chevelure noire de Cole, ramenée vers l'arrière, brillait au soleil. Sous ses sourcils froncés, ses yeux plissés paraissaient presque noirs. Ses traits sculptés, taillés à la serpe, conféraient à son visage une séduction parfois un peu inquiétante lorsqu'il se rembrunissait. Frissonnante, Bree serra les bras contre elle et replia ses jambes sous le drap. Même dans l'état de faiblesse où elle se trouvait, un seul regard à cet homme suffisait à déverser des flots d'adrénaline dans ses veines.

Debout devant l'un des docks de la marina de Turtle Bay, Cole s'expliquait au micro du journaliste.

— J'ai effectué ce matin une sortie en mer avec des amis pour rechercher le bateau de plongée sur lequel a disparu hier Daria Devon. Nous avons concentré nos recherches dans les parages de Keewadin Island, où Briana Devon a été retrouvée, même si celle-ci avait probablement nagé sur une grande distance avant d'échouer sur une des plages de l'île.

— Vous considérez-vous comme un héros pour l'avoir sauvée ?

— Elle s'est sauvée elle-même en parvenant à survivre à cette tempête. Je ne suis pas un héros. Je suis juste un citoyen responsable, désireux de rendre service à son prochain.

A ces mots, Bree sentit son cœur s'envoler vers lui. Ce qu'il ne disait pas, mais qui transparaissait à travers son attitude, c'est qu'il avançait sur un fil, partagé entre l'inquiétude et la frustration de n'avoir pas encore retrouvé Daria.

La voix de Josh la tira de ses pensées.

— Voilà un homme comme je les aime ! Son ex-femme faisait partie de mon comité de soutien, avant même que je déclare ma candidature.

Le reportage prit fin. Bree actionna la télécommande pour éteindre le téléviseur. Josh s'assit sur le bord de son lit et lui prit la main.

— Bree… Je me fais du souci pour toi. Dis-moi la vérité : comment vas-tu ? Je ne parle pas des bobos physiques mais de ta capacité à affronter tout ça. Je sais à quel point tu es proche de Daria.

Ravalant des larmes qui ne demandaient qu'à couler, Bree serra sa main plus fort qu'elle ne l'aurait voulu.

— Ça va aller, assura-t-elle d'une voix tremblante qui démentait ses paroles. Le spécialiste que j'ai vu ce matin doit livrer ses conclusions d'ici peu. Ils craignent que la foudre ait altéré mes facultés mentales, mais c'est faux ! Je vais bien. Et tout ira pour le mieux quand on aura retrouvé ma sœur.

Josh serra fortement ses mains entre les deux siennes et secoua la tête d'un air désapprobateur.

— Reste en dehors de tout ça et laisse les autorités faire leur travail.

Puis, se tournant vers Amelia, il insista :

— Si j'ai un conseil à vous donner, à toutes les deux, c'est de ne pas perdre espoir et de prendre patience. J'actionnerai tous les leviers possibles, et je vous promets de rester en contact.

De nouveau, Josh déposa un baiser sur sa joue, puis se redressa. Tandis qu'il s'apprêtait à quitter la pièce, Bree vit au loin dans le hall sa femme émerger d'un ascenseur. Avant qu'elle ait pu l'en prévenir, Josh était sorti. La chambre parut soudain bien vide et silencieuse quand Bree et Amelia s'y retrouvèrent seules. Leur tête-à-tête fut de courte durée. Repoussant à toute volée la porte devant lui, Josh reparut, traînant sa femme derrière lui. Manifestement, songea Bree, Nikki Austin avait le bras plus long pour se déplacer à sa guise dans cet hôpital que Cole DeRoca.

Au naturel, Nicole Grann Austin était plus époustouflante encore qu'à la télévision, à la une des journaux, ou sur les brochures qui arrivaient en masse dans les boîtes aux lettres depuis le début de la campagne. Ses longs cheveux, d'une chaude teinte de miel, encadraient un visage en forme de cœur. Ses dents, parfaitement égales et blanches, n'auraient pas démérité dans une pub pour dentifrice. Et fidèle à son habitude, même pour une visite à l'hôpital, elle était vêtue comme pour défiler sur un podium.

— Nikki a préféré monter, expliqua Josh. En bas, la presse devient vraiment intenable. Bree, Amelia, je ne crois pas que vous ayez déjà eu l'occasion de rencontrer ma femme.

Quand il eut fait les présentations, Nikki se pencha et lui murmura quelques mots à l'oreille. Après avoir acquiescé d'un hochement de tête, Josh s'adressa à Bree.

— C'est vrai, j'oubliais de vous dire… Nous avons un ami qui effectue pour nous tout un tas de relations publiques et qui pilote également notre avion. Ce n'est qu'un échantillon de ses talents, car pour tout vous dire il nous sert également à l'occasion de garde du corps. Avec cette course impitoyable au sénat, et par les temps qui courent, prudence est mère de sûreté… Mark Denton est en bas, dans le hall. Il nous attend, mais je serais heureux de le mettre à ta disposition pour tenir les curieux et les médias à l'écart, si tu veux. Nous restons en ville ce soir, et je n'aurai pas besoin de lui avant demain pour qu'il nous ramène à Tallahassee.

— C'est très aimable à toi, répondit-elle, mais ce ne sera pas nécessaire. Je n'ai pas besoin d'un garde du corps.

Du moins, songea-t-elle, pas de celui-là. Car si Cole lui proposait d'assurer sa protection rapprochée…

— Si vous avez besoin de quoi que ce soit, n'hésitez pas à nous appeler, intervint Nikki.

Bree s'aperçut avec étonnement que la femme de Josh la scrutait avec une intensité proche de l'avidité. Peut-être était-elle curieuse de voir à quoi ressemblait une rescapée de la foudre et des requins, se dit-elle. Pourtant, elle ne pouvait se départir d'un certain malaise en sa présence. Mais après tout, conclut-elle pour elle-même, sans doute n'était-ce que le sentiment d'infériorité d'une femme surprise en situation de faiblesse par une autre débordant de vitalité et d'énergie.

— Tenez, poursuivit Nikki en tirant une carte de visite et un stylo doré de son sac de marque. Je vais inscrire là-dessus nos deux numéros de portables privés. Sachez cependant que je suis bien plus facile à joindre que mon candidat de mari, en cas de besoin.

Prenant de vitesse Amelia qui tendait le bras, Bree saisit la carte que Nikki lui tendait. Le couple renouvela ses vœux de prompt rétablissement, ses offres de services, se répandit en sourires, avant de faire enfin ses adieux aux deux sœurs. Alors qu'ils ouvraient la porte, Bree eut un aperçu du fameux Mark Denton qui les attendait à l'extérieur. Le complet strict et sombre, la coupe en brosse et l'oreillette vissée à l'oreille, il avait tout à fait l'allure de ces agents secrets que l'on voit à la télévision assurer la sécurité du Président. L'allusion que Josh avait faite à la Maison Blanche lui revint à la mémoire. Soudain, la possible accession de son vieil ami à la fonction suprême n'avait plus du tout l'allure d'une blague…

— Maintenant, décréta Amelia en dépliant le journal, tu vas prendre ses conseils à la lettre et te reposer. Tu peux lui faire confiance. Je suis sûre qu'il va nous aider.

Une brochure de campagne de Josh Austin, proclamant en titre : « Vous pouvez lui faire confiance ! », glissa des plis du quotidien et tomba sur le lit.

— Qu'est-ce que je te disais ? triompha Amelia, pointant du doigt le prospectus. Pour une fois, tu peux croire la pub !

Quand le spécialiste de Fort Myers eut livré son verdict, le personnel médical décida de la laisser tranquille. Enfin, Bree se retrouva seule dans sa chambre. Le praticien n'avait diagnostiqué que de bénins troubles de mémoire. Ce désagrément temporaire mis à part, ses fonctions mentales étaient parfaitement normales. Selon lui, elle ne garderait pas de séquelles de son accident. Rassurée, Amelia avait pu rentrer chez elle pour préparer le retour de l'école de ses enfants — Jordan, qui avait six ans, et James qui en avait huit. Après les avoir fait goûter, elle comptait les confier à une voisine et revenir à l'hôpital.

Avant de la laisser seule, Amelia avait lavé les cheveux

de Bree raidis par l'eau de mer, tout en s'appesantissant avec complaisance sur l'époque où elle faisait de même pour les deux jumelles alors qu'elles étaient petites. Le pansement à son poignet avait été changé, et l'infirmière lui avait montré comment enfiler un manchon en plastique pour le protéger sous la douche. Elle s'était arrangée pour subtiliser sur son chariot les quelques protections supplémentaires dont elle aurait besoin ultérieurement. Puis, avant le départ de sa sœur, elle était restée une éternité sous le jet d'eau brûlant et revigorant de la douche.

Bree n'avait pas renoncé à s'évader. De son point de vue, ce n'était pas elle qu'il fallait placer en observation, mais toute la zone du golfe, pour y retrouver Daria. Elle allait d'abord convaincre Manny de l'amener sur le site de Trade Wreck, où elle commencerait ses recherches, avec l'aide de quelques amis plongeurs si possible.

Bree détestait l'idée de s'en aller à la sauvette, mais elle était certaine qu'en dépit des quelques bizarreries affectant ses perceptions sa santé ne courait aucun risque. Selon le Dr Hawkins, ses acouphènes finiraient par diminuer puis par disparaître avec le temps. Aussi supposait-elle qu'il en irait de même pour les autres troubles dont elle avait omis de lui parler. C'était lui qui avait insisté pour la garder une nuit supplémentaire en observation, recommandant par surcroît plusieurs jours de repos. Il n'en avait pas fallu davantage pour qu'Amelia décide de l'accueillir chez elle à sa sortie de l'hôpital.

Bree savait qu'Amelia et le Dr Hawkins prendraient prétexte de sa brûlure au poignet et de sa faiblesse physique pour s'opposer fermement à ce qu'elle plonge. Elle devrait donc mentir à Manny et à ceux qui leur prêteraient main-forte en prétendant avoir obtenu des autorités de l'hôpital son bulletin de sortie. Ce n'était pas cela qui allait l'arrêter.

Elle était prête à tout pour Daria. Que pouvaient-ils lui faire ? L'enfermer ? La mettre en prison ? Rien d'autre ne comptait que de retrouver sa sœur dans les plus brefs délais. Si elle attendait le feu vert des médecins pour sortir, il serait trop tard. D'ailleurs, il était peut-être déjà trop tard… Mais cela, elle préférait ne pas y penser.

Bree se torturait les méninges sans relâche pour émettre des hypothèses sur cette disparition et mettre sur pied un plan d'action. La première chose qu'il lui fallait vérifier, c'était si l'ancre à chaîne de leur bateau se trouvait par le fond près du site de Trade Wreck. Avait-elle été remontée ou simplement jetée par-dessus bord ? Ce point éclairci, elle aurait ensuite à retrouver si possible son appareil photo. Avant sa plongée, pendant que Bree s'équipait, Daria l'avait testé en effectuant quelques clichés. Peut-être avait-elle enregistré, sans le savoir, un indice quelconque — l'approche d'une autre embarcation, par exemple. Un coup de fil à son ami Dave Mangold, de la patrouille de recherche aérienne, allait également s'imposer. Aucune piste ne devait être négligée !

Bree était même décidée, en dépit de la haine farouche que lui vouait Sam Travers, à lui emprunter son bateau de recherche et sauvetage en mer. Elle le louerait, s'il le fallait. Les puissants moyens techniques qui équipaient le navire de Sam — un sonar dernier cri, notamment — étaient de nature à apporter une aide décisive aux équipes de recherche. Si cette petite merveille était capable de repérer les bancs de poissons et les épaves échouées par le fond…

Bree enfouit son visage dans ses mains, réprimant un sanglot. La seule idée que le *Mermaids II* ait pu couler lors de cette tempête la terrifiait. Il ne pouvait pas, il ne *devait* pas en être ainsi, mais, pour ne négliger aucune piste, il fallait regarder les choses en face. Les réponses que personne ne parvenait à lui donner, c'était à elle d'aller les chercher. Coûte que coûte. Car perdre Daria reviendrait à se perdre elle-même.

Avec un luxe de précautions, attentive à la moindre alerte, Bree entreprit de sortir de son lit. La tête lui tournait bien un peu, mais cela n'avait rien d'un vertige insurmontable. Bon sang, ce qu'elle détestait ces liquettes d'hôpital ! Au moins, ils l'avaient délivrée de ses perfusions et de ses électrodes. Au déjeuner, elle s'était forcée à avaler un peu de potage et un demi-sandwich grillé. Autant pour reprendre des forces que pour convaincre Amelia et les infirmières qu'elle était en bonne voie de guérison.

A petits pas prudents, Bree alla fermer la porte de la chambre, espérant que cela serait interprété comme un signal qu'elle dormait. Elle savait où se trouvaient les vêtements de ville qu'Amelia lui avait apportés, et elle n'était pas assez déboussolée pour espérer sortir incognito dans son costume de sirène… Dans la minuscule salle de bains, elle enfila la tenue que sa sœur avait prévue pour sa sortie — un élégant tailleur-pantalon avec chemisier et escarpins assortis. Ce choix la fit sourire. Décidément, Amelia ne changerait jamais.

Elle achevait à peine de s'habiller lorsque la sonnerie du téléphone retentit dans sa chambre. Elle songea d'abord à ne pas répondre avant de se raviser. Peut-être les gardes-côtes ou la patrouille aérienne avaient-ils du nouveau ?

Bree décrocha à la quatrième sonnerie.

— Briana ! lança dans l'écouteur une voix grave qu'elle reconnut aussitôt. Cole DeRoca à l'appareil. Je suis en bas, dans le hall, avec un homme qui m'a entendu demander s'il était maintenant possible de vous rendre visite. Un certain Manny. Les cerbères de l'entrée sont toujours intraitables. On m'a répondu que les visites étaient interdites et qu'il était impossible de me dire comment vous alliez pour ne pas violer la loi protégeant la vie privée…

A ces mots, le pouls de Bree s'accéléra. Ses prières — du moins certaines d'entre elles — allaient être exaucées. C'était un encouragement à aller de l'avant.

— Cole, répondit-elle en s'efforçant de maîtriser son excitation, vous tombez à pic ! Je suis sur le point de sortir et j'ai besoin de quelqu'un pour me raccompagner chez moi. Amelia n'est pas là pour le moment. Je peux être en bas dans une minute. Demandez à Manny de m'attendre. Et s'il y a des reporters en faction…

— J'en vois trois, l'interrompit Cole. Et deux cameramen.

— Dans ce cas, dites à Manny de nous rejoindre à notre boutique de Turtle Bay et attendez-moi près de la sortie de secours. O.K. ?

— O.K. Mais vous êtes sûre que vous êtes en état de…

— Je suis sûre d'être en état de me lancer à la recherche de ma sœur, le coupa-t-elle.

Puis, pour éviter toute question embarrassante, elle lui raccrocha au nez.

En se faufilant hors de sa chambre, Bree eut l'impression d'être un bagnard s'évadant d'un pénitencier. Saisie par un remords, elle fit demi-tour et griffonna sur la table de chevet une note à l'intention de l'infirmière, expliquant qu'elle se sentait parfaitement bien et qu'elle était sortie faire un tour. Ce qui était parfaitement conforme à la vérité. Elle n'avait pas besoin de préciser que la promenade en question allait la conduire au fond de l'eau…

Avant de repartir, elle n'oublia pas cette fois de récupérer le plant d'orchidée de Cole. Son coffret de bois précieux sous le bras, affichant une décontraction qu'elle était loin de ressentir, Bree remonta les corridors de l'hôpital vers la sortie.

# 5

— Amelia va-t-elle vous rejoindre chez vous ? s'enquit Cole en sortant du parking.

Ils s'engagèrent dans le très animé Tamiami Trail, qu'ils remontèrent vers le sud en direction de Turtle Bay. Malgré son envie d'incliner le siège et de fermer les yeux, Bree se força à se tenir bien droite et maudit Amelia d'avoir négligé dans sa panoplie de sortie les lunettes de soleil. Tout lui était un supplice : la vive lumière, le bruit du trafic incessant.

— Elle a dû rentrer chez elle s'occuper de ses enfants, répondit-elle en baissant le pare-soleil. Je suis sûre qu'elle me rejoindra bientôt.

Bree ne savait sur quel pied danser. Devait-elle faire part tout de suite de ses intentions à Cole, ou attendre qu'il l'ait reconduite chez elle ? Jusqu'à présent, elle avait toujours pu compter sur lui, mais continuerait-il de la suivre sans poser de questions ? Pour ne rien arranger, sa seule présence à côté d'elle, leur trop grande proximité dans l'habitacle suffisaient à la rendre plus nerveuse qu'elle ne l'était déjà et à lui faire perdre ses moyens.

— Avez-vous déjà plongé avec des bouteilles ? se décida-t-elle enfin à demander.

— Uniquement pour le plaisir, mais je me débrouille.

La dernière fois, c'était à Tahiti — un voyage d'anniversaire de mariage. Mais je suis divorcé, à présent.

— Désolée.

Elle ne l'était pas du tout, mais elle préférait couper court à ce genre de discussions pour l'instant.

— Ne le soyez pas, maugréa-t-il sans quitter la route des yeux. C'était mieux pour moi. Pour elle aussi, sans doute, puisqu'elle m'a quitté.

Une femme avait eu l'inconscience de plaquer un homme comme lui ? Bree songea que le monde marchait vraiment sur la tête.

— Briana…, reprit Cole en l'épiant du coin de l'œil, vous avez vraiment l'air secouée, vous savez. J'espère que vous n'allez pas être malade…

— Je le suis déjà. Mais je vous préviendrai avant de vomir dans votre belle voiture.

Cole conduisait un véhicule de marque étrangère couleur bourgogne. Sans doute pour épater ses clients, car cela ne lui ressemblait guère et ce genre de véhicule ne faisait pas très couleur locale dans le coin. Mais au fond, que savait-elle vraiment de lui ?

Le village de Turtle Bay formait une enclave isolée entre Tamiami Trail à l'est, le golfe du Mexique à l'ouest, la ville de Naples au nord et Marco Island au sud. Avec ses deux usines de conserve de palourdes, à présent fermées, le vieux bourg avait connu des jours plus prospères. Sur ce coin de côte, les demeures et résidences de luxe n'avaient pas encore envahi le front de mer. Beaucoup, dans le village, craignaient que l'arrivée du bateau-casino bouleverse le fragile équilibre qui s'était établi à la fermeture des conserveries. L'une d'elles avait été transformée en galerie commerciale, où s'alignaient boutiques de curiosités et restaurants. L'autre servait de base à la firme de Sam

Travers. Touristes et pêcheurs vaquaient le jour à leurs activités mais retournaient le soir à Naples, dans leurs foyers ou leurs hôtels de luxe. La baie n'échappant pas aux marées, la principale marina du village était bâtie sur pilotis, ainsi que quelques-unes des modestes demeures, dont certaines étaient pourtant bien éloignées du rivage. Et parmi les embarcations qui mouillaient dans la baie, on trouvait aussi bien de simples canots que des yachts de toutes tailles et des bateaux de pêche.

Debout sur le seuil du local des Deux Sirènes, Manny les attendait. Avec soulagement, Bree nota qu'aucun reporter n'était en vue.

— Montons, dit-elle simplement aux deux hommes.

Et même si chaque muscle de son corps raidi protestait, elle s'efforça de les précéder dans l'escalier avec le plus de grâce possible.

Au-dessus de la boutique, l'appartement qu'elle partageait avec Daria comportait deux chambres en plus d'un vaste living-room lumineux et aéré. Elles avaient décoré les lieux avec quelques meubles en rotin blanc, des coussins moelleux aux motifs floraux et une jonchée de tapis colorés. Les larges baies coulissantes donnaient sur la marina, la baie et le golfe dans le lointain. C'était un endroit chaleureux et accueillant, mais, sans Daria, il lui parut lugubre et oppressant. Ce qui rendait plus appréciable la compagnie de Cole et Manny.

Prenant des mains de Cole le plant d'orchidée qu'il avait apporté pour elle, Bree alla le déposer sur la table basse où s'amoncelaient les manuels de comptabilité de Daria. Les deux sœurs avaient fini par admettre qu'elles n'accordaient pas assez d'attention aux aspects financiers de leur entreprise. Manny avait proposé de s'en occuper, mais elles avaient décidé que l'une d'elles serait plus indiquée et Daria s'était de bonne grâce portée volontaire. Depuis, elle s'y consacrait d'arrache-pied. A l'université — leur père avait insisté pour qu'elles rejoignent son *alma mater* de Miami — ni l'une ni l'autre n'avaient suivi de cours de ce genre. Bree avait étudié les langues ; Daria, la philosophie. Mais à dire vrai, toutes deux avaient été des étudiantes bien plus motivées par leurs leçons de plongée sous-marine, entrecoupées de séances de bronzage sur les plages branchées.

— Je vous en prie, faites comme chez vous et asseyez-vous tous les deux ! lança-t-elle avant de foncer dans la kitchenette attenante au living-room.

Quand elle fut certaine que les deux hommes ne pouvaient plus la voir, Bree attrapa le rebord du plan de travail et s'y appuya de tout son poids. Ses yeux tombèrent sur une note laissée par Daria le vendredi précédent au tableau d'affichage situé au-dessus de l'évier. « Ne t'inquiète pas pour moi. Je vais aller réviser avec des copains après le cours. Je rentrerai tard. »

Bree ferma les yeux et se raidit pour ne pas pleurer. Elle ne pouvait se payer le luxe de se laisser aller au désespoir ou à la peur. Elle devait trouver la force qu'elle ne possédait pas, le courage qui lui manquait. Bien qu'épuisée et sans ressort, elle n'avait d'autre choix que d'aller de l'avant.

Rapidement, elle avala un verre de jus d'orange, avant de remplir trois verres de Coca, de verser le contenu d'un sachet de tacos dans un bol, et de disposer le tout sur un plateau. Elle avait désespérément besoin de montrer à ses invités qu'elle avait le contrôle d'elle-même et de la situation.

Lorsqu'elle les rejoignit, elle trouva Cole assis sur le sofa et Manny dans le rocking-chair qu'elle affectionnait. Aussi n'eut-elle d'autre choix que de s'installer dans celui de Daria. Ils discutaient à son arrivée du rôle de Manny dans leur petite entreprise. Celui-ci expliquait qu'il ne plongeait pas, ce qui l'amenait à s'occuper de la boutique, de leurs deux bateaux — dont le plus grand était à présent manquant —, de la location d'équipement de plongée et de l'entretien du gros matériel. En l'écoutant, sans même s'en rendre compte, Bree vida la moitié de son verre de Coca. Caféine et sucre. De lui-même, son organisme savait de quoi il avait besoin…

Quand il eut terminé son exposé, Manny darda sur elle un regard interrogateur et demanda :

— Alors ? Qu'as-tu en tête ? Pour commencer, je suppose que tu veux que j'appelle les gardes-côtes et la patrouille ?

— Je vais m'en occuper. Mais d'abord je voulais vous parler à tous les deux.

Parce qu'elle imaginait pouvoir convaincre Manny sans difficulté, Bree se força à soutenir le regard de Cole, qui la fixait en plissant les yeux. En dépit de l'urgence de la situation, elle sentit immédiatement passer entre eux ce courant déstabilisant qu'elle avait déjà ressenti le jour où ils avaient partagé un déjeuner impromptu sur un yacht. Elle lui faisait spontanément confiance, mais il lui fallait admettre que Cole DeRoca restait un inconnu pour elle. Depuis la veille, il s'était montré aussi gentil que serviable, mais elle ne pouvait exclure que se cachent d'insondables motivations sous cette apparence. Elle se sentait à ce point attirée par cet homme qu'elle redoutait de laisser le désir museler sa nature habituellement prudente et responsable. Elle ne pouvait accepter d'être distraite alors qu'elle avait tant besoin de tous ses moyens. Ce qu'elle devait attendre de lui, c'était son aide, et rien d'autre pour l'instant.

Avec un temps de retard, elle se décida à répondre à la question de son employé.

— Je veux retrouver Daria, dit-elle en serrant son verre glacé entre ses mains. J'ai besoin de découvrir si elle a quitté le site de plongée de son propre chef ou sous la contrainte.

— *Caramba!* s'exclama Manny en levant les bras au ciel. Pour sûr, ce doit être sous la contrainte.

Calmement, Cole reposa son verre sur la table. Puis, les avant-bras posés sur les genoux, il se pencha vers elle et dit :

— Et si vous nous expliquiez simplement ce que vous avez en tête ?

Bree ne se laissa pas déstabiliser par la franchise de la question.

— Je dois vérifier si l'ancre de notre bateau se trouve au fond, près de la prairie d'herbe à tortue, ou si elle n'y est plus. J'ai plongé, comme d'habitude, le long de la chaîne de l'ancre. Mais avant de refaire surface, je n'y ai même pas jeté un coup d'œil et suis remontée directement de l'endroit où je me trouvais.

— Normal, intervint Manny. C'est toujours comme ça que tu t'y prends.

— Peut-être l'ancre était-elle toujours au fond, poursuivit Bree. Comme la visibilité baissait à cause de la tempête, j'ai très bien pu ne pas la voir. Si elle y est, cela signifiera qu'on l'y a abandonnée précipitamment plutôt que de la hisser. Nous avons payé cher, Daria et moi, pour cette nouvelle ancre à chaîne. Nous avions perdu les deux précédentes, dont les cordes avaient été sectionnées par des épaves. Si Daria n'est pas partie sous la contrainte, jamais elle ne l'aura laissée derrière elle.

— Qu'est-ce que tu imagines ? demanda Manny. Qu'il a fallu autre chose qu'une tempête pour qu'elle te laisse là ?

— Mais naturellement ! s'emporta-t-elle. Cette tempête était mauvaise, mais elle n'avait rien d'un ouragan.

Consciente d'avoir perdu son sang-froid, Bree se couvrit les yeux d'une main et s'excusa, un ton plus bas.

— Désolée. Je suis à cran, mais je sais que tu dois l'être toi aussi, avec la maladie de ta mère, la crise d'adolescence de Lucinda et tout le reste.

En laissant retomber sa main, Bree vit Manny secouer la tête avec tristesse.

— Les petites lubies de Lucinda, dit-il, c'est *nada* à côté de ce qui t'arrive. Tout ce que je peux faire pour t'aider, je le ferai.

— Merci. Pour commencer, j'aimerais que tu ailles à la marina vérifier que le *Mermaids I* est prêt à appareiller avec le nécessaire de plongée pour deux personnes. Il va faire jour assez tard, et la tempête semble décidée à nous oublier. La visibilité devrait donc être meilleure.

— Vous avez l'intention de plonger *maintenant* ? s'étonna Cole. Ecoutez, Briana… Je suis sûr qu'un tas de plongeurs des environs seraient tout prêts à…

— J'ai besoin d'y aller voir moi-même, le coupa-t-elle. Je connais ce secteur mieux que personne. En plus, je compte aussi récupérer mon appareil photo, que j'ai dû laisser couler au fond quand il m'a fallu rejoindre Keewadin Island. Sa mémoire pourrait receler quelque chose d'intéressant.

— Tu as photographié quelque chose d'étrange ?

Surprise par la tension perceptible dans le ton de sa voix, Bree se tourna vers Manny. Il avait les poings serrés. Malgré son teint mat, son visage s'était manifestement empourpré. Se levant d'un bond, il gagna la porte à grands pas et lâcha avec plus de colère encore :

— Tu crois vraiment que quelqu'un vous a fait un sale coup ?

— Je ne veux pas penser une chose pareille, mais je suis sûre que Daria ne m'aurait jamais abandonnée en pleine mer, tempête ou pas. Je la connais aussi bien que je me connais moi-même !

Manny hocha la tête et sortit. Elle l'entendit descendre l'escalier à grand bruit, maugréant entre ses dents quelque juron bien senti dans sa langue natale.

— Briana..., commença Cole quand ils furent seuls.

— Vous pouvez m'appeler Bree, si vous voulez.

Une expression indéchiffrable passa fugitivement sur son visage avant qu'il ne reprenne :

— Même si le docteur vous a laissée sortir, cela ne veut pas dire qu'il vous autorise à plonger.

— Il ne m'a pas laissée sortir, avoua-t-elle en s'obligeant à soutenir son regard. Je suis partie sans rien demander à personne. Il le fallait.

Incapable de rester en place, Bree se leva. Brusquement libéré, le fauteuil se balança d'avant en arrière, comme si le fantôme de sa sœur y était assis. Un long frisson lui remonta l'échine. Serrant les bras contre elle, Bree marcha jusqu'à la porte-fenêtre. La vue de la marina ensoleillée avec en arrière-plan le golfe miroitant lui fit plisser les yeux. Elle ouvrit la porte donnant sur la véranda où elles avaient installé deux chaises et une table en fer forgé. S'emparant des lunettes noires que Daria y avait laissées traîner, elle les chaussa dans l'espoir de lutter contre la vigueur du soleil de l'après-midi. Non seulement son hyperesthésie visuelle n'avait en rien diminué, mais, derrière le brouhaha habituel du port, il lui semblait percevoir distinctement le bruit du ressac.

Bree songea que si cela continuait, elle allait devoir porter des boules Quiès non seulement au fond de l'eau mais aussi à terre. Déjà, elle devait s'en munir la nuit. Elle avait le sommeil capricieux, contrairement à Daria, qui parvenait à dormir n'importe où et dans n'importe quelle condition. Lors du voyage nocturne vers la Grèce qui leur avait été offert par leur père à la fin de leurs études, sa sœur avait dormi durant tout le vol d'un sommeil de plomb. Arrivée à destination, elle avait débarqué fraîche comme un gardon et prête à profiter de tout. Alors qu'elle-même, qui s'était morfondue la nuit durant à la regarder rêver, avait eu son voyage gâché par le manque de sommeil et le décalage horaire.

Cole s'était levé et l'avait suivie dans la véranda. Elle sentit ses mains larges et fortes se poser sur ses épaules.

— Bree..., dit-il à mi-voix, en temps ordinaire, je vous dirais que vous êtes cinglée. Des dizaines de professionnels sont à l'heure qu'il est à la recherche de votre sœur. Qui plus est, la police dispose d'une équipe de plongeurs aguerris. Mais je suppose qu'elle ne fera pas appel à eux tant qu'il n'y aura pas de fortes suspicions de...

Sa voix de basse mourut sans qu'il ait achevé sa phrase. Bree pivota sur ses talons pour lui faire face. Son regard tomba sur le creux de sa gorge forte et bronzée, au bas de laquelle battait son pouls. Cole était plus grand qu'elle d'une demi-tête, mais sa carrure le rendait plus imposant encore. Ses yeux, de la couleur d'un bel acajou, étaient encadrés de cils longs et épais. Dans leur éclat, Bree crut distinguer son reflet. Et dans leur profondeur, il lui semblait qu'elle aurait pu se noyer.

L'espace d'un bref et vertigineux instant, elle eut envie de se jeter dans ses bras, de le serrer très fort contre elle, de le supplier de la soulager de son fardeau, de la réconforter, de la laisser puiser un peu de force dans la sienne. Mais elle ne fit rien de tout cela. « Attaquer le problème bille en tête », aurait dit son père. C'était un credo qu'elles s'étaient approprié, Daria et elle. Daria avait-elle, sur ce bateau, pris les leçons de leur père trop à cœur ? Avait-elle tenté de tenir tête à quelqu'un — ou à quelque chose — qu'elle n'était pas de taille à affronter ?

— Cole…, murmura-t-elle d'une voix étrangement calme, je connais ce secteur de l'océan et ses courants comme le fond de ma poche. Je dois y aller, ou je ne me le pardonnerai jamais. Je suis persuadée que je sentirais quelque chose si… elle n'était plus de ce monde. Mais je ressens plutôt qu'elle se trouve en danger. Appelez ça une intuition féminine si ça vous chante, ou une prémonition de sœur jumelle. Je dois retourner là-bas. Il le faut.

Cole n'hésita pas une seconde.

— Alors, j'irai avec vous. A une condition. Si jamais vous commencez à vous sentir mal au fond, ou si je vois quelque chose qui ne me plaît pas, vous remontez tout de suite. Et pas question de se lancer dans des recherches interminables si l'appareil ne se trouve pas dans les environs immédiats de l'épave.

Il lui agrippa les avant-bras et plongea son regard au fond du sien avant d'ajouter :

— Promettez-le-moi… Et si jamais vous n'honorez pas votre promesse, je jure de vous tirer de là moi-même. Une seconde fois.

— C'est d'accord, acquiesça Bree avec un hochement de tête. Je vous le promets. Je vous fais confiance, Cole. Je crois que c'est Dieu lui-même qui vous a mis sur ma route. Pour me sauver, et pour m'aider à sauver Daria.

Cole eut un petit rire sans joie.

— Dans ce cas, conclut-il, je fais un vœu pour me montrer à la hauteur et vous satisfaire tous les trois…

Puis, prenant Bree totalement de court, il l'enlaça un bref instant et se détourna.

*
* *

Pendant que Manny effectuait les préparatifs de leur sortie en mer, Cole fit un saut à son atelier où il entreposait sa tenue de plongée. Bree en profita pour passer quatre brefs coups de fil. Le premier fut pour informer les services administratifs de l'hôpital de sa sortie définitive. Agacée, la standardiste lui annonça que le service qu'elle avait déserté était sens dessus dessous et qu'elle allait informer le Dr Hawkins de son appel. Mais pour ne pas perdre de temps en explications inutiles, Bree préféra raccrocher.

Sachant que sa sœur tenterait de la dissuader de plonger, Bree appela ensuite à son domicile et tomba, comme elle l'avait escompté, sur son répondeur. A l'heure qu'il était, Amelia devait être allée chercher ses garçons à la sortie de leur école élémentaire privée. Dans son message, elle lui expliqua qu'elle se sentait bien mieux et qu'elle avait décidé de rentrer chez elle sans attendre son retour à l'hôpital.

Elle appela ensuite le numéro d'urgence des gardes-côtes, puis, sans avoir obtenu rien de neuf de leur part, celui de la patrouille civile aérienne. A sa grande déception, elle apprit que son ami pilote, David Mangold, était absent et n'avait pas participé aux opérations de recherche. Il n'y avait toujours aucune trace de Daria ni du bateau, mais comme les gardes-côtes précédemment, le permanent de la patrouille lui promit de l'informer prioritairement dès qu'il y aurait du nouveau. Ce qui eut le don de rassurer Bree mais aussi de la mettre sur ses gardes. Chaque fois que la sonnerie de son portable allait retentir, elle ne pourrait désormais s'empêcher de craindre le pire.

Réalisant qu'elle avait laissé sa tenue de sirène dans un placard de sa chambre d'hôpital, elle se rabattit sur une vieille combinaison rose datant de ses études à l'université et descendit l'escalier deux à deux Cole n'en saurait rien, parce qu'elle se garderait bien de le lui dire, mais elle se sentait bizarre, un peu flottante. Elle ne pouvait se permettre d'y prêter attention. Il lui fallait foncer. Elle tentait de se convaincre que cette sensation étrange de flotter hors de son corps n'avait rien à voir avec le sort de Daria, mais il lui était difficile d'y croire tout à fait.

Quand elles avaient été en âge de comprendre, leur père leur avait raconté que, dans la salle d'attente de la maternité, il avait deviné que le pire était arrivé à sa femme quand il s'était senti en quelque sorte décoller du sol. Il avait comparé cette sensation à celle que l'on éprouve, sur les montagnes russes, entre deux dégringolades d'un sommet à l'autre. Sauf qu'il n'avait ressenti alors aucun frisson d'excitation. Juste la certitude glaciale d'un grand malheur. Mais Bree ne tenait pas à remuer ces souvenirs. Elle préférait ne pas y penser.

Alors qu'elle s'asseyait à son bureau pour vérifier que le répondeur n'avait enregistré aucun nouveau message, elle entendit à l'extérieur le bruit de pas pesants. Songeant que Cole ou Manny devait être de retour, elle redressa la tête et vit Sam Travers s'encadrer dans la porte ouverte. Grand et fort comme un bœuf, il se tenait sur le seuil, pas vraiment dehors, mais pas tout à fait dedans non plus, bloquant la vue, l'air et la lumière — ainsi que toute possibilité de retraite.

Doté d'un physique de force de la nature et d'un visage endurci par des années de labeur, Sam atteignait presque le mètre quatre-vingt-dix. Ses cheveux, gris fer depuis des années déjà, étaient coupés si court qu'ils épousaient les reliefs de son crâne, ce qui soulignait ses oreilles décollées et ses petits yeux perpétuellement plissés. A la commissure de ses paupières, de profondes pattes-d'oie rivalisaient avec les rides d'expression qui lui barraient le front. Depuis toujours, Sam dédaignait les casquettes et les lunettes de soleil.

Bree se rappelait que lorsqu'elle fréquentait son fils Ted, des années plus tôt, Sam, fier vétéran du Viêt-nam à présent âgé de soixante-quatre ans, donnait toujours l'impression d'être en colère, même lorsqu'il ne l'était pas. Mais depuis qu'elle avait rompu avec Ted, la dent qu'il avait contre elle n'avait plus rien d'imaginaire.

Sam n'avait jamais pu oublier ni pardonner le fait qu'elle ait pu laisser tomber son fils unique après avoir passé près de cinq ans avec lui — deux ans et demi tout d'abord au lycée, puis deux autres à l'université. Selon lui, leur rupture était la cause de ce qu'il considérait comme un engrenage fatal. Mais aux yeux de Bree, c'était bien plus tôt que leurs chemins avaient divergé. Dès qu'ils avaient quitté Turtle Bay pour se retrouver ensemble à l'université, son monde à elle s'était considérablement élargi, ce qui n'avait pas été le cas de Ted.

Rapidement, il était devenu jaloux de tout ce qui faisait sa nouvelle vie : ses amis étudiants, ses camarades de plongée, et même de Daria, avec qui il trouvait qu'elle passait trop de temps. Ted aurait voulu revenir plus souvent chez eux pour le week-end, alors qu'elle avait toujours quelque chose à faire à Miami. De plus, il s'ennuyait à la fac, alors qu'elle s'y épanouissait. Peut-être était-il devenu si possessif parce que sa mère les avait quittés, Sam et lui, alors qu'il était encore en primaire. Mais comprendre comment il en était arrivé là n'aidait nullement à le supporter ni à excuser sa conduite. Bree avait essayé de rompre proprement, en douceur, mais dès qu'il avait compris qu'elle voulait le quitter, Ted s'était drapé dans sa dignité et avait rejoint les rangs de l'armée — les marines, selon Daria — sans même informer Sam de sa décision.

Ainsi, alors que son fils entamait son rude entraînement de soldat de choc à Paris Island, Caroline du Sud, Sam Travers était quant à lui parti en guerre contre Briana Devon. C'était entièrement sur elle qu'il avait fait porter le blâme, l'année précédente, lorsque Ted avait fini par sauter sur une mine, à des milliers de kilomètres de chez lui, sur le bas-côté d'une route en Irak. La rancœur du père avait explosé le jour où on avait enterré le fils avec les honneurs militaires. Sam avait interdit à Bree de mettre les pieds au cimetière. Daria avait dû se résoudre à s'y rendre seule. Et rien ne s'était arrangé quand elles avaient créé leur propre affaire de recherches et sauvetages en mer qui, bien que modeste et très spécialisée, empiétait sur ce que Sam considérait comme *son* territoire.

Et, à présent, celui qui était devenu son pire ennemi se tenait devant elle et la dévisageait sans aménité. En temps ordinaire, elle aurait préféré ne plus jamais le revoir. Mais maintenant que Daria avait disparu, elle avait besoin de son aide.

— Salut ! lança-t-il d'une voix tendue, encore plus sonore et stridente qu'à l'accoutumée. Je venais voir Manny. Ils ont dit à la télé que tu étais encore à l'hôpital. Je voulais qu'il sache que je participe aux recherches, moi aussi.

Bree préféra demeurer assise à son bureau, les doigts croisés devant elle, pour les empêcher de trembler.

— Merci de tout ce que tu pourras faire, dit-elle avec un calme qui la surprit elle-même. Je m'apprêtais à t'appeler pour te demander ton aide. J'ai d'abord passé un coup de fil aux gardes-côtes et à la patrouille aérienne, pour avoir des nouvelles.

— Ils sont juste bons pour la parlotte, répliqua Sam

avec une moue méprisante. Si tu cherches vraiment quelque chose en mer — ou en l'occurrence quelqu'un — c'est à ce bon vieux Sam qu'il faut faire appel. On a quelques différends, toi et moi, mais je n'ai rien contre elle. Je vais te laisser. Faut que j'y retourne.

« Quelques différends ? » songea Bree avec stupeur. Durant les trois années qui avaient suivi l'enrôlement de Ted, Sam n'avait pas cessé de la harceler — surtout lorsqu'il avait un coup dans le nez —, au point qu'elle en était venue à avoir peur de lui. La perte qu'il avait subie était irréparable, son chagrin immense, mais même si elle compatissait, Bree refusait de devenir une victime. Elle avait hésité à demander à la justice une mesure d'éloignement contre lui. Ben, son procureur de beau-frère, le lui avait instamment conseillé. Mais, pour elle, cela revenait à se mettre en position de faiblesse vis-à-vis de Sam, qui parfois semblait sur le point de commettre le pire. Avec Daria, elle était persuadée qu'il pouvait suffire d'un rien pour le faire sortir de ses gonds.

— Je te remercie de tout cœur pour ton aide, parvint-elle à lui répondre, même si sa voix tremblait. Je sais que s'il y a quelqu'un pour retrouver Daria et le *Mermaids II*, c'est bien toi.

— Ouais… Les corps ne remontent pas tout de suite. Il faut attendre au moins une semaine. Mais les épaves laissent remonter des filets de bulles d'air pendant environ vingt-quatre heures. Le temps nous est donc compté. Tu te doutes, j'imagine, que j'utilise mon sonar ?

Bree se sentit blêmir.

— Je… je suis sûre que…, bredouilla-t-elle. Elle n'est pas morte. Et le bateau n'a pas coulé. Elle est… elle doit être coincée quelque part, mais elle est sauve. Je le sens.

— C'est ça… J'étais certain que Ted ne risquait rien,

lui non plus, un grand gars comme lui, entraîné comme un soldat d'élite, avec un fusil d'assaut et dans un tank blindé. Au fond je fais peut-être ça en souvenir de lui. Daria était son amie. Contrairement à toi, qui ne l'as jamais été.

L'instant d'après, il était parti, claquant la porte derrière lui.

# 6

En route vers le large, à bord du *Mermaids I* barré par Manny, les pensées de Cole filaient aussi vite que le sillage blanc qu'ils laissaient derrière eux. Il avait tenté de trouver de nouveaux arguments pour convaincre Bree de ne pas plonger, mais il avait fini par conclure qu'à sa place il aurait fait la même chose. A moins de se résoudre à l'attacher, il n'avait aucun moyen de l'arrêter. Aussi préférait-il plonger avec elle pour s'assurer qu'il ne lui arriverait rien. De toute façon, avec ou sans lui, elle était décidée à n'en faire qu'à sa tête.

Bien qu'adepte du rationalisme, il s'était laissé convaincre par Bree que Daria était toujours en vie. Il n'était pas sûr que des relations d'empathie entre deux individus puissent aller jusque-là, mais il avait lu que de vrais jumeaux étaient les mieux placés pour partager un lien fusionnel. Et nul n'aurait pu prétendre en les voyant côte à côte que les sœurs Devon puissent ne pas être de vraies jumelles. Il avait étudié, dans leur appartement, une photo encadrée d'un mariage auquel elles avaient assisté autrefois en tant que demoiselles d'honneur. Petites, déjà, elles étaient de vraies beautés. Adultes, elles étaient devenues de splendides jeunes femmes. Si Briana se décidait à sourire, il saurait quand elles seraient réunies les distinguer l'une de l'autre.

Sur la photo, il avait pu constater que l'une des deux avait un sourire particulier, un peu mutin, un peu espiègle, qui semblait défier le monde entier.

Briana n'était déjà plus une inconnue pour Cole. Et, à travers elle, il lui semblait connaître Daria un peu aussi. Cela lui faisait deux raisons de s'embarquer dans cette aventure, même s'il aurait dû se trouver à cette heure sur un yacht en train de poser du merisier brésilien. Ce qui constituait pour lui une motivation tout aussi puissante, c'est qu'il vouait à Bree une admiration que peu de femmes lui avaient inspirée. En dépit de l'épreuve qu'elle traversait, elle n'avait pas versé dans l'hystérie et avait su rester maîtresse d'elle-même à tout instant. Bien d'autres, à sa place, auraient été réduites à l'état de loques gémissantes. Jillian, son ex-épouse, répondait à tout stress inhabituel par une crise de nerfs et des torrents de larmes. Aussi était-il totalement bluffé par cette femme qui savait faire face aux pires coups du sort. Bluffé, et pour tout dire séduit, même dans ces circonstances tragiques.

Cole fit de son mieux pour se concentrer en écoutant Bree lui expliquer ce qu'il devait garder en tête au cours de la plongée. Elle ne parlait pas assez fort pour couvrir le bruit du moteur et il lui fallait presque lire sur ses lèvres. Manny, lui aussi, paraissait ne rien vouloir rater de ce qui se disait. De son poste à la barre, il ployait vers elle comme un saule.

Quand il en eut assez de tendre l'oreille, Cole préféra aller s'asseoir à côté d'elle plutôt que de lui faire face, profitant de la situation pour la serrer d'un peu trop près.

— Le moteur fait trop de bruit pour que je puisse vous entendre, expliqua-t-il à son oreille.

La voyant grimacer douloureusement, il s'inquiéta.

— Qu'y a-t-il ? Ça ne va pas ?

— Votre voix…, répondit-elle avec embarras. Mon ouïe et ma vue sont comme amplifiées depuis l'accident, c'est tout. Ce n'est rien, ça va passer. Désolée pour le moteur. Je reprends depuis le début. Premièrement, si vous avez l'habitude de plonger dans les Caraïbes, la visibilité va vous paraître nulle ici. Nous aurons des torches. Manny en a apporté une pour chacun de nous. N'est-ce pas, Manny ?

Elle avait tourné la tête pour qu'il puisse l'entendre, mais puisque celui-ci se penchait vers elle, elle eut la surprise de tomber presque nez à nez avec lui.

— Je garde toujours tout en double à bord, expliqua-t-il en se redressant. Habituellement, pour toi et Daria.

Sans rien ajouter, Bree hocha faiblement la tête. Quand elle se retourna, Cole vit que ses yeux s'étaient embués.

— Continuez ! la pressa-t-il. Je vous écoute.

Fort heureusement, elle gardait les idées claires, même si ses émotions ne demandaient qu'à affluer.

— Le fond n'est qu'à trente pieds, poursuivit-elle. Il n'est donc pas nécessaire d'observer des paliers de décompression. Par sécurité, nous ferons tout de même une pause de trois minutes à mi-parcours, à la descente comme à la remontée. L'épave se trouve au fond d'une petite dépression naturelle.

— Quelle est la visibilité à cette profondeur ?

— Elle varie beaucoup. Quinze centimètres au pire, cinq à six mètres au mieux. Mais puisque la tempête semble décidée à nous épargner aujourd'hui et que la marée montante amène une eau renouvelée, elle devrait être de trois à quatre mètres. Cela devrait nous permettre de retrouver cet appareil.

— Fixons-nous des buts raisonnables, suggéra-t-il. Pour aujourd'hui, contentons-nous de l'ancre. Nous ne pouvons balayer une vaste zone de terrain en une seule plongée.

Comme si elle ne l'avait pas entendu — alors qu'il était certain du contraire —, Bree précisa :

— L'appareil photo est protégé par un boîtier en plastique transparent et étanche. Il est peint en rouge, mais cette couleur vire à partir de quinze pieds de profondeur. Nous n'y verrons que du jaune, du vert ou du bleu.

— Je m'en souviendrai, Bree. Mais je maintiens que nous devrions limiter notre plongée dans le temps.

— Inutile ! répliqua-t-elle. Nous remonterons quand nous aurons fouillé cette zone.

Cole n'était pas habitué à ce qu'on lui donne des ordres. Mais, au fond, pouvait-il s'offusquer de ce que cette femme soit butée alors qu'il admirait sa force de caractère ? C'était peut-être l'inévitable revers de la médaille…

— Je n'aurais jamais dû plonger seule hier, reprit-elle en changeant soudain de sujet de conversation. Manny devait gérer le conflit de génération avec sa fille et ne pouvait venir. C'était notre cinquante-huitième plongée sur ce site. Depuis que nous surveillons la croissance de l'herbe à tortue à Trade Wreck, nous n'avions jamais eu de pépin. Daria a été prise d'une soudaine rage de dents qui l'a empêchée de plonger. Alors, j'ai décidé d'y aller seule. Il ne nous faut que vingt à vingt-cinq minutes pour faire nos observations, et la tempête n'était qu'une vague tache à l'horizon. La météo n'avait pas précisé qu'elle pouvait se déchaîner si vite et si fort.

La voyant fixer l'horizon d'un œil inquiet, Cole intervint.

— Vous n'avez pas à vous le reprocher. Personne n'aurait pu le deviner. Vous vous êtes donc ancrées à bonne distance du site, pour ne pas abîmer votre sujet d'étude.

— Exact. La végétation aquatique est délicate et sensible à la moindre modification du biotope marin. Dans cette zone côtière du golfe, elle ne se porte pas très bien. Avec Daria, nous plaisantions souvent en disant que la devise de notre mission de surveillance aurait pu être S.O.S : « Save Our Seagrass »…

La voix de Briana se brisa et son regard se perdit dans le vague, comme si elle replongeait dans ses souvenirs. Cole la fixa avec inquiétude. Gentiment, il lui donna une petite tape sur l'épaule. Aussitôt, elle se reprit et parut subitement revenir à la réalité. Elle avait beau être une plongeuse plus expérimentée que lui, songea-t-il en se renfrognant, il avait intérêt à ne pas la quitter des yeux une fois qu'ils seraient au fond…

Comme si de rien n'était, Bree reprit son exposé.

— Le rapport que nous nous apprêtions à livrer à la Commission et aux médias la semaine prochaine n'était pas bon. La stagnation de la reconquête du fond par la végétation sous-marine, voire sa régression, indique que l'écosystème marin souffre toujours d'agressions toxiques — autrement dit, de la pollution générée par l'agriculture, l'industrie et les implantations humaines. La prairie d'herbe à tortue du site de Trade Wreck est un bon indicateur de la qualité des eaux. Si la faune et la flore qui y prospèrent sont malades, on peut être sûr que c'est toute cette partie du golfe qui est touchée. Or, la faune et la flore de Trade Wreck *sont* malades.

— Je suppose, hasarda Cole, que la publication d'un rapport aussi alarmant pourrait entraîner toute une série de conséquences, aussi bien économiques que politiques, dont pas mal de gens importants feraient les frais. Avez-vous déjà parlé du résultat de votre travail ?

— Nous ne gardions pas le secret sur ses résultats, admit-elle sans difficulté. Vous pensez que quelqu'un aurait pu vouloir nous intimider ? Je n'arrive pas à y croire. Il est de l'intérêt de chacun — y compris de ces décideurs que vous mentionniez — qu'un désastre écologique puisse être détecté afin de pouvoir y remédier. Les enjeux sont trop importants et se chiffrent en millions de dollars, dans le secteur de la pêche aussi bien que de l'immobilier ou du tourisme.

— C'est certain, admit Cole, songeur. Mais revenons-en à nos moutons... Impossible de fouiller toute la zone pour trouver cet appareil photo.

— J'estime qu'il n'a pas pu dériver loin de l'endroit où je l'ai laissé couler.

Cole acquiesça d'un hochement de tête dubitatif avant de renchérir :

— Si je ne me trompe pas, Keewadin Island, où je vous ai retrouvée, se situe au moins à trois milles de Trade Wreck.

— Exact. Il s'y trouve un autre récif, naturel celui-ci, constitué de rochers calcaires. Difficile de dire si mon appareil s'est posé gentiment sur le fond sableux ou s'il a pu être entraîné vers le sud par les courants et la marée, jusqu'à être arrêté par un quelconque obstacle.

— A quoi ressemble ce site de Trade Wreck ?

— C'est l'épave d'un bateau de marchandises en bois et métal qui a coulé à la fin des années trente. Elle s'est brisée en deux, mais ce qui en subsiste est plutôt bien conservé.

— Vous servez-vous du GPS pour localiser le site ? Je ne vois pas d'équipement de ce genre à bord.

— Seul le *Mermaids II* est équipé d'un GPS. Mais nous n'en avons pas vraiment besoin. Cela fait si longtemps que nous plongeons sur ce site que nous le retrouverions les yeux fermés. Soyez rassuré, c'est un site sûr, que ne fréquentent pas les requins. Ceux d'hier ont dû être déboussolés par la tempête ou les variations barométriques.

— Je me demandais si vous vous rappeliez les requins… Je suppose que vous avez dû nager en leur compagnie. Il y en a qui nous ont suivis quand j'ai remis mon embarcation à flot.

— Je ne veux pas penser à ça ! lança Bree en secouant la tête avec énergie. Le seul gros poisson à fréquenter le site de Trade Wreck est un mérou que Daria et moi avons baptisé Gertie…

Briana étouffa un sanglot. Des larmes emplirent ses yeux, et elle se mordit la lèvre, dans un effort manifeste pour ne pas pleurer. Cole aurait voulu la prendre dans ses bras, mais il se contenta de se cramponner à la main courante tandis que Manny effectuait un large virage avant d'arrêter le moteur.

Bree était parfaitement à l'aise quand elle plongeait. Le fond de l'eau constituait son deuxième élément. Mais ce jour-là, elle était loin de se sentir détendue. Par sécurité, elle portait un masque volumineux, qui offrait plus de volume d'air et des ouvertures latérales permettant de voir sur les côtés sans avoir à tourner la tête. Et si elle avait choisi cette combinaison rose, c'était en partie à cause des poches en haut de chaque cuisse qui lui permettaient d'emporter deux couteaux de plongée. Restait à espérer que Cole ne trouverait pas cela étrange et que Manny ne soulignerait pas à quel point c'était anormal.

Quant à elle, *tout* lui semblait anormal. Elle ne parvenait pas à se défaire de la funeste impression que le danger rôdait sous la surface miroitante de l'océan, tapi dans l'ombre. Au moins Cole était-il près d'elle pour la protéger. Elle n'aimait pas le considérer comme un garde du -corps, mais il lui fallait reconnaître que près de lui elle se sentait en sécurité. Josh et Nikki avaient manifestement une confiance identique en leur homme à tout faire au look d'espion en mission. Pourquoi se serait-elle refusé cette consolation ? En temps normal, l'idée qu'un homme aussi viril et séduisant ne la quitte pas d'un pas pour la protéger de tout danger aurait été à tomber. Pourquoi rechignait-elle dans ces circonstances à s'en réjouir ?

Bree portait un des manchons de plastique subtilisés à l'hôpital pour protéger son bandage, ainsi que son ancienne montre de plongée au poignet droit. Elle songea qu'il lui faudrait dès que possible appeler l'hôpital pour récupérer celle que lui avait offerte Daria pour son anniversaire, et qui resterait le dernier souvenir qu'elle garderait de sa sœur si jamais…

Elle en revint à ses préparatifs pour ne pas craquer. Ils vérifièrent le fonctionnement de leurs jauges de pression, le remplissage des bouteilles et mirent en bouche leur embout. Bree entendit le sifflement caractéristique du débit d'air et le déclic des valves, mais bien plus fort qu'à l'ordinaire.

Enfin, en compagnie de Cole, elle fit une roulade arrière par-dessus le plat-bord de l'embarcation et se laissa glisser dans l'eau. Quand le geyser de bulles argentées se fut dissipé, Bree chercha Cole du regard et vit qu'il se trouvait au-dessus d'elle, à la verticale. Par en dessous, seul son corps massif lui était visible, comme s'il avait été décapité. Sans doute gardait-il la tête hors de l'eau pour glisser une dernière recommandation à Manny.

En attendant qu'il la rejoigne, Bree fouilla sa mémoire pour se rappeler s'il lui était arrivé, la veille, de jeter un coup d'œil vers la surface ou en direction de l'ancre alors qu'elle prenait ses notes et effectuait ses prises de vue. Quand, exactement, le *Mermaids II* s'était-il éloigné ? Si un autre bateau s'était approché, elle n'avait probablement pas pu le repérer en raison du manque de visibilité et de l'agitation grandissante des fonds marins. En revanche, le bruit d'un moteur n'aurait pu lui échapper. A moins qu'elle n'ait été trop accaparée par son travail ? Habituellement, même le glissement discret d'un véliplanchiste à la surface attirait son attention. Elle avait développé sous l'eau une telle sensibilité auditive qu'au bruit du moteur elle était capable de deviner le tonnage d'un bateau.

Enfin, Cole plongea et joua des palmes pour la rejoindre à leur palier de sécurité de quinze pieds de profondeur. Sans s'y accrocher, ils descendaient le long de l'ancrage de leur embarcation. Bree comprit en le voyant faire que Cole était un plongeur expérimenté.

Ils restèrent ainsi un long moment face à face, suspendus entre deux eaux, donnant de temps à autre un coup de palme pour se maintenir, bougeant à peine mais presque au contact l'un de l'autre. Leur position n'aurait pas été plus intime et troublante s'ils avaient été allongés ensemble sur un lit... Même si Bree appréciait d'ordinaire de se trouver seule dans l'immensité de l'océan, elle savourait la proximité de Cole dont la présence rétrécissait son horizon et lui donnait l'impression d'être toute petite. Plus que jamais, elle avait besoin de se sentir sous sa protection, mais les sensations déstabilisantes qu'il faisait naître en elle lui donnaient l'impression de ne plus rien maîtriser — ce qu'elle ne pouvait se permettre, surtout en plongée. Son unique préoccupation, se dit-elle pour se reprendre, devait consister à trouver des indices pour sauver Daria.

Comme s'ils s'étaient donné le mot, ils baissèrent la tête ensemble pour observer à travers leurs masques les ombres distinctes et grises des deux sections du navire naufragé. Bien vite, leurs regards se rencontrèrent de nouveau. Bree résista à l'envie de prolonger cet instant de paix fugitive.

D'un coup de menton, elle désigna leur objectif et prit les devants pour le rejoindre.

Le navire naufragé — un cargo de cinquante pieds baptisé *Charlotte G. Loher*, même si les plongeurs du coin le connaissaient mieux sous le nom de Trade Wreck — avait appareillé de Tampa pour Key West. A une époque où les autoroutes n'existaient pas encore pour absorber le trafic marchandises, il avait pris la mer chargé de bétail. Surpris par un ouragan, il s'était brisé en deux avant de sombrer. L'arrière avait touché le fond sans se renverser, mais le milieu du bâtiment et la proue reposaient sur le flanc. Grâce aux multiples voies d'accès à l'intérieur, l'épave avait été pendant longtemps une attraction de choix. Désormais, les superstructures acérées et rouillées, à deux doigts de crouler, rendaient toute exploration hasardeuse. Les jumelles supposaient que la pollution des eaux du golfe avait accéléré la corrosion du métal et le pourrissement du bois. L'une des curiosités de l'épave, aujourd'hui encore, restait que de temps à autre elle recrachait le crâne d'un bovin aux orbites vides, ou que l'on pouvait y tomber nez à nez avec un squelette de vache dans ses cales labyrinthiques. Briana et Daria n'avaient jamais remonté à la surface de tels souvenirs, mais elles connaissaient bien des foyers aux alentours dont les murs s'ornaient de semblables trophées.

Avant d'atteindre les restes du navire dans leur écrin d'eau saumâtre, ils allumèrent leur torche. En découvrant le spectacle qui l'attendait, Bree sursauta. Elle était habituée à la distorsion horizontale de la vision sous l'eau, mais elle ne s'était pas attendue à ce que, comme en surface, tout lui apparaisse plus lumineux. Tout compte fait, l'acuité accrue de ses sens consécutive à sa mésaventure allait peut-être finir par lui être utile. Le tourbillon des micro-organismes marins en suspension dans l'eau brillait à ses yeux comme autant de galaxies. Ce spectacle lui donnait un peu le tournis et une vague nausée, mais elle s'efforça d'en faire abstraction. Si près du but, elle n'allait certainement pas renoncer.

Une tortue de mer de trois pieds de long, qui nageait avec grâce au-dessus de l'épave, s'immobilisa pour les observer puis s'enfuit. Quand ils se posèrent en douceur sur le fond sableux de la prairie marine, quelques crabes en vadrouille se figèrent un instant avant de déguerpir de toutes leurs pattes arachnéennes. Mais ils ne virent rien d'autre au premier abord — ni Gertie le mérou, ni l'appareil photo perdu.

Bree nota que la tempête avait fait quelques dégâts dans la végétation. Des cinquante-deux espèces d'herbe marine qui prospéraient à travers le monde, on n'en trouvait que quatre en Floride. Sa précieuse herbe à tortue — nom commun de la *Thalassia testudinum* — était la plus vivace, avec ses racines profondes et ses stolons robustes, à partir desquels ondulaient dans les courants les rubans d'un vert vibrant de ses tiges. La hauteur moyenne en était d'une trentaine de centimètres. Cette plante aimant les profondeurs moyennes, elle aurait normalement dû prospérer sur le site de Trade Wreck. Mais comme Bree l'avait expliqué à Cole, elle y luttait en fait pour survivre. Un peu, songea-t-elle, comme elle le faisait elle-même…

Pour l'heure, elle n'avait pas de temps à consacrer au projet de sauvegarde écologique qui avait pris tant de place dans sa vie. Promenant le cône doré de leurs torches devant eux, ils nagèrent en direction de l'épave. Leurs rayons semblaient dessiner un ballet gracieux sur le fond, mais Bree était trop absorbée pour s'en amuser. Seul cet appareil photo et les indices que pouvait éventuellement recéler sa mémoire lui occupaient l'esprit.

En quelques gestes, elle expliqua à Cole ses intentions. Ils commencèrent à décrire des cercles concentriques à partir de l'épave, passant le sol au crible dans l'espoir d'y dénicher ce qu'ils cherchaient. Quand elle lui avait indiqué qu'elle pouvait partir d'un côté et lui de l'autre, Cole avait secoué négativement la tête. Depuis, il ne la lâchait pas d'un pouce.

Enfin, ils aperçurent quelque chose. Dans les faisceaux croisés de leurs torches, ils captèrent l'éclat terni d'une chaîne, qu'ils n'eurent qu'à suivre jusqu'à l'ancre à demi ensablée. Le cœur de Bree se mit à battre à coups redoublés. Sans l'ombre d'un doute, il s'agissait du nouveau dispositif dont elles venaient d'équiper le *Mermaids II*, et qui gisait à une dizaine de mètres de l'endroit où ils avaient eux-mêmes mouillé ce jour-là. Cole éleva ses mains en l'air, en un geste interrogateur, pour lui demander si c'était bien là ce qu'ils cherchaient. Le cœur lourd, Bree acquiesça d'un hochement de tête.

Elle en était persuadée, jamais Daria n'aurait jeté la chaîne par-dessus bord à moins que quelque chose de terrible — de bien plus terrible qu'une simple tempête — ne l'ait menacée. L'hypothèse que quelqu'un d'autre ait pu le faire à sa place était plus terrifiante encore. Et si le « quelqu'un » en question avait voulu s'emparer du bateau, il pouvait tout aussi bien avoir jeté celle qui s'y trouvait à la mer…

Au lieu d'apporter des réponses, leur découverte ne faisait qu'exacerber la frustration et la colère de Bree. Il leur fallait coûte que coûte mettre la main sur l'appareil photo. Même s'ils devaient pour cela retourner de fond en comble cette vieille épave rouillée.

D'un geste, elle entraîna Cole dans cette direction. Côte à côte, ils couvrirent toute la distance que l'appareil aurait pu parcourir en étant emporté par la marée jusqu'à l'épave. Il y avait tout juste vingt-quatre heures qu'elle avait laissé couler son équipement, pourtant, cela lui semblait remonter à une éternité. Comment pouvait-il se produire tant de choses en si peu de temps ? Vingt-quatre heures, comme l'avait souligné Sam, c'était aussi le temps qu'il fallait à une nouvelle épave pour ne plus laisser remonter de bulles à la surface. Et si l'on finissait par découvrir que le *Mermaids II* gisait à présent par le fond, Bree n'aurait plus qu'à prier pour que Daria, comme elle, ait pu miraculeusement s'en sortir.

N'ayant rien découvert d'intéressant, ils refirent le trajet en sens inverse, explorant cette fois les anfractuosités où l'appareil aurait pu se nicher. Bree en venait presque à se reprocher de n'être pas parvenue à le garder sur elle, malgré le poids et l'encombrement qu'il représentait. Braquant leurs torches sur l'épave, ils se focalisèrent ensuite sur chaque bouche d'ombre, sur chaque recoin sombre, jusqu'à ce que…

Bree n'avait pu s'empêcher de sursauter, mais ce qu'avait brièvement illuminé son pinceau de lumière, ce n'était rien d'autre qu'un de ces crânes de bovin à travers l'épaisseur d'un hublot. Lorsqu'ils avaient découvert ce site avec leur père, des années plus tôt, tous les hublots étaient masqués par des algues. Ce n'était plus le cas, à présent, et cela constituait un autre stigmate inquiétant de la pollution.

Repoussant le vague à l'âme que la proximité de l'épave ne manquait jamais de susciter en elle, Bree poursuivit son exploration. Autant que possible, quand elle travaillait ici, elle s'efforçait d'ignorer les débris du cargo et se concentrait sur la prairie sous-marine. Des souvenirs trop personnels et trop dérangeants y étaient intimement liés. L'été qui avait précédé leur premier cycle universitaire, elle avait exploré Trade Wreck avec Ted. Ils l'avaient baptisé le *Titanic* — non à cause de la taille du bateau, mais parce qu'ils avaient vu le film quelques jours plus tôt.

Toute familiarisée qu'elle fût avec l'océan, Bree en était sortie ébranlée. La scène où l'on voit Kate Winslet se tenir avec Leonardo DiCaprio au bastingage du paquebot en train de sombrer dans l'Atlantique glacé ne l'avait pas seulement effrayée — elle la hantait depuis.

La première fois que Sam Travers l'avait rendue responsable de la mort de son fils, il l'avait accusée d'avoir fait *couler* Ted et d'avoir *sabordé* sa vie. Si bien que, dans les cauchemars de Bree, Ted ne sautait pas sur une mine mais mourait dans un naufrage auquel elle seule survivait, comme Kate Winslet dans *Titanic*. L'intense culpabilité la submergeait de nouveau. Elle devait alors lutter pied à pied pour se convaincre que Ted était responsable de ses propres choix, et qu'elle n'était pas plus coupable de sa disparition que de celle de sa mère.

Et à présent ? Risquait-elle de voir Daria prendre la place de Ted dans le naufrage qui hantait ses cauchemars, à l'état de veille ou de sommeil ? Pendant qu'elle continuait à vivre, à respirer, à marcher, à nager, verrait-elle sa sœur prisonnière du *Mermaids II* s'enfonçant dans les flots ?

Cole la tira de ses pensées en tapant du doigt contre sa bouteille d'oxygène. Par gestes, il l'interrogea sur le crâne de vache derrière le hublot. Par le même canal, elle lui répondit de son mieux. D'un hochement de tête, il lui montra qu'il avait compris.

Ils reprirent leur exploration côte à côte, à un mètre cinquante l'un de l'autre, s'engageant aussi loin que possible dans chacune des ouvertures visibles dans la coque du navire. Bientôt, ils purent être certains que l'appareil photo n'avait pas été drossé par la marée contre la proue renversée sur le flanc. Mais Bree savait qu'il pouvait tout aussi bien être allé se loger dans un des multiples recoins de la poupe encore debout.

A l'instant où elle commençait à désespérer, l'éclat d'un fragment de métal neuf attira son regard. Il provenait d'une niche sous laquelle se trouvait une inscription défraîchie : *Hache et tuyau d'incendie, brisez la vitre.* De la vitre, il ne restait plus rien depuis longtemps, et quelque plongeur avait dû subtiliser la tête de la hache pour en faire un presse-papiers. Mais les restes d'un vieux tuyau d'incendie étaient toujours là, sous le manche de hache pourrissant. Si le métal nu était visible, cela signifiait que l'appareil avait perdu son boîtier de plastique étanche et ce n'était pas bon signe. Elle n'en tendit pas moins la main en direction de ce qu'elle avait aperçu… avant de la retirer en hâte.

Tapie derrière les restes du tuyau, une murène menaçante venait de bondir, prête à mordre sa main, avant de regagner en partie son repaire. Le cœur de Bree battait si fort qu'il lui semblait l'entendre dans son masque comme un tambour.

Les murènes adoraient se tapir dans les rochers, les algues ou les crevasses pour y attendre leur proie. D'apparence effrayante, elles avaient des yeux minuscules et une gueule protubérante, perpétuellement ouverte sur une dentition à l'allure redoutable. Leur corps sans écailles à la peau épaisse était couvert de boursouflures et de motifs qui leur servaient de camouflage. Celle qui avait trouvé refuge dans cet endroit inattendu devait mesurer plus de un mètre de long, ce qui la rendait plus terrifiante encore.

Cole saisit Bree par le coude et la poussa gentiment sur le côté. L'index pointé, elle lui désigna ce qu'elle avait trouvé et il fit un signe de tête pour indiquer qu'il avait compris. Prenant de la hauteur, il aborda le repaire de la murène par le haut et en retira délicatement le manche de hache à moitié décomposé. Il s'en servit pour crocheter l'appareil et le tirer doucement vers lui. La murène fit une nouvelle tentative pour protéger son trésor, mais elle dut faire retraite sans avoir pu le mordre.

Bree sentit l'espoir qui s'était levé en elle retomber en s'apercevant que ce que venait de récupérer Cole, ce n'était pas son appareil photo mais le flash qui l'avait équipé. En le plaçant devant son masque pour l'examiner, elle secoua la tête d'un air découragé. Elle sentit la main de Cole se poser sur son épaule. « C'est à vous ? » mima-t-il devant elle. Elle acquiesça et leurs regards s'accrochèrent un instant. Bree fit de son mieux pour ravaler les larmes qui lui montaient aux yeux. Si elle s'avisait de pleurer, elle savait que son masque deviendrait inutilisable et qu'il lui faudrait remonter.

Refusant de se laisser abattre, elle expliqua en quelques gestes à Cole que si le flash avait pu arriver là, l'appareil pouvait lui aussi se trouver sur l'épave. Il lui répondit en secouant négativement la tête et en tapotant sa montre du bout de son index. Sur la sienne, Bree constata qu'il ne s'était écoulé que vingt minutes et que leurs réserves d'oxygène étaient encore conséquentes. Secouant la tête à son tour, elle dressa ses deux mains, doigts écartés, devant elle, lui réclamant dix minutes encore pour explorer les principales voies d'accès à l'intérieur de l'épave.

Un des commandements de sécurité du plongeur, que son père lui avait maintes fois seriné, lui revint soudainement à la mémoire. *Seuls les nases oublient les règles de base.*

Outre qu'elle n'était pas une spécialiste de l'exploration des épaves, elle ne disposait pas du matériel nécessaire pour se livrer à ce type d'activité sans danger. Il lui aurait fallu un dévidoir et une ligne de survie pour s'aventurer dans ce dédale instable et obscur. Qui plus est, les torches dont ils disposaient, si elles étaient suffisantes à une profondeur de trente pieds, ne l'étaient pas dans l'obscurité totale des cales englouties.

Machinalement, Bree appuya sur le bouton du flash, qui déclencha aussitôt une lumière presque aveuglante. Cela ferait l'affaire, décida-t-elle, pour lui permettre d'explorer rapidement l'entrée attenante à la niche où se cachait la murène. Puisqu'elle avait lâché au fond de l'eau tout son équipement d'un seul coup, l'appareil photo ne devait pas se trouver loin.

Après avoir d'un geste invité Cole à la suivre, Bree se propulsa vers l'épave, sa torche dans une main et son flash dans l'autre. Elle ne prit pas le temps de lui demander son avis. Après tout, il ne s'agissait pas de se lancer dans une exploration poussée. Juste de jeter un petit coup d'œil pour s'assurer que l'appareil photo n'avait pas été entraîné à l'intérieur, et elle ferait demi-tour.

Cette fois, ce fut la voix même de son père qui retentit dans sa tête pour lui délivrer l'avertissement familier : « Seuls les nases oublient les règles de base. » Mais si son père avait été là, il aurait compris l'urgence de la situation. Il aurait été d'accord avec elle pour considérer qu'il lui fallait coûte que coûte récupérer l'appareil. Il aurait conclu avec elle que la nouvelle règle devait être : *Tant que Daria n'est pas retrouvée, les règles peuvent être négligées.*

Cole fut rapide. Bree sentit sa main capturer brièvement sa cheville, mais elle parvint à se libérer et se propulsa d'un bond à l'intérieur de l'épave, actionnant le flash à plusieurs reprises pour éclairer son chemin.

# 7

Plus que tout, Bree voulait retrouver son appareil photo. De toute manière, n'ayant pas la place de faire demi-tour, elle n'avait d'autre choix que d'aller de l'avant. Elle fonça donc tête la première dans les profondeurs du navire, telle une Alice inconsciente dans le trou de lapin d'un dangereux pays des merveilles. Tout lui semblait étrange, même quand elle déclenchait son flash pour donner plus de lumière. Les cloisons incrustées de rouille de l'épave depuis longtemps submergée, dans la vive et brève lueur éclatante, semblaient alors laisser suinter de longues traînées sanglantes. Autour d'elle, les tourbillons de particules en suspension pris dans les courants lui donnaient le tournis.

Dans cette partie du cargo, la cloison côté bâbord faisait office de plancher, de sorte que le plafond filait sur sa gauche et le plancher sur sa droite, accentuant la désorientation. Bree survolait des hublots par lesquels des hommes d'équipage avaient jeté leurs ultimes regards, lors de leur fatal et dernier voyage. Ce monde — tout comme le sien — s'était brutalement retrouvé sens dessus dessous. Les os de quelques-uns de ces malheureux s'étaient-ils mêlés à fond de cale à ceux de leur cargaison vivante ? Et le *Mermaids II* ? A l'heure qu'il était, gisait-il lui aussi au fond de l'océan et avait-il cessé de laisser remonter ses chapelets de bulles à la surface ?

Bree ne vit pas d'autre crâne, même si quelques étranges créatures des profondeurs lui firent quelques frayeurs — dont un homard de bonne taille qui déguerpit à son passage. Mais nulle part elle ne trouva trace de son appareil photo. Quand le corridor qu'elle suivait déboucha dans une sorte de cambuse, elle se décida à faire demi-tour et tomba nez à nez avec Cole. Elle en fut tellement saisie qu'elle recula et fit buter ses bouteilles contre une cloison.

Dans l'espace confiné du corridor, Cole lui prit le poignet et l'attira violemment vers lui. Avec agacement, il lui intima par gestes l'ordre de sortir et de remonter, soulignant ses mouvements avec sa torche. Des ombres dansaient sur son masque. Ainsi éclairé par-dessous, les traits sculptés de son visage semblaient presque menaçants. Elle se rendit alors compte qu'elle avait une confiance aveugle en cet homme qu'elle connaissait à peine, et qu'elle avait désespérément besoin de lui.

Bree savait pertinemment qu'il avait raison de vouloir sortir au plus vite de l'épave. Elle s'était de toute façon elle-même décidée à le faire. Pourtant, comme pour lui résister, elle appuya accidentellement sur le bouton du flash, qui lui cracha son éclat de lumière en pleine figure. La main de Cole resserra son emprise sur son poignet. D'un geste sec, il lui arracha l'appareil. N'utilisant que le pinceau lumineux de sa torche, il renouvela son ordre. « Dehors ! Vite ! Vous d'abord ! » D'un hochement de tête, Bree lui signifia son accord et se dirigea vers la sortie. En regagnant les eaux plus éclairées dans lesquelles baignait l'épave, elle s'aperçut alors qu'il avait une coupure au poignet. Le sang qui s'en écoulait, à cause de l'altération des couleurs due à la profondeur, ne semblait par écarlate, mais vert.

Confuse, elle tenta de lui faire comprendre par gestes que le flash était parti par accident et qu'elle ne s'était pas rendu compte qu'il était blessé. Pour toute réponse, Cole dressa le pouce vers le haut. Elle le débarrassa du flash, afin qu'il puisse retenir l'écoulement du sang, et, sans autre délai ni halte à mi-parcours, ils se hâtèrent de refaire surface. Tous deux savaient parfaitement que même dans une aussi vaste étendue d'eau le plus mince filet de sang pouvait attirer les requins.

Une nouvelle vague d'appréhension submergea l'esprit de Bree tandis qu'ils remontaient. Ces requins qui l'avaient escortée… avaient-ils auparavant attaqué Daria, si elle était tombée à l'eau ou si on l'y avait poussée ? Tout se mêlait dans son esprit en un tourbillon d'images funestes. Squales… Crânes de bœufs, piégés sous l'eau… Sa propre vie, sens dessus dessous, comme l'épave du Trade Wreck. Et celle de Daria, peut-être naufragée, ruinée, enfuie… Si sa sœur ne reparaissait pas, comment pourrait-elle vivre sans elle ?

Dans un geyser de bulles et d'écume, ils crevèrent dans un bel ensemble la surface de l'océan et se mirent à nager vers le skiff. Manny, à bord, se précipita pour les accueillir. Quant à Cole, il surprit Bree en la poussant par les fesses en direction de l'échelle de coupée. Crachant l'embout du détendeur, elle remonta son masque sur le front et protesta :

— Pas question ! Vous d'abord… Vous êtes blessé.

— Grimpez sur ce bateau ! ordonna-t-il d'un ton sans réplique. Désormais, c'est moi qui donnerai les ordres ! Je me fiche de savoir que vous avez davantage d'expérience que moi. Vous avez l'excuse des circonstances, alors je passe l'éponge. Mais si je dois de nouveau vous accompagner au fond, c'est moi qui commanderai, et vous qui obéirez !

Sans rien répliquer, elle grimpa l'échelle, immédiatement suivie par Cole. Une fois à bord, la première chose qu'elle fit fut d'examiner sa blessure.

— Comment vous êtes-vous fait ça ? demanda-t-elle.

— En vous poursuivant dans cette boîte de corned-beef rouillée !

— Puisque le flash se trouvait à l'entrée, je devais vérifier que l'appareil n'avait pas été entraîné un peu plus loin.

Manny, qui tentait de se glisser dans la conversation, se pencha sur eux quand ils se laissèrent glisser côte à côte sur le pont.

— Vous avez trouvé quelque chose ? demanda-t-il avec curiosité. La chaîne et la nouvelle ancre ? Vous avez trouvé des indices ? Quelque chose de suspect ?

En quelques mots, Bree lui expliqua ce qu'il en était, tout en passant sur la blessure de Cole un désinfectant déniché dans la trousse de première urgence.

— Je crois que vous aurez besoin de quelques points de suture, commenta-t-elle en grimaçant. J'espère que vous êtes vacciné contre le tétanos ?

— Etant donné que je travaille régulièrement avec un marteau et des clous — et que je fréquente occasionnellement une plongeuse cinglée —, j'y ai plutôt intérêt…

Bree lui adressa un sourire penaud.

— Je suis désolée que vous vous soyez fait ça en vous portant une fois de plus à mon secours, dit-elle. Je peux vous conduire dans un dispensaire d'urgence ou une clinique pour vous y faire soigner. Mais si cela ne vous fait rien, je préférerais éviter les urgences de l'hôpital de Naples.

— Inutile, je m'en occuperai moi-même plus tard. Avec votre brûlure au poignet et cette coupure au mien, on peut dire que nous faisons la paire, tous les deux !

Il avait prononcé ces quelques mots l'air de rien, mais

Bree était certaine de les avoir entendus. Et ils lui allaient droit au cœur. Elle plongea au fond de ses yeux sombres qui brillaient au soleil, si proches des siens, sur ce bateau dont le roulis les berçait doucement. Manny se pencha de nouveau vers eux, posa de nouvelles questions, mais tourneboulée par l'impact émotionnel que Cole produisait sur elle, Bree ne les entendit pas. Elle connaissait à peine Cole DeRoca, son héros et son sauveur, et pourtant elle comptait apparemment autant pour lui qu'il comptait pour elle.

*Nous faisons la paire, tous les deux !* C'était une formule que Daria et elle avaient utilisée plus d'une fois, mais dans la bouche de Cole elle prenait un sens nouveau. Cette sensation bouleversante qu'elle ressentait n'avait rien à voir avec le lien d'empathie et de synergie affectueuse qu'elle partageait avec sa sœur jumelle depuis toujours. Cette sensation, c'était de l'énergie, de la puissance à l'état brut, un magnétisme puissant — quelque chose que même avec Ted, dont elle avait cru être si amoureuse, elle n'avait jamais ressenti. Ce lien qui se tissait d'heure en heure entre eux était plus profond, plus exigeant, et d'une certaine manière plus dangereux. Mais alors que Bree devait utiliser tous les moyens à sa disposition pour retrouver sa sœur — y compris Cole lui-même —, le moment ne pouvait être plus mal choisi pour une romance.

Quand le silence qui s'était établi entre eux devint gênant, elle se résigna à le briser.

— Je vais demander à quelques plongeurs des environs de m'aider pour les recherches. Mais si vous pouvez continuer à me donner un coup de main, je vous en serai reconnaissante. J'ai un tas de manchons en plastique subtilisés à l'hôpital à vous passer pour protéger votre poignet…

Bree acheva d'étaler la pommade et étudia la longue blessure aux bords dentelés. Elle lui parut moins profonde qu'elle ne l'avait d'abord cru. Par chance, elle était située sur le côté, et non sur le dessous du poignet, où la chair est plus tendre et saigne en abondance.

En entendant Manny mettre les gaz, Bree sursauta. Elle avait été à ce point focalisée sur Cole qu'elle n'avait pas vu son employé regagner la barre. En fait, l'espace de quelques instants, elle avait totalement oublié sa présence. Elle laissa son regard errer sur l'infini des flots du golfe, qui recelaient tant de secrets. Pour ne pas pleurer, elle pinça fort ses lèvres l'une contre l'autre. Si elle s'était écoutée, elle se serait jetée dans les bras de Cole pour y chercher du réconfort. Mais si elle se laissait aller, elle le sentait, le désespoir contre lequel elle luttait pied à pied se déchaînerait, et il n'y aurait rien à faire pour le contenir.

— Quand Daria et moi étions petites filles, lui raconta-t-elle en haussant la voix pour se faire entendre par-dessus le bruit du moteur, nous nous étions ouvert le poignet pour conclure un pacte de sang. Nous nous sommes promis de rester amies pour la vie. Un geste très enfantin. Et dangereux, mais nous ne le savions pas. Nous devions avoir dans les huit ans. Cela a fait toute une histoire, et Amelia s'est bien moquée de nous car une piqûre sur le doigt aurait suffi et nous n'y avions même pas songé.

La voix de Bree se brisa sur ce dernier mot. Longuement, elle s'éclaircit la gorge pour pouvoir poursuivre. En lissant le bandage qu'elle venait de poser sur le poignet de Cole, et qui éclatait de blancheur sur sa peau tannée par le soleil, elle baissa les yeux et s'efforça de contenir ses larmes. Accroupis sur le pont, ils se tenaient face à face à présent. Manny venait de démarrer le bateau et ils devaient se retenir à la main courante pour ne pas tomber l'un sur l'autre.

— Cole…, reprit-elle enfin en évitant son regard. Je ne

pourrai jamais vous remercier suffisamment ni vous rendre la pareille pour tout ce que vous avez fait pour moi.

Précipitamment, elle se détourna et prit prétexte d'avoir à ranger la trousse d'urgence pour s'éloigner de lui. Les nerfs à fleur de peau, elle redoutait d'éclater en sanglots et de ne plus pouvoir s'arrêter. Pour ne pas avoir à lui faire face, Bree alla ensuite s'installer dans un des fauteuils de l'avant, gardant précieusement dans son giron le flash retrouvé.

Alors que le skiff prenait de la vitesse et mettait le cap sur Turtle Bay, Cole vint s'asseoir à côté d'elle.

— Quand tout ceci sera terminé, lui glissa-t-il à l'oreille, nous trouverons bien un moyen pour que vous puissiez me remercier.

Au soleil couchant, ce soir-là, Bree s'installa à table dans son appartement afin d'étudier une carte marine détaillant le moindre récif, la plus petite faille côtière de cette zone du golfe. Comme elle l'avait promis à Cole, elle avait passé une série de coups de fil à des amis plongeurs pour demander leur aide dans les recherches sous-marines qu'elle comptait poursuivre le lendemain. Tous avaient répondu « présent ! » et le rendez-vous était fixé à 9 heures à la boutique. Certains avaient même prévu de prendre un jour de congé pour être là.

Alors qu'elle était en train de dresser une liste de sites de recherches possibles, un coup de sonnette la fit sursauter. Sans doute, se dit-elle, un autre journaliste venu tenter sa chance. Elle regrettait presque d'avoir décliné l'offre de Josh et Nikki Austin de mettre à sa disposition Mark Denton pour quelque temps. Celui-ci devait être aussi doué pour la protection rapprochée que pour éloigner la presse et les curieux. Elle avait accordé une déclaration à un représentant du *Naples Daily News* et au reporter d'ABC-TV à Fort Myers quand ils l'avaient surprise sur un dock de la marina, mais elle n'était pas décidée à répondre aux sollicitations à domicile.

Pourtant, il lui était impossible de ne pas aller ouvrir, au cas où on serait venu lui donner des nouvelles des recherches — bonnes, de préférence. Parfois, les médias étaient au courant des derniers développements d'une affaire avant même les principaux intéressés. A moins que Cole n'ait finalement décidé de la rejoindre ? A leur retour à la marina, il lui avait annoncé qu'il allait se faire poser des points de suture et ne serait pas de retour avant le lendemain. A moins, lui avait-il précisé, qu'elle ne préfère qu'il reste dormir chez elle sur le sofa. Bree n'aurait pas demandé mieux, mais elle avait néanmoins décliné l'offre. Plusieurs fois, au cours de cette éprouvante journée, elle avait bien failli se laisser aller à des gestes qu'elle aurait ensuite regrettés. Elle n'osait imaginer de quoi elle aurait été capable si elle avait pu garder Cole près d'elle toute la nuit.

Avant de descendre, Bree jeta un coup d'œil dans la rue par une fenêtre pour voir si un véhicule de presse était garé dans les environs. Mais ce qu'elle découvrit, ce fut son beau-frère, Ben, la tête renversée en arrière, qui l'observait. Dans la pénombre, ses cheveux blanchis avant l'âge et sa chemise immaculée aux manches roulées sur les bras semblaient luire d'un éclat phosphorescent. Comme d'habitude, son attitude — jambes écartées, bras croisés, masque impassible — trahissait avec éloquence la rigidité de sa personnalité. Après lui avoir adressé un petit signe de la main, elle s'empressa d'aller lui ouvrir.

Bree était fière de la réussite de son brillant et inflexible procureur de beau-frère, mais elle aurait préféré que dans le civil il se montre plus détendu. Comme Josh, Ben sollicitait le suffrage des électeurs pour l'élection de novembre. A mots couverts, il déplorait le fait de ne pas avoir eu récemment de dossier médiatique à traiter pour se rappeler à leur souvenir. Contrairement aux autres candidats, il investissait peu dans les spots et documents de campagne. Sa réputation et son nom qui revenait souvent à la une des médias lui suffisaient.

Sans doute se trouvait-il là en service commandé pour sa femme, même si l'idée de sermonner son incontrôlable belle-sœur ne devait pas lui déplaire…

— Tu n'aurais pas dû te déplacer, lui reprocha Bree en l'accueillant sur le seuil. Un coup de fil aurait suffi.

— Cela fait des heures que ça sonne occupé chez toi, maugréa-t-il. De toute façon, j'avais quelqu'un à voir dans le secteur — Dom Verdugo, pour tout te dire. On n'a vraiment pas besoin des petites frappes du crime organisé qui gravitent autour de lui dans le secteur. Je peux te garantir que si ce projet de casino flottant aboutit, lui et ses sbires seront en tête de ma liste rouge ! Je veux le mettre en garde mais je voulais te voir d'abord. Pas seulement par égard pour toi et Daria, mais également pour Amelia.

Sur ce, Ben lui donna une brève accolade et referma la porte derrière lui.

— Bree…, reprit-il en dardant sur elle un regard sévère, je suis bien conscient que tu dois être sur des charbons ardents, mais tu as fichu un sacré coup à ta sœur aînée en te sauvant de l'hôpital comme tu l'as fait aujourd'hui.

— Montons, suggéra-t-elle en l'entraînant vers l'escalier. Ainsi, tu pourras l'appeler tout de suite pour la rassurer.

Après avoir hésité un instant en jetant un coup d'œil à la boutique obscure, Ben la suivit.

Pour une fois, il avait laissé tomber le strict complet gris qui lui servait d'uniforme, et il ne portait pas non plus de cravate ni d'attaché-case. Mais dans n'importe quelle tenue, Ben ressemblait toujours à un mannequin posant pour une luxueuse publicité de magazine. Il avait le profil d'un leader, talentueux, ambitieux, et l'aura d'un croisé en guerre contre les hors-la-loi. Il s'attaquait avec zèle et appétit aux dossiers les moins ragoûtants et les plus ardus. Bree n'y avait pas songé jusqu'alors, mais la disparition de Daria tombait à pic, pour lui. D'autant plus si jamais elle devait ne pas…

Dès qu'il fut perché sur le bord du sofa, Ben reprit sans attendre son réquisitoire.

— Ce qui se passe est exactement ce contre quoi je n'ai cessé de vous mettre en garde, toutes les deux. Avec tous les risques que vous prenez, cela devait fatalement arriver tôt ou tard.

Bree avait préféré rester debout, les mains sur les hanches, pour garder l'avantage. Avec Ben, elle se faisait toujours l'impression d'être placée sur le gril au banc des témoins. Elle avait découvert que le meilleur moyen pour lui résister était encore de se montrer plus offensive que lui.

— Ah oui ? fit-elle d'un ton légèrement sarcastique. Je ne me rappelle pourtant pas que tu nous aies prévenues de la tempête qui risquait d'emporter notre nouveau bateau avec Daria aux commandes.

Un sens de l'humour défaillant était un autre de ses défauts.

— Je ne suis pas Monsieur Météo…, marmonna-t-il sans saisir la plaisanterie. Mais je vous ai mises en garde toutes les deux des dangers d'un style de vie peu en rapport avec votre intelligence et votre beauté.

— Merci pour le compliment détourné.

— Je déteste avoir à te faire la leçon, Bree, mais tu es dans un sale pétrin. Tu avais besoin d'un ou deux jours de plus sous surveillance médicale, et tu ne devrais pas rester seule cette nuit. Sans compter que vous n'auriez jamais dû vous lancer dans une affaire comportant de tels risques.

Cette fois, la patience de Bree avait atteint ses limites.

— Je ne vois pas ce qu'il y a de dangereux à aller vérifier pour la cinquante-huitième fois consécutive la croissance d'une prairie d'herbe marine ! J'apprécie l'aide qu'Amelia m'a apportée à l'hôpital et je te suis reconnaissante du souci que tu te fais pour nous, mais…

Ben dressa une main devant lui pour l'interrompre.

— Pour une fois, écoute-moi une seconde. Comme il faut bien que quelqu'un dans cette famille garde la tête froide, j'ai pris l'initiative d'appeler les gardes-côtes aussi bien que la patrouille aérienne pour leur demander de ne rendre compte qu'à moi de la situation.

— Oh ! non ! Pitié ! Pas ça ! s'écria Bree en se laissant tomber à côté de lui sur le sofa, la tête entre les mains. Ils t'ont appelé ? Ils ont retrouvé Daria ? Le bateau ?

— Non. Mais cela ne constitue pas une bonne nouvelle pour autant. Calme-toi à présent ! Tu vois bien que tu n'es pas en état de gérer la situation.

Se tournant vers elle, Ben passa un bras autour des épaules de Bree, effondrée.

— Nous voulons juste t'aider, Amelia et moi, reprit-il. Ce boulot de dingue, ce truc de recherches et sauvetages en mer, devrait être laissé à des types comme Sam Travers… Vous auriez dû accepter son offre, l'année dernière, quand il m'a contacté pour vous racheter.

Cette fois, Ben avait réussi à mettre Bree en colère. Non seulement il lui avait fait peur, peut-être intentionnellement, mais en plus il s'obstinait à lui distribuer des conseils dont elle n'avait ni besoin ni envie. Et à présent, le voilà qui s'arrogeait le premier rôle dans les recherches en cours pour retrouver Daria, comme il le faisait pour tout et pour tous.

Avant de se risquer à lui répondre, Bree prit la précaution d'inspirer lentement et à fond.

— Ben... Je sais que tu désapprouves la carrière que nous avons choisie. Mais c'est ton problème, et le mien, c'est de gérer cette affaire et de retrouver Daria. Même si j'apprécie l'aide que tu pourras m'apporter et t'en remercie.

Ben s'adossa au sofa, une jambe repliée, la cheville posée sur son genou, comme s'il n'avait rien écouté de ce qu'elle venait de dire ou qu'il s'en fichait comme de sa première chemise. Il reprit la parole de cette voix raisonnable et sévère qu'il aurait prise pour sermonner un de ses fils, ce qui ne fit qu'énerver Bree davantage encore.

— Allez, sois raisonnable... Pourquoi ne prendrais-tu pas quelques affaires pour rentrer à la maison avec moi ? Cela te ferait autant de bien qu'à Amelia, et les garçons seraient fous de joie de te voir — même si je te serais reconnaissante de les dispenser de ces histoires de plongée que tu leur racontes ou de ces leçons que tu leur promets. Ils ne sont pas prêts à ça pour l'instant.

— Et ils ne le seront pas tant que vous n'aurez pas décidé, toi et Amelia, qu'ils le sont. C'est-à-dire sans doute jamais. Je répète que tout ce que tu pourras faire pour m'aider à retrouver Daria sera grandement apprécié. Mais je tiens à rester l'interlocutrice privilégiée auprès des autorités.

En se levant, elle conclut, plus sèchement qu'elle ne l'aurait voulu :

— Puis-je t'offrir un peu de café ? Il est tout prêt.

— Tu bois du café pour rester éveillée ? demanda Ben

posant sur elle un regard soupçonneux. C'est de la folie… Tu as besoin de dormir. Tu as l'air de sortir de l'enfer.

— C'est parce que j'y suis ! répliqua-t-elle vertement. Et que j'y resterai tant que je n'aurai pas retrouvé ma sœur !

— Tant que *tu* ne l'auras pas retrouvée ? répéta-t-il en se rasseyant sur le bord du sofa. C'est bien ce que je pensais ! Et ce que craignait Amelia…

— Je ne suis pas toute seule, précisa-t-elle d'une voix radoucie. J'ai fait appel à des volontaires. Nous devons nous retrouver ici demain matin.

— Vous feriez mieux de laisser faire les professionnels et de ne pas vous mettre dans leurs jambes. Crois-moi… J'ai eu à traiter des tas de dossiers de disparition. Le meilleur conseil que je puisse te donner, c'est de te calmer et de ne pas te mêler des recherches. Bien sûr, rien ne t'empêche de rester informée, mais laisse les autorités…

— Les autorités ont besoin de mon aide, le coupa-t-elle. Je connais ce golfe comme le fond de ma poche, et je connais Daria aussi bien que je me connais moi-même. Je sais que tu as l'expérience des dossiers criminels, et si quelqu'un s'est avisé de faire du mal à ma sœur, tu seras le premier à qui je demanderai son avis. Je suis tout de même au courant que tu es le procureur général de ce comté !

— Très bien ! conclut-il. Restons-en là. Si cela s'avère nécessaire, tout ce que je peux te promettre, c'est de faire s'abattre sur le ou la coupable les foudres de la loi avec toute la rigueur nécessaire.

Bree acquiesça calmement, mais elle aurait voulu lui crier qu'elle n'avait que faire de ses foudres, de sa loi ou de sa rigueur. Tout ce qu'elle voulait, c'était au plus vite retrouver Daria — vivante. Toute autre possibilité était à exclure.

*
* *

Il était près de 9 heures du soir lorsque Cole eut enfin ses six points de suture au poignet. Il aurait pu rentrer chez lui pour se doucher et avaler un steak, mais en dépit de cette perspective alléchante, il préféra regagner la marina de Turtle Bay. Après s'être garé devant le dock principal, il leva les yeux jusqu'aux fenêtres éclairées de l'appartement de Bree. Il mourait d'envie d'aller voir comment elle allait, mais il ne parvenait pas à se décider. Il lui avait déjà téléphoné de la clinique où il s'était fait soigner, et il était peut-être indélicat de passer à l'improviste. Elle avait bien besoin de dormir, même s'il imaginait sans peine que cela n'allait pas lui être facile.

Prenant appui contre un réverbère en fonte, il reporta son attention sur la porte-fenêtre ouverte de la véranda, derrière laquelle on distinguait deux silhouettes installées au salon : Briana et un homme aux cheveux argentés.

— Et alors ? maugréa-t-il pour lui-même en fourrant ses mains au fond de ses poches et en s'éloignant. Elle a bien le droit d'avoir des amis. Elle en a plus que jamais besoin, à présent.

Elle lui avait expliqué qu'elle avait demandé l'aide de ses amis plongeurs pour le lendemain. Avec Manny, il devait se présenter à la boutique à l'aube pour organiser tout cela. Il se réjouissait qu'elle compte sur lui pour la seconder, mais il avait beau se persuader du contraire, cela l'ennuyait qu'elle ait choisi de passer la soirée avec un autre homme.

De toute façon, tenta-t-il de se raisonner, c'était pour parler à Dom Verdugo, pas à Bree, qu'il était là. Le « parrain du jeu offshore », ainsi que l'avait surnommé la presse, ne s'était pas risqué pour l'instant à ancrer son casino flottant de cent quatre-vingts pieds à son futur mouillage, au bout du dock principal. Il s'était contenté d'y accoster avec son yacht privé, le *Xanadu*. Et comme Cole avait déjà pu le remarquer, le fier navire était placé sous bonne garde. En le voyant approcher, le jeune homme trapu manifestement posté en sentinelle près de la passerelle l'apostropha.

— Hé ! Comment ça va ?

Il avait le crâne rasé, et une tête qui semblait vissée directement sur ses épaules, sans la moindre trace de cou. Le T-shirt et le pantalon noirs qu'il portait lui permettaient de se fondre presque totalement dans l'obscurité.

— Pas trop mal, répondit-il sur le même ton guilleret. Je m'appelle Cole DeRoca. M. Verdugo m'a demandé de poser le lambris dans le salon principal de son casino, et comme je passais dans le coin, je me suis dit que je pourrais m'arrêter pour lui en toucher deux mots. Je sais que ce n'est pas une heure pour une visite, mais cela nous ferait gagner du temps. J'ai pensé que cela valait le coup d'essayer.

Un deuxième homme, qui ressemblait à un clone du premier, se matérialisa comme par enchantement au bord du dock. En hochant la tête à l'intention de son collègue, celui qui s'était adressé à Cole marmonna, sans cesser de le scruter de la tête aux pieds :

— Je vais voir.

Cole s'efforça de ne pas se laisser influencer négativement par ce comité d'accueil. Les opposants à l'installation du casino à Turtle Bay arguaient que les vigiles qui pullulaient autour de Dom Verdugo et de ses activités puaient le crime organisé à plein nez. Ceux qui soutenaient ce projet leur répondaient que de nos jours aucun homme riche possédant un yacht de luxe ne pouvait se passer de service de sécurité.

Pour sa part, même s'il n'en faisait pas publiquement

état, Cole était opposé aux jeux de hasard. Il avait pu juger sur pièce comment une famille — la sienne, en l'occurrence — pouvait être détruite par le démon du jeu. Il avait fini par haïr sa mère d'avoir dilapidé sur les tapis verts le bonheur et la joie de vivre de son mari et de son fils. Mais depuis la mort de celle-ci, survenue plusieurs années avant celle de son père, il regrettait de l'avoir jugée et de ne lui avoir témoigné que de la rancœur, alors qu'elle aurait eu besoin de compréhension et d'amour.

Cole était fils unique, et il avait tout d'abord adoré sa mère, une femme magnifique et débordante de vie. Pourtant, il n'avait jamais pu pardonner les mensonges et les trahisons que lui faisait commettre son addiction au jeu. Combien de fois avait-elle juré que c'était terminé, qu'elle avait compris la leçon, qu'on ne l'y reprendrait plus ? Cela ne l'empêchait en rien, dès que l'occasion se présentait, de sacrifier à son vice les fonds de la famille, de faire des dettes, et de traîner avec des gens qui ne s'intéressaient à elle que pour l'argent. Elle avait également un problème avec l'alcool, et l'autopsie avait révélé qu'elle était ivre quand elle était partie nager au large en pleine nuit, et qu'elle s'était noyée accidentellement. Du moins, Cole et son père s'étaient-ils efforcés de croire qu'il s'agissait bien d'un accident. En dépit des doutes qui les assaillaient, ils s'étaient accrochés à cette thèse. Elle ne pouvait avoir sacrifié sa vie, même si elle se sentait coupable de l'enfer qu'elle leur faisait vivre. Elle ne pouvait leur en vouloir à ce point de ne pas avoir compris la maladie qui la forçait à risquer tout ce pourquoi son mari avait travaillé si dur, et à compromettre l'avenir même de son fils.

Ce n'était donc pas la perspective de gagner beaucoup d'argent qui amenait Cole sur le *Xanadu*. Car c'était l'argent d'un homme dont l'empire étincelant reposait sur la ruine d'autrui. Le magnat de Miami lui avait demandé de lambrisser de bois de rose le grand salon de son nouveau casino. Malgré l'assurance de faire un gros profit, Cole avait pensé dans un premier temps décliner l'offre. Il ne tenait pas à être associé aux entreprises douteuses de Verdugo dans l'une des dernières régions préservées de Floride.

Les sentiments qu'il sentait naître en lui à l'égard de Bree l'avaient amené à revoir sa position. Il était prêt à pactiser avec le diable, si cela pouvait l'aider. De toutes les personnes qui auraient pu avoir la motivation, l'envie et les moyens de faire taire les sœurs Devon, Verdugo se trouvait en tête de liste. L'homme abreuvait d'argent tous ceux qui soutenaient sa cause au nom de l'emploi et de l'intérêt économique de Turtle Bay. Tous ses efforts risquaient d'être remis en cause par un rapport soulignant que la pollution compromettait gravement la flore sous-marine côtière. Le vote de la population risquait alors de s'avérer défavorable à un projet impliquant d'incessantes allées et venues d'un navire de fort tonnage.

Comme l'écrivait Marla Sherborne, la sénatrice en titre, dans l'une de ses brochures électorales que Cole avait lue : « Les croisières Verdugo Fun & Sun ne sont soumises à aucune règle, et ses bateaux polluent déjà trop de rivages autrefois immaculés de la Floride. »

Mais tenter d'aider Bree en gardant un œil sur Verdugo n'était pas la seule motivation de Cole. L'idée de reprendre à un roi du jeu l'argent que ses congénères avaient autrefois volé à sa mère satisfaisait en quelque sorte en lui un certain sens de la justice. Ce pactole lui permettrait de laisser tomber son activité d'aménagement intérieur de yachts de luxe et de se lancer en tant que charpentier de marine. La Floride était le centre névralgique de la production de bateaux en bois de construction artisanale. La pêche au filet étant désormais interdite, les sloops qu'il rêvait de construire ne seraient utilisés que pour le plaisir. Pendant des années, une part trop importante de son revenu avait servi à combler les dettes de jeu massives de sa mère.

Les mains posées sur la rambarde d'acajou du yacht, le cerbère qui avait accueilli Cole l'interpella, le tirant de ses pensées.

— O.K., M. Verdugo va vous recevoir. Il s'apprêtait à prendre un verre et il vous propose de vous joindre à lui.

Le second homme de main, d'un hochement de tête, lui fit signe qu'il pouvait avancer. Après avoir gravi la passerelle, Cole suivit son guide en direction du salon privé situé en poupe. Chemin faisant, il crut entendre faiblement, quelque part à l'intérieur, une femme se lamenter. Il tendit l'oreille, mais aucun autre bruit suspect ne se fit entendre. Sans doute, songea-t-il, son imagination lui jouait-elle des tours.

De par son métier, il lui était arrivé de monter à bord de yachts plus grands et plus ostentatoires, mais jamais à Turtle Bay. Par comparaison aux embarcations au mouillage autour de lui, le *Xanadu* ressemblait à un ongle manucuré entouré d'ongles crasseux et cassés…

En rejoignant Verdugo dans la lumière dorée du salon privé, Cole le reconnut tout de suite, même si les photos de lui parues dans la presse avaient tendance à le montrer plus grand qu'il n'était en réalité. Petit, corpulent, la cinquantaine, l'homme d'affaires l'accueillit la main tendue.

— J'ai entendu dire que vous êtes le héros du jour, DeRoca…

Cole se força à répondre à son sourire.

— Vous avez à ce point besoin d'un poseur de lambris ?

Puis il suivit son hôte dans une pièce plus vaste que ne le sont à terre la plupart des living-rooms. Un grand canapé en fer à cheval couvert de cuir ivoire entourait une table basse design en verre. Sur le mur, au-dessus d'un grand piano, étaient accrochés ce qui ressemblait à deux authentiques Picasso. Les tableaux, un éparpillement de coussins de sol et un grand aquarium encastré dans le mur principal formaient les seules taches de couleur dans un océan de blanc et d'écru rehaussé de quelques touches métalliques. Au sol, un grand tapis rond dans lequel les pas s'enfonçaient. Et pour parfaire l'ambiance, des enceintes parfaitement invisibles diffusaient de la musique douce.

— Ne faites pas le modeste, DeRoca ! reprit Verdugo d'un ton jovial. Je parlais du sauvetage de cette femme. Qu'ai-je entendu dire qu'elle était, déjà ? Plongeuse, écologiste, photographe ? Tout cela à la fois ?

Verdugo avait une voix bourrue, mais contrairement à ce à quoi Cole s'était attendu, il n'avait pas le moindre accent.

— Au fait…, reprit-il, l'air de rien. Des nouvelles de sa sœur et du bateau disparu ?

— Malheureusement, non.

Cole n'avait pas manqué de noter que son interlocuteur avait par deux fois déclaré avoir « entendu » dire quelque chose. Comme s'il disposait d'informateurs tout prêts à lui transmettre les informations qu'il aurait pu manquer. Ce type regardait-il la télé, de temps en temps, ou chargeait-il ses laquais de le faire pour lui ? A moins qu'il n'ait disposé d'informations de première main…

Pour l'heure, il continuait à pérorer, disert et très à l'aise.

— Je me serais bien porté volontaire pour les recherches, mais j'ai craint d'entraver les efforts des autorités. Il est hélas à parier que cette tempête aura eu raison de l'autre sœur. Seigneur Jésus ! Pouvez-vous imaginer ça ? Faire surface après une plongée de routine et se retrouver toute seule au large ? Cette femme a vraiment du cran de s'en être sortie à si bon compte. Un scotch, ça vous dit ? Sec ou *on the rocks* ?

— *On the rocks* m'ira parfaitement.

Cole aurait voulu lui demander où il avait entendu dire que Bree effectuait une plongée de routine, étant donné que cette information n'avait pas transpiré dans les médias, mais Verdugo le devança en désignant un grand saladier en Inox.

— Pop-corn au caramel… Servez-vous. La plupart des gens me prennent pour un cinglé, mais c'est parfait avec le scotch.

Avec un sourire parfait qui montrait toutes ses dents — sans doute parfaitement fausses —, il prit dans le saladier un grain de maïs éclaté qu'il lança en l'air et qu'il avala en le rattrapant au vol. Puis il trottina jusqu'à un bar de métal et cuir blanc pour y faire le service tout en déclarant :

— Allons droit au but, cela nous fera gagner du temps. Je suppose que si vous êtes là ce soir, c'est pour accepter le chantier que je vous propose sur mon nouveau petit bijou. Je me trompe ?

— Pas tout à fait, corrigea Cole. Je suis là pour en discuter la possibilité.

— Alors discutons-en.

En revenant vers le sofa avec deux verres, Verdugo désigna de nouveau d'un coup de menton le saladier de pop-corn. Cole se pencha, en prit une petite poignée dans la main et se mit à grignoter distraitement tout en étudiant son hôte. Celui-ci lui tendit son scotch en s'asseyant face à lui, de l'autre côté de la table basse.

L'homme portait un bermuda de marque et une chemise de soie imprimée qu'il n'avait pas glissée dans sa ceinture. Il était pieds nus et très bronzé, mais son hâle tenait sans doute plus à son héritage latin qu'au soleil ou aux U.V. Son profil rappelait sans conteste l'Italie de ses ancêtres, et des petits yeux étroits et calculateurs lui donnaient un regard d'aigle. Il faisait la conversation à lui tout seul, brodant principalement sur le travail du bois. Ce type était aussi mielleux que le scotch qu'il venait de lui servir, et Cole devait se pincer pour se rappeler à qui il avait affaire. Il se demanda s'il avait déjà « entendu parler » du rapport que les sœurs Devon étaient sur le point de rendre à la Commission, mais il ne put trouver un biais pour glisser ce sujet dans la conversation sans trahir ses véritables intentions. Sans doute se montrait-il simplement un peu trop suspicieux à cause de l'attachement aussi rapide que profond qu'il avait développé pour Bree.

Après la première gorgée, Cole se borna à faire tourner son whisky dans son verre et à avaler de temps à autre du pop-corn. Il évitait de laisser son regard s'attarder sur la magnifique boiserie qui dominait le grand piano, taillée dans une essence du Mexique aussi précieuse que difficile à travailler. Manifestement, Verdugo roulait déjà sur l'or, et les profits qu'il escomptait en établissant ses croisières de jeu dans ce coin du sud-ouest de la Floride ne feraient que consolider sa fortune. Sans doute, comprit Cole, n'avait-il jamais fait de mal à une mouche. Il lui suffisait de demander à ses chiens de garde de faire le sale boulot.

— En fait, l'interrompit-il, j'aimerais jeter un coup d'œil au bateau avant d'accepter ou de refuser votre offre.

Dom Verdugo en parlait comme s'ils avaient fait affaire. Il était temps de mettre un bémol à son enthousiasme.

— L'argent n'est pas un problème pour moi, répliqua-t-il du tac au tac. Votre prix sera le mien.

Cole parvint à ne pas broncher mais se sentit fléchir à cette idée.

— Ce n'est pas qu'une histoire d'argent, reprit Cole en soutenant son regard. Je veux m'assurer que je pourrai faire pour vous le meilleur travail qui soit. D'après ce que je vois autour de moi, vous avez un goût très sûr.

— Je ne veux que ce qu'il y a de mieux. Et vous pouvez me croire, c'est ce que les croisières Fun & Sun apporteront dans le coin — des jobs pour tous, les meilleurs nouveaux restaurants, des boutiques de luxe, et encore plus de yachts somptueux dont vous pourrez lambrisser les salons… Ceux qui dénigrent mes casinos parlent de « bateaux rançonneurs » et de « croisières pour nulle part ». Mais je ne suis qu'un adepte de la libre entreprise dans un pays libre. Nous offrons à nos clients ce qu'ils désirent : dés, black-jack, bandits manchots, boissons, spectacles, distractions… Ce n'est pas une croisière pour nulle part, mais une croisière pour le profit et l'amusement — et chacun en bénéficie.

*Une croisière pour nulle part…* Ces mots s'étaient gravés dans la mémoire de Cole.

Pour conclure l'entretien, il tomba d'accord avec Verdugo pour visiter le casino flottant le samedi suivant à Miami, afin de pouvoir lui donner une réponse définitive. Si le « parrain du jeu offshore » offrait à ses clients ce qu'ils désiraient, il était sûrement lui-même en mesure de se passer tous ses caprices. Jusqu'à quel point un tel homme pouvait-il avoir envie d'éviter la publication d'un rapport potentiellement défavorable pour lui ? Cole se le demandait. Il n'avait pas voulu en faire part à Bree, mais puisque Daria n'avait pas été retrouvée dans les vingt-quatre heures suivant sa disparition, il craignait le pire pour elle. Il était donc décidé, s'il acceptait le job, à redoubler de vigilance autour de Verdugo et de ses petits anges gardiens.

En regagnant sa voiture, il leva les yeux sur les fenêtres de Bree et vit que les lumières étaient toujours allumées chez elle. Sûrement son visiteur du soir était-il parti à présent. Les bras posés sur le toit de sa voiture, Cole laissa son regard errer sur les bateaux bercés par les eaux de la marina au bout de leurs amarres. Dans la baie plongée dans le noir, une vedette à moteur était en train de passer les dernières balises. Il vit les feux lointains qui la signalaient se fondre peu à peu dans la nuit et sentit un frisson lui remonter l'échine. Daria Devon, d'une manière ou d'une autre, s'était-elle embarquée dans une croisière pour nulle part ?

Il était presque 22 h 30 quand Amelia entendit Ben rentrer sa voiture au garage. Déjà vêtue de sa chemise de nuit, elle courut à sa rencontre et le rejoignit dans la buanderie.

— Elle n'est pas là, constata-t-elle en se figeant sur place. Je savais qu'elle ne voudrait pas rester avec moi — même dans ces circonstances.

— J'ai essayé…, expliqua-t-il, penaud. Mais je crains que mon pouvoir de persuasion ne soit efficace qu'au tribunal. Elle est obsédée par l'idée de retrouver Daria, et cela, au moins, on ne peut pas le lui reprocher.

Ben pénétra dans la cuisine. Pieds nus, Amelia se hâta de le suivre. Posant son attaché-case à plat sur le plan de travail, il se pencha pour l'embrasser sur sa joue.

— Tu as encore pleuré, constata-t-il d'un ton de reproche.

— Bien sûr que j'ai pleuré ! s'emporta-t-elle. Qu'est-ce que tu crois ? Daria est ma sœur autant que celle de Bree ! Je devrais la rejoindre chez elle, que ça lui plaise ou non, et dormir sur son sofa afin de garder l'œil sur elle. On ne sait jamais ce qu'elle trame. Elle est capable de tout. Et surtout du pire.

— Elle semble complètement abattue, expliqua Ben, et l'instant d'après la voilà surexcitée et au bord de l'hystérie. Avant que je parte, elle m'a avoué que le gars qui l'a sauvée va l'aider demain matin avec d'autres plongeurs volontaires à faire des recherches sous-marines. On dirait qu'il ne la quitte plus. Ils ne se connaissaient pas avant cette tempête, mais maintenant ils semblent… proches.

— En fait, précisa Amelia, ils s'étaient croisés une fois. Il est comme son ange sauveur.

Tout bas, comme pour elle-même, elle ajouta :

— Et j'espère qu'il ne sera pas son bras vengeur.

— Qu'est-ce que tu dis ? s'étonna son mari.

— Rien du tout. Je radotais.

Ben se dirigea vers le réfrigérateur, puis changea d'idée et alla placer doucement ses mains sur les épaules d'Amelia.

— Tu ne dois pas t'en faire pour ça, assura-t-il. Bree aura vraiment besoin de toi quand ils auront retrouvé Daria.

— Quand tu dis ça, tu veux dire… quand ils auront trouvé son corps.

Amelia sentit son estomac se retourner. Un flot de larmes emplit ses yeux, et elle vit Ben se dédoubler. Comme le bébé dont on avait annoncé la naissance à la petite fille qu'elle était autrefois. On lui avait promis un petit frère ou une petite sœur, et à la place Bree et Daria avaient débarqué. Identiques comme deux gouttes d'eau, toujours ensemble, toujours adorables, au centre de l'attention générale — et surtout au centre de la vie de leur père. Même James et Jordan étaient aux anges quand ses sœurs venaient à la maison — pour voir leurs neveux, naturellement, et non leur mère. Le Père Noël, le lapin de Pâques et tous les personnages de la Guerre des Etoiles que ses fils vénéraient n'auraient pas produit plus d'effet sur eux.

En soupirant, Ben l'attira entre ses bras et la serra contre lui.

— Oui, reconnut-il. J'ai bien peur que ce soit ce que j'ai voulu dire. Les chances que l'on puisse encore retrouver Daria sur son bateau ou sur ce qu'il en reste sont bien minces aujourd'hui.

— Je me suis trituré les méninges toute la journée, avoua Amelia, la joue posée sur son épaule. Pour deviner ce qui a bien pu lui arriver. J'ai même envisagé que quelqu'un ait pu l'enlever en la trouvant seule sur ce bateau. Mais dans ce cas, n'aurions-nous pas déjà reçu une demande de rançon ? Et si ces horribles types qui enlèvent ces pauvres femmes pour les exploiter, sexuellement ou…

— Les trafiquants de chair humaine ? la coupa-t-il. Dieu, ce que j'aimerais poursuivre un de ces marchands d'esclaves des temps modernes ! Ils importent des filles d'Amérique du Sud et les réduisent au travail forcé ou à la prostitution. Cela a commencé par Miami, et maintenant ils espèrent échapper au filet qui se resserre sur eux en débarquant ici de nuit. Il faut dire que la côte est moins peuplée et moins éclairée par chez nous. Cela dit, je ne pense pas que leurs bateaux se risquent dans nos eaux territoriales de jour.

— Mais imagine qu'ils aient attendu au large…, insista-t-elle. Pour débarquer de nuit. Et que la tempête les ait obligés à…

— Chérie…, protesta Ben en resserrant son étreinte. Cela fait beaucoup de « si ». S'il te faut un coupable, la tempête est tout indiquée. Et pour ce qui est de Bree, ne désespérons pas d'elle. Elle est forte et déterminée.

Haussant les épaules, Amelia se libéra et alla chercher un mouchoir en papier pour s'essuyer les yeux et se moucher.

— Bien sûr ! lança-t-elle avec agacement. Elle est tout cela et tellement plus encore… Tu l'admires — comme tout le monde, d'ailleurs. Daria était têtue, par principe, mais Briana sait ce qu'elle veut et ne lâche pas le morceau tant qu'elle ne l'a pas obtenu. Elles étaient — je veux dire : elles sont — aussi différentes que peuvent l'être deux pois dans une cosse !

Voyant son mari la fixer en fronçant les sourcils, comme si elle était un prévenu à qui il s'agirait de faire avouer sa culpabilité, Amelia le contourna et alla tirer du réfrigérateur un pack de jus d'orange à son intention.

— Non, pas ça…, dit-il en secouant négativement la tête.

— Tu veux un jus d'oranges ?

— Passe-moi plutôt le soda. J'ai besoin de quelque chose de plus corsé qu'une simple dose de vitamine C.

— Tu travailles trop ! protesta-t-elle.

Mais, ce faisant, Amelia cherchait davantage à reprendre le contrôle de ses émotions en changeant de sujet qu'à exprimer sa sollicitude à son époux.

Ben fit la grimace.

— En fait, maugréa-t-il, c'est plutôt calme ces temps-ci. Je n'aurais rien contre le fait de passer un peu plus à la télé et à la une des journaux. Si ça continue, il va falloir que je me résolve à me payer une vraie campagne pour cette élection.

— Ton nom est connu. Les gens te respectent. Ils voteront pour toi parce qu'ils te font confiance.

— La confiance est une denrée qui se fait rare.

Son amertume était perceptible. Il tira une bouteille de whisky d'un placard au-dessus du réfrigérateur et ajouta :

— J'espère seulement que les électeurs ne me placeront

pas dans le même bateau que les politiques. Parce que je suis persuadé qu'ils ne leur font plus confiance. Laissons Josh Austin et Marla Sherborne se battre contre cette fatalité autant qu'ils se battent entre eux. Un procureur est au service de la collectivité, pas de ses ambitions personnelles. Dans le privé, je gagnerais dix fois plus !

— Je le sais, mais nous nous en sortons très bien comme ça. Tu adores ce que tu fais. C'est ton but, dans la vie.

— Faux ! rectifia-t-il. Mon but dans la vie, c'est toi et les enfants. C'est vous que j'aime. Pas mon métier.

Amelia lui adressa un sourire tremblant et hocha la tête, mais elle n'était pas certaine de le croire. Si son propre père ne l'avait pas aimée vraiment, comment son mari aurait-il pu y arriver ?

Laissant Ben finir de préparer son verre, Amelia alla se planter devant l'évier. Comme dans un miroir sombre, elle contempla son reflet dans la vitre obscurcie de la fenêtre. Elle avait avec ses sœurs jumelles un air de ressemblance. Cela, elle ne pouvait le nier. Si elle n'avait pas discipliné sa chevelure avec autant de zèle, la ressemblance aurait été plus frappante encore. Mais ce qui la frappa d'abord en examinant les traits de son visage, ce fut l'anxiété et l'épuisement qu'ils trahissaient. Son cœur, son esprit, son âme portaient un lourd fardeau de honte et de culpabilité. Elle se sentait engourdie, dans un état de stupeur, comme naufragée et sur le point de sombrer.

Le tour que prenaient ses pensées la fit sursauter. Du coin de l'œil, elle surveilla que Ben n'avait rien remarqué et fut soulagée de constater qu'il était sorti de la pièce. Elle devait absolument se reprendre et ne pas paniquer.

Qu'est-ce qui lui avait pris, d'aller trouver Daria toute seule ? Comment avait-elle pu imaginer les diviser pour mieux les conquérir ? Tout, ensuite, était soudain devenu si terrible, si laid…

# 8

Tôt le lendemain matin, dans le bureau des Deux Sirènes, Briana alla se placer au centre du cercle de volontaires réunis autour d'elle. Quatorze personnes avaient répondu « présent ! ». La plupart portaient déjà leur tenue de plongée. Les autres n'avaient plus qu'un saut à faire à leur bateau ou à leur voiture pour être fin prêts.

Assis sur son bureau, penché en avant, les coudes sur les genoux, Manny semblait observer ses chaussures. Derrière les derniers arrivants et près de la porte close, Cole se tenait les bras croisés, prêt à refouler tout reporter qui se risquerait à pointer le bout de son nez. Un car de régie télévisée équipé d'une parabole était garé au bout de la rue. Les journalistes avaient donc eu vent de leur réunion.

— Merci à tous d'être venus ! lança Bree quand le silence se fit dans l'assemblée. Surtout dans un délai aussi court. Comme vous le savez, c'est vraiment une question de vie ou de mort.

Sa voix avait tremblé sur ce dernier mot, mais elle se força à continue.

— Manny vous a déjà distribué les coordonnées des sites où nous désirons rechercher des débris éventuels de notre bateau de plongée… au cas où la tempête l'aurait coulé.

Cette fois, il lui fallut déglutir péniblement pour ravaler ses larmes avant de pouvoir poursuivre.

— Beaucoup d'entre vous savent à quoi ressemble le *Mermaids II*, mais au cas où…

Elle brandit un tirage couleur qu'elle avait gardé sous son bras et enchaîna :

— … voici une photo que vous pourrez vous faire passer. Je vous laisse vous répartir entre vous les différents sites de plongée. Une campagne de recherches officielles est en cours et n'a jusqu'à présent rien donné. On m'a malheureusement informée qu'elle sera suspendue aujourd'hui à midi, même si les gardes-côtes n'ont pas jugé bon de…

Bree se mordit la lèvre et refoula ses larmes derrière ses grosses lunettes noires. Elle se sentait ridicule de les porter à l'intérieur, mais ses yeux étaient injectés de sang et le plus petit rayon de lumière les blessait. En voyant Cole quitter son poste et s'avancer, comme pour prendre le relais, elle trouva le courage de poursuivre son exposé.

— A part Sam Travers, qui s'est servi de son sonar le plus sophistiqué, personne n'a effectué de fouilles sous-marines sérieuses.

Comme si le fait de prononcer son nom avait suffi à le faire surgir tel un génie de sa lampe, Sam et deux de ses employés poussèrent la porte de la boutique, actionnant le carillon de cuivre, et s'avancèrent pour rejoindre le groupe. Quand Bree les remercia d'un signe de tête de leur présence, plusieurs regards curieux ou intrigués se tournèrent vers eux. Sam la fixa sans aménité, mais cela n'empêcha pas Bree d'apprécier l'aide qu'il lui apportait. Manny, lui, s'était levé. En employé loyal et fidèle, les bras croisés, il gardait à l'œil Sam et ses hommes, prêt à toute éventualité.

— Je déteste avoir à le reconnaître, reprit-elle à l'intention de tous, mais il est possible que le bateau ait subi des avaries ou qu'il ait sombré au cours de la tempête. Aussi, si vous trouvez la moindre trace du *Mermaids II*, merci de nous le faire savoir tout de suite, même s'il vous faut ensuite appeler les gardes-côtes ou… ou la police.

De nouveau, à travers ses verres fumés, les yeux de Bree rencontrèrent le regard intense de Cole. Insensiblement, il s'était rapproché, et Manny et lui l'encadraient à présent, comme deux sentinelles vigilantes. D'une certaine manière, cette campagne de recherches sous-marines était son œuvre, puisqu'il lui avait fait promettre la veille de ne plus plonger à moins de prendre la tête d'un groupe de volontaires. Restait à espérer que tous ces gens joueraient le jeu, et que cela leur permettrait d'avancer.

Levant à bout de bras un appareil semblable à celui qu'elle avait perdu, dans son boîtier étanche de plastique, elle lança en forçant sa voix :

— Enfin, *last but not least*, quand j'ai nagé depuis Trade Wreck pour rejoindre Keewadin Island, j'ai dû abandonner dans l'eau un appareil tout à fait semblable à celui-ci. Il est peint en rouge sous la protection étanche, et il est quasiment neuf. Si quelqu'un le trouve, s'il vous plaît ramenez-le-moi. Daria a pris quelques clichés avant que je ne plonge, et j'aimerais les récupérer.

Bree avait décidé de ne pas leur faire partager ses craintes d'une possible attaque criminelle. De toute façon, elle avait elle-même du mal à y croire. Aussi conclut-elle simplement en leur disant :

— Au dos de l'appareil photo sont gravées les initiales B & D D. Je crois que c'est tout.

Durant quelques instants, la photo du *Mermaids II* et l'appareil photo circulèrent de main en main. Des murmures isolés s'élevèrent. Quelqu'un à l'arrière de la pièce maugréa :

— Autant chercher une aiguille dans une botte de foin…

Bree se sentit obligée de reprendre la parole.

— De nouveau, laissez-moi vous remercier de ce que vous faites pour moi — pour nous. Je ne vous en remercierai jamais assez. Pour ceux qui viennent d'arriver, ce bureau servira de P.C. Cole, Manny et moi y resterons pour répondre à vos appels radio et aux appels que vous passerez sur les portables dont les numéros figurent sur la feuille qui vous a été remise. Des questions ?

Guy Russel, l'ami d'un ami, qu'elle n'avait jamais vu avant ce jour, prit la parole.

— Je sais que vous étiez jumelles, mais vous ressemblait-elle trait pour trait ?

Le choix d'un verbe au passé pour parler de Daria la fit frémir. Bree eut envie d'insulter son interlocuteur, mais elle parvint à lui répondre calmement.

— N'oublions pas qu'il s'agit pour l'instant d'une mission de recherche, pas de sauvetage. Oui, Daria me ressemble, à un ou deux détails près, comme ses cheveux, qui sont un peu plus longs, avec la raie située de l'autre côté — mon reflet dans un miroir, en somme. Et réciproquement.

En reniflant longuement, Bree détourna la tête et leur donna d'un geste le signe du départ. Après que tous furent sortis, en lui adressant quelques mots d'encouragement ou en venant la serrer dans leurs bras — à part Sam et ses hommes, qui sortirent comme ils étaient venus, Cole la rejoignit et entoura sa taille de son bras. Il était étrange de le sentir si ferme, si chaud contre son flanc, alors qu'elle se sentait elle-même si chancelante et glacée.

— Ce type…, commença-t-il à mi-voix. Celui qui a cru bon de parler de Daria au passé… Il ne voulait pas dire ça. Il a parlé sans réfléchir, c'est tout.

Bree remonta ses lunettes dans ses cheveux et pressa sous ses doigts ses yeux douloureux. Elle se laissa aller contre lui, la tête reposant sur son épaule ferme.

— Mais moi, confia-t-elle d'une voix lasse, j'ai passé la nuit à y penser. Regardons les choses en face. Si nous en sommes à fouiller le fond de l'océan, alors que personne n'a été capable de trouver Daria en surface ou échouée sur une plage, comme vous m'avez trouvée…

Bree renonça à conclure. Cole la serra fort contre lui.

— Arrêtez ! lui glissa-t-il à l'oreille. Cessez de penser à ça tant que vous n'y êtes pas obligée.

L'intervention brutale de Manny mit fin à leur tête-à-tête. Il s'était tellement rapproché d'eux que Bree eut l'impression dans un premier temps qu'il cherchait à éloigner Cole. Son langage corporel disait clairement qu'il était en colère. Il ne les regardait pas en face et gardait le regard braqué sur le bras de Cole glissé autour de la taille de Bree.

— Nous devrions contacter la police des frontières ! dit-il d'une voix sourde. Ils pourraient peut-être retrouver Daria, puisqu'ils ont l'habitude de pourchasser les clandestins. Non ? Et si elle s'était retrouvée sur la route de ces salauds qui exploitent les Cubains et qu'elle avait vu quelque chose qu'elle n'aurait pas dû ? Pour un peu d'argent, ces trafiquants tueraient père et mère ! Nous avons maintenant le long de notre côte une patrouille de ces agents. Nous pourrions leur passer un coup de fil et…

— Je pense, l'interrompit Bree, que Josh Austin et Marla Sherborne ont déjà usé de toute leur influence auprès de tous les services possibles et imaginables. La sénatrice a appelé tout à l'heure pour dire qu'elle passerait dans la matinée. Si le pire devait advenir, mon beau-frère est prêt à prendre le relais. Il est passé me voir, hier soir.

Surprise, elle entendit Cole pousser ce qui ressemblait

à un soupir de soulagement. Elle lui adressa un regard étonné, mais comme il ne faisait pas mine de s'en expliquer, elle poursuivit :

— Josh et la sénatrice Sherborne ont beau être adversaires sur le plan électoral, je ne peux faire autrement que les solliciter tous les deux.

Puis, à l'intention de Manny, elle précisa en lui posant la main sur l'avant-bras :

— Quant aux contrebandiers et aux pirates, je pense qu'ils ne sauraient que faire d'un bateau comme le nôtre.

— Je n'ai pas dit ça ! s'énerva-t-il en se soustrayant à son emprise. Ce que je dis, c'est que cette tempête a pu semer la panique chez les bandits, et qu'ils ont pu se rabattre sur un plus petit bateau.

— Manny…, reprit Bree, dans une tentative pour le calmer autant que pour se calmer elle-même, j'apprécie vraiment ton implication et l'aide que tu nous apportes.

S'éloignant de Cole, elle lui fit face pour poursuivre à son intention :

— Les gens comme Manny, qui sont arrivés dans ce pays légalement et font tout pour s'y intégrer, qui ne demandent qu'à se construire une belle vie ici pour eux et leur famille, sont parfois plus virulents vis-à-vis des clandestins que la plupart des citoyens américains.

— Il a raison de souligner qu'une situation désespérée peut conduire à prendre des risques, souligna Cole. Cela vaut pour les contrebandiers comme pour les réfugiés.

A la surprise de Bree, Manny réagit en frappant son poing dans la paume de son autre main. La disparition de Daria lui mettait les nerfs à vif, à lui aussi. Sans compter que le pauvre homme avait déjà suffisamment de soucis dans sa famille, avec la maladie de sa mère, qu'il vénérait, et les problèmes d'adolescence de sa fille. Mais tout cela, Cole ne pouvait le savoir.

— Oui…, gronda-t-il d'une voix menaçante en dardant sur Cole un œil noir. Manny Salazar est bien placé pour savoir tout ça.

Consternée, Bree vit son employé passer en trombe près d'eux et repousser les portes battantes pour se réfugier dans les allées encombrées de son antre.

Installés à chacun des deux bureaux, Bree et Cole burent du café toute la matinée en se précipitant pour répondre à chaque coup de fil. Hélas, la plupart émanaient de reporters ou d'amis et connaissances apportant leurs témoignages de soutien et de sympathie. Quatre appels furent passés par des membres des équipes de plongée, aucun n'apportant la bonne nouvelle espérée — ni de mauvaise, d'ailleurs. Aux environs de 10 heures, Amelia appela à son tour et fut soulagée de constater que Bree avait renoncé à plonger. Alors qu'elles avaient d'autres chats à fouetter, Bree fut agacée de constater que sa sœur lui en voulait toujours de s'être enfuie la veille de l'hôpital sans la prévenir.

Quant à Manny, il ne fit que de brèves incursions dans le bureau, la plupart du temps pour prendre un café et venir aux nouvelles, de préférence lorsqu'il arrivait à Cole de quitter la pièce.

Prenant le taureau par les cornes, Bree profita d'une de ces occasions où elle était seule avec lui pour s'expliquer avec son employé.

— Manny… Je suis désolée si tu as l'impression que je n'ai pas suffisamment pris en compte ton avis ou si tu t'es senti insulté par Cole. Je peux t'assurer que ce n'était pas son intention, ni la mienne. Je sais également que tu t'en veux… à cause de ce qui est arrivé à Daria.

Manny fit volte-face et s'étonna en scrutant son visage :

— Que veux-tu dire ?

— Que le fait de ne pas avoir été présent sur le bateau alors que quelque chose de terrible se passait doit te peser. Si tout s'était passé comme prévu, tu aurais été là.

— Oui, c'est vrai…, reconnut-il en détournant le regard. Désolé de m'être emporté et d'avoir crié contre toi. Parfois, rien ne se passe comme il faudrait, même quand on a tout préparé comme il faut.

Le carillon de la porte les surprit tous deux. Avant de se retourner, Bree fut prise d'un espoir insensé. Peut-être allait-elle découvrir Daria sur le seuil ? Ou, tout au moins, quelque porteur de bonne nouvelle ?

Une femme de la même taille que sa sœur venait d'entrer, et, l'espace d'un fol instant d'égarement, Bree ne voulut pas reconnaître la sénatrice Marla Sherborne. Mais pour rien au monde Daria n'aurait porté un tel tailleur-pantalon gris et de grand luxe, pas plus que la broche en or en forme d'étoile de mer qui ornait son revers. Jupes gitanes et tops d'inspiration paysanne étaient davantage son style. Et en guise de bijoux, quand elle se mettait en frais, elle préférait les cliquetants colliers de coquillages et les colifichets « ethniques ».

Bree avait eu l'occasion de croiser sa visiteuse lors de soirées organisées afin de lever des fonds pour différentes causes écologiques, mais elles ne s'étaient plus revues depuis que Josh Austin avait déclaré sa candidature au sénat contre elle. A quarante-sept ans, Marla Sherborne était une femme éblouissante, dotée d'un magnifique visage au contour en forme de cœur, d'une peau sans défaut ainsi que, de toute évidence, d'une énergie inépuisable. Si les rumeurs sur sa liaison avec Cory Grann étaient exactes, cela ajoutait un peu de sel à une réputation jusqu'alors sans tache. Puisque King Cane, ainsi qu'on le surnommait, était tenu pour responsable d'une grande part de la pollution d'origine agricole dans cet Etat, pollution contre laquelle Marla luttait depuis toujours, cela revenait à pactiser avec l'ennemi.

— Sénatrice Sherborne ! lança Bree en se levant pour se porter à sa rencontre. Je vous suis très reconnaissante de l'intérêt que vous portez à la disparition de ma sœur, et de tout ce que vous pourrez faire pour que les recherches ne soient pas suspendues. Il est prévu qu'elles cessent à midi…

— Briana…, répondit-elle en serrant chaleureusement ses mains entre les siennes, je suis absolument désolée de ce qui vous arrive. Et je ne puis qu'espérer avec vous une issue positive. Toujours aucune nouvelle ?

En quelques mots, Bree lui expliqua les efforts en cours pour effectuer des recherches sous-marines.

— Ce qui signifie, reprit Marla après l'avoir attentivement écoutée, que vous n'excluez plus de possibles mauvaises nouvelles.

— Disons que je ne me pardonnerais pas d'avoir négligé quelque piste que ce soit, même sous l'eau.

— Pour tout vous dire, c'est Josh Austin qui m'a fait part de l'épreuve que vous traversez. Je dois admettre que je suis parfois si occupée que je m'en remets à des collaborateurs pour surveiller l'actualité, et que certaines nouvelles passent au travers de leurs filets. Laissez-moi vous dire à nouveau à quel point je suis désolée pour vous. Josh m'a dit qu'en plus vous aviez été frappée par la foudre ? Heureusement, vous ne semblez pas avoir gardé de séquelles.

Bree préféra ne pas évoquer sa sensibilité accrue aux sons et à la lumière. Elle n'en avait parlé qu'à Cole. En fait, il était étonnant de constater à quel point elle se sentait plus proche de lui que de qui que ce soit d'autre — même d'Amelia — en ce moment. Elle espérait simplement ne pas s'appuyer sur lui uniquement parce que celle sur laquelle elle comptait en temps normal n'était plus là. Mais même si physiquement sa jumelle n'était pas à ses côtés, ne sentait-elle pas toujours sa présence — à moins qu'elle n'ait voulu s'en persuader ?

Préférant changer de sujet, Bree enchaîna :

— Je suis heureuse de constater que vous n'êtes pas avec Josh à couteaux tirés, en dépit de cette campagne.

Avec l'ombre d'un sourire, Marla secoua négativement la tête.

— Pourquoi le serions-nous ? rétorqua-t-elle. Tous les deux, nous nous démenons pour le compte de nos électeurs dans ce très beau coin de la Floride. Votre sœur et vous, les deux sirènes de Turtle Bay, championnes de la sauvegarde écologique du golfe, en êtes d'éminentes représentantes. Qui plus est, Josh et moi avons quelques très bons amis en commun. Le cœur a ses raisons… vous connaissez le dicton. Je me suis laissé dire qu'il était lui-même sorti avec Daria, autrefois ?

— Il vous l'a dit ? demanda Bree avec étonnement.

— Je crois avoir entendu sa femme le mentionner. Toutes les deux, nous nous croisons de temps à autre, étant donné que son père est un ami très cher. Vous paraissez surprise de me l'entendre reconnaître. Cela fait longtemps qu'il est veuf, comme vous le savez sans doute, et j'ai toujours été trop occupée — et trop ambitieuse, je dois l'admettre — pour me marier. Mais qui peut dire de quoi son avenir sera fait ? Lui et moi avons été opposés sur certains sujets, mais il n'est pas inexact de dire que, dans certains cas, les contraires s'attirent. De toute façon, la culture sucrière n'est pas seule en cause dans la pollution que nous subissons. C'est plus complexe qu'il n'y paraît.

— Oui, je comprends. Tant de choses ne sont pas tout à fait ce qu'elles paraissent.

— Exactement. L'industrie du sucre a subventionné des causes écologiques et s'est efforcée de diminuer de manière drastique l'utilisation de pesticides toxiques.

D'un revers de main, la sénatrice parut balayer ces paroles et reprit :

— Mais là n'est pas le sujet. Ce n'est pas pour vous parler de ça que je suis ici. Je voulais simplement vous redire à quel point le travail que vous effectuez avec votre sœur pour la Commission d'épuration des eaux du golfe est important. C'est l'axe autour duquel doit s'effectuer le changement. Je suis bien consciente que retrouver Daria saine et sauve doit rester *la* priorité en ce qui vous concerne. Mais le rapport sur l'état du site de Trade Wreck est trop important pour être mis de côté. C'est votre œuvre commune, à Daria et à vous. Votre legs à l'avenir de la communauté. Et au risque de vous paraître cynique, j'ose même dire que ce qui vous arrive, en attirant l'attention des médias, peut conférer une publicité inespérée au résultat de vos efforts.

— Je n'y avais pas pensé, admit Bree à mi-voix. Peut-être quelque chose de positif pourra-t-il sortir de tout ça.

— Briana, conclut Marla Sherborne en serrant une de ses mains entre les siennes, tout ce que j'espère, c'est que, quoi qu'il puisse arriver, vous ne laisserez pas tomber et que vous assurerez la présentation de ce rapport. Je compte en faire un cheval de bataille, aussi bien au niveau local, pour tout le sud-ouest de la Floride, qu'au plan national.

Bree acquiesça d'un hochement de tête et nota que Cole

était descendu les rejoindre, davantage parce qu'elle avait senti sa présence que parce qu'elle l'avait aperçu. En faisant les présentations, elle ne put s'empêcher de se demander de quoi Marla Sherborne se souciait le plus : de la vie de Daria ou de son précieux rapport ? A la réflexion, tout ce qu'elle venait de lui dire sonnait comme un beau discours préparé avec soin…

Bree sursauta en entendant soudain une voix vibrer dans le haut-parleur de la radio.

— Ici Travers. Sam Travers à l'appareil. Terminé.

D'un bond, elle rejoignit son bureau et s'empara du micro avant d'appuyer sur le bouton qui lui permettait d'émettre.

— Sam, ici Briana. Je vous écoute. Terminé.

Son cœur se mit à battre à coups redoublés. De tous les plongeurs participant aux recherches, Travers était bien le moins enclin à appeler sans avoir de sérieuses raisons de le faire.

— Un de mes gars a récupéré ton appareil photo. Ils ont plongé au-dessus de Boulder Reef, et il était là. Il y a vos initiales au dos. Terminé.

— Sam, un grand merci ! Mais… rien d'autre ? Terminé.

Des parasites envahirent la ligne, mais Sam ne répondit pas. Bree sentit son cœur sombrer dans sa poitrine. Jouait-il avec elle ou lui cachait-il quelque chose ? Cole la rejoignit et lui posa la main sur l'épaule. Manny surgit hors du magasin. Marla, elle aussi, s'était rapprochée et tendait l'oreille.

A bout de patience, Manny s'empara du micro et cria :

— Vous avez trouvé autre chose ?

— Rien d'autre, répondit la voix de Sam, forte et claire. Terminé.

La tension retomba. Bree ne savait pas si elle devait être soulagée ou inquiète que les recherches n'aient rien donné d'autre. Mais au moins elle allait pouvoir récupérer les photos prises par Daria juste avant sa plongée.

Bree accueillit sur le seuil de la boutique le plongeur de Sam, un grand roux au visage mangé par les taches de son. D'une main tremblante, elle récupéra l'appareil de prises de vue qu'il lui tendait.

— Le boss demande que vous lui fassiez savoir si vous trouvez quoi que ce soit d'utile là-dedans.

Sans rien ajouter, il tourna les talons et s'éloigna.

Bree s'étonna de retrouver son équipement en si bon état, alors qu'il avait subi comme elle les ravages de la tempête. Elle voulait y voir un signe que Daria, tôt ou tard, finirait par être retrouvée elle aussi saine et sauve. Marla Sherborne, en tout cas, lui avait affirmé en être convaincue, avant de partir, il y avait une heure de cela, sur une promesse de garder le contact.

— Voyons ce que ce petit bijou a dans le ventre ! lança-t-elle à Cole et Manny en emportant le précieux appareil serré contre elle.

Bree s'installait devant leur poste de travail informatique — micro-ordinateur, imprimante, scanner — quand retentit la sonnerie du téléphone. Elle décrocha aussitôt et reconnut la voix de Juanita, la femme de Manny.

— *Hola,* Briana ! Je suis si inquiète pour Daria. J'ai brûlé des cierges à Notre-Dame de Guadalupe pour que tu ailles mieux et qu'elle soit retrouvée.

— Merci de ton soutien, Juanita.

Immédiatement plus inquiet qu'il ne l'était déjà, Manny vint se poster près d'elle.

— Désolée de te déranger dans ces circonstances, reprit Juanita. Manny est-il là ? Dis-lui… Notre Lucinda. Dis-lui que je pense qu'elle a fait une fugue.

— Oh ! non ! s'exclama Bree. Si je peux faire quoi que ce soit, n'hésite pas à me le dire. Je te passe Manny.

— C'est ma mère ? demanda-t-il en espagnol dans le combiné qu'elle lui tendit. Son état s'aggrave ?

Après avoir brièvement écouté la réponse de sa femme, Manny explosa et se lança dans une diatribe enflammée dans sa langue natale. Bree ne voulait pas se montrer indiscrète, mais elle parlait suffisamment bien espagnol pour saisir tout ce que son employé disait en fourrageant nerveusement ses cheveux. Convaincu que sa fille ne pouvait s'être enfuie, il s'inquiétait de savoir si quelqu'un l'avait enlevée. Aux oreilles de Bree, cette conversation résonnait comme un écho à ses propres craintes concernant Daria. Juanita criait si fort qu'elle l'entendait distinctement à travers l'écouteur. Elle parlait d'une note qu'elle avait retrouvée. En réponse à la question angoissée de son époux, elle s'énerva de plus belle. La note en question n'avait pas été écrite par des ravisseurs réclamant une rançon, mais par Lucinda elle-même, pour expliquer sa fuite.

Pour laisser à Manny davantage d'intimité, Cole et Bree s'éloignèrent un peu.

— *Caramba!* s'exclama-t-il, un peu radouci. *Sí…* Je me rappelle lui avoir dit que si sa famille ne lui plaisait pas, elle n'avait qu'à en chercher une autre. Mais je ne le pensais pas vraiment, et je n'imaginais pas que…

— Manny ! intervint Briana. Rentre chez toi. Dis-lui que tu arrives tout de suite.

— J'arrive ! dit-il aussitôt à sa femme. *Pronto !*

Puis, sortant de sa poche les clés de son truck, il se hâta vers la sortie.

— Appelle-moi si tu as besoin de quoi que ce soit ! lança Bree dans son dos.

— Que *Nuestro Señor* et la Sainte Vierge nous viennent en aide !

La porte claqua violemment derrière lui. Longtemps après qu'il fut parti, le carillon résonnait encore.

Dans le silence revenu, Bree et Cole se dévisagèrent.

— Si ce n'était pas un cliché, dit-elle, je dirais qu'il pleut toujours là où c'est déjà mouillé. Chaque fois que je me dis que le cauchemar ne pourrait être pire, il le devient.

Baissant les yeux, Bree s'aperçut qu'elle serrait toujours son appareil photo contre elle.

— Allons jeter un coup d'œil sur ces photos, suggéra-t-elle, désireuse de passer à autre chose. Et surtout sur celles que Daria a prises avant que je ne plonge.

Cole la suivit jusqu'à l'ordinateur. Quelques minutes plus tard, Bree eut libéré son appareil de son boîtier de plastique et transféré les images dans le disque dur. Le moniteur les afficha sur trois rangées.

— Splendide ! s'enthousiasma Cole. Elles n'ont pas l'air d'avoir souffert.

Toutes sauf les trois premières consistaient en divers gros plans de la prairie sous-marine et des pieds d'herbe à tortue. Naturellement, seules celles que Daria avait prises à bord du *Mermaids II* avant la plongée les intéressaient.

— Je vais les agrandir…, murmura Bree en cliquant sur l'icône du zoom.

Debout à côté d'elle, Cole était penché sur son épaule. En dépit — ou peut-être à cause — de l'intensité de l'instant, Bree sentait les discrets effluves de son after-shave. Elle percevait également son souffle profond et régulier, dont il lui semblait deviner la caresse sur sa nuque. Tout en lui respirait la force, et elle avait désespérément besoin de cela — besoin de lui.

Prise par-dessus la proue du navire, la première photo de Daria avait capté l'horizon au nord-ouest, là où s'était levée la tempête.

— L'océan est encore calme en surface et le grain assez lointain, fit observer Cole. On peut dire que ce coup de tabac s'est levé vite et a surpris tout le monde. Ce qui signifie que si quelqu'un a accosté votre navire après que vous avez plongé, il ou elle…

— Il ou elle ? répéta Bree en tournant la tête vers lui. Je n'avais pas envisagé que ce puisse être une femme, mais Ben a lui aussi pris cette précaution oratoire.

— Je disais donc, reprit Cole, que si quelqu'un s'en est pris à votre sœur, il ne pouvait savoir que la tempête allait se déchaîner. Il fallait donc que le quelqu'un en question soit capable de maquiller les traces d'un crime s'il devait en commettre un. Mais je ne vois pas de bateau sur cet horizon.

Bree fit défiler le deuxième cliché et l'agrandit autant que possible.

— On distingue un bateau au loin, dit-elle en plissant les yeux. Mais il semble se diriger vers le sud-ouest. Sans doute vers la Gordon Pass ou la Marco River. Et qu'est-ce que c'est que ça, dans le ciel ? Un pélican ?

Cole se pencha davantage sur son épaule.

— Un gros oiseau ou un avion, hasarda-t-il. Essayez de zoomer un peu plus sur cette zone.

Bree s'exécuta, mais le résultat, des plus flous, ne put leur permettre de se déterminer. Ce point gris sans contour avait tout aussi bien pu être causé par une tache ou une poussière sur l'objectif. Pourtant, sur les deux photos suivantes, qu'ils examinèrent ensuite minutieusement, il ne figurait plus.

— Daria essayait juste de s'assurer que tout fonctionnait, expliqua-t-elle d'une voix de nouveau tremblante. Si ce sont là… ses dernières photos, il ne me reste plus qu'à les faire encadrer.

Ravalant ses larmes, elle fit rapidement défiler à l'écran les photos qu'elle avait prises au fond. De bonnes images d'un immense gâchis. Même avant la tempête, qui avait dû aggraver les dégâts, la prairie sous-marine clairsemée offrait un triste spectacle. Les plants d'herbe à tortue, ordinairement si verts et fournis, laissaient mollement onduler leurs longs rubans d'un brun maladif dans le courant. Marla Sherborne aurait donc le rapport explosif qui lui faisait manifestement tant envie. Quand il serait rendu public, il y avait fort à parier qu'elle ne serait pas la seule à réagir. Cette perspective avait-elle suffi, comme Cole l'avait laissé entendre, à agacer quelque personnalité de premier plan, au point de la pousser à des extrémités criminelles ?

Bree ne pouvait supporter cette idée.

— Je remuerai la terre entière pour la retrouver ! gémit-elle en cachant son visage entre ses mains.

Elle ne voulait plus regarder ces images d'une normalité paisible et trompeuse, dans lesquelles s'inscrivaient en filigrane la corruption et la mort.

— C'est peut-être une idée…, intervint Cole d'une voix songeuse.

Il fit rouler son fauteuil sur le côté et s'accroupit devant Bree pour doucement retirer ses mains de son visage.

— Quelle idée ? s'étonna-t-elle en essuyant hâtivement ses larmes.

— Quand vous avez parlé de remuer la terre entière, un détail qui nous avait jusqu'alors échappé m'est revenu à la mémoire. Lorsque j'ai décidé d'échouer mon bateau sur une plage, j'ai dû traverser un contre-courant.

— Une forte turbulence…, ajouta Bree. Vous avez raison, elle a failli m'entraîner aussi vers le sud, en direction de Marco Island. Je me suis laissé emporter quelques instants avant de reprendre la direction de Keewadin Island, quand j'ai senti que le courant faiblissait.

— Ce qui signifie que si Daria a cherché à échouer le *Mermaids II* elle aussi — ou si les vents ont simplement fait dériver le bateau jusque-là —, elle aura rencontré les mêmes difficultés. Dans ces conditions, elle aura pu être emportée dans une zone bien plus éloignée que celle que les autorités et vos amis ont fouillée.

— Et pourquoi pas jusqu'aux Ten Thousand Islands, un véritable labyrinthe…

— Sans aller jusque-là, le bateau aurait pu être pris au piège des contre-courants nés de la rencontre des eaux du golfe avec celles de la Marco River.

— La grande passe de la Marco River…

— Pouvons-nous demander à vos équipes de plongeurs d'y aller faire un tour ?

Bree secoua négativement la tête.

— Pas après les efforts qu'ils viennent déjà de fournir. Il était prévu que les recherches cessent à 13 heures, et nous y sommes presque. Sans avoir trouvé autre chose que mon appareil photo. Mais vous pourriez bien avoir raison.

Cole bondit sur ses pieds. Bree l'imita, faisant rouler son fauteuil derrière elle.

— Je vais prévenir les gardes-côtes, suggéra-t-il. Il faut qu'ils reprennent les recherches.

Bree lui saisit les avant-bras.

— Pas tout de suite, protesta-t-elle. Gardons-nous cette possibilité si des indices peuvent être trouvés sur ce site. Si nous leur apportons cette piste sur un plateau alors qu'ils viennent de cesser leurs recherches, ils vont croire que nous crions au loup pour les obliger à les reprendre. Montons chez moi. J'ai laissé là-haut une carte sous-marine que j'étudiais hier. Peut-être la combinaison de la tempête et de remous locaux a-t-elle provoqué dans la grande passe de la Marco River un contre-courant vicieux, qui ne s'y trouve pas en temps ordinaire.

Tandis qu'ils gravissaient les marches deux par deux, Bree s'efforça de chasser de sa mémoire cette scène dramatique du film *En pleine tempête*, au cours de laquelle des conditions météo exceptionnelles provoquent le naufrage d'un navire parfaitement sûr, manœuvré par un équipage aguerri.

Autour de la carte dépliée sur la table, ils ne prirent pas la peine de s'asseoir, se contentant de s'y accouder afin de l'étudier.

— Voyez, dit-elle en pointant du doigt un détail, cette profonde dépression creusée par la rivière à son embouchure ! Elle peut être traîtresse et dangereuse en temps normal, mais avec les perturbations causées par une tempête…

— Le trafic maritime est intense à cet endroit. Peut-être quelqu'un aura-t-il vu quelque chose.

— Je prie pour que notre bateau ait eu une simple panne de moteur, et que la tempête ait fait passer la chaîne de son ancre par-dessus bord. Peut-être Daria était-elle blessée et n'avait-elle pas moyen de me prévenir. Peut-être la tempête l'a-t-elle fait dériver jusqu'ici — voire jusque-là…

Bree pointait un chapelet d'îles, confettis de terre perdus en mer au nord de la grande passe de la Marco River.

— Elle pourrait être n'importe où dans ce secteur, peut-être blessée. Dans le pire des cas, le bateau peut avoir chaviré à cause des conditions spécifiques de navigation aggravées par la tempête. N'oublions pas qu'il y a aussi quelques hauts-fonds et quelques récifs dans le coin. Cole… Nous devons y aller voir. Juste une plongée rapide pour vérifier, avant de passer aux îles et aux plages.

Cole ne se laissa pas fléchir.

— Dans ce cas, rappelez quelques plongeurs, parce qu'il est hors de question que nous descendions seuls là-dessous. Rappelez Travers. Demandez-lui d'utiliser son sonar.

Bree fit la grimace.

— Il me déteste, confia-t-elle en détournant le regard. Il m'accuse d'être responsable de la mort de son fils en Irak.

Laissant Cole dans le living-room, elle se précipita dans sa chambre pour s'y changer. Tout en se déshabillant afin de passer sa combinaison de plongée, elle continua de parler en forçant sa voix pour se faire entendre de l'autre pièce.

— Nous sommes sortis ensemble pendant des années. Un amour d'adolescence, qui a duré jusqu'à l'université. Ted et moi fréquentions la même fac, mais j'ai rompu et il a arrêté ses études pour s'enrôler dans l'armée.

En hâte, elle le rejoignit dans le living-room. Dès qu'il la vit prête à plonger, Cole se renfrogna.

— Bree…, protesta-t-il d'une voix ferme. Ecoutez-moi et soyez raisonnable. Appelez quelqu'un, faites-lui part de notre hypothèse, des coordonnées de plongée, et laissez-le faire.

— Je dois y aller, insista-t-elle en soutenant son regard sans ciller. Je suis certaine que le *Mermaids I* doit être de retour au port, à présent. Juste une rapide plongée et ensuite nous ferons appel aux gardes-côtes ou aux plongeurs de la police. Ils se chargeront de ratisser la zone — au cas où je trouverais quelque chose…

— Au cas où vous *et* ceux qui vont plonger avec vous trouveraient quelque chose, rectifia Cole.

Il l'intercepta à mi-chemin de la porte et lui agrippa les poignets.

— Pour commencer, reprit-il, il nous faut quelqu'un pour garder le bateau pendant que nous serons au fond.

Le visage de Bree s'illumina.

— Vous venez avec moi ? fit-elle, aux anges. Je vous jure de ne pas vous faire de mauvaise surprise, comme lors de notre précédente plongée sur le site de Trade Wreck. Mais il faudra y aller voir de près, parce que la visibilité ne sera pas fameuse à cet endroit.

Cole acquiesça d'un hochement de tête résigné.

— Je suis persuadé que c'est le bon endroit où poursuivre des recherches, ajouta-t-il. Mais, que cela vous plaise ou non, je vais appeler Travers. Nous avons besoin de quelqu'un qui descende avec nous et de quelqu'un d'autre pour attendre en surface.

Maintenant qu'il était décidé à l'accompagner, Bree était prête à tous les compromis, tant elle avait besoin de lui.

— Vous avez raison, dit-elle. Mon père avait l'habitude de nous répéter qu'il n'y a que les nases pour négliger les règles de base. J'ai pu le vérifier hier, et vous avec moi… C'est d'accord, nous appellerons Sam. Même si en temps normal je ne lui ferais confiance pour rien au monde, il semble décidé à m'aider pour l'instant. Il m'a dit que c'est parce que Daria n'est pour rien dans ce qui est arrivé à son fils.

— Ce qui signifie qu'il ne blâme que vous.

En la fixant au fond des yeux, Cole murmura :

— Je sais que cela ne me regarde pas, mais… Etiez-vous vraiment amoureuse de Ted Travers ? Cela fait beaucoup d'épreuves à supporter. D'abord sa mort, puis…

— Celle de Daria ? l'interrompit-elle, les mains sur les hanches, en une attitude de défi.

— Ce n'est pas ce que j'allais dire, se défendit-il. J'allais parler de sa disparition.

Bree agrippa les poignets de Cole et sentit vibrer sous ses doigts ses muscles et ses tendons. Dans un monde qui vacillait sur ses bases autour d'elle, il semblait le seul repère sûr et tangible.

— Mon dernier espoir, dit-elle d'une voix blanche, c'est de savoir que nous avons toujours été si proches l'une de l'autre, elle et moi. J'espère — je sais — que je ressentirais un vide… si elle était définitivement partie. Mais elle ne peut pas avoir totalement disparu. Je ne le permettrai pas !

— Alors allons chercher de l'aide, conclut-il d'une voix ferme.

— Très bien. D'accord.

Avant de se résoudre à s'éloigner de Cole, Bree le serra brièvement contre elle. Mais au moment où elle s'apprêtait à s'écarter de lui, il la retint en l'emprisonnant entre ses bras.

Ils s'accrochèrent l'un à l'autre, leurs corps serrés au plus près. Dressée sur la pointe des pieds, Bree entoura le cou de Cole de ses bras, tandis qu'il faisait de même avec sa taille. Elle tourna la tête pour lover son visage au creux de sa gorge, s'émerveillant de sentir sous sa joue le pouls qui y battait. Le sien, quant à elle, devait battre tous les records… Le sommet de son crâne se nichait parfaitement sous le menton de Cole — si parfaitement qu'on aurait pu les croire faits l'un pour l'autre. Ses seins s'aplatissaient contre sa poitrine. Leurs cuisses s'épousaient. Bree savait posséder un corps tonique, mais celui de Cole paraissait fait de ce bois que ses mains façonnaient à longueur de journée. A son contact, elle se sentait fondre.

Elle n'avait pas répondu à sa question concernant Ted. A la réflexion, Bree supposait qu'elle avait nourri pour lui un amour adolescent, aussi vif qu'éphémère — même si elle avait mis plusieurs années à admettre que tout était fini entre eux.

Dans le cas de Cole, tout était différent. Alors qu'elle ne le connaissait véritablement que depuis trois jours, ils avaient traversé de telles épreuves ensemble qu'il lui semblait avoir besoin et envie de lui depuis toujours. Mais ce qui l'étonnait le plus, c'était la force du désir qu'il lui inspirait.

Alors qu'ils se séparaient, Bree songea que Cole avait électrisé son cœur, aussi soudainement que la foudre qui l'avait frappée.

# 9

Ils quittèrent Turtle Bay sur l'une des plus petites barges de plongée de Sam Travers. Cole regrettait presque d'avoir forcé Briana à faire appel à lui. Ce n'était pas tant le regard torve du pilote de l'embarcation qui l'inquiétait, ni ses deux collègues, que les fusils à harpon qu'ils passaient leur temps à astiquer.

Cole n'avait jamais manipulé d'arme de ce type, et ces joujoux étaient plutôt impressionnants.

— Dernier cri ! s'enthousiasma l'un des plongeurs, qui se fit un plaisir de lui en expliquer le fonctionnement.

De petites cartouches de gaz carbonique insérées sous le canon conféraient à ces fusils une puissance à laquelle ne pouvaient prétendre des armes plus anciennes. Une infime pression sur la détente libérait une giclée de gaz propulsant la flèche telle une fusée. Comme si cela ne suffisait pas encore, les têtes volumineuses des projectiles étaient munies de cartouches de .357 Magnum qui explosaient au contact de la cible, facilitant la pénétration et déployant les barbillons empêchant la prise de s'échapper.

Tout cela, les deux plongeurs l'expliquèrent en détail à Cole, pendant que Briana donnait ses instructions à leur collègue dans la cabine de pilotage. Et pour conclure leur exposé, ils lui montrèrent comment leur arme s'accrochait à leur ceinture de lestage.

— Vous n'allez pas plonger avec aujourd'hui.

Dans la bouche de Cole, ce n'était pas une question.

Ric, qui ressemblait à Arnold Schwarzenegger aux muscles près, se contenta de répondre d'un hochement de tête. Lance, rouquin élancé à la musculature moins saillante, se mit à rire.

— D'habitude, dit-il, nous ne plongeons jamais sans. Au cas où nous croiserions là-dessous quelque chose qui ne nous plairait pas. Ou qui nous plairait beaucoup, au contraire ! Pour le dîner…

— Il va falloir changer vos habitudes, insista Cole. Sans visibilité, à quatre dans un mouchoir de poche, ce ne serait pas prudent.

— Chercher des débris dans l'eau boueuse d'un couloir de navigation, répliqua Lance, ça ne me paraît pas beaucoup plus prudent. Mais pour une fois, je suppose que nous pouvons faire une exception et laisser nos armes à bord. Si nous croisons un gros mérou, je compte sur vous pour sauter dessus et l'attraper à mains nues. Sinon, vous nous devrez un bon gueuleton de poisson dans un resto !

Cole n'en croyait pas ses oreilles. Comment pouvaient-ils envisager de pêcher dans des circonstances pareilles ? Mais pour des types comme eux, qui passaient leur vie dans l'eau, ce devait être la routine.

— C'est d'accord, répondit-il. Vous nous avez beaucoup aidés, Sam et vous.

Il était heureux que Bree n'ait pas entendu leur échange. Elle se tenait à l'arrière, à présent, le regard perdu dans le panache d'eau écumeuse que la barge laissait derrière elle. Il lui semblait donc peu probable qu'elle ait pu surprendre leur conversation. A bien y réfléchir, pourtant, rien n'était moins sûr. Cole avait eu l'occasion de remarquer à quel point les sens de Bree étaient affûtés. Il s'était inquiété pour elle quand elle lui avait confié qu'elle voyait et entendait plus de choses depuis la disparition de Daria. Tout d'abord, il s'était imaginé qu'elle voyait des fantômes ou qu'elle avait des visions de sa sœur perdue en mer, mais ce n'était pas ce qu'elle avait voulu dire. Du moins l'espérait-il…

Cole la rejoignit à l'arrière et posa comme elle ses deux avant-bras sur la main courante. Devant eux, un énorme treuil d'où pendaient des câbles épais et des poulies leur bouchait en partie la vue. Il se demandait quelle charge cette barge était capable de tirer du fond de l'eau, mais il n'avait pas eu envie d'aborder le sujet avec les employés de Travers. Pour une raison quelconque, Sam n'avait pu venir avec eux, mais il avait affirmé qu'il les rejoindrait plus tard sur une vedette rapide pour voir où ils en étaient. Par loyauté à l'égard de Bree et pour la protéger, Cole avait failli lui répondre qu'il ne devait pas se sentir obligé. Mais l'homme et les moyens techniques dont il disposait leur étaient trop indispensables pour qu'il prenne le risque de le froisser.

Sam avait ordonné à son pilote d'ancrer la barge au nord de la grande passe de la Marco River et de mettre à l'eau des balises de signalisation. Avec un peu de chance, celles-ci renforceraient la signalisation existante pour inciter les jet-skis et les bateaux qui entraient ou sortaient de la passe à la prudence.

Du coin de l'œil, Cole surveillait sa voisine. Sa farouche détermination avait cédé la place à une résignation morose. Dans l'espoir de lui remonter le moral, il lança d'un ton enjoué :

— Je suis content d'être à bord de cette planche à pain, même si elle est un peu lente. Vu les contre-courants qui nous attendent, on ne peut rêver plate-forme de plongée plus stable.

— Malgré son fond plat, répliqua Bree dans un soupir, un bateau comme le *Mermaids II* n'aurait pu garder sa stabilité dans le secteur, avec une telle tempête.

— Sentez-vous quelque chose ? demanda Cole, formulant la question qui lui brûlait les lèvres. Je veux dire... Sentez-vous que nous sommes sur le point d'obtenir des réponses — concernant le bateau ou concernant Daria ?

— Pas exactement, répondit-elle en fixant obstinément le sillage écumeux du navire. Tout ce que je sens, c'est qu'elle *doit* être encore en vie. Elle ne peut que l'être. Je veux moi aussi des réponses, mais je redoute en même temps de les obtenir. Ce scénario que nous avons échafaudé semble tellement plausible... J'ai déjà vu bien des épaves d'avions et de bateaux au fond du golfe. Mais je ne peux imaginer que *mon* bateau, et que *ma* sœur...

Bree ne put finir sa phrase. Fermant les yeux, elle se reprit un instant avant de pouvoir ajouter avec fatalisme :

— Mais je suppose que le pauvre Manny et sa femme, Juanita, doivent se dire que ce ne peut être leur petite fille chérie qui s'est enfuie...

— Vous voulez dire... que Daria aurait pu s'enfuir, elle aussi ?

— Non ! Non ! s'insurgea-t-elle, couvrant ses oreilles telle une enfant qui ne veut pas entendre raison. Elle n'avait aucune raison de faire une chose pareille. Et cela ne lui ressemble pas. Je connais ma sœur aussi bien que... que je me connais moi-même.

Son regard se porta sur ses doigts serrés sur la rambarde. Après avoir hésité un instant, elle ajouta :

— Sauf que... nous sommes le reflet dans un miroir l'une de l'autre. Par exemple, contrairement à elle, je suis droitière. Les gauchers se sentent toujours un peu à part. C'est la première chose qui nous a permis de nous sentir différentes, qui nous a fait comprendre que nous ne formions pas les deux moitiés d'un tout.

Cole prit sa main dans la sienne et demanda :

— Bree… Pourquoi ne resteriez-vous pas en surface avec le pilote pendant que je plonge avec Lance et Ric ?

— Parce que pouvoir compter sur un quatrième plongeur dans une visibilité réduite peut faire toute la différence. De toute façon, si vous remontiez pour me dire que vous n'avez rien trouvé, je ne vous croirais pas et il me faudrait aller vérifier moi-même. Et si jamais il y a quelque chose au fond, je dois être présente pour trouver des indices sur les raisons du naufrage.

Retirant sa main de celle de Cole, Bree frappa la main-courante de ses deux poings serrés. Luttant manifestement contre ses larmes, elle murmura sans le regarder :

— Cole… Je ne sais pas ce que j'aurais fait sans vous, même après que vous m'avez sauvée et amenée à l'hôpital. Vous avez été mon ange gardien de bien des manières, mais je sais que vous avez votre propre vie, à laquelle vous allez devoir retourner.

— C'est vrai, reconnut-il en lui souriant. Par exemple, je vais devoir aller à Miami bientôt pour visiter le bateau d'un possible futur client. En fait, il s'agit de Dom Verdugo et de son casino flottant. Je m'apprêtais à décliner son offre, mais je pense que ça vaut le coup de le garder à l'œil. Pour vous dire la vérité, ma mère était une accro au jeu. Ce vice a ruiné sa vie et a failli ruiner aussi la mienne et celle de mon père. Je n'en suis pas certain, mais sa fin tragique a peut-être été un suicide. Je ne cracherais pas sur l'argent que peut me rapporter ce gros contrat, mais je préférerais encore voir Verdugo et son projet de casino être arrêtés d'une manière ou d'une autre.

— Je suis désolée pour votre mère, assura-t-elle à mi-voix. Je peux très bien imaginer ce que représente cette épreuve : perdre une mère dans des circonstances tragiques.

La voix de Bree s'étrangla sur un sanglot. Se retournant précipitamment, elle fit mine d'inspecter son matériel de plongée, qu'elle avait déposé sur un banc derrière elle.

Désemparé, Cole se passa nerveusement une main dans les cheveux. Il s'en voulait d'avoir évoqué ses problèmes de famille en des moments si douloureux pour elle, mais c'était sorti tout seul. Durant des années, il avait gardé pour lui ce que son père appelait leur « linge sale ». Il n'en avait jamais rien confié à quiconque — pas même à son ex-épouse. Et voilà que, spontanément, il partageait ce souvenir avec Bree, qu'il ne connaissait vraiment que depuis trois jours.

Alors que Cole se lançait à son tour dans l'inspection de son matériel, le bateau se mit à tanguer dans les courants. Sur cette barge, le mouvement était à peine perceptible, alors que, sur un bateau, on en ressentait les effets physiquement, au plus profond de son corps.

Tout compte fait, songea-t-il, c'était ainsi qu'il voulait mener sa relation avec Bree : comme s'il se trouvait à la barre de son sloop, et non sur une barge stable et sans surprise. Il préférait ressentir intimement toutes les sautes d'humeur, tous les tangages, et même toutes les tempêtes. Il ne se faisait pas d'illusions. Bree était aussi imprévisible que l'océan. Pourtant, à ses côtés, il le sentait, la croisière pouvait être très agréable, autant que la plus réussie des sorties en mer sur le *Streamin'*. Mais le bateau ivre qu'était pour l'heure Briana Devon était pris dans les courants. Et il ne pouvait que prier pour qu'elle ne sombre pas.

Cole secoua la tête pour sortir de sa rêverie. Il se prépara à faire des excuses à Bree, mais Ric l'en empêcha.

— Nous y sommes ! s'écria-t-il. Tous au jus…

Bree avait l'impression de se retrouver une nouvelle fois perdue en pleine tempête.

En dépit de son expérience, de toutes les plongées qu'elle avait effectuées en eaux troubles, elle ne s'était pas attendue à l'impact qu'aurait celle-ci sur son corps et son esprit. Elle se sentait écrasée par cette masse glauque autour d'elle, tiraillée par des forces opposées. Une plongée dans un marais des Everglades ne lui aurait pas fait plus d'effet. Dans le vaste chenal qui formait l'embouchure de la Marco River, là où ses eaux se mêlaient aux courants et aux marées du golfe, des tourbillons de sable et de vase se formaient et se reformaient sans cesse. Le fond obscur semblait une chose vivante et protéiforme, qui se convulsait, prête à dévorer tout ce qui passait à sa portée pour le recracher un peu plus loin.

Dans des conditions normales, quand un plongeur cessait de remuer, l'eau trouble ne tardait pas à s'éclaircir un peu, mais pas ici. Bree avait à peine un mètre de visibilité, même avec les lampes frontales puissantes que les plongeurs de Sam leur avaient procurées. Heureusement, ils disposaient d'ardoises de communication accrochées à leurs ceintures. Le langage gestuel, dans cette purée de pois, était impossible.

Dans ces conditions, Bree préférait ne pas quitter Cole d'un pas — et inversement. Tous quatre suivirent la méthode classique de recherches sous-marines, sur laquelle ils s'étaient mis d'accord avant de quitter le dock de Sam. Après avoir marqué leur point de départ au fond, au beau milieu du chenal, ils se mirent à nager en spirale, espacés les uns des autres de deux longueurs de bras. De temps à autre, ils échangeaient leurs positions, car les courants fatiguaient davantage ceux qui se trouvaient aux extrémités.

Il leur fallait également nager assez profond, à cause des yachts dont le trafic n'avait pas cessé au-dessus d'eux. Ils avaient plongé à une vingtaine de mètres de leur barge, pour commencer, et il leur faudrait redoubler de prudence quand ils émergeraient sur le site de plongée qu'ils avaient signalisé par une balise.

Même dans des conditions difficiles, Bree avait toujours adoré plonger. Pourtant, bien qu'elle ait insisté pour suivre les autres, elle se sentait prise de panique et devait lutter contre l'envie de sortir de l'eau au plus vite. A présent, elle s'en voulait de ne pas avoir écouté Cole. Elle se reprochait de s'être conduite de manière stupide et infantile. La zone des eaux côtières à fouiller était vaste. Aussi vaste que le gouffre qui s'était creusé entre Amelia et les jumelles ou entre ce pauvre Manny et sa fille. Daria et le bateau pouvaient être n'importe où.

L'ouïe ultrasensible de Bree ne lui facilitait pas la tâche. Elle se maudissait de n'avoir pas prévu de tampons de cire. Tous les bruits perceptibles dans l'eau lui meurtrissaient les tympans, composant une symphonie assourdissante : moteurs de bateau en surface, objets en métal s'entrechoquant sous l'eau, geysers de bulles d'air tourbillonnant au-dessus d'eux.

Et quand la lampe frontale d'un de ses compagnons de plongée se retrouva braquée sur elle, le rayon de lumière la transperça jusqu'au fond du cerveau et elle dut fermer les yeux pour ne pas être aveuglée. Même le reflet sourd sur les parties vitrées du masque de Lance lui était difficile à supporter. D'un autre côté, songea-t-elle, puisqu'elle y voyait mieux qu'en temps ordinaire, cela lui permettait sans doute d'être plus efficace dans leurs recherches.

Reprenant courage, Bree ouvrit grand les yeux et s'efforça de percer les écrans de vase qui lui masquaient le fond. Ils amorcèrent de concert un large virage vers le sud, et c'est alors qu'un reflet sur du métal accrocha son regard. Son cœur se mit à battre à coups redoublés. Elle tenta de se raisonner. Ce pouvait tout aussi bien être n'importe quel déchet jeté par-dessus bord. Pourtant, cela ressemblait furieusement à la section incurvée d'une main-courante en aluminium, comme celle qui menait de la plate-forme de plongée au pont de poupe du *Mermaids II.* S'éloignant des trois hommes, Bree alla caresser le morceau de métal glacé.

Cabossé, déformé, à moitié enfoui dans la vase et le sable, celui-ci paraissait la mettre au défi de participer au jeu de piste dont il constituait un élément. Bree avait vaguement conscience d'être suivie par Cole. Elle n'avait pas la moindre idée de ce qu'étaient devenus les deux autres, mais elle s'en fichait. Il lui fallait aller de l'avant, même si elle devait pour cela prendre des risques en sortant de leur plan de fouille, même s'il lui fallait nager jusqu'au bout du monde.

Ce fut ensuite un morceau de métal de un mètre carré, d'un blanc brillant, qu'elle repéra. Lui aussi était en partie enfoui dans la vase, mais il n'y était de toute évidence pas depuis très longtemps car il paraissait neuf ou très bien entretenu — comme leur bateau de plongée l'avait été. Du plat de la main, Bree balaya la couche de vase et mit à jour ce qui restait de la poupe d'un bateau. Sous ses yeux écarquillés d'horreur, elle découvrait une partie du *Mermaids II.* Elle en était certaine, car sur le métal tordu, dans le pinceau de sa lampe frontale, quelques grosses lettres noires ne laissaient subsister aucun doute : MA D I.

La réaction de Bree fut si violente qu'elle mordit l'embout de son détendeur et faillit le recracher. Cole la retint par le poignet, mais elle se libéra et donna de vigoureux coups de palmes pour poursuivre plus loin ses recherches. Elle dirigeait sa lampe dans toutes les directions, fonçant droit devant elle, comme attirée par un aimant. Enfin, elle découvrit ce qu'elle cherchait, dans la partie la plus large du chenal. Devant elle, légèrement penché sur le côté, se trouvait le pont principal de leur navire, encore équipé de son poste de pilotage. Il était presque intact et cela contribua à la rassurer. Sans doute Daria avait-elle pu rester sur le bateau au pire de la tempête, et nager jusqu'à une plage quand il avait sombré. Une évidence vint mettre un bémol à l'espoir qui s'était emparé d'elle : si sa sœur avait pu échapper au naufrage, comment se faisait-il que personne ne l'ait encore retrouvée dans cette zone très fréquentée ?

Bree n'eut pas le temps de s'appesantir sur le sujet. Sitôt qu'elle se fut approchée de la cabine de pilotage, la réponse à sa question lui fut livrée dans toute son atrocité.

Perçant les ténèbres bourbeuses, le faisceau de sa lampe éclairait l'intérieur de l'habitacle. Là, flottant au plafond, les mains écartées et les cheveux ondulant autour de sa tête comme pour masquer son si beau visage figé par la mort, gisait Daria, sa sœur jumelle, l'autre moitié d'elle-même, prisonnière de sa dernière demeure.

Cole eut toutes les peines du monde à suivre Bree. Dans cette eau saumâtre, l'espace d'un instant, il la perdit même de vue. Vive et souple comme une sirène, elle paraissait savoir ce qu'elle faisait et se diriger vers un but connu d'elle seule. Bientôt, en découvrant à son tour les débris au fond, il sut ce qui l'avait attirée et il comprit qu'ils avaient hélas trouvé ce qu'ils cherchaient.

Le plus impressionnant pour lui fut de tomber nez à nez, à la suite de Bree, avec la partie supérieure du navire, posée sur le fond. Sans doute le pont supérieur avait-il été séparé de la coque, à moins que celle-ci n'ait été profondément enterrée dans la vase. La cabine de pilotage vitrée était quant à elle intacte. Et à l'intérieur…

Coincé au plafond de l'habitacle fermé, ses cheveux longs ondulant comme des algues, se trouvait le cadavre d'une femme. Ou, plus exactement, ce qui avait été une femme avant que ses restes ne demeurent ensevelis deux jours durant au fond de l'eau. Sa peau flasque et tachée avait une teinte verdâtre. En réalisant que Bree se démenait pour ouvrir la porte du poste de pilotage, Cole connut un instant de panique.

Il se précipita sur elle pour l'en empêcher mais elle se débarrassa de lui sans ménagement. Arc-boutée à la poignée, les palmes appuyées sur l'encadrement, de part et d'autre de la porte, elle luttait pour l'ouvrir. Cole dut employer la manière forte. Il saisit les deux poignets de Bree, décolla ses pieds de leur appui, et vint placer son masque à quelques centimètres du sien en secouant négativement la tête.

Jamais il n'oublierait le regard qu'il avait surpris dans ses yeux écarquillés, aux pupilles dilatées. Bree était en état de choc et la fureur le disputait en elle à la terreur et au chagrin. Le pouce dressé en l'air, il lui indiqua qu'ils devaient remonter. « Il nous faut de l'aide ! » tenta-t-il de lui faire comprendre par gestes.

A sa grande surprise, elle saisit son ardoise et y inscrivit, tout en l'éclairant avec sa lampe : « Impossible de la laisser là ! » S'emparant du stylet, Cole écrivit juste au-dessous : « Scène de crime ? »

Il fut soulagé de la voir hocher la tête de mauvaise grâce. Puis elle lui brisa le cœur en allant se coller à la cabine de pilotage. Les deux mains écrasées contre la vitre, elle jeta un dernier regard à l'intérieur, comme pour bénir le corps de sa sœur en l'embrassant dans son cercueil de verre.

Sur la barge, après s'être si longtemps accrochée à l'espoir de revoir sa sœur vivante en dépit de toutes les évidences, Bree s'effondra en pleurs. Pour la mettre à l'abri des regards, Cole la conduisit dans une cambuse située à l'arrière, qui servait à remiser le matériel. Laissant la porte entrouverte, il s'assit à côté d'elle sur un rouleau de corde. Elle ne voulut pas qu'il la prenne dans ses bras, mais elle s'accrocha à sa main comme à une ultime bouée de sauvetage. Son corps était secoué de tremblements. Elle était manifestement en état de choc, mais il savait qu'elle n'accepterait pas de retourner à terre pour l'instant. De toute façon, à moins que le bateau de Sam ou celui des autorités ne se décide à arriver, il n'avait aucun moyen de l'y emmener.

Les hommes de Sam se chargèrent de contacter par radio les gardes-côtes et le poste de police de Naples. La passe de la Marco River, déjà très fréquentée en temps ordinaire, fut rapidement transformée en ruche bourdonnante d'activité. Des curieux s'attroupèrent sur les berges de la rivière. Des bateaux se mirent à tourner autour d'eux comme des insectes affolés. A leur bord, les premiers représentants de la presse quémandaient images et interviews. Bree et Cole restèrent cloîtrés dans leur refuge, mais ils purent entendre Lance et Ric crier quelques réponses maladroites. Enfin, Sam arriva.

Lentement, la porte de la cambuse fut repoussée et son corps massif s'encadra dans l'ouverture. Les bras croisés, il jeta à Bree un regard indéchiffrable et lui lança d'un ton bourru :

— Toutes mes condoléances pour la perte cruelle que tu viens de subir. Je sais de quoi je parle. Nul n'est mieux placé que moi pour comprendre ce qu'on ressent quand disparaît de manière inattendue un être proche.

Cole fusilla Sam du regard. Il les avait aidés et méritait pour cela leur reconnaissance, mais il était difficile de ne pas lui en vouloir.

— Je ne sais pas si cette mort est d'origine criminelle, poursuivit-il, mais il y a toujours quelque chose de criminel dans la disparition d'une jeune personne en pleine santé, surtout quand on l'aime tendrement. D'une certaine manière, il y a toujours quelqu'un à blâmer. Cela fait des années que je l'ai découvert, et tu as fini par l'apprendre aussi.

— Fermez-la ! s'impatienta Cole. Ayez un peu de cœur…

— J'en avais un autrefois, répliqua-t-il. Mais il s'est brisé.

Lorsque Cole fit mine de se lever, Sam tourna les talons et les laissa seuls. Quand il fut parti, Bree fixa la porte d'un œil morne. Pour la première fois depuis une heure, elle prit la parole d'une voix monocorde.

— Il ne parlait pas sérieusement en évoquant cette piste criminelle. C'était juste une façon pour lui, une fois de plus, de m'accuser de la mort de Ted. On conclura sans doute que Daria n'a pas réussi à manœuvrer le bateau dans la tempête.

Cole acquiesça d'un hochement de tête.

— Toute autre hypothèse sera difficilement défendable, dit-il, mais je suis sûr qu'il y aura une enquête.

— S'ils ne se décident pas à en faire une, ajouta Bree, je m'en chargerai. Elle manœuvrait le bateau comme personne. Et à la nage, nul ne pouvait la battre.

— J'en suis convaincu. Mais d'ici peu, il vous faudra en priorité prendre des dispositions pour ses funérailles et tenter de reprendre le cours de votre vie.

— Mais…, protesta-t-elle faiblement, quelle vie pourrai-je avoir sans elle ? Une moitié de vie… Je dois appeler Amelia et Ben. Pourriez-vous me trouver mon portable, dans mon sac ?

— Bien sûr. Je reviens tout de suite.

Lorsque Cole revint dans la cambuse, un officier de police judiciaire s'y trouvait en compagnie de Bree. Il se tint en retrait, mais il put entendre de quoi il était question entre eux. Le mot qu'il redoutait — autopsie — lui accrocha l'oreille.

— Je comprends, murmura-t-elle d'une voix éteinte qui ne lui ressemblait pas.

Alors lui revint à la mémoire ce qu'il avait ressenti à la mort de sa mère. Ce sentiment qui avait été le sien, pendant quelques jours, de ne plus s'appartenir, de parler, d'agir et de vivre comme s'il n'était plus vraiment là. Pris d'une soudaine nausée, il visualisa de nouveau le corps de sa mère morte, noyée elle aussi, même si elle n'était pas demeurée dans l'eau aussi longtemps que Daria. Ils n'avaient pu échanger un mot, son père et lui. Ils s'étaient serrés dans les bras l'un de l'autre pour pleurer.

— Combien de temps ? trouva-t-elle la force de demander à l'officier. Quand pourrai-je… la récupérer ? Et quand aurez-vous les résultats de l'autopsie ?

— Je ne peux vous l'affirmer avec certitude, mademoiselle Devon. Ce sera au coroner d'en décider. Mais à coup sûr, le plus rapidement possible.

Lorsque le policier fut sorti, Cole alla rejoindre Briana et lui tendit son portable. Dès qu'elle l'ouvrit, la musique de générique guillerette d'un film de Disney se fit entendre. Il reconnut tout de suite le morceau — *Sous l'océan* —, mais il lui fallut quelques secondes pour se rappeler de quel dessin animé il était tiré. Il y avait quelques années de cela, il avait rendu service à un de ses clients grippés en emmenant son fils voir *La Petite Sirène*.

L'appareil collé à l'oreille, Bree essuya distraitement ses joues d'un revers de main et murmura :

— Il y a déjà un tas de messages en attente. La nouvelle a-t-elle pu se répandre aussi vite ? Amelia va l'apprendre par quelqu'un d'autre… J'aurais dû l'appeler avant. Dorénavant, elle est toute la famille qu'il me reste.

D'un geste sec, Bree referma son appareil.

— C'est occupé. Et je ne peux pas attendre que ce soit libre. Je veux retourner auprès de Daria. Je veux être avec elle quand ils la remonteront.

Cole secoua longuement la tête, d'un air désolé.

— Il ne vaut mieux pas. Ils vont bien s'occuper d'elle, la ramener à la surface dans un sac, afin que personne ne puisse la voir. Vous ne pouvez plus rien faire pour elle. Il faut…

— Je sais, le coupa-t-elle d'une voix blanche. Je sais.

Brusquement, le visage de Bree se convulsa. Avec une soudaineté effrayante, elle éclata en sanglots déchirants et se précipita dans les bras de Cole. D'un coup de pied, il parvint à refermer la porte. Puis, en larmes, il la serra fort contre lui.

Cette nuit-là, Bree passa de cauchemar en cauchemar. Dans ses rêves, elle se tenait au côté de Ted, sur le pont du *Titanic,* qui sombrait dans des eaux glacées. Mais au dernier moment, elle se rendit compte que ce n'était plus Ted mais Daria qu'elle accompagnait sous l'océan.

Elle entendait des voix… Ben… Amelia… L'avaient-ils droguée ? Etait-elle de retour à l'hôpital ? Non… Dans un demi-sommeil, elle put vérifier qu'elle se trouvait bien dans son propre lit.

Puis elle plongea de nouveau, à toute allure, fondant avec allégresse vers le naufrage qu'était son existence. Sur la tôle défoncée de l'épave, le même message contrefait, grinçant : MA D I.

Il ne restait plus qu'une sirène. Elle s'appelait Briana Devon et elle était folle. « Je suis folle ! inscrivit-elle sur l'ardoise de Cole. Folle de colère et de souffrance ! »

Bree se détourna de lui. Elle tambourina de ses poings sur les vitres du poste de pilotage pour attirer l'attention de Daria. *Réveille-toi ! Réveille-toi !* Mais sa sœur se contentait de nager là-dedans, comme un poisson dans un bocal…

Pour quelle raison se contentait-elle de nager, alors qu'il lui fallait ramener le bateau à la surface ? La tempête l'avait-elle tuée ? Ou un iceberg ? Ou n'importe quoi d'autre ?

Daria répondit enfin à ses sollicitations en lui faisant un signe de la main. *Rejoins-moi ! L'eau est bonne ici, tu sais…*

Bree s'échina à ouvrir la porte du poste de pilotage. Elle essaya, encore et encore, mais Cole refusait de l'aider et Daria, de l'autre côté, tirait sur la poignée pour l'empêcher d'entrer.

— Laissez-moi ! cria-t-elle à Cole. Je dois la rejoindre ! Je dois découvrir ce qui lui est arrivé !

Puis elle eut l'impression que quelqu'un avait hurlé ces mots à ses propres oreilles. Et c'est alors qu'elle se réveilla.

Le cœur battant à tout rompre, le front en sueur, Bree ouvrit les yeux. Son soulagement de constater que ce n'avait été qu'un rêve fut de courte durée. S'éveiller pour faire face à la dure réalité était presque pire…

Entre ses draps, qu'elle avait transformés en un océan de plis froissés dans son sommeil, Bree se redressa et jeta un coup d'œil autour d'elle. La pendulette, à son chevet, marquait 3 heures du matin et sa porte était entrebâillée.

Une lumière s'alluma dans le couloir. Amelia débarqua dans sa chambre, en pyjama de soie. Son mascara avait coulé et des cernes noirs soulignaient ses yeux.

— Je suis là ! Je suis là ! gémit-elle en s'asseyant sur le bord du lit, les bras entrouverts, comme si elle hésitait à l'enlacer.

Bree resta un moment interdite, à la dévisager sans rien dire. Puis elle se rappela qu'Amelia et Ben étaient venus la rejoindre chez elle quand elle avait dû se résoudre à laisser Cole rentrer chez lui.

— Vous… vous dormez dans son lit ? bafouilla-t-elle.

— Non ! Bien sûr que non ! Sur le sofa. Ben m'a ordonné de ne surtout pas toucher à ses affaires.

Peut-être, songea Bree, son beau-frère avait-il quelque raison de penser que la mort de Daria était suspecte. Ou peut-être se contentait-il d'être lui-même : un juriste compétent et expérimenté, potentiellement en charge d'un dossier criminel qui pouvait assurer sa réélection.

Amelia s'était remise à geindre. Elle ne cessait de répéter d'une voix plaintive :

— Je suis désolée. Tellement, tellement désolée.

Aussi Bree la prit-elle dans ses bras, et fit-elle de son mieux pour la réconforter.

# 10

Manny était furieux. La police refusait de lancer des recherches pour retrouver Lucinda tant qu'un délai de quarante-huit heures ne s'était pas écoulé. Pour eux, elle était juste une autre de ces adolescentes instables qui s'enfuient en laissant un mot à leurs parents et s'empressent de revenir dès qu'elles réalisent ce qu'elles ont fait. Il avait insisté en leur disant que ce n'était pas le genre de sa Lucinda, mais il n'y avait rien eu à faire.

Aussi, tout l'après-midi et de nouveau quand le lycée avait fermé ses portes, il avait parcouru les rues d'Immokalee à sa recherche. Il épiait les groupes de jeunes gens de retour chez eux, s'agglutinant dans des bus ou traînant encore sur les trottoirs. Des tas de *chicas* ressemblaient à sa fille cadette, mais aucune ne l'était. Manny enrageait. Lucinda ignorait-elle donc que le trafic des êtres humains était un problème grandissant dans le sud de la Floride ? Bien sûr, la plupart des jeunes filles enlevées et forcées à la prostitution étaient originaires du Guatemala. Mais tout pouvait arriver si on la trouvait errant dans les rues. Elle avait l'air aussi hispanique que ces pauvres jeunes femmes vendues par leurs familles trop pauvres pour survivre ou enlevées par les trafiquants. Lucinda ne se rendait-elle pas compte qu'elle pouvait ruiner son existence, bien plus que la sienne ?

Quand il était rentré chez lui, Juanita lui avait expliqué qu'elle avait appelé les amies latinos de leur fille. Aucune ne l'avait vue, et aucune ne savait qui pouvaient être ses autres amies non latinos. Comme Bree, il en était réduit à chercher une aiguille dans une botte de foin en redoutant le pire. Et c'est le pire qui advint, quand il apprit par la radio la nouvelle qu'il attendait et redoutait à la fois.

« Le corps sans vie d'une habitante de Turtle Bay, Daria Devon, a été retrouvé dans les débris de son bateau porté disparu, au fond de la grande passe de la Marco River. Les recherches entreprises par les gardes-côtes et la patrouille de l'air depuis sa disparition mardi dernier ont été interrompues aujourd'hui, et c'est sa sœur jumelle et partenaire en affaires, Briana Devon, qui a effectué cette découverte. Les autorités, dont le coroner du comté, sont sur place. Daria et Briana Devon, belles-sœurs de Ben Westcott, procureur général du comté, avaient créé et dirigeaient ensemble la société de recherches et sauvetages en mer Les Deux Sirènes à Turtle Bay. Pour le compte de la Commission d'épuration des eaux du golfe, elles effectuaient une mission de surveillance de la flore marine sur le site de Trade Wreck et… »

Manny manœuvra son véhicule pour se garer dans le parking de Notre-Dame de Guadalupe. Les coudes appuyés sur le volant, il enfouit son visage dans ses mains. Ils avaient fini — Bree avait fini — par retrouver le corps. Des soupçons allaient suivre, et peut-être des accusations. Restait à espérer que l'enquête conclurait à un accident pour éviter tout cela.

Cela faisait des années que Manny n'avait pas pleuré — trop *macho* pour s'y résoudre. Pourtant, les larmes dévalaient le long de ses joues, coulaient sur ses poignets, certaines d'entre elles allant exploser sur les genoux de son jean. Trop de choses échappaient à son contrôle en même temps. Il aurait dû foncer retrouver Bree, pour la réconforter, pour être à ses côtés. Mais elle pouvait compter sur ce Cole DeRoca, à qui elle faisait les yeux doux. Et si elle avait besoin d'eux, elle pouvait appeler sa grande sœur et son procureur de mari.

« Une autopsie a été ordonnée, poursuivait le speaker de la radio. Pour découvrir les causes de la mort et éliminer toute suspicion de crime. »

Un frisson parcourut l'échine de Manny. Si l'on retrouvait la moindre preuve que quelqu'un avait fait du mal à Daria… La sonnerie de son portable le fit sursauter. En hâte, il essuya ses larmes d'un revers de manche et tendit le bras pour le saisir sur le siège passager. Sans doute sa femme, songea-t-il. Pour lui annoncer la mort de Daria, ou une autre nouvelle concernant Lucinda.

— *Que pasa ?* aboya-t-il.

— Lucinda est rentrée, annonça Juanita dans son espagnol fluide. Elle dit que c'est parce qu'elle a appris la nouvelle de la mort de Daria. Tu étais au courant ?

— *Sí. Muy malo !* Au moins, si elle est revenue, quelque chose de bon sera sorti de cette histoire. Passe-la-moi !

— Elle dit qu'elle est désolée. Elle est montée tout de suite voir ta mère pour lui expliquer à quel point elle regrette. Elle était chez une amie, une amie anglo.

— Je rentre tout de suite. Ensuite, il me faudra aller voir Bree. Voir si je peux lui être utile, après…

— Après quoi ?

— Rien. J'arrive ! Et cette *chica* a intérêt à m'attendre !

Sur le trajet du retour, Manny se rongeait les sangs. Il était responsable de la mort de Daria, et Bree le savait. S'il avait été là, sur le bateau, avait-elle dit… Mais, d'une certaine manière, sa fille indocile et sa mère malade ne l'avaient pas aidé. Il y avait trop de pression sur lui. Il devait avoir plus de contrôle sur sa famille et il avait besoin d'argent. La moitié de l'affaire lui appartenait à présent. Il avait fait ce qu'il avait à faire.

Les poings serrés, le sang battant comme un tambour à ses tympans, Manny se rua dans sa maison, furieux contre lui-même, contre sa fille et contre le monde entier. Juanita vint l'accueillir dans le hall, levant ses deux mains devant elle pour le stopper.

— Fais-la sortir de là ! ordonna-t-il, hors de lui.

Sa femme eut toutes les peines du monde à le repousser dans leur petite cuisine encombrée, fermant la porte derrière elle. Comprenant ses intentions, Manny se radoucit.

— Tu as raison, marmonna-t-il. Ma pauvre mère malade n'a pas besoin d'entendre tout ça. Mais je ne laisserai pas Lucinda se cacher derrière elle ou derrière toi. Je répète : fais-la sortir de là !

— Et moi, plaida Juanita d'une voix forte, je répète que ta fille est désolée. Elle a compris la leçon. Ne laisse pas la colère prendre le dessus en toi. Elle peut être très mauvaise conseillère.

Dans le courant de l'après-midi du lendemain, après avoir pleuré à s'en rendre malade, Bree se mura dans une attitude stoïque. Le pasteur de leur paroisse vint lui rendre visite. Elle lui demanda que les funérailles puissent avoir lieu à la Turtle Bay Community Church. Les jumelles avaient adoré cette église, à cause de son ambiance maritime. Quand elles se levaient pour chanter un hymne, elles apercevaient la baie et, derrière, le vaste océan. Et, dans la tradition du Grand Sud, la congrégation s'était toujours montrée amicale envers elles. Le pasteur Wallace avait été prompt à suggérer, si le temps le permettait, d'organiser la cérémonie à l'arrière du bâtiment, sur la pelouse dominant la baie. « La famille de la disparue », disait-il, pouvait compter sur la présence de nombreux amis. Et avec le retentissement public qu'avait eu cette affaire, beaucoup d'inconnus voudraient également présenter leurs condoléances.

Bree se demanda s'il y aurait parmi ces inconnus des gens qui auraient pu leur en vouloir, à elle ou à sa sœur, à cause du rapport qu'elles s'apprêtaient à remettre à la Commission. Peut-être. Mais elle imaginait mal qu'il puisse y en avoir dans les rangs de leurs connaissances.

Quelques heures très occupées avaient suivi la visite du pasteur. Elle avait d'abord rendu visite à l'avocat qui avait enregistré les dernières volontés de Daria. A cause de la dangerosité de leur travail, elles avaient tenu en créant leur entreprise à établir un testament en faveur l'une de l'autre. Si elles devaient disparaître toutes les deux, les fils d'Amelia bénéficieraient d'un legs. Par crainte que Ben ne veuille tout contrôler, elles avaient fait appel au seul autre juriste installé à Turtle Bay. A l'initiative de Daria, un codicille avait été ajouté récemment, stipulant que si l'une des deux venait à disparaître ou quittait l'affaire, Manny deviendrait partenaire de plein droit.

Après la visite à l'avocat, Bree était allée avec Amelia et Ben choisir un cercueil et réserver un salon funéraire. Lors du décès de leur mère, la concession que leur père avait achetée comprenait trois places — nul ne savait pourquoi. Il semblait logique que Daria soit inhumée dans cette tombe vacante, aussi choisirent-ils cette solution, même si Amelia continuait à penser que leur sœur aurait dû avoir son propre emplacement, dans le même cimetière, mais pas si près de leurs parents. Ben, toujours pragmatique, avait eu le dernier mot. « Sois raisonnable. A quoi bon compliquer les choses ? Sans doute ton père, à l'époque, pour une raison quelconque, n'a-t-il pu faire autrement. »

Avec un sentiment d'irréalité, Bree songea en sortant du magasin de pompes funèbres que ces dispositions étaient prises alors que le corps ne leur avait pas encore été rendu. Et ils n'en savaient pas davantage sur les causes de la mort. Lorsque Ben et Amelia la raccompagnèrent chez elle, elle promit de les rejoindre plus tard dans la soirée chez eux, pour le dîner et pour passer un peu de temps avec ses neveux. Mais à peine étaient-ils partis que Cole vint lui rendre visite.

— Toujours aucune nouvelle, lui dit-elle quand elle le vit dans l'encadrement de la porte.

Ils se serrèrent l'un contre l'autre. Cole déposa un baiser sur sa joue. Il paraissait épuisé.

— A force de pleurer, plaisanta-t-elle, je dois être aussi salée que les eaux du golfe.

— Un signe des temps. Du sang, de la sueur et des larmes.

— Quelque chose comme ça, en effet…

— Comment faites-vous face à tout ça ?

Bras dessus bras dessous, comme de vieux amis — ou deux amants de longue date —, ils gravirent l'escalier et se retrouvèrent devant le sofa.

— Cole…, répondit-elle, tout ce que j'espère, c'est que l'enquête du coroner conclura sans ambiguïté à une mort accidentelle. Je… Je ne peux pas croire qu'il puisse s'agir d'autre chose.

Bree s'assit près de lui sur le sofa, penchée sur le côté pour lui faire face, serrant contre elle un coussin pour résister à l'impulsion de se réfugier dans ses bras comme elle l'avait fait sur la barge de Sam.

— Je vous le souhaite, répondit-il en couvrant une de ses mains avec la sienne. Etes-vous allée voir dans ses affaires ?

— Ben m'a demandé de ne pas le faire, au cas où… une enquête deviendrait nécessaire. Cela ne veut rien dire. C'est juste une seconde nature chez lui. Il a vu tant de choses… Je ne peux me tromper en pensant qu'il s'agit juste d'une terrible et affreuse tragédie. Je sais que je me leurrais déjà en m'imaginant qu'elle était toujours vivante durant tout ce temps, malgré toutes les apparences. Ce devait être pour moi une façon de nier la possibilité de sa disparition — de sa mort.

— Je suppose que lorsque vous avez été si proche de quelqu'un toute votre vie, il est difficile d'imaginer qu'une fois adultes le lien puisse ne plus être aussi fort.

Surprise par sa remarque, Bree fronça les sourcils.

— Nous avions quelques goûts différents, et ses amis n'étaient pas forcément les miens. Mais nous n'avions aucun secret l'une pour l'autre ! Ce ne peut pas être autre chose qu'un accident. On ne se fait pas surprendre ainsi à des milles au large dans le golfe. J'ai beau chercher, je ne me rappelle pas avoir entendu le moindre bruit de moteur. Je n'ai pas entendu le nôtre démarrer non plus, et le son qu'il produit m'est très familier, même sous l'eau.

La sonnerie de la porte d'entrée la fit sursauter comme s'il s'était agi d'une alarme d'incendie.

— Peut-être encore un de nos amis, hasarda-t-elle en se levant pour aller ouvrir. Ils m'ont déjà amené de quoi nourrir une armée, et Amelia insiste encore pour faire la cuisine ce soir. Si c'est un autre de ces journalistes, je n'ouvre pas.

Bree entendit Cole lui emboîter le pas dans l'escalier. Ce sentiment de confiance inné qu'il lui inspirait continuait de l'étonner. Bien que ne le connaissant que depuis quelques jours, elle se reposait sur lui avec autant de facilité que sur Manny, Amelia ou Ben. Du bout des doigts, elle prit appui sur le bureau de Daria et observa à distance la porte d'entrée. Derrière se tenait un couple d'âge moyen, d'apparence soignée, qui arborait une mine sérieuse et presque peinée.

— Vous les connaissez ? s'enquit Cole derrière elle.

— Non.

— Je peux leur dire que vous ne voulez voir personne.

— Puisqu'ils ont repéré ma présence aussi, autant leur ouvrir et voir ce qu'ils veulent.

D'un pas déterminé, Bree alla déverrouiller la porte.

— Oui ? fit-elle. Que puis-je pour vous ?

Ce fut la femme qui lui répondit.

— Nous sommes Vivian et Frank Holliman. Des amis de votre sœur Daria. Nous nous sommes rencontrés au cours de comptabilité.

— Oh ! murmura Bree. Je vois…

— Naturellement, poursuivit Vivian Holliman d'un ton de circonstance, la classe entière et le professeur nous chargent de vous exprimer toutes leurs condoléances. Et nous sommes nous-mêmes terriblement peinés par la très grande perte que vous venez de subir. Mais si nous sommes ici ce soir, c'est pour vous parler de quelque chose qui ne peut attendre. Daria ne vous a peut-être pas parlé de nous, mais elle vous a sans doute fait part de son intention de devenir porte-parole de Shells Eternal.

— Non. Qu'est-ce que Shells Eternal ?

— Comment vous dire ? soupira-t-elle en levant les yeux

au ciel. Voyez-vous, votre sœur avait exprimé le souhait de se faire inhumer au fond de l'océan…

Cole ne comprenait pas ce qui avait poussé Bree à faire monter le couple chez elle, et pas davantage pourquoi elle les écoutait avec une attention soutenue débiter leur boniment. Les Holliman occupant le sofa, ils s'étaient installés tous deux dans les rocking-chairs. Mais Bree n'avait pas l'air du tout de s'y relaxer. Lorsque Vivian Holliman lui avait fait part de la raison de leur visite, elle avait accusé le choc. Sans doute s'était-elle d'abord imaginé que ces « amis » venaient lui faire part des plans de sa sœur pour prévoir ses propres funérailles avant de se suicider. A présent, elle paraissait bouillir intérieurement et maîtriser difficilement sa colère. Pour lui, toute l'affaire était clairement une vaste blague, à la limite de l'escroquerie.

Les Holliman affirmaient représenter une entreprise qui se chargeait de couler au large, sur les fonds sableux du golfe, de grandes conques de béton moulé contenant dans des urnes hermétiquement fermées les restes incinérés d'êtres humains. Les plaques gravées serties dans les conques servaient de pierres tombales.

Cole, en les écoutant exposer leur argumentaire, scrutait avec méfiance ces curieux visiteurs. Viv — elle avait insisté pour qu'on l'appelle ainsi — avait des cheveux d'un blanc de neige mais un visage très jeune et un corps très tonique pour son âge. Frank était chauve et le mieux habillé des deux. Au poignet, il portait une montre de marque, et à l'annulaire, un jonc serti d'onyx et de diamants. Des explications que Bree leur avait d'abord demandées sur les circonstances de leur rencontre avec Daria, ils étaient rapidement passés à un speech commercial habilement troussé.

— Notre activité est avant tout cent pour cent écologique, poursuivit Frank, et c'est ce qui plaisait à Daria. Vous qui êtes son associée, ainsi qu'une excellente plongeuse, je suis sûr que vous y serez sensible également. La personnalité de Daria, son amour inconditionnel de l'océan représentaient un atout essentiel pour Shells Eternal. Elle avait accepté de devenir notre ambassadrice, en échange d'un cachet et d'une inhumation gratuite dans une de nos conques après sa mort.

— Bien entendu, enchaîna Viv comme s'ils donnaient un numéro parfaitement rodé, ni elle ni nous ne nous attendions à ce que ce funeste jour arrive si vite ! Daria avait tellement été séduite par cette photo que nous lui avions montrée d'une de nos magnifiques conques immergées…

— Au large de Tampa, précisa Frank. Au large de Naples, ce sera la première.

— Ce que nous souhaitons, ajouta vivement sa partenaire, c'est que nos conques soient avec le temps recouvertes de toutes sortes d'algues, de coquillages, de coraux et de petites éponges — sauf pour ce qui est de la plaque commémorative, qui doit rester lisible. Etant vous-même plongeuse, vous n'auriez aucune difficulté à aller vous recueillir sur le site. Une femme qui aimait à ce point l'océan et le golfe mérite de reposer au sein de l'élément liquide — même si elle ne peut plus dorénavant être ambassadrice de Shells Eternal. En fait, pour tout vous dire… nous espérions que vous pourriez reprendre le flambeau à sa place. En sa mémoire. Je suis tellement désolée qu'elle n'ait pas eu le temps de vous dire qu'elle envisageait un partenariat avec nous !

Cole pouvait lire dorénavant sur le visage de Bree comme dans un livre ouvert. Depuis qu'elle avait craqué entre ses bras sur la barge de Sam, elle luttait vaille que vaille pour contenir ses émotions. Mais à cet instant, ses yeux luisaient d'une lueur assassine et il n'aurait pas été étonné de la voir jeter leurs deux visiteurs par la fenêtre. Pourtant, une fois de plus, elle parvint à se dominer. Dénouant ses poings, elle joignit les mains sous son menton, comme pour une prière.

— Daria ne m'a jamais rien dit de tel, assura-t-elle d'une voix qui tremblait un peu. Mais votre offre est tellement… inhabituelle que je suis certaine qu'elle m'en aurait parlé si elle avait envisagé d'y répondre favorablement. Nous vivions ensemble. Nous travaillions ensemble et…

— Mais elle suivait toute seule les cours de comptabilité, intervint Vivian d'un ton de reproche. Nous espérions que vous respecteriez au moins ses dernières volontés.

— Puisque ce soi-disant partenariat était à ce point avancé, je suppose que vous avez un contrat ou quelque arrangement écrit à me montrer ?

— Nous étions en train d'en préparer un pour le lui faire signer, répliqua Frank en se perchant au bord du sofa. Nous pouvons vous en apporter une copie, naturellement, et même y apporter les modifications que vous pourriez souhaiter.

Bree se leva d'un bond et conclut sèchement :

— Ce que je souhaite, c'est que vous quittiez ma maison immédiatement. Des dispositions ont déjà été prises par notre famille pour les funérailles de Daria. Quant à moi, je ne suis pas intéressée par Shells Eternal.

De mauvaise grâce, et même avec une certaine mauvaise humeur, le couple se leva. Cole était ébahi par leur aplomb.

— Pour quelqu'un d'aussi jeune, protesta Viv d'une voix pincée, c'est courant de ne pas vouloir faire de peine à ses proches en leur parlant de ses dernières volontés.

Bree prenant la tête, Cole fermant la marche, ils prirent la direction de la sortie.

— Et je vous assure, renchérit Frank, que Shells Eternal n'a rien d'une escroquerie — même si je me doute que c'est ce que vous pensez. Allez visiter notre site web. Vous y lirez les témoignages des familles de ceux qui reposent déjà grâce à nous sous les eaux.

Bree ouvrit grand la porte et les poussa sur le trottoir.

— Avec le bruit qui a été fait autour de la disparition de Daria puis de sa mort, s'insurgea-t-elle, n'importe qui peut prétendre l'avoir connue et tenter de s'approprier son image !

— Croyez ce que vous voulez, conclut Viv amèrement. Notre démarche était sincère. Nous compatissons à votre douleur et nous regrettons que la volonté de Daria ne puisse être respectée. J'étais persuadée qu'elle vous en aurait parlé.

De l'avis de Cole, les Holliman s'en sortaient bien. Bree aurait pu les précipiter dans l'escalier. Elle se contenta de leur refermer la porte au nez. Après avoir donné sèchement deux tours de clé, elle s'y adossa et fit claquer ses paumes sur ses cuisses.

— Dites-moi que je rêve ! lança-t-elle à Cole. Si je n'étais pas décidée à suivre la moindre piste pour découvrir ce qui est arrivé à Daria, je ne les aurais même pas fait entrer.

Tandis qu'ils remontaient au premier, elle ajouta d'un ton songeur :

— Ces gens sont tellement bizarres ! Vous ne pensez tout de même pas qu'ils auraient pu, pour faire de la pub à leurs conques, s'en prendre à…

Elle ne put finir sa phrase. Cole lui prit la main et la serra fort entre ses doigts.

— Nous pouvons facilement vérifier leurs dires, répondit-il.

Je pense qu'ils ne se seraient pas avancés à ce point si toute l'affaire était bidon. A mon avis, leur entreprise est légale et ils ont pensé que le nom de Daria pouvait leur donner plus de crédibilité et d'audience. Si en plus ils avaient pu vous embringuer, vous, sa sœur jumelle… J'imagine déjà ce qu'auraient pu donner leurs spots publicitaires, farcis de bons sentiments et de mièvrerie.

— Ils disent avoir connu Daria au cours de comptabilité, reprit Bree. Au moins, c'est facile à vérifier.

En haut de l'escalier, Cole la prit dans ses bras et la sentit frissonner contre lui.

— Ce qui me fait peur, avoua-t-elle à mi-voix, c'est que suspecter ces dingues d'avoir fait du mal à Daria n'est pas moins réaliste que de suspecter n'importe qui d'autre. Je suis convaincue qu'elle n'avait pas d'ennemis susceptibles d'en vouloir à sa vie. Mais si je me trompe, ces ennemis sont-ils à présent les miens sans que je sache qui ils sont ?

Passer du temps auprès de ses neveux suffisait à regonfler le moral de Bree. Mais ce soir-là, les entendre dire que tante Daria allait beaucoup leur manquer lui brisa le cœur une fois de plus.

— Maintenant, c'est m'man qui va être ta meilleure amie à la place de tante Daria.

Du haut de ses six ans, Jordan la considérait d'un œil interrogateur. Amelia, qui touillait sa casserole de sauce tomate, suspendit son geste. Au-dessus de la vapeur qui s'en élevait, Bree croisa son regard.

— Oui, parvint-elle à répondre. Tu as raison.

— Les garçons ! lança Amelia à ses fils. Vous allez ranger ces figurines *Star Wars* dans votre chambre, vous laver les mains et redescendre pour le dîner. Et tant que vous y êtes, allez voir si votre père est encore au téléphone et dites-lui de se laver les mains aussi.

— Mais nous n'avons pas fini de jouer ! protesta Jordan, le plus jeune. Anakin est en train de se transformer en Dark Vador. Tu comprends, Anakin était du côté des gentils, mais en cédant au côté obscur de la force, il est devenu méchant.

Le visage d'Amelia se figea. Sèchement, elle pivota sur ses talons pour faire face aux garçons. Sur le siège de bar qu'elle occupait au comptoir des petits déjeuners, Bree se demanda ce qui avait pu la heurter à ce point dans les paroles innocentes qui venaient d'être échangées.

— Vous savez que je ne veux pas entendre ce genre de choses dans cette maison ! s'emporta-t-elle. Pourquoi faut-il toujours que vous jouiez à des jeux pleins de méchants !

Comme pour prendre la défense de son jeune frère, James maugréa, les yeux baissés :

— Luke Skywalker et Yoda sont des gentils. Chewbacca aussi. Désolé, m'man… Je sais que tu as beaucoup pleuré.

— Oui, intervint Bree en posant une main sur chacune de leurs têtes. Votre maman est triste et fatiguée, alors vous allez faire gentiment ce qu'elle demande. Et comme elle a travaillé très dur pour préparer ce repas, vous la remercierez en vous régalant à le manger…

— Et surtout, cria Amelia, lavez-moi ces mains tant que vous n'aurez pas fini la chanson !

— La chanson ? s'étonna Bree. Quelle chanson ?

Cela lui faisait du bien de parler de petites choses de la vie quotidienne. Mais son chagrin ne la quittait jamais tout à fait. Il lui opprimait la poitrine comme une souffrance physique. Sans doute sa sœur ressentait-elle la même chose. C'était pour cela, songea-t-elle, qu'elle était tellement à cran.

— Leur idée du lavage de mains, expliqua Amelia, c'est d'ouvrir et de fermer le robinet. Leur demander de ne pas s'arrêter tant qu'ils n'ont pas chanté *Happy Birthday to You* en entier est le seul moyen que j'ai trouvé pour qu'ils sortent de la salle de bains avec des mains à peu près propres.

Un instant, elle se concentra sur sa sauce avant d'ajouter :

— C'était vraiment bizarre, ce truc de Shells Eternal… Tu ne te rappelles pas que Daria ait pu évoquer son souhait d'être incinérée plutôt qu'inhumée ?

— Seulement de manière très générale. Elle a dû me dire un jour qu'aux yeux de certains la crémation est une solution écologique. Mais je ne pense pas qu'elle ait jamais trouvé morbides nos visites au cimetière, sur les tombes de papa et maman. Nous avons toujours adoré le calme et la paix qui y règnent. Nous y allions de temps en temps, pour déposer quelques fleurs et nous rappeler de bons souvenirs.

Les lèvres pincées, Amelia donna à sa sauce un dernier tour de cuillère avant de se retourner vers l'évier. Bree ne discernait plus que son reflet dans la vitre noircie par la nuit.

— C'est une bonne chose que vous y soyez allées, dit-elle tranquillement. Je… je ne supporte pas plus cet endroit que je ne supportais l'idée de rester au fond de toute cette eau, quand vous y passiez tant de temps avec papa.

Le carillon de la porte d'entrée fit entendre les notes d'une belle sonnerie. Aussi belle que tout ce qui se trouvait dans la maison de sa sœur, songea Bree. Une maison superbe et magnifiquement entretenue.

— Tu attends quelqu'un ? s'étonna-t-elle.

— Non. Et si ce sont ces croque-morts de Shells Eternal qui reviennent, ils vont se retrouver avec une passoire de pâtes bouillantes sur le crâne ! Ne bouge pas, Ben va s'en occuper. Il m'a promis de jouer les chiens de garde à la porte et au téléphone. Les voisins ont été vraiment très gentils de nous apporter toute cette nourriture, mais je tenais à vous préparer moi-même un petit repas simple. Comme s'il était possible de trouver consolation dans la nourriture en un moment pareil !

Tendant l'oreille, Bree perçut une voix d'homme et une autre de femme. Un doute l'effleura. Etait-il possible que les Holliman aient décidé, malgré tout, de revenir à la charge ?

Un instant plus tard, Ben apparut sur le seuil de la cuisine, le visage solennel.

— Quoi ? demanda Amelia, alarmée. Qui est-ce ?

— Josh et Nikki Austin, répondit-il en s'adressant à Bree. Josh dit qu'il a fait le forcing auprès du coroner pour obtenir des résultats rapides et qu'il a quelque chose à nous annoncer.

Bree sentit ses jambes faiblir en se dirigeant vers le living-room, immédiatement suivie d'Amelia. Celle-ci fit une halte au pied de l'escalier pour crier aux garçons :

— Vous pouvez jouer un peu plus longtemps, tous les deux. Je vous appellerai pour vous dire quand vous pouvez descendre.

Il fut impossible à Bree, en se retrouvant devant Josh, de déchiffrer son expression. Ils se connaissaient depuis des années, mais elle était incapable de deviner ce qu'il allait leur annoncer.

Nikki donnait l'impression de ne pas avoir dormi de la nuit. Elle avait sous les yeux des traces sombres trahissant des larmes récentes. Bree la trouvait touchante de prendre tellement à cœur la disparition de Daria, mais peut-être était-elle affectée par tout autre chose. La mâchoire haute, elle fournissait manifestement de gros efforts pour contenir des émotions qui ne demandaient qu'à déborder. Puisqu'elle se trouvait dans le même état, Bree ne pouvait que compatir…

A tour de rôle, Josh et Nikki embrassèrent Bree et Amelia. Nikki sentait le parfum de luxe. Après les avoir toutes deux à peine effleurées, elle retourna s'asseoir dans le profond divan de cuir à côté de son mari.

Par la fenêtre qui se trouvait derrière eux, un mouvement attira l'attention de Bree. Dans la pénombre grandissante, l'homme à tout faire des Austin montait la garde à côté d'une limousine.

— Comme je le disais à Ben, expliqua Josh, il n'est pas le seul à avoir fait pression sur le coroner afin d'obtenir une réponse rapide. Autant par égard pour vous deux que pour ne pas voir traîner inutilement un dossier douloureux.

Comme c'était elle qu'il regardait, Bree prit l'initiative de le remercier.

— Nous te sommes infiniment reconnaissantes de tous tes efforts.

Josh lui sourit et hocha la tête avant d'ajouter :

— L'important est que ces efforts aient porté leurs fruits. J'ai d'ores et déjà quelques éléments à vous transmettre. Il y aura plus tard des résultats d'analyses complémentaires — tests sanguins de toxicologie, par exemple…

Bree ne put s'empêcher de l'interrompre.

— Peu importe. Daria ne buvait pas et n'était pas droguée.

A sa grande surprise, ce fut Nikki qui s'exprima ensuite, décroisant et recroisant ses longues jambes galbées.

— Il va sans dire que Josh est toujours soucieux du

sort et du bien-être de ses administrés. Mais Briana et Daria étant des amies d'enfance, cette affaire était pour lui une priorité.

Comme Nikki ne l'ignorait pas, Daria avait été bien plus qu'une amie d'enfance pour Josh. Marla Sherborne ne lui avait-elle pas révélé tenir de sa bouche qu'ils étaient sortis ensemble autrefois ?

— J'admets également, précisa Josh, que le rôle éminent joué par Briana et Daria dans la lutte contre la pollution des eaux du golfe m'a convaincu de m'investir plus que je n'aurais dû le faire normalement. Je sais que tu es sur le point de rendre un rapport à la Commission, Bree, et il vaut mieux pour tout le monde que Daria repose en paix avant cette échéance. Cela vaut également pour vous, Ben. Avec cette élection qui arrive, vous avez besoin de savoir où vous mettez les pieds.

— Nous avons tous besoin de réponses, conclut Bree non sans une certaine impatience. Si tu nous disais simplement quelles sont les conclusions du coroner ?

Josh exhala un long soupir avant de se décider à parler.

— Mort accidentelle. L'autopsie a révélé un enfoncement important à l'arrière de la boîte crânienne. La forme de la fracture laisse à penser qu'elle a fait une chute en arrière avant de heurter la barre. Elle a dû perdre conscience et le contrôle du navire en pleine tempête. Le rapport du légiste parle d'une « fracture compressive dans la région occipitale avec hémorragie interne ». Mais c'est la noyade qui est la cause exacte du décès. Sans doute après que le skiff eut heurté un brise-lames en béton, occasionnant une large voie d'eau — ils pensent avoir retrouvé l'endroit exact — et avant qu'il aille sombrer dans le chenal de la grande passe de la Marco River. Ils ont décidé de ne pas renflouer le bateau. Il restera au fond, en mémoire de la tragédie. Officiellement, l'épave du *Mermaids II* est en zone interdite à la plongée à cause des dangers qui existent dans cette zone.

D'une voix douce, Nikki livra sa conclusion.

— De tous les scénarios possibles pour expliquer cette terrible tragédie, celui-ci semble au moins le meilleur.

Bree aurait voulu lui crier qu'en l'occurrence rien ne pouvait être meilleur. Mais, au moins, la décision du coroner allait enfin lui permettre de retrouver la paix de l'esprit.

# 11

Il était près de 22 heures cette nuit-là lorsque Bree se décida à pénétrer dans la chambre de Daria. Auparavant, elle avait pris le temps de téléphoner à Cole pour lui faire part des résultats de l'autopsie. Il lui avait conseillé de ne rien faire avant les funérailles, dorénavant fixées au lundi suivant. Il lui avait même proposé de remettre à plus tard son voyage à Miami prévu le lendemain, afin de pouvoir rester près d'elle.

L'offre était tentante, mais elle avait su le convaincre de n'en rien faire. Elle était consciente qu'il devait à présent retourner à sa propre vie, bien qu'elle espéra y conserver une petite place. La rencontre de Cole resterait la seule conséquence positive de cette tragédie. Ainsi que, peut-être, une relation renforcée avec Amelia. Elle aurait besoin de compagnie, le long de cette route solitaire qui l'attendait, à présent que Daria, son double gémellaire, son reflet vivant, n'était plus.

— Nous nous verrons à votre retour, avait-elle conclu. Je ne bougerai pas d'ici. Ne vous inquiétez pas. Ça va aller.

Mais à la vérité, elle n'en était pas si sûre.

En commençant à fouiller dans les affaires de sa sœur, Bree ressentit si fortement sa présence qu'elle aurait pu se trouver dans la pièce. Avec un frisson, elle s'attendit presque à la voir se matérialiser entre les draps froissés gardant encore la forme de son corps. Et quand elle passa dans le cabinet de toilette, son malaise grandit encore. Elle eut la sensation morbide que Daria allait écarter le rideau de douche, les cheveux encore trempés d'eau de mer.

Bree poussa un cri d'effroi en croisant des yeux son reflet dans la glace. L'effet était pour elle aussi saisissant que si sa sœur morte l'avait observée à travers une vitre. Se forçant à détourner le regard, elle prit appui sur le lavabo pour se ressaisir.

— Si tu commences à voir des fantômes, murmura-t-elle, tu dérailles, ma vieille…

Un nouveau frisson lui remonta l'échine. Elle se rappelait cette superstition qui veut qu'un mort se retourne quand on marche sur sa tombe. Ridicule ! se morigéna-t-elle. Absolument puéril… Mais d'une certaine manière, l'image de sa sœur morte ne l'accompagnerait-elle pas jusqu'à sa propre mort ? Pour savoir à quoi elle aurait pu ressembler à quarante, cinquante, ou soixante ans, il lui suffirait de jeter un coup d'œil à son propre reflet dans un miroir à ces âges-là.

Décidée à se reprendre, elle regagna la chambre et se mit à fouiller résolument les tiroirs de la commode. Celui du haut servait manifestement de vide-poche et contenait tout le bric-à-brac habituel : doubles de clés, de la voiture et du bateau ; quelques petites coupures ; un lot de photos anciennes, parmi lesquelles un exemplaire fané de la photo de mariage de leurs parents ; une paire de boucles d'oreilles échouées loin de la boîte à bijoux ; des lunettes de soleil ; quelques souvenirs d'endroits qu'elles avaient visités ensemble. Enfin, un sous-verre en carton imprimé aux armes d'un bar qui ne lui était pas familier : le Gator

Watering Hole, un peu au nord de Turtle Bay, sur une route secondaire des Everglades menant au Tamiami Trail.

Le recto du sous-verre représentait un alligator esquissant un pas de danse, une paire de lunettes noires sur les yeux, un verre dans une main et une cigarette dans l'autre. Le bar prétendait offrir « les plus grandes bières locales, le meilleur mérou frit, alligator à gogo, et l'ambiance inimitable de la bonne vieille Floride ».

Bree se remémora la dernière note laissée par Daria au-dessus de l'évier. Elle la prévenait qu'elle irait étudier avec des amis après le cours — dans un endroit comme celui-ci ?

Daria avait maintes fois répété qu'elle préférait les bons bars à vins de Naples aux brasseries miteuses dont Manny leur parlait parfois. Pourtant, le Gator Watering Hole ressemblait fort à l'un de ces repaires où se retrouvaient chasseurs et pêcheurs des Everglades. Par curiosité, Bree alla feuilleter l'annuaire téléphonique. Il n'y était même pas répertorié. Il était étrange d'imaginer que, tout comme Daria, cet endroit pouvait lui aussi avoir disparu.

Machinalement, Bree retourna la rondelle de carton. Une liste de bières — toutes locales — était imprimée au verso. Inscrit à la main, sur l'un des côtés, s'étalait le message : « Je t'M ! » Et sur le côté opposé, écrit dans l'autre sens, comme pour être lu par la personne qui venait de se confesser : « Pareil, babe ! »

Les yeux de Bree s'embuèrent. Le « Je t'M ! » était de la main de Daria. Ce sous-verre devait constituer tout ce qui restait d'un fugitif moment de bonheur dans sa courte vie. Sa sœur était sortie avec plusieurs hommes, au cours de ces dernières années, mais le dernier de ces flirts datait d'un petit moment déjà et aucun d'eux n'avait été vraiment sérieux. Et pour ce qu'elle en savait, aucun de ces hommes non plus n'avait mérité une telle déclaration d'amour — même pour rire.

Ravalant ses larmes, Bree reposa le sous-verre dans le tiroir et se lança dans la fouille du petit bureau, sur lequel trônait une boîte à bijoux en pagaille. Elle n'y trouva rien d'anormal. Dans le sac de Daria, en revanche, était glissé un morceau de papier plié en quatre, sur lequel était inscrit le nom de leur dentiste habituel, son numéro de téléphone et la date d'un rendez-vous. Une date qui tombait le lendemain de la tempête. Puisque la disparition de Daria avait fait la une de la presse locale, la secrétaire du dentiste n'avait pas pris la peine de rappeler.

Dans le sac de sa sœur, Bree trouva également un agenda de la taille d'un calepin qu'elle ne lui avait jamais vu entre les mains. Rapidement, elle en fit défiler les pages sous ses yeux. La plupart étaient blanches. Seules quelques dates étaient marquées de plusieurs grandes étoiles. En y regardant de plus près, elle constata que ces dates correspondaient aux jours où Daria suivait ses cours de comptabilité. Pourquoi n'avait-elle pas inscrit également dans ce carnet son rendez-vous chez le dentiste ? Et si Daria suivait avec intérêt cette formation destinée à lui donner la maîtrise de la comptabilité d'une petite entreprise, méritait-elle pour autant d'être marquée d'une pierre blanche dans son agenda ? Bree fit défiler les pages et remarqua des notes complémentaires sur certaines de celles qui étaient marquées d'étoiles. Non pas aux heures des cours proprement dit, mais plus tard dans la soirée.

Sans doute repérait-elle ainsi ces « séances de révision tardive avec des copains » qu'elle évoquait dans sa dernière note, songea Bree. *Des* copains, vraiment, ou *un seul*, à qui elle aurait pu gribouiller sur un coin de table

« Je t'M ! » ? Et dans ce cas, pourquoi aurait-elle cru bon de le lui cacher ?

En s'installant devant le micro-ordinateur de sa sœur, Bree repéra tout de suite la brochure de Shells Eternal à demi masquée par le tapis de souris.

Cette découverte la rendit plus perplexe encore. Devait-elle conclure que les Holliman lui avaient dit la vérité ? Et si Daria lui avait caché cela, elle avait tout aussi bien pu ne pas lui dire des tas d'autres choses. Le dépliant, imprimé sur papier glacé, était luxueux et fort bien conçu. Les Holliman étaient en droit d'imaginer que Daria le lui avait montré.

Plus frustrée que jamais, Bree alluma d'un geste sec le micro-ordinateur. Elle souhaitait jeter un coup d'œil aux derniers courriers électroniques de sa sœur. Le mot de passe dont elle était certaine qu'il était le bon — Mermaid2, le sien étant Mermaid1, puisqu'elle était née la première — fut rejeté par la machine. D'autres essais n'eurent pas plus de succès. Manifestement, Daria avait changé son mot de passe sans le lui dire. Bien sûr, ce genre d'information était confidentiel. Mais jusqu'à ce jour, même cela n'avait pas été un secret entre elles.

Déçue, elle éteignit le micro-ordinateur. Peut-être un fan de l'informatique pourrait-il l'aider à contourner le mot de passe. Pour avoir consulté l'un des dossiers d'instruction les plus brûlants de Ben, elle savait que même les documents effacés pouvaient être récupérés par des techniciens doués. Sans entrain, Bree fouilla le reste de la pièce. Elle se sentait épuisée, près de s'effondrer.

S'allongeant sur le lit, elle s'abîma dans la contemplation du ventilateur de plafond, comme Daria l'avait sans doute fait si souvent. Naturellement, songea-t-elle, elle avait sans doute elle aussi négligé de lui parler de certaines choses.

Pourtant, elle avait beau se raisonner, elle ne pouvait se défaire de l'impression déstabilisante que quelque chose clochait. Cette brochure de Shells Eternal. Ce sous-verre venu d'un endroit dont elle n'avait jamais parlé. Et cette inscription, brève mais révélatrice : « Je t'M ! » Ces rendez-vous notés presque en secret après les cours. Bree avait été certaine de connaître sa sœur aussi bien qu'elle-même. Et à présent, elle était censée accepter qu'elle s'était assommée par accident, que la tempête avait emporté le bateau, lui avait fait heurter un brise-lames en béton, entraînant la noyade fatale.

Qu'est-ce qui était vrai, et qu'est-ce qui ne l'était pas ? Ce qu'elle avait de mieux à faire, c'était de reprendre sa vie où elle l'avait laissée, après les funérailles de Daria. Travailler d'arrache-pied à la réussite de son entreprise. Espérer, peut-être, nouer une relation suivie avec Cole. Nouer des liens plus forts avec Amelia. Remettre à la Commission ce rapport si important pour l'avenir des fonds marins du golfe. Et ne pas laisser des doutes affreux, des doutes mortels, lui gâcher l'existence.

Avait-elle, au fond, connu Daria si bien qu'elle se l'était imaginé ? Celle-ci avait-elle réellement été victime d'un tragique accident ? Devait-elle se considérer comme l'ange gardien de sa sœur défunte, la protectrice de sa mémoire ?

— Oui ! s'entendit-elle répondre d'un ton farouche. Oui, je le suis !

Dans la pièce vide, ces mots avaient résonné avec la solennité d'un serment. La décision de Bree était prise. Si Daria avait fait la connaissance d'un homme dont elle avait cru bon de lui cacher l'existence, elle allait devoir découvrir de qui il s'agissait. Si elle lui avait dissimulé d'autres secrets encore, elle devait les mettre au grand jour.

Et si sa mort n'était pas tout à fait un accident, elle allait devoir expliquer comment et pourquoi.

La grande banderole blanche tendue au-dessus du casino flottant de cent quatre-vingts pieds, sur un dock de Miami, était éloquente : « *Fun & Sun* : jeux, spectacles, restaurants — la croisière s'amuse ! ».

A la grande surprise de Cole, aucune petite frappe n'était là pour l'arrêter au pied de la passerelle, et ce fut Verdugo lui-même qui l'accueillit. Il avait imaginé que l'homme serait resté à Turtle Bay, mais il était vrai que le magnat du jeu possédait un jet privé qui lui permettait de se rendre d'une côte à l'autre en un rien de temps.

— Hé, Cole ! s'exclama-t-il en lui serrant fortement la main quand il grimpa à bord. J'ai entendu dire qu'on avait retrouvé le bateau et le corps de cette plongeuse de Turtle Bay. Transmettez mes condoléances à sa sœur.

Une fois de plus, songea Cole, ce type avait *entendu dire* quelque chose qu'il aurait pu apprendre lui-même par la télé. Mais ce qui l'irritait le plus, c'était qu'il semblait ne rien ignorer de sa relation naissante avec Briana.

— Où sont vos gardes du corps ? s'étonna-t-il.

— Je suis sur mon territoire, fit Verdugo en haussant les épaules. Ce qui n'est pas encore le cas à Turtle Bay. Mais ici, je suis en sécurité avec juste mon personnel de bord.

— Mais une fois que vous serez à Turtle Bay chez vous comme ici, vous n'aurez jamais brassé autant d'affaires.

— Ça, je ne vous le fais pas dire. Je n'ai jamais caché que ce dossier était un gros coup pour moi.

Avec un sourire matois, il ajouta :

— C'est pourquoi je suis heureux de vous avoir à bord — au sens propre comme au sens figuré.

— Comme je vous l'ai dit, j'aimerais d'abord voir en quoi consiste le chantier.

— Bien sûr. Si je suis là, c'est en partie pour vous faire faire le tour du propriétaire. Au fait, vous pensez que la mort de cette fille va reporter la sortie du rapport sur la qualité des eaux du golfe ?

Verdugo était un type intelligent. Et un type intelligent n'aurait pas amené le sujet sur le tapis, songea Cole, s'il avait un rapport quelconque avec la mort de Daria. Mais rien n'était moins sûr. Le nabab s'imaginait peut-être qu'il l'avait déjà dans sa poche et n'avait plus à prendre de gants avec lui. Sans doute. Peu de gens osaient dire non à Dom Verdugo. La seule idée de voir cet homme introduire l'industrie du jeu à Turtle Bay rendait Cole malade. Plutôt que de lambrisser le luxueux salon de jeu de ce rafiot, il aurait préféré le couler !

— Je vous demande cela, ajouta Verdugo négligemment, parce que j'ai entendu dire que vous êtes membre de la Commission. Je ne voudrais pas que vous puissiez imaginer que je vous apporte ce contrat juteux sur un plateau pour avoir un pied dans la place et une oreille sur ce qui s'y passe. Ce n'est pas ainsi que je travaille.

Soudain, Cole se retrouva bien plus furieux contre lui-même que contre le vieux renard qui lui faisait face. Il était à ce point obnubilé par le besoin d'aider Bree qu'il n'avait pas imaginé un seul instant ce que l'on pourrait penser de le voir accepter ce contrat mirifique. Mais même s'il lui fallait au dernier moment décliner l'offre, peut-être aurait-il le temps de déterminer si Verdugo avait quoi que ce soit à voir avec un éventuel sabordage du *Mermaids II*. S'il arrivait à en apporter la moindre preuve, cela signifierait du même coup la fin des ambitions du « parrain du jeu offshore » à Turtle Bay. Le souvenir de ses parents se disputant à cause des dettes de jeu de sa mère le hantait toujours. Il n'avait pas oublié non plus les années qu'il avait passées à tenter de rembourser lesdites dettes…

Alors qu'ils débouchaient dans le grand salon de jeu après avoir longé le pont, Verdugo mit fin à sa perplexité.

— Alors ? demanda-t-il. Toujours partant ?

Cole acquiesça d'un hochement de tête. Il était partant, même s'il risquait sa réputation en acceptant ce contrat. Mais curieusement, rien ne lui paraissait plus important que de venir en aide à Bree. Il devait être, conclut-il pour lui-même, complètement fou. Ou amoureux.

Bree se réveilla en sursaut dans le lit de Daria, horrifiée de se trouver là. Il faisait grand jour et la fenêtre déversait des flots de lumière. Elle se redressa à la tête du lit, songeant à tout ce qu'elle avait à faire ce jour-là. Puis elle s'étonna que Manny ne l'ait pas appelée pour lui donner des nouvelles de Lucinda. Peut-être était-il déjà en bas, à l'attendre ? Elle était tellement épuisée qu'elle avait dormi comme une masse. Quelle heure pouvait-il être ?

Roulant sur le côté, elle grimaça en constatant qu'il était presque 10 heures. Même si elle se sentait constamment épuisée depuis son passage à l'hôpital, Bree n'en revenait pas d'avoir pu dormir une dizaine d'heures d'affilée.

Elle prit une douche rapide, passa une brosse dans ses cheveux et choisit dans sa penderie un pantalon cintré et un T-shirt à l'effigie du *Mermaids II*. Puis, après s'être brossé les dents, elle composa le numéro du dentiste pour justifier l'absence de sa sœur au rendez-vous de dernière minute.

Après lui avoir présenté ses condoléances, la secrétaire médicale expliqua :

— Le rendez-vous auquel vous faites référence n'était

pas un rendez-vous de dernière minute mais une séance de blanchissement des dents prévu depuis quelque temps déjà.

— Vous êtes sûre qu'il s'agit bien d'elle ? s'étonna Bree. Un blanchissement pour Daria Devon ?

— J'en suis certaine, assura l'employée. Je me rappelle parfaitement l'appel.

— Je vous remercie.

Bree raccrocha avec perplexité. Daria lui avait annoncé avoir pris un rendez-vous pour se faire soigner les dents, pas pour les faire blanchir. Cela lui ressemblait tellement peu de se soucier de ce genre de détails ! Toutes deux avaient depuis toujours des sourires irréprochables — du moins était-ce son avis, et Daria ne lui avait jamais laissé entendre qu'elle ne le partageait pas.

Perdue dans ses pensées, Bree descendit au rez-de-chaussée. Manny ne s'y trouvait pas. L'endroit était plongé dans le silence, mais, sur son bureau aussi bien que sur celui de Daria, le voyant lumineux du répondeur clignotait avec insistance. Le sien annonçait douze messages. Celui de sa sœur, un seul. L'espace d'un instant, elle imagina que celui-ci pouvait être un appel d'outre-tombe. *Viens me chercher. Je veux rentrer à la maison !*

— Arrête ! se sermonna-t-elle à haute voix, secouée par un frisson. Arrête ça tout de suite !

Résolument, elle alla consulter le message laissé sur le répondeur de Daria.

— Bree, Manny à l'appareil. J'ai préféré appeler sur la ligne de Daria, parce que je me suis dit que mon appel serait noyé dans une tonne de messages sur la tienne. Je n'ai pas voulu appeler en haut au cas où tu chercherais à dormir. Lucinda est revenue à la maison. A cause de ce qui est arrivé à Daria. C'est ce qu'elle dit. Je sais que nous resterons sans doute fermés jusqu'aux funérailles, mais je passerai quand même aujourd'hui, pour voir si je peux t'aider d'une manière ou d'une autre. Juanita prend évidemment la défense de sa fille, mais, pour moi, elle aura à répondre de ses actes un jour. On en reparlera. *Vaya con Dios. Adios.*

Au moins, songea Bree, la mort de Daria avait-elle eu une conséquence positive en provoquant le retour précipité de la fille de Manny. S'emparant d'un stylo, elle prit le temps de lui écrire une note, qu'elle laissa sur son bureau.

« Je serai absente une bonne partie de la journée. Ne t'en fais pas pour moi. Prends soin des tiens. La vie est courte. B. »

Sans se laisser le temps d'hésiter, elle gravit les marches deux à deux, récupéra son sac et ses clés, un en-cas à prendre sur le pouce en guise de déjeuner, et une bouteille d'eau. Puis elle retourna dans la chambre de Daria copier dans son calepin l'adresse du Gator Watering Hole, avant de remettre soigneusement en place le sous-verre. En dressant un plan d'action, elle redescendit l'escalier. Il lui fallait tout d'abord se rendre au cours de comptabilité de Daria. Sa classe avait des horaires flexibles — parfois le matin, parfois l'après-midi, parfois le soir — afin de faciliter l'accès aux cours aux gens qui travaillaient. Quand elle aurait appris ce que les Holliman ou les autres membres du groupe avaient à lui apprendre qu'elle ne savait déjà, elle irait voir à quoi ressemblait ce bar dont sa sœur avait cru bon de conserver dans ses affaires un souvenir.

Debout sur le seuil de la boutique, Bree resta figée un instant. Elle s'était tellement coupée du monde extérieur qu'elle n'avait pas réalisé que le temps changeait et qu'il commençait à pleuvoir. Le vent s'était levé, ce qui la rendit nerveuse. Mais rien ne l'arrêterait, décida-t-elle, tant qu'elle n'aurait pas obtenu certaines réponses — même si elle n'était pas certaine des questions à poser.

Au grand désarroi de Bree, les Holliman ne se trouvaient pas dans la salle quand elle passa la tête par l'entrebâillement de la porte. Elle avait foncé sous la pluie jusqu'à l'immeuble en quittant sa voiture, mais même si elle avait pensé à se munir d'un parapluie, cela n'aurait pas changé grand-chose tant le vent soufflait fort. A son arrivée, le formateur était en train de donner congé à ses élèves un peu plus tôt que prévu. A cause des mauvaises conditions météo, sans doute.

Bree réalisa trop tard l'erreur qu'elle avait commise en se montrant aussi soudainement. Plusieurs personnes présentes la fixèrent avec des yeux écarquillés, et l'une d'elles la pointa du doigt sans parvenir à articuler un mot. Elle ne pouvait leur en vouloir de la prendre pour sa sœur. Après tout, n'avait-elle pas pris peur elle-même en croisant la veille son reflet dans une glace ?

Suffisamment fort pour se faire entendre de tout le monde, elle se présenta au formateur.

— Bonjour… Je m'appelle Briana Devon, la sœur jumelle de Daria. J'aimerais vous parler quelques instants, si c'est possible pour vous.

— Naturellement, répondit le jeune homme.

Sa coupe en brosse et son visage avenant lui rappelaient la seule photo de Ted en uniforme qu'elle avait eu l'occasion d'avoir sous les yeux. Celle qui avait illustré dans le journal local sa notice nécrologique.

— Nous sommes tous très tristes pour vous, lui assura-t-il avec une sincérité évidente. Je m'appelle Seth Johnson.

Ils se serrèrent la main. Plusieurs des étudiants qui s'en allaient firent un crochet avant de sortir pour présenter à Bree leurs condoléances. Quand ils furent seuls, elle s'entendit mentir avec une aisance qui la mit mal à l'aise. Tout moyen était bon quand on désirait très fort quelque chose. Etait-ce pour cette raison que Daria lui avait menti ?

— Daria m'a parlé de gens qu'elle a connus ici. Viv et Frank Holliman. Il semble qu'ils ne soient pas là aujourd'hui. J'aurais voulu leur remettre un faire-part d'invitation pour les funérailles.

— Ils ont effectivement manqué le cours, répondit Seth sans se faire prier. Ce qui ne leur ressemble guère. Je ne peux pas en dire de même pour votre sœur.

— Que voulez-vous dire ? s'étonna-t-elle. Daria attendait avec impatience le jour de ses cours. Elle semblait prendre la comptabilité très au sérieux !

— Loin de moi l'idée de critiquer ! protesta-t-il en levant les mains devant lui. Après tout, ce cours a été prévu avec des horaires souples et une partie de l'enseignement est disponible en ligne pour répondre aux besoins d'élèves adultes et occupés. Mais elle avait plus d'empêchements que la plupart, surtout pour les cours du soir, qui constituent pourtant le créneau horaire idéal pour la plupart de nos étudiants.

— Je… j'en suis très surprise, balbutia-t-elle.

Puis, parce qu'elle ne savait comment présenter sa requête autrement, elle demanda :

— Vous établissez des feuilles de présence ? J'aimerais… j'aimerais les voir, si cela ne vous dérange pas.

Après un instant d'hésitation, Seth Johnson acquiesça d'un hochement de tête et ouvrit un grand cahier devant elle. L'assiduité de Daria aux cours avait été très relative, surtout lors de ceux qui avaient lieu les premier et troisième mardis du mois. La première explication qui se présenta à l'esprit de Bree fut que sa sœur devait effectuer du travail au noir — pour s'offrir ce blanchissement des dents qui lui faisait envie, ou plus probablement la coûteuse montre de plongée qu'elle lui avait offerte pour leur anniversaire. Elle rechignait à prendre en considération une autre hypothèse, plus plausible, tant elle avait la certitude d'avoir toujours tout partagé avec sa sœur. Daria voyait quelqu'un — un homme sans doute —, sans le lui dire et même en prenant prétexte des cours de comptabilité pour le lui cacher.

Ebranlée par cette découverte, Bree prit congé de son interlocuteur et s'apprêta à sortir. Mais, sur le seuil, elle fut prise d'un remords et demanda :

— A propos des Holliman... Savez-vous qu'ils dirigent une sorte d'entreprise de pompes funèbres du nom de Shells Eternal.

— Comment l'ignorer ? répondit Seth avec un fin sourire. Tout le monde dans ce cours a eu droit à leur laïus. Ils se conduisent comme des pubs vivantes et infatigables pour leur affaire...

Bree regagna la sortie en songeant à ces dernières paroles. *Des pubs vivantes et infatigables*... On ne pouvait mieux décrire les Holliman. Et, d'une certaine manière, c'était ce qu'ils avaient proposé à Daria d'être pour Shells Eternal. Or, à présent, Daria était morte. Quant aux Holliman, de manière étrange, ils avaient manqué le cours aujourd'hui.

Dans le hall d'entrée, Bree s'appuya contre la porte vitrée, laissant son regard errer sur le parking couvert de larges flaques. Une grisaille uniforme et humide avait recouvert le monde. On aurait presque pu se croire au fond de l'eau... Son esprit vagabondait, s'attardant sur de lancinantes questions. Pourquoi Daria avait-elle cru bon de lui mentir sur tant de petites choses ? Et cette rage de dents, qui l'avait empêchée de plonger, le jour de la tempête, fallait-il y voir un autre mensonge ? Pourtant, l'absence de Manny sur le bateau ce jour-là aurait suffi à justifier qu'elle ne l'accompagne pas au fond. Tout comme elle n'avait pas beaucoup plongé au cours des dernières semaines de son existence. Pourquoi Daria avait-elle séché ses cours ? Pourquoi ne lui avait-elle pas parlé de quelque chose d'aussi étrange que Shells Eternal ? Et, plus que tout encore, pourquoi lui avoir caché qu'elle avait un nouvel homme dans sa vie ?

Machinalement, Bree jeta un coup d'œil à sa montre. En dépit du manque de lumière, il n'était pas encore midi, en ce vendredi qui marquait pour beaucoup de traîne-savates du coin le début d'un long week-end. Le Gator Watering Hole et « l'ambiance inimitable de la bonne vieille Floride » que promettait son sous-verre lui revinrent à la mémoire.

La pluie ne tombait presque plus, mais il faisait dehors tellement chaud et humide que Bree arriverait à sa voiture aussi trempée que si elle n'avait pas cessé. Peu lui importait. Elle devait aller dans ce bar des Everglades pour savoir si Daria avait l'habitude de s'y rendre. Et si oui, avec qui.

# 12

Amelia s'agenouilla, courbée sur la tombe de sa mère, aussi indifférente à l'herbe épaisse mouillée de pluie qui lui trempait les jambes qu'aux larmes qui gouttaient de son menton et de son nez. La dernière fois qu'elle avait mis les pieds dans ce cimetière, c'était quatre ans plus tôt, pour l'enterrement de son père. Tout paraissait si différent… Pas de tentures funéraires, aujourd'hui, ni de tapis d'herbe factice pour masquer la terre brune de la tombe fraîchement creusée. Et pas de cercueil non plus, posé au-dessus de la fosse sur un support métallique, dans l'attente d'être descendu en terre.

Les fossoyeurs n'avaient pas encore creusé la tombe de Daria. S'ils l'avaient fait, songea-t-elle, elle aurait au moins pu se jeter au fond, tant son désespoir était grand. Amelia ne parvenait pas à supporter l'idée que sa sœur serait enterrée ici le lundi suivant. Les jumelles auraient dû être inhumées en un autre endroit, ensemble. Puisque Ben lui avait déjà fait part de son choix personnel pour la crémation, elle aurait tant aimé reposer, sa dernière heure venue, à côté de sa mère…

— Maman…, murmura-t-elle d'une voix blanche, je crois que la mort de Daria vient en quelque sorte venger la tienne.

Ravalant un sanglot, Amelia se força à continuer. Il était bon de dire ces choses en cet endroit, où personne ne pouvait les entendre.

— J'ai trouvé ce rapport médical sur les causes de ta mort que père avait si soigneusement caché. C'est la naissance du second bébé qui te fut fatale — même si Briana n'était pas moins à blâmer. Après ton décès, père leur a pardonné. Elles sont même devenues ses chouchoutes. Ce n'est pas ma faute s'il les a préférées à moi. Ce qui s'est passé…

Elle dut ravaler ses larmes pour conclure en marquant chaque mot :

— Ce qui s'est passé n'était pas de ma faute !

Amelia se tut un instant, se tordant les mains et cherchant les mots susceptibles d'apaiser sa souffrance.

— J'ai cru, lorsque j'ai eu mes deux garçons, que tout irait mieux, mais je me suis trompée. J'essaie d'avoir envie de faire des choses avec eux, mais ils sont si bruyants et si sales ! Ils ne rêvent que d'apprendre à nager et plonger et on sait où cela mène ! Mais je n'avais pas l'intention de crier sur Daria et de la frapper le jour où…

Elle faillit s'étrangler sur ces mots qu'elle n'avait pas eu l'intention de prononcer. N'était-elle pas désolée de ce qui s'était passé ? Son sentiment de culpabilité était si fort qu'il la rendait physiquement malade. N'était-ce pas la preuve qu'elle regrettait ce qu'elle avait fait ? Au moins, à présent, Bree et elle allaient pouvoir être plus proches. A condition que Bree parvienne à surmonter la mort de Daria.

Il se remit à pleuvoir. La chevelure d'Amelia était plaquée à son crâne et la pluie dégoulinait dans son encolure. Bree lui avait raconté comment les cheveux de Daria, lorsqu'elle l'avait retrouvée, flottaient autour d'elle.

Amelia ferma obstinément les paupières, mais les images où elle se voyait elle-même noyée au fond de la mer ne firent que redoubler d'intensité. Elle revivait un de ces cauchemars qu'elle faisait depuis que sa mère était morte, et qui s'étaient aggravés quand leur père avait passé tout son temps à apprendre aux jumelles à plonger.

— Je suis désolée, maman…, gémit-elle en rouvrant les yeux. Tellement, tellement désolée…

Au loin, un roulement de tonnerre se fit entendre. Amelia sut qu'il lui fallait partir. La foudre allait de pair avec le tonnerre, et elle n'avait aucune intention de finir, comme Bree, à l'hôpital — voire pire.

Cette peur-là, au moins, était rationnelle. Elle voulut y voir un signe qu'elle commençait à aller mieux et qu'elle ne nageait pas en pleine dépression.

— Ce qui s'est passé aurait pu être pire, conclut-elle pour elle-même en se remettant sur ses pieds. Bree aurait pu mourir aussi.

En signe d'adieu, elle se pencha pour caresser le marbre lisse et gris de la pierre tombale de sa mère. Mais celle de son père, elle ne put s'y résoudre.

Bree prit la direction du sud sur le Tamiami Trail sous une pluie intermittente chassée par de violentes rafales de vent. Puis, à l'embranchement vers Cypress Road, elle obliqua vers l'est et les Everglades. A l'intersection se trouvait un petit aérodrome composé d'une piste d'atterrissage et de quelques avions à hélice regroupés autour d'un hangar. Avant de pouvoir tourner, il lui fallut attendre le passage d'une longue file de voitures arrivant en sens inverse. Pour traverser l'Etat en direction de Fort Lauderdale ou Miami, la plupart des gens empruntaient Alligator Alley, mais le trafic restait dense sur cette ancienne route reliant Tampa à Miami. En attendant de pouvoir passer, Bree jeta un coup d'œil au tarmac balayé par la pluie. Même par ce temps, un homme était occupé à travailler sur le moteur d'un hydravion. Si le Gator Watering Hole était situé un peu plus loin sur cette route, il y avait fort à parier que les pilotes avaient l'habitude de s'y retrouver pour quelques verres. Ce qui n'était pas pour la rassurer.

Après le carrefour, ses pneus mordirent le gravier d'une route à peine assez large pour être qualifiée de route à deux voies. A petite vitesse, Bree s'y engagea et se trouva tout de suite au bord des Everglades. Des eaux profondes cernaient les talus herbeux, de chaque côté de la route. Des cyprès aux troncs noueux surgissaient des soi-disant « rivières d'herbe ». Elle dépassa quelques îlots bas, appelés « hamacs », hérissés de pins et de palmiers. La chaleur et l'humidité ambiantes y étaient si denses que la végétation était envahissante. Tout était si vert et si liquide que Bree avait presque l'impression de rouler au milieu d'une prairie d'herbe marine.

Par association d'idée, elle en vint à se demander ce que devenait leur — à présent *sa* — précieuse herbe à tortue sur le site de Trade Wreck. Il allait devenir nécessaire de retourner la photographier et l'étudier, mais qui pourrait remplacer Daria à ses côtés, à présent ? Elle devait remettre un rapport à la Commission la semaine suivante. Et il risquait d'être à ce point explosif qu'il lui faudrait affronter seule les remous qui inévitablement en résulteraient. Etouffant un sanglot, Bree tira un mouchoir de son sac et s'essuya les yeux.

Manny était un as des moteurs de bateaux et un génie de la mécanique en général, mais il ne pourrait jamais devenir son nouvel équipier au fond étant donné sa phobie de la plongée sous-marine. Pour mener à bien le travail confié par la Commission, l'embauche de quelqu'un d'autre deviendrait sans doute nécessaire. Puisqu'il était son nouvel associé, il faudrait qu'elle en parle à Manny. Cette perspective n'était pas pour la réjouir. Il lui répugnait d'envisager l'avenir des Deux Sirènes sans Daria à ses côtés pour tenir les rênes. En fait, alors que leur entreprise occupait en temps ordinaire toutes ses pensées, c'était la première fois que ces soucis lui effleuraient l'esprit depuis le jour fatal de la tempête.

Si quelqu'un était à l'origine de la mort de Daria — cela restait une supposition, pas une certitude —, entrait-il dans ses intentions de se débarrasser des deux jumelles d'un coup ? A la réflexion, en faisant en sorte de la laisser, elle, seule en mer à l'approche d'une tempête, il pouvait difficilement en être autrement.

A un kilomètre et demi environ de la route principale, Bree aperçut le panneau peint à la main indiquant le chemin d'accès au bar qu'elle cherchait. Le point d'eau des alligators qui donnait son nom à l'endroit devait être le marigot cernant le bâtiment et son parking sur trois côtés, comme les douves d'une fortification. Bree n'aurait pas été surprise d'en voir surgir un saurien ou deux. Dans le secteur, ces animaux se frayaient un passage jusque dans les lacs des parcours de golfe, les bassins ornementaux, les canaux et les fossés. Les gens du coin avaient intérêt à garder un œil sur leurs enfants et leurs animaux, quand ce n'était pas sur eux-mêmes…

La taverne — ou le bar, selon ce qu'avaient choisi d'en faire ses propriétaires — ressemblait au repaire de péquenots assoiffés qu'elle avait imaginé. Le bâtiment principal était couvert en bonne vieille tôle de Floride, mais le porche s'ornait d'une couverture de palmes, comme ces cabanons de style séminole qui fleurissaient autour des piscines des hôtels de luxe. La comparaison s'arrêtait là, car il n'y avait rien de luxueux dans cette bâtisse délabrée.

Avant même d'y pénétrer, Bree eut la sensation de se lancer dans une quête insensée. Même si le Gator Watering Hole n'était guère éloigné de l'école où Daria avait suivi ses cours de comptabilité, elle ne parvenait pas à imaginer sa sœur donnant des rendez-vous secrets à un homme dans un tel endroit. Sans compter qu'à la nuit tombée il devait y faire aussi noir que dans un four. Peut-être pourrait-elle, lors d'un prochain cours de compta, aller demander aux étudiants si cet établissement était un point de rassemblement habituel pour eux. Peut-être sa sœur avait-elle mis la main sur ce sous-verre ailleurs qu'ici et l'avait-elle gardé parce qu'il l'avait intriguée. Mais les inscriptions qui s'y trouvaient semblaient démentir ce scénario rassurant. Avec qui Daria avait-elle eu ce tendre échange ? Avant qu'elle ne soit enterrée, Bree avait besoin de réponses à ses questions, afin de pouvoir reprendre ensuite en toute sérénité le fil de sa propre vie. Et puisqu'elle était là, une ou deux questions rapides tant qu'il faisait jour — ou à peu près, vu le ciel chargé — pouvaient suffire à apaiser ses craintes.

Trois véhicules étaient garés à l'avant, un seul à l'arrière. Tous étaient des pick-up, et deux d'entre eux se trouvaient plus ou moins rongés par la rouille. Par le pare-brise de l'un d'eux, on distinguait un drapeau confédéré et un râtelier à fusils fixés à l'arrière de la cabine. Mais dans le pays, c'était loin de constituer une originalité. Enfin, un autre était équipé de pneus surdimensionnés pour participer à ce que les gens du cru appelaient des « courses de voitures amphibies », où il s'agissait de se frayer un chemin dans un parcours semé de fossés emplis de boue. Bree décida de se garer sur le côté, le plus loin possible de ces engins.

Son courage se trouva renforcé quand elle vit une femme

sortir sous le porche pour allumer une cigarette. Elle avait trop de cheveux, trop de maquillage, ainsi qu'un short et un top bien trop moulants, mais au moins sa présence indiquait que l'assistance n'était pas strictement masculine. Après en avoir tiré juste quelques bouffées, la belle jeta son mégot dans une flaque et retourna à l'intérieur. Peut-être s'agissait-il d'une employée — cuisinière, serveuse — qui n'avait pas le temps de s'attarder.

Pour être prête à repartir, Bree roula en marche arrière jusqu'au soubassement de rondins de palmiers marquant l'extrémité est du parking. Quand ses pneus entrèrent en contact avec l'obstacle, quelque chose qu'elle avait oublié lui revint à la mémoire.

*Dare-i-a*... Jusqu'à leur adolescence, c'était ainsi que leur père s'amusait parfois à prononcer le nom de la plus jeune de ses filles. A cause des risques inconsidérés qu'elle prenait parfois — une plongée trop rapide, ou trop profonde —, il avait coutume de dire qu'elle était son *Daredevil* des profondeurs. Il avait fallu que Daria manque de s'étouffer parce qu'elle n'avait pas craché son chewing-gum avant de plonger pour qu'il ne trouve plus cela drôle et qu'elle se décide à faire plus attention. Mais il y avait eu toute une époque où Dare-i-a avait été si certaine que rien ne pouvait lui arriver qu'elle avait pris tous les risques.

Bree, quant à elle, s'était toujours montrée plus prudente. Et ce n'était pas dans ce bistrot aux allures de coupe-gorge, décida-t-elle, qu'elle allait faire exception. Juste une ou deux questions et elle reprendrait la route de Turtle Bay.

Alors qu'elle se hâtait en direction du bâtiment, une saute de vent fit courir à basse altitude de gros nuages noirs et la pluie redoubla. Avec un frisson, Bree nota qu'ils arrivaient de la direction d'où était venue la tempête fatale qui avait tué sa sœur.

L'averse faisait un raffut assourdissant sur le toit de tôle, mais le Gator Watering Hole était un endroit tranquille, à peine éclairé par une lumière de piètre qualité. Pas d'écran de télé agressif. Pas de musique assourdissante. Passer le seuil, c'était faire un saut dans le passé. Un juke-box antédiluvien et silencieux bloquait à moitié l'entrée. De simples tables en bois entourées de chaises dépareillées étaient éparpillées sur les côtés de la petite salle. Le long du bar, une rangée de hauts tabourets. Et, dans un coin, un billard au feutre élimé.

Comme Bree l'avait espéré, à cette heure du jour le client était rare. Deux types au look d'hommes des marais jouaient au Baby-foot. Un autre, apparemment endormi, était affalé sur une table. La femme qui était sortie sous le porche n'était nulle part en vue. Derrière le bar, d'un guichet de service qui devait donner dans la cuisine, s'élevaient des odeurs de viande grillée. Il n'y avait aucune réclame lumineuse pour des bières sur les murs. Juste quelques affiches et trophées de clubs sportifs locaux.

En fait, c'était l'alligator sous sa forme la plus morbide qui constituait l'élément central de la décoration. Au moins dix crânes de ces sauriens, aux mâchoires largement ouvertes sur des dents affûtées comme des rasoirs, étaient pendus aux quatre murs de la pièce. Bree avait l'impression qu'ils lui souriaient, et ce comité d'accueil réfrigérant ne contribuait pas à la mettre à l'aise.

Tous les regards convergèrent sur elle. Les joueurs de Baby-foot se figèrent. Seul le bruit de casserole des gouttes de pluie percutant le toit de tôle se faisait entendre.

Un fantôme venant les rejoindre n'aurait pas produit plus d'effet sur les clients du Gator Watering Hole. En prenant conscience de ce qui se passait, Bree sentit son cœur sombrer au fond de sa poitrine. Leur réaction indiquait sans l'ombre d'un doute que Daria était une habituée.

— Vous êtes en avance…, dit le barman, un homme grand et émacié, sans la quitter des yeux. La même chose ?

Bree ne sut que répondre. N'avait-il donc pas entendu parler de la mort de Daria ? C'était possible. Contrairement aux nageurs et aux plongeurs, les habitants des Glades ne vivaient pas suspendus à ce qui se passait sur ou sous les eaux du golfe. Et s'il la prenait pour sa sœur, elle pouvait tirer parti de la situation. Peut-être, en se faisant passer pour Daria, obtiendrait-elle davantage d'informations qu'elle n'en avait escompté tout d'abord.

— Bien sûr, répondit-elle en se perchant sur un des hauts tabourets du bar. Je suis venue aujourd'hui parce que mon emploi du temps a changé.

Ouvrant son sac, Bree sortit son porte-monnaie et ajouta, l'air de rien :

— Quand m'attendiez-vous, au juste ?

— Mardi prochain, comme d'hab' ! marmonna-t-il.

D'un geste sec, il posa sur le comptoir un grand verre à Coca d'un modèle ancien. Les yeux de Bree s'agrandirent de surprise quand elle le vit le remplir pour moitié de limonade, et pour moitié de bière mousseuse. Elle se rappela que Daria était friande de ces panachés dont les Anglais raffolent. Elle y avait pris goût en fréquentant un oiseau de passage, venu tout droit des neiges de Toronto.

— Et voilà pour vous ! poursuivit le barman. Et pour la route — ou plutôt pour le tourtereau que vous allez retrouver dehors…

Le pouls de Bree s'accéléra en le voyant poser devant elle deux canettes de bière Mountain Brewed. Elle tira de son porte-monnaie quelques pièces, qu'elle posa sur le bar, et fit mine de jouer les timides.

— Je ne vois pas de qui vous voulez parler…

Le sourire de l'homme s'élargit, révélant le trou noir de deux dents manquantes. Il lui fit un clin d'œil et expliqua, sur le ton de la confidence :

— Un grand type, baraqué, les cheveux sombres, ça ne vous dit rien ? Moi, je l'ai jamais vu, comme vous le savez. Mais c'est mon petit doigt qui me l'a dit, ou plutôt Bess…

D'un coup de menton, il désigna le guichet ouvrant sur la cuisine avant d'ajouter :

— Remarquez, ça reste entre nous. Rien de ce qui se passe ici dedans, ou même là-bas derrière, ne regarde personne. Me dites pas que vous allez vous bécoter quelque part dans les marais, alors qu'il fait presque noir !

Un grand rire ponctua sa remarque. Il se redressa sans la quitter de son œil inquisiteur, et Bree comprit son erreur. Elle ne pouvait plus à présent lui expliquer qui elle était pour obtenir de lui davantage d'informations sans qu'il se sente insulté. Et Daria, pour qui elle se faisait passer, ne l'aurait pas harcelé de questions sur l'homme qu'elle fréquentait. Bien bâti, les cheveux sombres ? Quelqu'un qui appelait Daria « babe » et qui aimait la bière Moutain Brewed, sans se donner la peine de venir la consommer au bar ?

Parce qu'elle avait soudainement très soif, Bree avala la moitié de son panaché. Puis, lorsque claqua à l'extérieur un coup de tonnerre qui se répercuta sous le toit de tôle autant que sous son crâne, elle faillit en recracher la moitié sur son poignet. Elle se sentit gagnée par la panique à l'idée que la foudre pouvait frapper n'importe où. Il lui fallait très vite sortir d'ici et rejoindre son truck.

— Je vous remercie, dit-elle précipitamment en fourrant les deux bières dans son sac.

— Hé ! lui lança le barman en la voyant gagner la sortie. *Il* ne veut pas que je les lui ouvre, cette fois ?

— Non, je…

De nouveau, tous les regards avaient convergé sur elle. Bree réalisa que c'était sans doute une bonne chose que tous ces hommes aux mines patibulaires la croient accompagnée.

— Nous nous débrouillerons, rectifia-t-elle. Merci.

Bree fut frappée de constater à quel point la luminosité avait baissé quand elle se retrouva dehors. En plein milieu d'après-midi, il faisait presque nuit et sa sensibilité accrue à la lumière ne l'aidait pas à y voir plus clair. Restait à prier pour que ne se déclenche pas une tempête semblable à celle qui avait eu la peau de Daria et qui avait failli avoir la sienne. Il lui fallait rentrer chez elle au plus vite pour réfléchir à tout ce qu'elle venait d'apprendre. Elle reviendrait plus tard au Gator Watering Hole, mais elle se ferait accompagner par Manny, Cole, ou peut-être par Ben, bien qu'elle ne tînt pas à le mettre au courant qu'elle menait l'enquête de son côté.

Le doute n'était plus permis. Daria avait fréquenté un homme qu'elle rencontrait secrètement. Un homme marié ? se demanda-t-elle. Sa sœur avait-elle renoué une idylle avec Josh Austin ? Cela semblait peu probable, étant donné la femme époustouflante qu'il avait épousée et la carrière éblouissante qui s'ouvrait devant lui — sans même parler de son manque de temps.

Tenant son sac sur sa tête pour une course jusqu'à son véhicule, Bree s'élança sous la pluie.

***

— Puisque tu t'es sauvée sans rien dire, lança Manny à sa fille, comme un chien en vadrouille, tu passeras tous tes samedis avec moi au bout d'une courte laisse.

Ils venaient de pénétrer dans le local des Deux Sirènes. Manny alla chercher un balai et le lui tendit en désignant la porte du magasin de stockage.

— Mais c'est vachement grand, là-dedans ! osa protester Lucinda. Avec tout un tas de recoins…

— Je m'en fiche ! Contente-toi d'obéir sans te plaindre. Idem pour la *quinceañera*. Maintenant que la part de Daria dans cette affaire me revient, nous aurons l'argent nécessaire pour en organiser une plus belle encore.

D'un geste sec, sa fille lui arracha le balai des mains et haussa les épaules.

— C'est ça…, maugréa-t-elle. Et il ne t'est pas venu à l'idée qu'à présent que Daria n'est plus là pour plonger avec Bree, vos profits vont baisser ?

— Nous engagerons un plongeur à temps partiel. Une fois que l'enterrement de Daria sera passé, nous en discuterons, Briana et moi. Je ne m'en fais pas. Cette histoire nous a déjà valu une énorme publicité…

Sans quitter des yeux son père, Lucinda secoua la tête en silence, d'un air réprobateur. Puis elle tourna les talons et s'engouffra dans la remise. Manny tendit l'oreille, et le bruit de balai qui bientôt s'en éleva le convainquit qu'il venait de remporter une petite victoire sur sa tête brûlée de cadette.

Le carillon de la porte d'entrée lui fit tourner la tête. Il se rembrunit en découvrant sur le seuil l'un des employés de Sam Travers — le rouquin prénommé Lance. Il portait à la main une paire de palmes vertes. Il était rare de le voir seul. Habituellement, il ne quittait pas d'une semelle son collègue, Ric, un véritable athlète qui devait passer plus de temps dans les salles de gym que sous l'eau.

— Ta patronne a laissé ça sur la barge de Sam, annonça-t-il sans même un bonjour.

Manny vit rouge. Il fut tenté de lui river son clou en lui annonçant qu'il était lui aussi patron, à présent, mais il n'y avait rien d'officiel et il n'en avait pas encore parlé à Bree. Il ne tenait pas à paraître trop pressé alors qu'elle était en plein deuil.

— Merci, se contenta-t-il de répondre.

Saisissant les palmes, il les laissa tomber sur le bureau de leur propriétaire.

Lance ne paraissait pas pressé de partir.

— Remarque, reprit-il en croisant les bras sur sa poitrine, je comprends qu'elle n'ait pas eu la tête à les reprendre. Tu parles d'un truc ! Déjà, perdre sa sœur dans des conditions pareilles, mais en plus la découvrir elle-même… Toute la scène était surréaliste.

Manny n'était pas certain de connaître la signification de ce mot, mais il pouvait s'en faire une petite idée.

— Tu remercieras Sam, dit-il à Lance. C'est chic, de sa part, de nous avoir filé un coup de main malgré…

Manny ne finit pas sa phrase. Lance hocha la tête et se dirigea vers la sortie. Sur le seuil, il se retourna et demanda :

— Malgré le fait que nous sommes concurrents, ou qu'il accuse ta patronne d'être responsable de la mort de son fils ?

— Tu sais ça aussi ? s'étonna Manny.

Dans la remise, le bruit du balai avait cessé. D'ici peu, il allait devoir retourner motiver sa fille.

— Sam n'en fait pas un secret, répondit Lance. J'aimerais parfois être une petite souris pour voir ce qu'il trafique dans ce temple qu'il a élevé dans son grenier à la gloire de son fils. Si tu veux mon avis, faut être un peu fêlé… Vu la dent qu'il a contre Briana, m'étonnerait pas qu'il lui arrive de planter des épingles dans une poupée vaudoue à son effigie. Si tu vois ce que je veux dire…

Manny ne savait pas non plus exactement ce qu'était une poupée vaudoue, mais il avait reçu le message cinq sur cinq. Et il allait faire en sorte de le transmettre à Bree à son retour.

Bree courut si vite vers sa voiture qu'elle glissa et s'affala dans la boue sur les mains et les genoux. Jurant à mi-voix mais redoublant de précautions, elle se redressa et essuya de son mieux ses clés sur un des rares endroits restés propres de son jean. Puis, d'un long regard panoramique, elle tenta de se repérer.

L'espace d'un instant, en plissant les yeux pour percer les zébrures obliques des rideaux de pluie, elle fut prise de panique en réalisant que son truck n'était plus à l'endroit où elle l'avait laissé.

Comprenant bientôt son erreur, elle poussa un soupir de soulagement. Le véhicule était bien là, à l'autre bout du petit parking. Simplement, dans sa chute, elle avait perdu le sens de l'orientation et l'avait cherché dans la mauvaise direction. Cette histoire allait lui faire perdre la boule, réalisa-t-elle, et il lui fallait de toute urgence retrouver son sang-froid.

Lançant autour d'elle un regard nerveux, Bree se remit en route à petits pas précautionneux. Toute idée de contourner le bâtiment pour aller interroger la dénommée Bess sur cet homme que Daria avait pour habitude de rencontrer

« là-bas derrière » l'avait quittée. Elle ne songeait plus qu'à partir de cet endroit, et le plus tôt serait le mieux.

Sous la pluie battante, elle tenta d'introduire sa clé dans la serrure, mais elle tremblait si fort qu'elle n'y parvint pas du premier coup. Au moins l'averse avait-elle eu le mérite de nettoyer ses clés…

Et soudain — elle ne sut pas d'où il avait pu surgir —, elle vit un homme se diriger à grands pas droit sur elle, comme s'il avait brusquement émergé de la mare ou de la boue. Il était tout de noir vêtu — baskets, jean, coupe-vent, casquette à visière. Le col roulé d'un pull, noir lui aussi, était remonté sur son visage pour former un masque. Et, à bout de bras, il brandissait une énorme clé à molette.

# 13

Bree parvint à esquiver le premier coup, et elle n'attendit pas que le second l'atteigne pour s'enfuir. Qui pouvait bien être cet agresseur surgi de nulle part ? Un des types qui s'étaient trouvés dans le bar à son arrivée ?

Elle cria, mais un roulement de tonnerre couvrit son cri. Avec le bruit de la pluie sur le toit, personne n'aurait pu de toute façon l'entendre à l'intérieur. *Economise ton souffle et cours ! Quelqu'un finira bien par sortir ou par arriver sur la route pour te venir en aide.* Afin de prendre de vitesse son agresseur, Bree contourna son truck par l'arrière, la clé en avant, espérant atteindre avant lui la portière côté passager. Avec Daria, elle avait suivi des cours de self-defence. C'était Ben qui les y avait poussées quand elles avaient emménagé seules dans l'appartement au-dessus de la boutique de Turtle Bay. Elle savait donc qu'une clé dentelée pointée entre deux doigts pouvait devenir une arme. Hélas, on ne lui avait rien dit des clés à molette…

En faisant le tour du véhicule par l'avant, l'homme fut plus rapide qu'elle et lui barra le passage. Qui était-il ? Et que lui voulait-il ? Bree ne s'attarda pas à le lui demander. Bondissant sur le côté, elle voulut s'élancer vers la porte du bar mais il la rattrapa et la tira violemment en arrière par le poignet. Il n'utilisa pas sa clé à molette, cette fois.

Plaqué dans le dos de Bree, il la retint contre lui en passant un bras autour de sa taille. Sa grosse main maculée de boue s'écrasa sur ses lèvres, l'empêchant de respirer. Elle essaya de lui mordre les doigts, mais il se défendit en lui assenant une claque sur la bouche. Ses dents entaillèrent sa lèvre inférieure et le goût du sang envahit sa bouche.

Quand elle comprit qu'il essayait de l'entraîner dans la boue avec lui, Bree projeta violemment ses coudes dans les flancs de son agresseur, qui ne relâcha pas sa prise. Collés l'un à l'autre, ils basculèrent sur le côté. Bree parvint à pousser un nouveau cri, mais la pluie tambourinant sur le toit de tôle le couvrit. Elle avait l'impression de sombrer dans un cauchemar. D'horribles images lui assaillirent l'esprit. Daria, prisonnière de la cabine de pilotage submergée, les cheveux flottant comme des algues, les mains dressées comme pour implorer de l'aide. Une autre pensée parasite s'imposa à elle. Quelqu'un — ce même homme ? — s'en était pris à sa sœur comme on s'en prenait à elle. Sa mort n'avait peut-être rien d'un accident. Ce pouvait être un coup de clé à molette, bien plus que la barre du navire, qui lui avait fracassé le crâne.

Son assaillant se remit rapidement sur ses pieds, roulant sur le côté et bondissant sur ses jambes. Il se pencha pour la forcer à se relever, mais elle parvint à lui labourer le poignet avec sa clé. Surpris, il recula, sans pour autant lui libérer l'accès à l'entrée du bar. Sachant que la cuisinière travaillait à l'arrière du bâtiment, Bree décida de foncer dans cette direction.

L'effet de surprise lui permit de prendre un peu d'avance. Dans la cour se trouvaient quelques tables de pique-nique et de grands cendriers sur pied, en forme de conques, emplis de sable et hérissés de bouts filtres dorés. Au fond, un pont de bois rustique enjambait l'arrière de la mare, environné d'une végétation épaisse, dégoulinante et obscure.

Bree entendit son agresseur. Il était sur ses talons. Son pas était rapide, son souffle court. L'acuité de son ouïe ne lui laissait rien ignorer de sa progression et de son propre pouls qui battait comme un tambour à ses tympans.

Il la rejoignit avant qu'elle ait pu atteindre la porte de la cuisine. Il y avait des fenêtres donnant sur la cour, mais elles étaient occultées par des volets à claire-voie en bois battus par la pluie.

— Hé, babe…

Il avait à peine murmuré ces mots, d'une voix basse et rauque, mais ils avaient fait mouche dans l'esprit de Bree. *Babe ?* Cet homme était-il celui que Daria rencontrait en secret ici, celui qui avait griffonné un mot doux sur le sous-verre ? Leur relation avait-elle mal tourné, au point qu'il ait pu la tuer ? Et maintenant, était-il décidé à réduire au silence quelqu'un qui lui ressemblait trop, ou qui posait trop de questions ?

Bree n'était pas enthousiaste à l'idée de s'engager dans les marais, mais elle savait que les eaux dormantes pourraient ralentir son agresseur. Elle y serait en terrain connu et aurait l'avantage d'une moindre corpulence. Elle pourrait couper tout droit en direction de la route et faire demi-tour afin de regagner son véhicule en courant. Dans l'autre sens, il n'y avait que quelques centaines de mètres jusqu'à l'aérodrome qu'elle avait aperçu, et sur le tarmac duquel travaillait un homme. Plus loin encore, sur la route principale, il y avait beaucoup de passages et de voitures qu'elle pourrait arrêter.

Tournant les talons alors que l'inconnu s'apprêtait à sauter sur elle, Bree piqua un sprint en direction du pont. Ce n'est qu'en l'atteignant qu'elle songea à son sac qu'elle n'avait pas abandonné, et dans lequel se trouvait son portable. Si elle pouvait semer son poursuivant, elle pourrait toujours appeler le 911. Qui plus est, les deux canettes qu'elle y avait rangées pourraient en dernier recours lui servir d'armes.

Tous ses espoirs se révélèrent vains. Dès qu'elle se fut engagée sur le pont branlant, l'homme la rejoignit et lui attrapa le poignet. La pluie piquetait la surface noire de la mare et les enveloppait de nappes d'eau. Bree s'empara d'une canette dans son sac et la lui écrasa sur le crâne. Un flot de bière les éclaboussa tous deux, aveuglant peut-être son agresseur, que sa casquette et son masque protégèrent cependant de toute coupure. Bree songea un instant à lui arracher ce masque avant d'y renoncer. S'il savait qu'elle avait vu son visage, il aurait une raison de plus de la tuer. Elle gardait l'espoir qu'il n'ait eu pour but que de lui faire peur. Si c'était le cas, il pouvait s'estimer satisfait. C'était réussi…

Mais Bree était loin de s'avouer vaincue. Dans un sursaut d'énergie, elle songea qu'elle pouvait encore lui labourer le visage de sa clé, ou lui balancer son sac en pleine tête. Avec une certaine lenteur, l'homme brandit de nouveau sa clé à molette au-dessus d'elle.

D'instinct, Bree balança son sac. L'outil s'envola et alla disparaître dans l'eau de la mare. Furieux, l'homme se rua sur elle. Bree ouvrit la bouche pour crier, mais elle sentit la rambarde de bois céder sous elle. Brièvement, elle se sentit tomber, et, tout de suite après, l'eau fangeuse et glacée se referma sur elle.

Sa tête heurta quelque chose et elle se sentit dériver. Etait-elle en train de plonger ? Elle venait de se laisser tomber en arrière par-dessus le plat-bord du bateau mais où étaient ses bouteilles et son masque ? Elle retint son souffle et entendit une rengaine connue lui titiller la mémoire.

*Sous l'océan... Sous l'océan... Sous l'océan, Daria et Bree, sous l'océan...*

La mare n'était pas profonde. En touchant le fond avec ses fesses, Bree retrouva ses esprits et donna le coup de talon nécessaire. En crevant la surface, elle aspira à pleins poumons et vit son assaillant, à quelques pas, qui se débattait en crachant pour reprendre pied. Sa plus grande crainte, à présent, était de voir quelque alligator surgir et fondre sur eux.

Mue par l'énergie du désespoir, Bree se rua vers la rive et patina sur la boue glissante de la berge. Elle sentit les doigts de l'homme se refermer brièvement sur ses chevilles, et ses ongles griffer sa peau. De manière surprenante, elle portait toujours son sac empli d'eau en bandoulière. Quant à sa clé de voiture, elle demeurait bien serrée entre ses doigts, ce qui lui procura un immense soulagement.

D'une brusque détente de la jambe, elle échappa à la prise de son agresseur en lui abandonnant une de ses chaussures. Spontanément, elle fonça en direction du parking plutôt que de chercher à se réfugier à l'intérieur. Elle disposait d'une courte avance. Cette fois, il devait lui être possible d'arriver à sa voiture sans se faire rattraper !

Elle ne jeta qu'un bref coup d'œil en arrière en passant le coin du bâtiment. L'inconnu avait perdu sa casquette, mais le col roulé qui dissimulait son visage demeurait en place. Nu-tête, elle ne le reconnut pas davantage que précédemment, mais là n'était pas l'urgence. De toute la force de ses jambes, Bree se mit à courir en direction de son truck.

Pantelante, elle dut quand elle y parvint s'y reprendre à plusieurs reprises avant de pouvoir l'ouvrir et se jeter à l'intérieur. Après avoir claqué la portière, elle la verrouilla fébrilement, priant pour ne pas voir son agresseur la rejoindre. Et s'il avait retrouvé sa clé ? se demanda-t-elle avec angoisse. Et s'il s'en servait pour fracasser son pare-brise ? Ultérieurement, s'il était possible de retrouver cet outil, serait-il possible d'y relever des empreintes, malgré la pluie et son séjour dans l'eau ?

La main droite de Bree, qui était restée durant toute l'agression refermée sur la clé, demeurait crispée. Elle était prise de tels tremblements qu'elle faillit ne pas réussir à démarrer. Enfin, dans un crissement de pneus, elle manœuvra pour s'engager sur la petite route d'accès au Gator Watering Hole.

Bree fila aussi vite que possible vers la civilisation. Ses essuie-glaces balayaient furieusement l'eau du pare-brise. Du revers de la main, elle tentait de faire de même avec ses larmes, mais les remords l'assaillaient. Elle ne se pardonnait pas son imprudence. Elle se reprochait de s'être lancée seule dans cette aventure, sans demander l'aide de Cole, de Manny, ou même de Ben.

Au carrefour avec le Tamiami Trail, Bree dut s'arrêter et patienter pour pouvoir s'insérer dans le trafic. Elle en profita pour vérifier dans son rétroviseur que personne ne la suivait. A bout de nerfs, elle posa son front sur le volant et éclata en sanglots. Daria, qui avait eu le pied marin, n'avait pas fait une chute en arrière pour venir se fracasser le crâne sur la barre. Même si la mer était démontée. Quelqu'un avait dû aborder le bateau pendant que Bree était en plongée et frapper sa sœur. Peu lui importait ce qu'en pensait Josh Austin ou ce que le coroner avait conclu. C'était pour elle plus qu'un doute à présent, et presque une certitude : la tempête avait été habilement utilisée pour faire passer pour un accident ce qui n'était qu'un meurtre. Il lui restait à le prouver, et à découvrir pourquoi.

*
* *

Après l'avoir serrée fort contre lui, puis l'avoir dévisagée à bout de bras, Cole fit les cent pas comme un lion en cage en l'écoutant raconter sa mésaventure. Elle débuta par ce que Manny venait de lui confier à propos de Sam et de sa haine confinant à la névrose, puis elle lui raconta dans le détail l'attaque qu'elle venait de subir.

Comme s'il ne savait pas quoi faire de ses mains, Cole les fourrait sous ses aisselles en croisant les bras ou les pressait sur sa tête. Son visage figé était livide, et Bree comprit qu'il n'en voulait pas qu'à Sam ou à l'homme qui l'avait attaquée, mais également à elle. Au point qu'il ne gardait sans doute soigneusement le contrôle de ses mains que pour s'empêcher de la secouer comme un prunier.

Elle s'estimait heureuse d'avoir eu le temps de faire un brin de toilette et de se changer, ainsi ne la voyait-il pas dans l'état désastreux qui avait été le sien à son retour. Mais elle n'avait pas pu se doucher ni laver ses cheveux, se contentant de les sécher, aussi divers débris végétaux s'y accrochaient-ils encore. Bree avait déjà vu Cole en colère dans les cales de l'épave du Trade Wreck, mais ce n'était rien à côté de la fureur noire qui l'animait pour l'heure. Ses yeux sombres et plissés luisaient d'une lueur mauvaise. Chaque muscle de son visage semblait taillé dans la pierre. On voyait son pouls battre à la base de son cou, et tout son corps puissant était tendu à l'extrême, prêt à bondir.

— Vous m'aviez dit que vous resteriez ici et que tout irait bien, l'interrompit-il d'une voix chargée de reproches. Enfin, allez-y… Finissez.

— Je suis sûre de ne pas le connaître, conclut-elle.

Assise sur le sofa, les jambes croisées, Bree serrait

contre elle un coussin, auquel elle s'accrochait comme à une bouée.

— Vous ne pouviez le reconnaître, répliqua Cole. Il était masqué.

— Sous un masque, protesta-t-elle, je vous reconnaîtrais encore. De même que Manny, Ben, Josh Austin ou un tas d'autres gens.

Lorsque Cole vint finalement s'asseoir près d'elle, Bree se sentit attirée contre lui. Entre le pouce et l'index, il lui prit le menton et la força à le regarder dans les yeux. La coupure qui lui entaillait l'intérieur de la lèvre se rappela à elle et la fit tressaillir. Mais, d'une certaine manière, elle avait eu de la chance. Avec les griffures qu'elle portait à la cheville, elle ne garderait pas d'autres blessures de sa mésaventure. Même si le lendemain elle se retrouverait probablement percluse de courbatures, et même si quelques bleus auraient eu le temps d'apparaître sous ses vêtements de deuil pour les funérailles de Daria le surlendemain.

— Si je vous ai bien comprise, reprit Cole, votre agresseur n'aurait pas pu être un des types qui se trouvaient dans le bar, étant donné que vous n'avez vu sortir personne après vous.

— A moins qu'il ne se soit trouvé dans la cuisine avec Bess.

— Exact. Il faudra que je lui parle.

— En fait, celui qui m'a attaquée correspondait à la vague description faite par la cuisinière de l'homme que Daria rencontrait à l'extérieur de ce bar. Il m'a également appelée « babe ». C'est la seule chose qu'il m'ait dite : « Hé, babe ».

— Cela ne veut peut-être rien dire. Il y a dans le coin des tas de gars baraqués aux cheveux sombres qui s'expriment ainsi.

— Il n'était pas aussi grand que vous.

— Tant mieux ! répliqua-t-il d'une voix sarcastique. Dans ce cas, ça ne peut être moi… Si l'on se contente des gens que nous connaissons, ce pourrait être un des chiens de garde de Verdugo — ils ressemblent tous plus ou moins à ce portrait. Ric, l'employé de Sam, pourrait être suspecté lui aussi — encore que son arme de prédilection serait plus probablement le harpon. N'oublions pas Frank Holliman, dans ceux que nous connaissons. Et dans ceux que nous ne connaissons pas, plusieurs centaines de candidats sérieux doivent correspondre au portrait-robot. Quant au « Hé, babe », ça ne veut pas dire grand-chose non plus. Je pourrais moi aussi vous sortir ça, sans que vous vous sentiez pour autant menacée.

— Qu'est-ce qui vous prend ? protesta Bree en lançant sur lui son coussin. Pourquoi démolir tout ce que je dis ?

Cole écarta le coussin comme s'il ne s'agissait que d'un moustique.

— Je ne démolis pas tout ce que vous dites, maugréa-t-il. Je suis juste furieux. Vous auriez pu vous faire tuer ! Et je ne veux pas que vous tiriez de conclusions hâtives. Ce n'est pas parce que vous avez été attaquée que Daria l'a été aussi. N'allez pas vous imaginer que nous possédons plus d'infos que nous n'en avons réellement.

De nouveau, songea Bree, il avait dit « nous ». Elle devait bien admettre qu'elle adorait cela, même s'il l'agaçait à ne pas prendre au sérieux ce qu'elle lui disait.

— Cole…, reprit-elle d'une voix radoucie, j'admets que je n'aurais pas dû aller là-bas toute seule. Mais cela signifie que vous ne devez pas y aller seul non plus.

— J'irai avec Manny, répondit-il d'un ton décidé. Pour parler au barman et à Bess, la cuisinière qui voit tout. Nous pourrions également chercher à mettre la main sur cette clé. Mais vous avez raison : après son séjour dans la mare, il n'y reste sans doute plus aucune empreinte.

Bree secoua la tête.

— Je ne veux pas, dit-elle. Je ne veux pas que vous vous retrouviez embarqué dans cette histoire.

— Trop tard…, murmura-t-il, comme pour lui-même. C'est déjà fait. A cause de Verdugo. Et de vous.

— De moi ?

— De vous. Je vous en veux de n'en avoir fait, une fois de plus, qu'à votre tête. Et je vous en veux de faire tourner la mienne au point que je ne vois plus que vous.

Bree ne fut pas certaine d'avoir bien entendu — ou bien compris.

— Oh ! fit-elle

— Oh ? répéta-t-il, les dents serrées. C'est tout ce que ça vous inspire ?

Cole se percha sur le bord du sofa pour lui faire face et posa ses mains sur ses épaules. Puis il se pencha et lui effleura la joue du bout des lèvres, avant de les laisser courir le long de son cou, qu'elle offrit à ses baisers. L'espace d'un instant, il s'attarda entre ses clavicules, puis remonta jusqu'à son oreille gauche. Du bout des dents, il mordilla le lobe. Sa langue, une seule fois, s'introduisit dans le pavillon.

Chaque muscle, chaque nerf du corps de Bree s'éveilla et frémit, dans l'attente de beaucoup plus encore. Elle retint son souffle, le cœur battant, près de sombrer dans un magnifique oubli de tout ce qui n'était pas lui. Elle avait l'impression de se conduire comme une midinette à son premier flirt, comme si elle n'avait jamais connu d'homme avant lui. Mais avec Cole, tout était si différent… Au moindre contact, un torrent de sensations merveilleuses se déversait en elle.

— Je vais parler tout bas, susurra Cole en reportant ses

lèvres contre sa joue, parce que je sais que ton ouïe est très aiguisée ces temps-ci.

Bree nota avec un frisson le passage au tutoiement, qui semblait établir une complicité, une nouvelle intimité entre eux.

— Et je vais faire vite, poursuivit-il, parce que, même si tout le reste de ta personne est à croquer, tes cheveux sentent un peu… la mare aux alligators !

Bree étouffa un rire sous sa main. Alors que tout semblait se dérober sous ses pieds, que sa vie même devenait un enchaînement d'événements incompréhensibles, Cole avait le pouvoir de l'entraîner sur des montagnes russes d'émotions contradictoires. Paradoxalement, cela avait à la fois le don de l'effrayer et de la rassurer.

— Deux choses, reprit-il d'une voix cette fois tout à fait sérieuse : tu restes ici jusqu'à ce que je revienne, et même s'il nous a rendu de fiers services, tu ne laisses pas Travers t'approcher.

— Il pourra venir à l'enterrement. Puisqu'il a tout fait pour nous aider à retrouver Daria, je ne peux lui demander de ne pas y assister.

— Qu'il y assiste si cela lui chante. Ce que je te demande, c'est de ne pas le laisser t'approcher. D'accord ?

Comme pour juger de la confiance qu'il pouvait lui faire, Cole la maintint à bout de bras et la dévisagea longuement. Bree n'aimait pas recevoir d'ordre, mais, venant de lui, elle commençait à les apprécier…

— D'accord. Je ne laisserai pas Sam s'approcher de moi, et je ne tenterai pas de m'approcher de lui.

Cole hocha la tête d'un air satisfait et lui lâcha les épaules.

— Pendant ce temps, expliqua-t-il, Manny et moi allons faire un tour dans les Everglades. En son absence, tu pourrais peut-être garder un œil sur sa fille. Je suppose que ça le tranquilliserait. Je me sens une soudaine envie d'aller boire une Mountain Brewed bien fraîche dans ce bon vieux Gator Watering Hole…

En écoutant Lucinda lui faire part de ses doléances, Bree s'efforça de mettre au second plan ses propres problèmes, ce qui n'était guère facile. Elle était réellement inquiète pour Cole. Avec Manny, il allait se charger de faire le sale boulot pour elle, en essayant de découvrir qui Daria avait rencontré dans ce bar. Elle avait bien peur, également, qu'il ne se mette en tête de découvrir qui l'avait attaquée la veille pour le lui faire payer.

Lucinda semblait heureuse d'avoir échappé pour quelques heures à la pesante tutelle de son père et à la corvée de nettoyage de l'arrière-boutique. Lorsque Bree eut pris une douche et se fut lavé les cheveux, elles s'installèrent à table pour manger une salade de crevettes et des brownies qu'un des voisins venait de déposer. Bree se sentait trop tendue pour avoir de l'appétit, mais Lucinda mangeait de bon cœur. La petite fille qu'elle avait connue s'était muée en une jolie adolescente aux yeux bruns et vifs, légèrement potelée. Pour l'heure, ce petit surpoids ne faisait que rajouter au charme de ses courbes féminines naissantes. Pas étonnant, songea Bree, que Manny ait tellement tenu à garder un œil sur elle… Elle l'écoutait distraitement lui faire part de ses petits et grands malheurs lorsque quelque chose finit par attirer son attention.

— Tu jures de ne pas répéter à mon père ce que je vais te dire, Bree ?

— S'il s'agit de quelque chose de répréhensible ou de dangereux, protesta-t-elle gentiment, tu ferais mieux de ne pas me placer dans la position inconfortable de devoir lui mentir. Manny est un employé, mais également un ami.

Les fins sourcils de la jeune fille s'arquèrent légèrement.

— Il n'est pas aussi ton associé, maintenant ?

— C'est exact. Lorsque tout aura été réglé. Je ne savais pas que tu étais au courant.

— Il m'arrive d'entendre des choses à droite à gauche. Comme ce que ce type qui a rapporté tes palmes a raconté à papa au sujet de Sam Travers. Mais je n'ai pas eu à écouter aux portes pour savoir ça. Il y a longtemps que p'pa s'en est vanté auprès de toute la famille. C'est une bonne chose pour nous, parce que cet argent, on en a *vraiment* besoin… Tu es d'accord, si je te pose juste une question d'ordre général, plutôt que de te confier un secret ?

Bree connaissait toute la famille Salazar. Lucinda était la seule qui voulait ressembler à une Anglo-Américaine, et cela tracassait son père. A ses yeux, sa fille trahissait ses origines et Bree ne voulait surtout pas interférer dans leur histoire. Surtout que Manny avait une conception de la discipline et des règles familiales qui n'étaient pas les siennes.

— Très bien, Lucinda…, dit-elle. Je t'écoute.

Mais à vrai dire, elle aurait préféré demander à la jeune fille si Manny n'avait pas dit autre chose à propos de son futur statut d'associé.

— D'abord, répondit celle-ci en se tortillant d'excitation, j'aimerais que tu m'appelles Cindi, si tu veux bien. Avec un « i » au bout. Et en ce moment, en guise de point sur les deux « i », j'aimerais mettre des petits cœurs ou des *smileys*. Tu vois ce que je veux dire ?

— Je te reçois cinq sur cinq, Cindi. Mais en présence de ton père, tu me pardonneras de t'appeler Lucinda…

Cindi roula des yeux effarés et soupira.

— Tu as raison, reconnut-elle. Je crois que ça vaut mieux. C'est *si bon* de pouvoir parler à un adulte qui me comprend ! Alors… Disons qu'il s'agit d'une amie — latino. Cette amie est tombée raide dingue amoureuse d'un garçon — un Anglo. Ce garçon… *c'est de la bombe !* Grand, blond, un corps de rêve, pilier de l'équipe de basket. Disons tout de suite que ses parents ne sont pas ravis. Ils pensent que les Hispanos sont tous des sans-papiers — ce qui est faux ! —, et, en plus de ça, catholiques au lieu d'être de bons baptistes — ça, c'est vrai. Tu comprends… j'aimerais avoir ton avis — pour mon amie, bien sûr — parce que je sais que tu sortais avec le fils de Sam Travers, et que Sam n'était pas d'accord.

Bree repoussa son assiette devant elle. S'adossant à sa chaise, elle frotta sous ses poings ses yeux fatigués.

— Ce n'est pas tout à fait ça, répondit-elle posément. Sam Travers était tout à fait d'accord pour que je sorte avec son fils. Il aurait même été ravi que je l'épouse. Mais j'ai rompu alors que nous étions tous les deux en fac. Ted l'a très mal pris et s'est engagé dans les marines. Il a été tué en Irak. Sam Travers m'accuse d'être responsable de l'enrôlement et de la mort de son fils.

La mine sombre, Cindi secoua la tête d'un air accablé.

— Aïe ! maugréa-t-elle. Ça fait mal. Tu ne te sens pas coupable, au moins ?

— Ted Travers était responsable de ses choix, répondit Bree sans hésitation. Mais chaque fois que je me retrouve face à son père, j'ai l'impression d'avoir une cible tatouée sur le front. Ecoute-moi bien, Lucinda — je veux dire Cindi.

Penchée sur la table, Bree prit ses mains dans les siennes avant de poursuivre :

— Daria, elle aussi, a longtemps fréquenté quelqu'un pendant que nous étions à l'université. Mais quand il a rompu avec elle, elle a réussi à tourner la page et à passer à autre chose. Personne n'est à blâmer quand un couple bat de l'aile. Et personne n'a à se sauver ou à faire quelque folie. Alors fais-moi confiance et dis à ton amie de ne pas trop investir dans sa relation avec ce garçon. Si cela doit marcher entre eux, cela demandera du temps, de la patience et une grande compréhension réciproque. Si ça ne doit pas marcher, alors chacun reprendra sa route. Plus tard, ton amie trouvera peut-être quelqu'un — anglo ou latino — qui lui sera encore plus cher que ce garçon.

Cindi, qui l'avait écoutée avec attention, parut réfléchir quelques instants à ses paroles avant d'ajouter :

— Tu veux dire que ta sœur a réussi à surmonter l'échec de sa relation avec ce type qu'elle fréquentait à l'université ?

— Oui. Tout à fait.

— Et elle est tout de même arrivée à tomber amoureuse de quelqu'un d'autre, après ? Elle a dû être si triste, quand elle s'est fait plaquer ! Même si elle n'en a rien montré…

Bree se sentit déstabilisée. Quelle certitude pouvait-elle avoir ? Depuis Josh, Daria avait toujours été celle qui était partie dans les relations amoureuses qu'elle avait nouées. Avait-elle peur de l'engagement, ou préférait-elle couper court par crainte d'être à nouveau quittée ? Comment Bree pouvait-elle être certaine que sa sœur avait surmonté la blessure narcissique résultant de toute rupture ? Et pourquoi ne s'était-elle posé aucune de ces questions quand elle était en vie ?

— Je sais, reprit-elle d'une voix tremblante, qu'il n'est pas facile d'écouter les conseils de gens plus âgés — spécialement des parents. Surtout lorsqu'ils s'énervent et se mettent à crier pour un oui pour un non. Mais tu dois te dire que c'est parce qu'ils t'aiment, Cindi… Si j'ai un conseil à te donner, c'est de bien apprécier le temps que tu passes en compagnie de tes parents et de ta sœur, car ils ne sont pas là pour toujours. Et si je peux en ajouter un autre : ne sois pas trop pressée de donner ton cœur — ni même ton corps. Il est parfois difficile de récupérer l'un et l'autre, dans un certain sens.

Bree se leva et ramena leurs assiettes à la cuisine avant que la jeune fille ne s'aperçoive qu'elle allait se mettre à pleurer. A son âge, comment aurait-elle pu savoir que les parents ne sont pas éternels, pas plus que les frères et sœurs ?

Mais la question qu'avait soulevée Cindi la tourmentait toujours. Daria avait-elle réussi à surmonter sa rupture avec Josh Austin ? Bree le pensait. Ou, plus exactement, elle avait voulu le croire. Mais à présent, elle n'était plus sûre de rien. Même pas d'avoir véritablement connu sa sœur jumelle, la personne qu'elle avait crue la plus proche d'elle au cours de toutes ces années.

Cole et Manny jetèrent un coup d'œil à l'extérieur du Gator Watering Hole avant d'y entrer. Un soleil de plomb ayant succédé à l'épisode pluvieux, ils avaient l'impression d'évoluer au milieu d'un gigantesque bain de vapeur.

Ils trouvèrent sans difficulté le pont sur lequel Bree et son assaillant avaient basculé dans l'eau. Ils virent également un couple d'alligators qui se doraient au soleil non loin de là, aussi décidèrent-ils de remettre à plus tard — beaucoup plus tard — les investigations pour retrouver la clé à molette.

Il y avait peu de chances d'y retrouver des empreintes, et encore moins que la police se donne la peine de les identifier quand bien même il y en aurait.

— Cette femme survit à tout, murmura Cole non sans une certaine admiration. Elle nage parmi les requins en pleine tempête, survit à la foudre, manque de peu de se noyer, et, pour couronner le tout, elle vient narguer les alligators en pleine nuit sans se faire croquer.

— Les chats ont paraît-il plusieurs vies, renchérit Manny tandis qu'ils rebroussaient chemin. Combien, déjà ?

— Neuf. J'espère pour elle qu'il lui en reste au moins cinq. Si ça continue comme ça, elle risque d'en avoir besoin.

Pour toute réponse, Manny se contenta d'un grognement.

Ils pénétrèrent dans l'établissement d'un pas tranquille et s'installèrent de biais par rapport au bar, afin d'embrasser toute la salle du regard. L'endroit paraissait beaucoup plus animé que lorsque Bree y était passée. D'après la description qu'elle lui en avait donnée, Cole déduisit que le barman était le même que la veille. Il lui suffit d'un regard pour saisir également qu'il n'était pas ravi de voir Manny, comme si la présence d'un seul Mexicain dans son si prestigieux café pouvait constituer l'avant-garde d'une invasion au paradis des bouseux. Juste pour lui porter un peu plus sur les nerfs, Cole passa sa commande en espagnol.

— *Dos cervezas, aqui* — Mountain Brewed.

L'homme arqua un sourcil broussailleux.

— Je n'en vends pas beaucoup, de celles-là. J'en ai juste quelques-unes en réserve, pour un client occasionnel.

— C'est vrai ? C'est peut-être un ami à moi. Baraqué, cheveux sombres, toujours dehors…

A présent très nerveux, le barman saisit un décapsuleur et déboucha la première des deux canettes.

— Ça se pourrait bien, admit-il. Je ne l'ai jamais vu. C'est toujours… une connaissance qui vient prendre sa commande au bar pour lui.

Cole envisagea de ne pas révéler qu'il connaissait Bree. Il y renonça en se disant qu'une approche plus directe et plus franche, d'homme à homme, se révélerait sans doute plus fructueuse. Il espérait ne pas avoir à se montrer trop rude, même s'il y était préparé. Il était facile de comprendre qu'au premier faux pas ils se retrouveraient, Manny et lui, avec chaque homme présent dans la salle sur le dos.

— Nous sommes des amis de la femme qui est venue ici hier après-midi, expliqua-t-il à mi-voix. Celle qui vous a commandé un panaché et qui a emporté les deux Mountain.

Sur la défensive, le barman passa à la contre-attaque.

— Qu'est-ce que vous avez tous avec ce type que vous recherchez ? Je jure devant Dieu que je ne connais pas son nom, et je ne sais pas non plus pourquoi une poulette aussi classe que votre amie vient jusqu'ici pour le rencontrer.

Avec un sourire salace, il ajouta :

— Enfin… je crois que j'en ai une petite idée.

— Bess a-t-elle pu jeter un coup d'œil détaillé sur lui ?

L'homme parut inquiet de l'entendre prononcer le nom de la cuisinière, mais il lui répondit sans élever la voix :

— C'est quoi, le problème ? Ce type a plaqué votre copine ou quelque chose comme ça ?

— Quelque chose comme ça, répondit Cole. Je pourrais parler à Bess, une seconde ?

— Elle est occupée à frire du poisson.

— Nous aussi, on a du poisson à frire. Voyez-vous, si je pouvais juste lui parler un instant, je me sentirais moins enclin à aller expliquer à la police que mon amie a été attaquée en sortant d'ici par un type armé d'une clé à molette. Selon moi, la description de son agresseur pourrait coller avec celle de l'amateur de Moutain Brewed, mais je pourrais laisser les flics faire leur boulot et tirer leurs propres conclusions. Ils pourraient commencer par fureter à droite à gauche, vérifier votre licence, questionner vos clients, et…

— Laissez tomber, je connais la chanson…, marmonna le barman en contournant son bar pour les rejoindre. Suivez-moi, c'est là derrière. Et nous n'avons pas besoin non plus qu'un inspecteur de l'hygiène aille faire un tour en cuisine, au cas où ce serait votre prochain couplet.

La description que Bess leur fit de l'homme mystère ne fut pas plus précise que celle que le barman avait donnée à Bree. Une fois que celui-ci les eut laissés seuls et que Cole et Manny firent mine de partir, elle ajouta cependant :

— Il y a quand même un truc bizarre, maintenant que j'y repense.

— Oui ? l'encouragea Cole. Chaque détail peut nous être utile, vous savez…

— Parfois, j'ai eu l'impression que ce n'était pas le même type qu'elle rejoignait là-derrière. Comme si… elle se faisait quelques clients — vous voyez ce que je veux dire — pour quelques biftons. A votre place, je lui poserais la question.

La main de Cole s'abattit si fort sur le plan de travail que les couteaux qui s'y trouvaient rebondirent en cliquetant. Bess, surprise de sa réaction, se tassa sur elle-même et en ramassa un, qu'elle brandit devant elle.

— Je ne voulais pas médire, bougonna-t-elle. J'ai juste dit la vérité. Et si elle ne vous plaît pas, vous n'avez qu'à vous tirer d'ici avant que j'appelle Jerry.

Manny remonta dans l'estime de Cole en venant tout

de suite se placer dos à lui pour surveiller la porte, au cas où Bess appellerait le dénommé Jerry. Les mâchoires crispées, les dents serrées, Cole s'efforça de garder son calme pour demander :

— Ces autres types, qu'elle était censée rencontrer, vous pourriez les décrire ?

— Qu'est-ce que vous croyez ? Il fait noir comme dans un four, dehors. Et mon boulot, c'est de faire la cuisine et la vaisselle, pas de jouer les concierges. Il m'arrive simplement de jeter un coup d'œil par la fenêtre, c'est tout. Ce n'était pas toujours le même gars. Il y en avait au moins deux, l'un plus grand et plus mince que l'autre. C'est tout ce que j'ai à vous dire.

Cole se passa nerveusement la main dans les cheveux.

— Je vous remercie de votre aide, dit-il. Et j'apprécie votre franchise.

Mais, en sortant du bar, il envisageait sérieusement de ne pas se montrer aussi franc vis-à-vis de Bree…

Quand la pluie eut cessé, Lucinda voulut aller s'installer sous la véranda pour prendre l'air et jeter un coup d'œil à ce qui se passait dans la marina. Bree accueillit cette suggestion sans enthousiasme. Tant que Cole ne serait pas revenu, par crainte de son agresseur, elle hésitait même à se montrer à la fenêtre.

Une telle réaction de peur la rendit furieuse contre elle-même. Elle n'était pas plus disposée à devenir une victime qu'une recluse. Bien sûr, elle désirait se montrer dorénavant plus prudente. Mais, que le but de son assaillant ait été de lui faire peur ou de la réduire au silence pour de bon, elle n'était pas décidée à coopérer ou à régler sa vie en fonction de la menace qu'il faisait peser sur elle.

— Bonne idée, finit-elle par répondre. Pourquoi n'irais-tu pas nous chercher deux verres de thé glacé ? Mais j'ai peur que les meubles de la véranda soient encore trempés. Tu pourrais déverrouiller la porte-fenêtre et l'ouvrir en grand, pour que nous puissions nous installer devant, en attendant que cela sèche.

Pendant que son invitée s'affairait dans la cuisine, Bree fit un détour par la salle de bains et passa un coup de brosse dans ses cheveux encore humides. Puis, dans le hall, elle se figea un instant, les yeux posés sur la porte de Daria. Ce que Manny lui avait raconté de ce temple que Sam Travers était supposé avoir élevé à son fils lui revint à l'esprit. Si un tel endroit existait, nul doute qu'il y conservait des photos et des souvenirs chers à son cœur. Bree ne tenait pas à devenir à ce point obsédée par le souvenir de sa sœur. Et elle ne doutait pas que Daria n'aurait pas aimé cela non plus.

Pourtant, après l'enterrement, il lui faudrait se résoudre à aller mettre de l'ordre dans ses affaires. Elle donnerait une partie de sa garde-robe aux œuvres de l'église. Elle garderait quelques souvenirs précieux, bien sûr, et en offrirait un certain nombre à Amelia. Lors de sa fouille rapide, la veille, Bree avait repéré sur des cintres quelques vêtements neufs, que sa sœur n'avait pas eu le temps de porter. Peut-être en garderait-elle quelques-uns. Les adopter pourrait l'aider à se sentir plus proche de celle qui allait énormément lui manquer. Avec un sourire ému, Bree se rappela combien elles aimaient de temps à autre échanger leurs affaires, toutes les deux…

Cédant à une impulsion irrésistible, Bree ouvrit la porte de la chambre de Daria et jeta un coup d'œil à l'intérieur.

Un cri de surprise faillit lui échapper, qu'elle étouffa sous ses deux mains. Brutalement réveillée, la douleur de sa coupure à la lèvre se rappela à elle.

Certes, songea-t-elle, sa sœur avait laissé dans la pièce un certain désordre, qu'elle avait dû contribuer elle-même à ne pas arranger. Mais pas au point de laisser derrière elle un tel chantier… Et puisque personne n'était venu chez elle en son absence, qu'avait-il bien pu se passer ?

L'oreiller, sur le lit, avait été défait de sa taie. D'autres changements plus subtils lui accrochèrent le regard. Sur le mur, une reproduction d'une photo qu'elles avaient prise en Grèce se retrouvait légèrement penchée. D'un tiroir qu'elle avait elle-même soigneusement refermé pendait un bas noir. Et deux paires de chaussures, sous le lit, qui avaient jusque-là été masquées par le bout de la couverture, étaient à présent tout à fait visibles.

En tremblant, elle se pencha et regarda derrière la porte sans rien y découvrir de suspect. Puis elle se résolut à entrer pour aller vérifier sous le lit et dans le placard. Dans celui-ci, il lui sembla que les vêtements avaient été dérangés. Décidée à en avoir le cœur net, Bree ouvrit le tiroir de la commode qu'elle avait déjà fouillé. Et, là, elle eut la preuve de ce qu'elle redoutait. Elle eut beau fouiller dans le bric-à-brac qui s'y trouvait, le sous-verre à l'enseigne du Gator Watering Hole n'y était plus.

La première réaction de Bree fut d'appeler Cole sur son portable. Elle y renonça en se rappelant qu'elle avait donné à Amelia une clé de l'appartement. Cette preuve de confiance l'avait à ce point réjouie qu'elle n'aurait pas été plus fière et heureuse de recevoir le Saint-Graal… Peut-être sa sœur aînée avait-elle fait un saut chez elle alors qu'elle n'y était pas pour récupérer quelques affaires de Daria ?

Passer sans prévenir, pourtant, ne lui ressemblait guère. Au moins aurait-elle laissé une note si elle l'avait fait.

Une autre explication s'offrait à elle, mais qui n'était pas pour la réjouir. Manny n'ignorait pas l'existence d'un double des clés dans un des tiroirs du bureau de Bree. Il avait été là une partie de la journée, la veille, alors qu'elle-même était absente et que Lucinda faisait le ménage dans l'arrière-boutique…

Troublée, Bree rejoignit celle-ci au salon. La jeune fille avait posé les deux verres sur la table basse, à côté de l'orchidée orange que lui avait offerte Cole à l'hôpital, et ouvert la double porte-fenêtre. Une douce brise marine pénétrait dans la pièce.

— Désolée d'avoir été si longue, s'excusa Bree.

— Aucun problème, répondit-elle. Au fait… je n'ai pas eu à déverrouiller la porte, comme tu me l'as demandé. Elle n'était pas fermée.

Tout sourires, elle se retourna pour faire face à Bree, mais son sourire se fana et ses yeux s'écarquillèrent dès qu'elle la vit.

— Ça va ? s'inquiéta-t-elle. On dirait que tu as vu un fantôme…

# 14

En souriant à Bree, Cole déverrouilla la porte de son bureau de Turtle Bay, derrière lequel était ancré le *Streamin'* et un yacht sur lequel il était en train de travailler.

— Je ne suis pas sûr d'avoir envie de te montrer le tableau qui se trouve accroché là-dedans, dit-il. Je sais que la bonne vieille tactique consiste pour un homme à inviter une jolie femme à admirer ses estampes, mais j'ai peur que celle-ci te provoque un choc.

Ils venaient de quitter la maison d'Amelia et Ben, où ils avaient été invités à un brunch familial et dominical. Cole était tombé sous le charme de leurs deux fils — quoique de manière tout à fait différente de ce qu'il ressentait pour Bree. Si grand était son désir de la protéger qu'il avait convaincu Manny de ne rien lui dire de ce qu'ils avaient appris à propos de Daria. Il devait exister une explication au fait que selon Bess elle avait rencontré au moins deux hommes à l'extérieur du Gator Watering Hole. Il préférait prendre son temps et trouver le moment favorable pour lui annoncer la nouvelle. Peut-être dans l'après-midi, quand ils seraient en mer.

En ce dimanche de nouveau ensoleillé et chaud mais que balayait une forte brise, Cole avait décidé de conduire Bree sur le site de Trade Wreck, où elle avait vu Daria pour la dernière fois. Il savait qu'elle avait besoin de tels moments de recueillement pour faire son deuil et se reconstruire. Non seulement Bree venait de perdre sa sœur jumelle dans des circonstances tragiques, mais elle était de plus ébranlée par la découverte qu'elle ne connaissait pas celle-ci aussi bien qu'elle l'avait cru.

— Un tableau ? s'étonna-t-elle. Quel genre de tableau ? Une femme nue, ou quelque chose de ce genre ? Nous avions pensé acheter une toile représentant deux sirènes, pour notre bureau. Mais toutes celles que nous avons trouvées étaient *topless*, et nous nous sommes dit que cela pouvait induire le client en erreur sur la nature de nos activités…

Ils venaient de pénétrer dans le bureau, et le grand tableau accroché sur le mur du fond attira immédiatement le regard de Bree.

— Oh ! s'exclama-t-elle. Je vois ce que tu voulais dire.

Elle s'approcha, et durant un long moment, pendant que Cole refermait la porte derrière eux, elle admira l'œuvre en silence.

— J'ai déjà vu cette peinture, murmura-t-elle enfin. Sans doute dans un livre.

Cole, qui l'avait rejointe et s'était posté derrière elle, posa doucement les mains sur ses épaules. Bree prit appui contre lui et poursuivit :

— Quelle puissance, quel sens du mouvement…

— C'est la plus grande reproduction que j'ai pu trouver de mon tableau favori, expliqua-t-il. Une œuvre de Winslow Homer intitulée *The Gulf Stream*. C'est pour cette raison que j'ai baptisé mon affaire Gulf Stream Yacht Interiors et mon bateau *Streamin'*. J'y vois une image de ma philosophie dans l'existence, surtout quand les temps sont durs.

Le pouls de Cole s'accéléra. Peut-être le moment était-il

venu d'annoncer à Bree la mauvaise nouvelle, sans attendre leur sortie en mer ? Mais avant qu'il ait pu s'y résoudre, elle lui demanda :

— Ce sont des requins bouledogues que l'on voit le long du bateau, n'est-ce pas ?

— Exact. Mais ce qui me plaît le plus dans ce tableau…

— C'est que le sloop qui y est représenté ressemble au tien, l'interrompit-elle. Et comme le tien le jour où tu m'as sauvée, il protège le marin qui s'y trouve de l'attaque des requins.

— C'est vrai, reconnut Cole. Mais ce qui me plaît plus que tout cela encore dans cette œuvre, c'est que le marin est parfaitement calme et maître de lui. Le mât est brisé, mais le sloop ne prend pas l'eau et n'est pas en train de sombrer. Malgré la tornade qui menace à l'horizon et le danger qui rôde dans l'eau, il sait qu'il s'en sortira.

Bree se redressa et se retourna entre ses bras pour lui faire face. Cole aurait voulu la serrer fort contre lui, mais il la fixa au fond des yeux et se décida à lui dire la vérité.

— Je ne t'ai pas dit tout ce que Manny et moi avons appris hier. Bess, la cuisinière, est formelle. Selon elle, ce n'est pas un mais deux hommes que Daria rencontrait à l'extérieur de ce bar.

— Cela expliquerait, hasarda-t-elle, pourquoi le barman m'a servi un panaché et *deux* Mountain Brewed…

Cole comprit qu'elle ne saisissait pas les implications de ce qu'il venait de lui révéler. Sans doute était-ce mieux ainsi, mais il lui devait toute la vérité.

— Ces deux hommes, précisa-t-il, elle ne les voyait pas ensemble. Elle les voyait séparément.

Mais Bree paraissait tenir à son idée.

— Peut-être rencontrait-elle deux étudiants de son cours

à l'extérieur, poursuivit-elle d'un ton songeur. J'avoue que je n'ai pas envie de retourner là-bas pour aller à la pêche aux informations. De toute façon, je ne vois pas ce qui aurait pu rendre ces rencontres si secrètes qu'elles devaient avoir lieu la nuit en pleine cambrousse…

Cole en était sûr à présent. Autant qu'elle le pouvait, elle tournait autour du pot. Probablement pour ne pas admettre que Daria pouvait avoir mené une vie secrète basée sur le mensonge.

— A moins que…, reprit-elle d'une voix pleine d'espoir. Viv Holliman a les cheveux très courts. C'est peut-être avec eux que Daria avait rendez-vous… Pour discuter affaires… A des moments différents, mais…

Sa voix mourut progressivement sur ces mots. Cole la vit frissonner. Elle baissa les yeux. Sans doute avait-elle fini par se rendre compte de ce qu'elle faisait.

— Sois franc avec moi, maugréa-t-elle. Tu penses que je me raccroche aux branches, n'est-ce pas ?

Cole n'eut pas le courage de lui répondre. Bree se lança dans un nouveau monologue.

— Imaginons qu'elle ait eu des rendez-vous avec deux hommes. Imaginons que l'un d'eux, maladivement jaloux, s'en soit aperçu — ou même les deux. Ne s'en seraient-ils pas plutôt pris l'un à l'autre ? Tu penses qu'un des deux peut avoir voulu lui faire payer son infidélité et qu'il a pu se laisser entraîner à la tuer ?

— Je ne sais pas ce que je pense, reconnut Cole. Nous disposons de trop peu d'éléments pour élaborer une théorie plausible. Les pièces du puzzle sont encore trop éparses.

Bree se laissa aller contre lui et posa la joue sur sa poitrine comme pour y puiser du courage.

— Je ne suis pas sûre de pouvoir supporter la journée de demain, reconnut-elle. Surtout avec cette nouvelle hypothèse effrayante. Je veux dire… Si quelqu'un s'en est pris à Daria comme on s'en est pris à moi, nous allons devoir convaincre la police de reprendre l'enquête. Peut-être est-elle tombée accidentellement sur la barre alors qu'elle se disputait avec quelqu'un. Mais pour l'avoir abandonnée sur le bateau en pleine tempête, la personne en question peut être accusée d'une sorte… d'homicide indirect.

— Homicide par imprudence, précisa Cole.

— C'est cela. S'il s'avère que ce n'est pas un accident, je dois exiger en mémoire de Daria que justice soit faite. Et si son agresseur venait assister à son enterrement ? Il paraît que les assassins ressentent parfois l'impérieuse envie de s'y montrer ou de se rendre sur la tombe de leur victime. Qui aurait bien pu la tuer ? Et pourquoi ?

Cole prit son visage en coupe entre ses mains et essuya avec les pouces les larmes qui coulaient sur ses joues.

— Avant toute chose, dit-il calmement, concentrons-nous sur les funérailles. Il sera toujours temps ensuite de trouver de nouveaux éléments pour que la police rouvre l'enquête. Il faut empêcher que quiconque puisse entrer dans la chambre de Daria. Peut-être sera-t-il possible de relever les empreintes de ton mystérieux visiteur, mais s'il est assez habile pour s'introduire chez toi en ton absence, n'y compte pas trop. J'ai au moins une bonne nouvelle : quand je suis allé voir Dom Verdugo à Miami pour accepter le contrat qu'il me proposait, j'ai réussi à le convaincre de venir amarrer son casino flottant dans la marina de Turtle Bay. Ainsi, je pourrai rester dans le coin pour t'aider. Je lui ai suggéré que ce serait une bonne opération de publicité de permettre aux gens des environs de pouvoir visiter son navire. Je crois qu'il envisage d'organiser une petite fête en mer à l'intention des notables du coin. Sans les jeux, bien entendu.

— Je croyais que tu étais farouchement opposé à l'arrivée de l'industrie du jeu ici ?

— Je le suis. Mais je pense que si la mort de Daria n'est pas accidentelle et qu'il nous faut des suspects, Verdugo mérite d'être placé en tête de liste. J'ai déjà eu affaire à plus d'un de ses employés qui pourrait correspondre au portrait-robot de ton agresseur.

— Personnellement, j'y ajouterais bien Ric, le plongeur de Sam, même s'il a accepté de nous accompagner dans une plongée difficile pour retrouver le corps.

A contrecœur, Cole laissa Bree desserrer leur étreinte. Elle alla ramasser la couronne de fleurs qu'elle avait déposée au pied du mur avant de s'exclamer avec un entrain forcé :

— Allons-y, capitaine… Oh ! j'ai oublié la balise Pelican dans ta voiture.

— Je m'en occupe, assura Cole. Pendant ce temps, tu n'as qu'à aller choisir dans l'atelier un morceau de bois pour servir de flotteur à cette couronne.

Avant de se diriger vers la porte, Cole déposa un baiser léger sur les lèvres de Bree. En jetant un coup d'œil par la fenêtre du bureau, à l'extérieur, il vit qu'elle s'attardait un instant encore devant l'image saisissante du sloop pris dans la tempête et assailli par les requins.

— Je peux te poser une question ? demanda distraitement Ben à Amelia.

Ils étaient installés côte à côte au bord de leur piscine, dans la pataugeoire de laquelle leurs deux fils faisaient naviguer de petits bateaux en bois.

Choisissant d'interpréter le silence de sa femme comme un acquiescement, Ben poursuivit :

— Comment se fait-il que le fait de passer plus de

temps avec Bree ne te rende pas plus heureuse ? Je ne dis pas que la disparition de Daria ne soit pas une explication suffisante — ne me fais pas dire ce que je n'ai pas dit —, mais tu as l'air de plus en plus déprimée. Bree elle-même paraît supporter le choc mieux que toi, alors qu'elle a perdu beaucoup plus…

— Comment oses-tu dire une chose pareille !

Raide d'indignation, Amelia jeta dans sa chaise longue le livre sur les processus de deuil dans lequel elle essayait en vain de se plonger. Son mari, lui, avait installé près de lui une pile de procès-verbaux à lire.

— Ne le prends pas sur ce ton, protesta Ben calmement. Je disais juste qu'étant sa vraie jumelle et vivant avec elle en permanence Bree avait plus de raisons d'être affectée par la mort de Daria. Chérie… Laisse-moi appeler notre médecin pour qu'il te prescrive un calmant. Cela t'aidera à supporter la journée de demain.

— Surtout pas ! lança-t-elle en lui saisissant vivement le poignet. Je préfère ne pas être droguée pour ne pas dire des choses que je ferais mieux de garder pour moi.

— Quoi, par exemple ?

— Tout ce que je veux dire, c'est que tes amis seront là, et tout un tas de gens très importants, comme c'est à prévoir. Les Austin. Peut-être même Marla Sherborne. Cela va être un événement médiatique, et je ne veux pas attirer l'attention en paraissant aussi comateuse qu'un zombie.

Ben mit son travail de côté et fit basculer ses jambes entre leurs deux chaises longues. Alors qu'il se penchait pour se rapprocher de sa femme, la voix geignarde de son fils Jordan vint l'interrompre.

— P'pa ! C'est mon bateau qui a gagné la course. Jamie dit que c'est pas vrai, mais c'est moi qui ai gagné !

— Vous avez intérêt à vous réconcilier immédiatement !

s'impatienta Ben. Ou alors vous rentrez tous les deux à la maison. J'essaie de parler à votre mère.

— Tu essaies…, répéta Amelia d'un air caustique. Ce qui signifie que tu n'y parviens pas.

— Ne commence pas ! Je sais que tu vis dans un terrible stress depuis quelques jours et je comprends que…

— Non, tu ne comprends pas ! le coupa-t-elle sèchement. Pas vraiment. Ben… Tu es un excellent juriste et tu es mon mari. J'ai quelque chose à te dire, qui explique en partie pour quelle raison je me sens si mal en ce moment.

Instantanément, l'expression de Ben changea. Amelia eut l'impression que son mari était à présent plus sur ses gardes qu'inquiet pour elle. Ses épaules s'étaient redressées. Son regard était plus inquisiteur et presque intimidant. Il lui fallait pourtant se confier à quelqu'un, au moins en partie, sans quoi elle allait finir par craquer et ne serait plus pour la difficile journée du lendemain qu'une harpie déchaînée.

— J'ai vu Daria le jour où elle est morte, avoua-t-elle d'un trait, pour ne plus pouvoir faire marche arrière.

— Tu ne m'en as rien dit, souligna Ben. Pourquoi ?

— Je t'en prie, c'est assez difficile comme ça, gémit-elle. Ne commence pas à m'interrompre. Tu sais que sa naissance a causé la mort de ma mère.

— Oui, mais on peut difficilement lui en faire grief. Il n'y avait aucune préméditation de sa part…

— Vas-tu enfin m'écouter ! lança-t-elle entre ses dents serrées.

Elle se serait volontiers laissée aller à crier, mais ses fils auraient tout entendu.

— Je sais…, reprit-elle d'une voix radoucie. Je sais que tu as l'habitude de mener des interrogatoires, mais pour une fois je te demande de me laisser parler sans me couper la parole.

Intrigué, Ben acquiesça d'un bref hochement de tête. Il avait l'air de retenir son souffle. Satisfaite, Amelia se lança.

— J'avais rendez-vous avec elle ce matin-là pour un petit déjeuner tardif au Grog Shop, ce restaurant à l'extrémité de la marina de Turtle Bay. Je lui avais demandé de ne pas en parler à Bree. Je crois que j'avais en tête de les séparer, de les diviser pour mieux les conquérir — quelque chose comme ça. Je ne sais pas ce qui s'est passé, mais dès que nous nous sommes retrouvées sur le dock, je lui ai dit que j'en avais plus qu'assez d'être laissée pour compte. Je lui ai dit que notre père m'avait tenue à l'écart, peut-être parce que je ressemble beaucoup à ma mère, comme s'il ne supportait pas que ma présence la lui rappelle constamment.

Amelia baissa les yeux et se tut, la gorge nouée.

— Continue, l'encouragea Ben.

— Elle a dit..., reprit-elle difficilement. Elle a dit que si quelqu'un devait lui rappeler notre mère défunte, c'était bien elle et Bree. Et que cela ne les avait pas empêchées, toutes les deux, de se sentir proches de notre père.

— C'est tout ? s'étonna son mari quand elle se cantonna dans un silence morose.

Lentement, Amelia secoua la tête.

— Je... je ne sais pas ce qui m'a pris. Je lui ai crié qu'elle n'était qu'une égoïste, que je la détestais. Cela ne l'a pas démontée pour autant... Elle m'a ri au nez, et elle m'a dit : « Amelia, il faudra bien que tu grandisses un jour et que tu te débarrasses de cette croyance absurde que papa ne t'aimait pas. » Tu te rends compte ? Elle a osé parler de « croyance absurde » ! Alors je... je l'ai poussée. Mais ça non plus ça n'a pas suffi. Elle m'a poussée à son tour, plus fort. J'ai failli me prendre les pieds dans une bitte d'amarrage et tomber à l'eau, mais ça, elle s'en fichait ! Et ne me dis pas que c'est moi qui avais commencé, je ne suis plus une gamine ! Daria et Bree sont la cause et la source de mes problèmes depuis le départ ! D'abord, elles m'ont fait perdre ma mère, et ensuite, d'une autre manière, elles m'ont enlevé mon père aussi !

Quand elle eut terminé, Ben se contenta de la dévisager un long moment sans rien dire. Elle pouvait presque entendre tourner les rouages de son esprit de juriste tandis qu'il passait son histoire au crible, examinait ses motivations, recherchait la moindre faille.

— Il n'y a rien de plus ? demanda-t-il enfin posément. C'est la dernière fois que vous vous êtes vues, et c'est parce que vous vous êtes disputées que tu te sens si mal ?

Prise de tremblements, Amelia hocha longuement la tête.

— Je ne dirai rien de tout ceci à personne, conclut Ben. A moins que les besoins d'une éventuelle enquête ne l'exigent ultérieurement. Je suppose que vous n'êtes pas allées prendre votre petit déjeuner ensemble après cette scène, ce qui limite les risques que quelqu'un vous ait vues. Amelia… Tu dois trouver la force en toi de te débarrasser de ces sentiments négatifs qui t'empoisonnent depuis l'enfance. Que cela te plaise ou non, je vais prendre pour toi un rendez-vous chez un psychothérapeute de mes connaissances. Il n'y a rien de plus que ce que tu viens de me raconter, n'est-ce pas ?

Amelia réalisa alors qu'elle continuait machinalement à hocher la tête.

— Non, dit-elle en secouant la tête de droite à gauche.

Naturellement, il y avait bien plus à avouer, mais le peu

de ce poison qu'elle s'était décidée à évacuer l'aiderait peut-être à survivre à la journée du lendemain. Combien elle trouvait ridicules ces téléfilms dans lesquels le coupable se résout à tout avouer, généralement en plein tribunal ou devant une assemblée médusée au cimetière…

— P'pa ! M'man ! hurla Jordan. Il me regarde vraiment avec des yeux méchants ! Dites-lui d'arrêter ! Tout est sa faute !

— Ça suffit maintenant ! cria Ben en se dressant de son siège. Je vais venir jouer les policiers, et le premier qui triche ira en prison dans sa chambre !

En quelques bonds, il fut au bord de la piscine. Du côté le plus profond, roulé en boule, il effectua un spectaculaire plongeon, pour la plus grande joie de ses fils. Les yeux fixes, Amelia regarda s'écraser sur les bords de la piscine la vague qu'il avait soulevée, tandis que résonnaient sans fin dans sa tête les paroles vengeresses du petit Jordan. *Tout est sa faute… sa faute… sa faute…*

— Puisque le noir est censé être la couleur du deuil, expliqua Bree à Cole qui venait de la rejoindre, j'ai choisi ce bois sombre.

Elle aimait l'odeur qui baignait son atelier bien éclairé, dans lequel se trouvaient soigneusement empilées des billes de bois débitées en planches. Son établi était installé près d'une baie donnant sur l'extrémité de la marina et sur le restaurant Grog Shop. Cole lui avait expliqué qu'il y prenait nombre de ses repas, quand il ne se faisait pas livrer de la nourriture à son bureau. Manifestement, il était entièrement dévoué à son travail, tout comme elle-même l'était au sien.

— C'est du wenge, un bois africain, expliqua-t-il. Très bon choix. Une essence très dense, avec très peu de grain.

Posant sur l'établi la balise Pelican qu'il était allé chercher dans sa voiture, il prit le temps de fixer convenablement sur le flotteur en bois la couronne de fleurs d'hibiscus et de plumbago jaunes et bleues. Puis, munis de leur chargement, ils sortirent et gagnèrent l'arrière du bâtiment pour rejoindre le *Streamin'*.

Bree était soulagée de voir des nuages masquer le soleil de temps à autre. Il lui semblait parfois que son ouïe n'était plus aussi affûtée qu'elle l'avait été après son accident, mais elle restait extrêmement sensible à la lumière. Peut-être était-ce ce qui l'avait aidée à repérer les débris du *Mermaids II*.

Le *Streamin'* fila sur les eaux de la baie à vive allure, comme s'il lui tardait de repartir en course. Le vent était porteur, mais Bree ne doutait pas que Cole aurait pu barrer son navire même dans de moins bonnes conditions. Il y avait des gilets de sauvetage à portée de main, ce qui lui semblait totalement inutile avec lui à la barre. Pourtant, songea-t-elle alors que le bateau quittait la baie pour s'engager dans les eaux plus agitées du golfe, ce qu'elle avait appris récemment de la vie de Daria aurait dû l'inciter à ne plus accorder sa confiance si totalement à quiconque. Aimer quelqu'un ne signifiait pas nécessairement pouvoir se reposer totalement sur lui.

Le vent jouait avec sa chemise et ses cheveux. Bree était heureuse de prendre la mer et de laisser la terre et ses soucis derrière elle, mais elle ne pouvait se départir d'une certaine angoisse sous-jacente. D'une certaine manière, sa sœur ferait désormais partie intégrante de l'océan et de ses mystères. Ce vaste continent liquide avait offert à Daria ses plus grandes joies, mais il lui avait également pris sa vie.

Du moins, s'il fallait en croire les autorités. Car si elle ne pouvait nier que sa sœur était morte noyée, Bree était de moins en moins convaincue par la théorie de l'accident.

Elle en venait presque à se demander si elle n'aurait pas dû consentir à une inhumation au fond de l'eau. Peut-être aurait-elle pu accepter l'offre des Holliman, si elle avait eu le sentiment de pouvoir leur faire confiance. Ils avaient trop l'air de margoulins pour que l'on puisse se fier à eux. Mais en fait, se demanda-t-elle, de qui pouvait-elle être sûre ? Il ne fallait pas exclure la possibilité que quelqu'un, dans leur entourage, ait pu leur en vouloir au point de causer la mort de Daria, et de presque réussir à provoquer la sienne.

— Bree ? fit Cole, la tirant de ses pensées. Tu disais connaître par cœur l'emplacement du site ?

Bree acquiesça tristement d'un signe de tête. Désormais, l'emplacement du site de Trade Wreck resterait à jamais gravé dans son cœur — dans son cœur brisé.

— Nous n'en sommes plus très loin, répondit-elle. Donne-moi juste une seconde.

Bree chercha des yeux sur le rivage la jetée de Naples, puis Gordon Pass au sud, avant de relier ces deux points avec le grand toit rouge du Ritz Carlton Hotel au nord.

— Oui, nous y sommes…, confirma-t-elle. Il faudrait jeter l'ancre un peu plus au sud pour ne pas abîmer la prairie sous-marine. A ce propos, il faudra que je trouve quelqu'un pour m'aider à aller voir dans quel état elle se trouve mardi matin, avant de rendre mon rapport à la Commission dans l'après-midi.

— Tu penses pouvoir te tirer seule de cette plongée et de la présentation de ce rapport — je veux dire : sans Daria ?

— Oui, je le peux ! répondit-elle d'une voix forte. Et

je le dois. S'il y a un coupable embusqué quelque part, peut-être cela le forcera-t-il à sortir du bois.

— Je ne te laisserai pas jouer les appâts ! protesta Cole avec fermeté. Et je ne te laisserai pas non plus descendre au fond toute seule. Je t'accompagnerai. Si tu me promets de ne pas entrer dans l'épave…

Bree acquiesça en hochant la tête. Cole, tout occupé à ferler les voiles et à jeter l'ancre, ne la vit pas. Mais quand elle s'apprêta à soulever la couronne pour la jeter par-dessus bord, il vint l'aider, ce dont elle lui fut reconnaissante. Les effets de sa lutte de la veille avec son agresseur se faisaient encore sentir. Son corps était perclus de courbatures, et il se couvrait de bleus passant par toutes les nuances de l'arc-en-ciel à divers endroits qu'elle n'aurait jamais osé lui montrer.

Ce qu'elle apprécia également, ce fut de constater que s'il la soulageait du poids de la couronne, il la laissait libre de la jeter où elle voulait. Le *Streamin'* commença à donner de la gîte. Cole dut faire contrepoids en se penchant à bâbord et la laissa achever de mettre à l'eau la couronne.

L'espace d'un instant, Bree crut qu'elle ne pourrait s'y résoudre. La voix de la raison l'emporta. Comment pourrait-elle supporter les funérailles du lendemain, si déjà elle ne parvenait pas à se séparer d'une simple couronne de fleurs ?

Doucement, elle la lâcha, jeta la balise Pelican dotée d'une ligne de soixante pieds, et libéra l'ancre métallique circulaire dont elle avait équipé le flotteur de la couronne. La balise creva la surface, ses anneaux d'un rouge fluorescent brillant fortement au soleil. Les fleurs ressortaient bien sur le fond sombre du flotteur. Il se mit à dériver un peu, puis revint pratiquement en place en escaladant une vague plus haute que les autres.

Bree était reconnaissante à Cole qu'il lui laisse ce moment d'intimité. Pourtant, à cette minute, se faisait sentir en elle plus fortement que jamais le besoin de chercher refuge dans ses bras. Les yeux fixés sur les vertes profondeurs marines, elle se recueillit et laissa s'exprimer son cœur. *Je t'aime, ma Daria… Et je t'aimerai toujours, mais qu'as-tu fait ? Et dans quel guêpier es-tu allée te fourrer ?*

Seuls se faisaient entendre le clapotis du ressac sur la coque du navire et le souffle du vent dans la mâture. Bree s'étonna une fois encore de n'avoir pas perçu, le jour de la tempête, le bruit d'un moteur alors qu'elle était au fond. Si quelqu'un avait rejoint Daria à bord du *Mermaids II*, comment s'y était-il pris ? Peut-être sur un voilier ?

Avec cette idée en tête, elle sursauta lorsque Cole vint la rejoindre. Ils se laissèrent glisser sur le pont. Bree s'assit entre ses jambes écartées. Ses cogitations reprirent de plus belle. Si Cole avait été surpris par la tempête dans le secteur ce jour-là, d'autres skippers avaient tout aussi bien pu s'y trouver. Cela pouvait expliquer pourquoi elle n'avait pas entendu de bruit de moteur.

Lorsque Cole referma les bras autour d'elle, elle se laissa aller contre lui, touchée par le ferme soutien, tant moral que physique, qu'il lui offrait.

— Dis-moi…, commença-t-elle d'une voix songeuse. As-tu vu d'autres voiliers de sortie, mardi dernier ?

— Quelques-uns, répondit-il. Mais c'était au début de ma course, et ils m'ont paru bien éloignés.

— Eloignés de toi, insista-t-elle, ou de cet endroit ?

— Je vois où tu veux en venir, mais il va être difficile de vérifier ce genre de choses. Les mouvements des navires qui bénéficient d'un mouillage permanent dans une marina ne sont pas répertoriés, et il existe des tas de mouillages privés, pour toutes sortes de bateaux, le long de cette côte.

— Je suppose que tu as raison, approuva-t-elle avec un soupir. Je pourrais peut-être interroger la patrouille aérienne, mais ils ont déjà tellement contribué aux recherches… Reste à espérer que Dave Mangold sera bientôt de retour. C'est un ami pilote qui fait partie de la patrouille. Je lui demanderai s'il y avait des appareils en vol mardi dernier, et s'ils ont pu repérer juste avant la tempête des voiliers dans cette zone.

Bree resta pensive un moment.

— Cole…, ajouta-t-elle enfin à mi-voix. Si Daria a laissé quelqu'un l'approcher et monter à bord, c'était forcément quelqu'un qu'elle connaissait. C'est effrayant de l'imaginer ici même, accueillant en toute confiance une connaissance, inconsciente de ce qui allait lui arriver.

Cole lui caressa les cheveux.

— Il ne faut pas y penser, conseilla-t-il tout bas. Tu es ici aujourd'hui pour honorer sa mémoire. Et tu as également besoin de rassembler tes forces pour affronter ce qui t'attend demain.

Bree hocha la tête avec conviction, puis s'installa de manière à lui tourner le dos. Cole avait gardé un bras autour de sa taille. Les jambes repliées, Bree se laissa aller tout contre lui. Cela lui faisait du bien au bas du dos de se lover ainsi dans ses bras.

— En plus d'être mon ange gardien, dit-elle en posant la tête sur son épaule, tu es la voix de la raison.

Dans cette position, il pouvait aisément l'embrasser. Ce que Bree espérait d'ailleurs secrètement, pour des raisons qui n'avaient rien à voir avec ses courbatures. Et peu lui importait que cela puisse rouvrir la coupure qui lui entaillait l'intérieur de la lèvre.

— Quand tu es dans mes bras, répliqua Cole, je n'ai rien d'un ange et je me sens tout sauf raisonnable.

L'instant d'après, leurs lèvres se rejoignaient.

Ce fut leur premier véritable baiser, expression de leur envie et de leurs désirs mutuels. Cole l'avait jusqu'alors sauvée, réconfortée, protégée. A présent, Bree voulait plus.

Ils étaient bercés par le bateau qui se balançait sur l'onde. Leurs corps accompagnaient son mouvement, prenant appui l'un sur l'autre alternativement. Les lèvres de Cole se firent plus exigeantes sur celles de Bree. Il lui caressa fiévreusement les épaules, les bras, les hanches, les cuisses, avant de se porter sur ses seins. Bree s'arc-bouta, éperdue de désir. Elle percevait le souffle de Cole, aussi précipité que le sien. Dans les bras de cet homme, la douleur qui assiégeait son corps disparaissait, même si son cœur, lui, restait brisé.

Le *Streamin'* tirait sur sa chaîne d'ancre et agitait ses mâts. La coque en bois craquait et le bruit des vagues se fit soudain plus menaçant. Une brusque appréhension s'empara de Bree. Une autre embarcation était-elle sur le point de les aborder ? Elle se redressa vivement pour scruter les alentours, heurtant dans son mouvement le menton de Cole.

— Que se passe-t-il ? demanda-t-il, les sourcils froncés.

— Désolée, murmura-t-elle. Il m'avait semblé entendre quelque chose. Un autre… un autre bateau.

— Oui, moi aussi. La houle forcit. Nous ferions mieux de rentrer.

Après l'avoir une dernière fois serrée contre lui, Cole la lâcha et regagna la barre. Le regard de Bree se reporta sur la couronne de fleurs, qui subissait toujours l'assaut des vagues mais demeurait en place. Pour les prochaines vingt-quatre heures, se promit-elle, c'était ainsi qu'il lui faudrait résister à la pression des événements.

Après avoir remonté l'ancre, Cole hissa les voiles.

— Gare à la bôme ! lui cria-t-il en s'activant.

Bree baissa la tête et se mit à l'abri. Concentré, Cole fit faire demi-tour au navire. En le regardant faire, elle songea qu'il barrait son sloop avec autant de souplesse et d'habileté qu'il affrontait les craintes irrationnelles et les sautes d'humeur qu'elle lui infligeait. Mais ce qui l'étonnait davantage encore, c'était l'impression qui se fortifiait en elle de le connaître depuis toujours. Ce à quoi elle ne devait sans doute pas prêter trop d'importance. N'était-ce pas cette même erreur qu'elle avait commise, avec Daria ?

# 15

Le lendemain, pour les funérailles de Daria, un ciel gris s'appesantissait sur Turtle Bay et une petite brise soufflait du large. Ces conditions météo avaient le mérite de faire baisser la température dans l'église où la famille alignée recevait les condoléances de l'assistance. Autrement, la longue attente aurait été pour tout le monde plus éprouvante encore. La file était si longue qu'elle remontait toute l'allée centrale et se prolongeait à l'extérieur.

Quand ce fut au tour de Sam Travers de passer devant elle, Bree se raidit instinctivement.

— Condoléances, lui dit-il simplement.

Bree sentit qu'il retenait sa main dans la sienne. Avec une note d'amertume dans la voix, il ajouta :

— Ces obsèques font remonter à ma mémoire le souvenir de quelqu'un disparu bien trop tôt.

Ric et Lance se tenaient derrière lui. Intentionnellement, Bree fixa Ric avec attention, guettant sa réaction. Il ne cilla pas, mais sa joue gauche était balafrée par une coupure. Or, c'était de ce côté-là qu'elle avait fracassé la canette de bière sur le crâne de son assaillant. Bien sûr, ce n'était pas une preuve. Ric pouvait parfaitement s'être blessé dans le cadre de son travail ou en se rasant.

Décidant d'ignorer la grossière provocation de Sam, Bree lui sourit et répondit :

— Oui. Le souvenir de ma Daria que je chérirai toujours. En sa mémoire, je tiens à ne pas me laisser égarer par le chagrin et l'amertume. Et je te remercie, Sam, pour l'aide inestimable que tu nous as apportée.

Puis, se tournant délibérément vers les personnes qui se trouvaient derrière lui dans la file, elle enchaîna :

— Oh ! c'est tellement gentil à vous d'être venu…

Comme si Cole avait pu capter son S.O.S. mental, Bree le vit se matérialiser devant elle. Repoussant doucement mais fermement Sam Travers, il tendit vers elle un verre d'eau qu'elle accepta avec un sourire reconnaissant.

Sam s'empourpra et serra les poings avant de s'éloigner, suivi de ses deux plongeurs. Bree se pencha vers Cole et lui glissa en aparté :

— Merci du coup de main…

— Tout le plaisir est pour moi, répondit-il à mi-voix. J'ai entendu dire que Sam vient d'accepter un gros chantier à Sarasota, pour démolir les piles d'un vieux pont. Au moins, tu seras débarrassée de lui pour les quelques semaines à venir.

— Tant mieux ! Sam irait jusqu'au bout du monde pour un chantier de démolition. Ted aimait raconter comment son héros de père, au Viêt-nam, était le champion pour détruire les ponts. Les explosifs ont toujours été sa spécialité. C'est peut-être la raison pour laquelle il a tant de mal à accepter que son fils ait pu sauter sur une mine. J'aimerais qu'il finisse par me laisser tranquille, mais je commence à mesurer la profondeur de sa douleur.

Cole lui prit le verre des mains quand elle l'eut vidé et la laissa répondre à ses obligations. Il semblait être partout à la fois. Dès que Bree croisait son regard, il paraissait ne pas l'avoir quittée des yeux. Pourtant, il avait fort à faire avec les deux fils d'Amelia, qui ne s'éloignaient pas d'un pouce et le considéraient comme le héros qu'il était devenu pour eux en si peu de temps. Elle était touchée de le voir tellement à l'aise avec eux. Mais dans quel domaine cet homme-là n'était-il pas compétent ?

— Monsieur le maire…, dit-elle en serrant la main à l'homme qui venait de s'incliner devant elle, merci beaucoup d'être venu. Daria aurait été honorée.

En attendant de pouvoir exprimer des condoléances à la famille, l'assistance passait devant une série de photos que Bree avait sélectionnées et fait agrandir. On y découvrait Daria à différentes époques de sa courte vie. Il lui avait été difficile d'en trouver sur lesquelles elle ne figurait pas elle aussi. Elle s'était également arrangée pour qu'Amelia se trouve le plus souvent possible sur les clichés anciens.

— Josh et Nikki…

Bree embrassa l'un après l'autre les époux Austin.

— Merci pour tout ce que vous avez fait, reprit-elle. Vous nous avez été d'un grand soutien dans cette épreuve.

— C'était le moins que nous pouvions faire, assura Nikki. Pour Daria, qui était une vieille amie de Josh, mais aussi pour vous, Briana.

Puis, posant la main sur le bras de l'homme qui la suivait, elle ajouta :

— Laissez-moi vous présenter mon père, Cory Grann, de Clewiston. Je crois que vous connaissez déjà son amie, Marla Sherborne.

Il arrivait que la politique engendre des couples étranges et mal assortis, mais ce n'était pas le cas de celui qui se présentait à Bree. Cory Grann était un homme extrêmement séduisant. Il aurait pu figurer dans une pub Marlboro ou dans un western de Clint Eastwood. Pourtant, il était habillé, comme un yachtman, d'un pantalon blanc et d'un élégant blazer bleu marine. Un nœud d'Ascot — rien de moins — ornait le col de sa chemise. De tous les membres de cette assemblée, il lui parut le plus digne et le plus sincère en lui présentant ses condoléances. Ainsi, songea-t-elle, tel était ce fameux King Cane responsable selon les écologistes de tous les maux de la Terre.

— Oh…, poursuivit Nikki, désignant d'un geste de la main le trentenaire qui complétait le petit groupe. J'oubliais de vous présenter Mark Denton, notre pilote et assistant de campagne.

Bree serra la main que lui tendait l'intéressé. Sa poigne était si ferme qu'elle faillit grimacer de douleur. Elle était encore meurtrie par son agression, et il lui avait fallu ce matin-là maquiller plusieurs de ses bleus pour les dissimuler. Elle nota que Nikki n'avait pas souligné le rôle de garde du corps de Denton, comme elle l'avait fait à l'hôpital. Sans doute parce que les oreilles se dressaient, autour d'eux, pour épier les paroles de ces officiels en vue.

— Toutes mes condoléances, marmonna-t-il.

Ses lèvres avaient si peu bougé que c'était à se demander s'il avait vraiment parlé. Si réellement cet homme était doué pour les relations publiques, sans doute se contentait-il de rédiger des communiqués…

Surprise de ne pas avoir entendu Josh s'exprimer, Bree se tourna vers lui. Cela ne lui ressemblait pas de rester ainsi en retrait. Elle fut surprise de constater à quel point il avait le teint terreux. Il avait l'air malade, mais peut-être n'était-ce que de chagrin, au souvenir des bons moments que Daria et lui avaient partagés autrefois. Des larmes plein les yeux, muet et statufié sur place, il s'accrocha à sa main jusqu'à ce que sa femme récupère d'autorité son bras pour le glisser sous le sien.

— Nous restons pour assister à la cérémonie, dit-elle en s'adressant à Bree. Et nous serions ravis de vous accueillir prochainement chez nous. Cela vous changerait les idées de venir passer quelques jours dans notre maison de Clewiston. A Tallahassee, nous ne faisons que passer et nous agiter dans tous les sens. Notre véritable résidence, c'est celle qui se trouve sur les terres de mon père, près du lac Okeechobee. On n'y voit que de monotones champs de canne à sucre à perte de vue, mais c'est incroyablement reposant. Nous pourrions même envoyer Mark, pour vous y conduire.

— Vous ne le regretterez pas, intervint Marla. Cet endroit est tout simplement paradisiaque.

— C'est très gentil de votre part..., répondit Bree, touchée par leur proposition.

Josh restait silencieux. Comme pour meubler le blanc gêné qui s'ensuivit, Mark Denton ajouta :

— Bien sûr. Pas de problème. Je serai ravi de venir vous chercher. Les désirs de mes patrons sont des ordres.

Déjà, Marla et Cory discutaient avec Amelia et Ben. Le défilé reprit. Amis et connaissances se succédaient devant Bree. Quand Seth Johnson se présenta devant elle, elle profita de l'occasion pour lui demander s'il avait remarqué que certains de ses étudiants sortaient ensemble, le soir après ses cours. Sans être tout à fait affirmatif, il lui répondit que cela lui paraissait peu probable. A Viv et Frank Holliman, qui lui succédèrent, elle posa la même question.

— Nous avons dû le suggérer une ou deux fois, répondit Frank. N'est-ce pas, Viv ?

Sa femme acquiesça d'un hochement de tête.

— Daria a toujours décliné nos invitations, expliqua-t-elle. Elle devait rentrer tôt et s'éclipsait tout de suite.

Mais nous avons passé pas mal de temps à discuter avec elle avant les cours. Quand elle était là.

Un peu embarrassée de ne pas avoir cru à leur histoire sur le coup, Bree s'excusa.

— Désolée de m'être énervée contre vous, l'autre jour. J'ai fini par trouver votre brochure dans la chambre de Daria. Shells Eternal offre une alternative qui mérite d'être étudiée, mais nous avions déjà pris nos dispositions, avec ma sœur.

Citant mot pour mot l'argumentaire de leur brochure, Frank conclut :

— Nos enveloppes corporelles sont si éphémères… Il est réconfortant d'envisager l'éternité dans une coquille qui ne l'est pas. Pensez-y. Nous pourrons en reparler — un jour ou l'autre.

Bree ne parvenait pas à surmonter le malaise que le couple suscitait en elle. Ils affirmaient n'avoir jamais rencontré Daria en dehors des cours, mais Frank avait la stature de l'homme qui l'avait agressée à l'extérieur du Gator Watering Hole — et peut-être de celui que Daria y retrouvait après les cours. Il avait pu porter une perruque pour ne pas se faire reconnaître. Et peut-être trompait-il Viv avec Daria. Même si Bree ne voyait pas ce que sa sœur — du moins, la sœur qu'elle avait cru connaître — aurait pu lui trouver.

Au total, près de deux cents personnes s'étaient massées dans l'église. Quand tous eurent présenté leurs condoléances et que Ben se fut assuré que les journalistes étaient bien tenus à l'écart à l'entrée, le prêtre entraîna la famille et l'assistance à l'extérieur pour la cérémonie.

Après que les proches et les amis de la défunte se furent assis sur les sièges disposés sur la pelouse par des volontaires de la paroisse, la foule se tint debout à l'arrière. Derrière le cercueil installé sur des tréteaux, la vue sur la baie verte et grise et sur le golfe était à couper le souffle. Le ciel lourd, déclinant toutes les nuances de l'étain, semblait s'être mis au diapason de ce jour de deuil. Par crainte que le vent ne les emporte, Bree avait dû se résoudre à laisser les photographies à l'intérieur. Mais elle avait tenu à disposer sur le cercueil quelques-uns des coquillages favoris de Daria, ainsi que son masque de plongée, à côté du coussin de roses blanches orné d'un ruban rouge sur lequel était inscrit : « A notre sœur et tante bien-aimée ».

Au premier rang, James et Jordan se trouvaient à la droite de Ben et leur mère à sa gauche. Bree, à la gauche d'Amelia, souffrait de ne pas avoir Cole à côté d'elle. Sincère et inspiré, le pasteur Wallace faisait tout son possible pour prononcer les paroles de réconfort qu'exigeaient les circonstances, mais jamais elle ne s'était sentie aussi seule et désemparée.

— Je vais vous lire à présent un extrait du psaume 107.

Le prêtre se recueillit un instant avant de réciter d'une voix forte :

— « Ceux qui étaient descendus sur la mer dans des navires

Et qui travaillaient sur les grandes eaux

Ceux-là virent les œuvres de l'Eternel

Et ses merveilles au milieu de l'abîme. »

Bree frémit en l'entendant ensuite évoquer ceux dont l'âme était éperdue face au danger, et qui dans leur détresse implorèrent l'Eternel. Le pasteur Wallace assura que tout le monde était reconnaissant que Briana n'ait pas elle aussi péri en mer. Bree, quant à elle, en doutait un peu. Etait-ce bien le cas de *tout le monde* ?

Il évoqua ensuite la trop courte vie de Daria, tout ce qu'elle avait reçu de l'océan, et tout ce qu'elle lui avait donné, mentionnant au passage le rapport qui serait rendu public le lendemain.

— Daria avait donné le meilleur d'elle-même à un projet destiné à protéger la précieuse création divine, tout comme Dieu protège à présent son âme à jamais. Daria — avec sa sœur jumelle, Briana, qui a toujours œuvré à ses côtés — aimait de tout son cœur l'océan, tout l'océan, de ses plages à ses profondeurs.

En prenant conscience qu'Amelia, à côté d'elle, s'agitait autant que ses fils sur sa chaise, Bree songea qu'elle aurait dû demander au prêtre, qui ne connaissait pas leur sœur aînée, de ne pas trop insister sur les liens de gémellité qui l'avaient unie à Daria.

Quand le responsable des pompes funèbres avait demandé aux deux sœurs si elles souhaitaient voir le corps avant qu'il ne ferme le cercueil, elles avaient refusé. Bree avait préféré ne pas réactiver l'image éprouvante de Daria coincée dans la cabine de pilotage submergée. Amelia, elle, s'était contentée de secouer négativement la tête en murmurant tout bas : « Je ne peux pas. Je suis désolée, tellement désolée… »

Bree s'efforçait de se concentrer sur la cérémonie, mais elle ne cessait d'envisager la possibilité que son agresseur — et peut-être l'assassin de Daria — puisse se trouver dans l'assemblée. Si Frank Holliman avait porté une perruque pour s'en prendre à elle, était-il possible que celle-ci n'ait pas glissé lorsqu'il était tombé avec elle dans la mare ? Et cette coupure, sur la joue de Ric ? Il ne faisait aucun doute pour elle que Sam Travers aurait donné cher pour lui faire payer la mort de son fils dont il l'accusait. Mais de là à ordonner à un de ses employés de se mettre hors la loi… Non, décidément, elle allait trop loin. Où se situait la frontière entre la quête de la vérité et la paranoïa ?

En dépit des protestations d'Amelia, Bree avait insisté pour que les Salazar puissent prendre place au deuxième rang, juste derrière la famille. Manny tentait de n'en rien laisser paraître, mais il était aujourd'hui profondément affecté. A côté de lui, Juanita ne cessait de se signer. Lucinda était assise à côté de sa sœur aînée, Carianna. Tous quatre étaient vêtus de noir et arboraient de grands crucifix sur la poitrine, même Lucinda.

Les membres de la Commission eux aussi étaient présents et regroupés derrière eux, à l'exception de Cole, qui se tenait debout près de l'église et surveillait le périmètre avec autant de sérieux et d'efficacité qu'un agent de sécurité.

Le prêtre entonna le cantique *Eternal Father Strong to Save*, repris par la chorale de la congrégation. Bree savait qu'il s'agissait de l'hymne de la marine, avec son poignant chorus — « Ô, entends notre prière, pour ceux que le péril menace en mer ! »

Amelia pleurait silencieusement à côté d'elle, les épaules secouées de sanglots. Ben serrait fermement sa main droite. Bree prit son autre main dans la sienne et lutta contre les larmes qui lui montaient aux yeux. Pleurer ne servirait à rien. La seule chose qui pourrait lui apporter l'apaisement serait de démasquer celui ou celle qui avait peut-être causé la mort de Daria et de lui faire payer son crime. Elle pourrait reprendre seule le cours de son existence, mais seulement quand la vérité et la justice seraient passées.

Ses yeux se posèrent sur le masque de plongée de Daria. Le soleil voilé se reflétait dedans, comme si deux yeux fixes et attentifs y brillaient. Bree ne parvenait pas à oublier que quelqu'un, dans cette assemblée, portait un masque. Un de ceux qui étaient réunis autour de ce cercueil faisait semblant d'être affligé. Le meurtrier de Daria avait-il prémédité son geste, ou s'agissait-il d'un accident ? L'avait-il abandonnée sur un bateau livré à lui-même en pleine tempête ? Etait-ce le même agresseur qui s'en était pris à elle ? Mais un doute plus lancinant encore s'était fait jour en elle. Avait-on confondu les deux jumelles, et avait-on supprimé Daria en s'imaginant se débarrasser de Briana ?

La bénédiction fut tirée de la Bible. Un verset que Daria et Bree avaient particulièrement apprécié, parce qu'il semblait solliciter les faveurs divines pour leur activité quotidienne. Pour le démarrage d'une entreprise, aucune aide extérieure n'était à négliger…

— « Enseigne-nous à bien compter nos jours

Afin que nous appliquions notre cœur à la sagesse…

Que la grâce de l'Eternel, notre Dieu, soit sur nous !

Affermis l'ouvrage de nos mains ;

Oui, affermis l'ouvrage de nos mains. »

Après une dernière prière, le pasteur Wallace annonça que tous les assistants étaient invités à partager sur la pelouse un lunch préparé par des paroissiennes. Ensuite, l'inhumation devait avoir lieu en présence de la famille uniquement. Tous se levèrent tandis que les porteurs emmenaient le cercueil vers le fourgon mortuaire.

Bree glissa son bras sous celui d'Amelia. Ben fit de même et tous deux l'entraînèrent à l'intérieur de l'église, les enfants sur leurs talons. Amelia était prise de tels tremblements que Bree sentit son cœur s'envoler vers elle. Lorsqu'elle lui en avait parlé, sa sœur aînée avait nié être passée récupérer quelques affaires de Daria à l'appartement. Elle ne mettait pas sa parole en doute, mais le seul fait de s'entendre poser cette question avait dû la secouer. Sans doute était-elle également chagrinée par le manque de souvenirs communs avec la défunte.

— Je ne… je ne pourrai pas affronter le regard des autres pour le moment ! balbutia-t-elle en se libérant. Je crois que je vais demander au pasteur si je ne pourrais pas m'allonger quelque part.

— J'aimerais bien aller m'asseoir quelques instants avec toi, expliqua Bree d'une voix douce. Mais il faut quelqu'un qui représente la famille dans cette foule en plus de Ben…

— Ça ne fait rien, assura-t-elle avec amertume. De toute façon, c'est pour toi que ces gens sont désolés, pas pour moi.

— Amelia, je…

— Va les retrouver, la coupa Ben en entraînant sa femme par les épaules. Les garçons, vous restez avec tante Bree le temps que je m'occupe de votre maman.

— Ça fait drôle…, commenta Lucinda en anglais. Tous ces gens qui se retiennent de pleurer et de montrer leur chagrin. Rien à voir avec l'enterrement de papy !

Sur la pelouse séparant l'église de la baie, les Salazar se tenaient un peu à l'écart du reste de la foule, grignotant du bout des dents sandwichs et salades.

— Il n'y a pas eu de messe non plus, ajouta Lucinda. Ça aussi, ça fait drôle.

— C'est leur façon de faire, répliqua sèchement Manny. Et c'est très bien comme ça.

— Belle ouverture d'esprit, murmura sa fille. Heureuse que tu acceptes si facilement d'autres façons de vivre et de penser !

— Ne commence pas ! s'emporta-t-il en agitant sous le nez de Lucinda un index menaçant.

— Et toi non plus, ne commence pas ! intervint Juanita à mi-voix. Arrêtez, tous les deux ! Sommes-nous incapables de faire la paix et de nous entendre une seule journée ? Tenez-vous bien et surveillez vos manières… Nous sommes aux Etats-Unis d'Amérique. Et, grâce à Bree, on nous accepte au milieu de gens riches et puissants.

Tout en finissant sa limonade, Manny se contenta de fixer sa fille d'un œil noir.

— Quand ces gens sauront que je suis le nouvel associé de Bree, dit-il en s'essuyant les lèvres d'un revers de manche, ils risquent de ne pas aimer ça. Avec Cole, dans ce bar dont je vous ai parlé, j'ai bien cru ma dernière heure venue. Si un regard pouvait tuer, je serais déjà mort ! Et cette gargote ne se trouve même pas à Turtle Bay.

— Veux-tu bien te taire ! lui intima sa femme tout bas. Ça porte malheur de parler de sa propre mort à un enterrement. On risque de mourir soi-même dans l'année, ou de causer la mort du plus proche parent du défunt !

Manny roula des yeux effarés.

— Parfois, *mi* Juanita, je comprends pourquoi Lucinda veut renier notre culture et nos traditions. Allons dire au revoir à ma partenaire et rentrons à la maison.

Quand ils lui firent leurs adieux, Manny fut surpris de voir Bree serrer tendrement Lucinda dans ses bras. Mais ce qui lui déplut davantage encore, ce fut de l'entendre dire à sa fille :

— N'oublie pas ce dont nous avons parlé, Cindi…

Fort heureusement, au cimetière, l'inhumation fut simple et brève. Amelia, plus affectée que jamais, n'aurait pas été en état de supporter une cérémonie plus longue. Bree elle-même sentait peu à peu s'envoler le calme qu'elle avait eu tant de mal à conserver. Après la mise en terre, les uns et les autres regagnèrent leur voiture. Ben, qui s'était arrangé pour qu'une amie ramène ses fils à la maison, aida Amelia à monter dans la leur.

— Je reste, l'informa Bree lorsqu'il claqua la portière. Je ne partirai que quand ils auront refermé la tombe.

Ben lui fit face en secouant la tête pour manifester sa désapprobation.

— Cela ne sert à rien, protesta-t-il. Tu n'as pas à t'infliger ça.

— Je sais. Mais je suis arrivée dans ce monde avec elle, et je tiens à ne pas la quitter tant qu'elle ne repose pas tout à fait en paix — comme on dit.

Glissant son bras sous celui de Bree, Ben l'entraîna un peu à l'écart de sa voiture. Dans le cimetière, ils pouvaient voir le responsable des pompes funèbres donner ses instructions aux fossoyeurs appuyés sur leurs pelles.

— Bree…, commença Ben, luttant manifestement pour ne pas perdre patience, elle repose en paix. A présent, c'est à toi de trouver la paix et d'éviter de faire des vagues.

— Faire des vagues ! répéta-t-elle d'un air caustique. On peut dire que tu as le sens de la formule…

— Tu sais très bien ce que je veux dire ! Je sais que tu n'es pas prête à accepter la réalité de la mort accidentelle de Daria. Je ne suis pas pour rien procureur de ce comté. Je lis en toi à livre ouvert et je dois te mettre en garde. Si tu te mets en tête d'élaborer un scénario de meurtre, tu risques non seulement de prolonger inutilement ton deuil mais également de prendre un mauvais coup.

Bree se libéra de l'emprise du bras de Ben et le dévisagea avec insistance. Elle était tentée de lui révéler qu'elle avait été agressée, mais elle ne tenait pas à lui donner des prétextes pour la surprotéger.

— Un mauvais coup ? demanda-t-elle. Précise ta pensée.

Ben soupira.

— Pour utiliser un autre cliché, répondit-il, tu risques de tomber sur un serpent si tu t'obstines à soulever des pierres pour voir ce qui s'y cache. Tu ne peux pas continuer à semer la suspicion autour de toi et à lancer des accusations qui…

— Je suspecterai et j'accuserai qui doit l'être ! le coupa-t-elle. J'imaginais qu'un procureur pourrait comprendre un besoin aussi simple que la quête de la vérité et de la justice.

— Je savais bien que tu mijotais quelque chose ! Amelia m'a raconté cette histoire d'intrusion et de fouille dans la chambre de Daria. Si je t'envoie un technicien pour faire un relevé d'empreintes, tu laisseras tomber ?

— Ton technicien sera le bienvenu. J'étais sur le point de demander à la police de procéder à ce relevé d'empreintes.

— Tu ne m'as pas répondu. Laisseras-tu tomber ?

— Certainement pas ! Si quelqu'un est assez habile pour déverrouiller la porte de ma véranda et assez aux abois pour fouiller la chambre de Daria, c'est qu'il a quelque chose à se reprocher. Cela suffit à justifier que cette personne soit démasquée et arrêtée. A moi de te poser une question : si ce relevé d'empreintes révèle quelque chose d'anormal, est-ce que tu poursuivras les investigations ?

— Naturellement ! Ecoute… On me doit une faveur, et je peux m'arranger pour que quelqu'un passe chez toi avant ce soir. Nous souhaitions t'accueillir cette nuit à la maison, mais Amelia a besoin de prendre un somnifère et d'aller au lit. Cet enterrement a réveillé ses vieux démons. Elle n'arrive pas à surmonter ce qu'elle considère comme la désertion de sa mère, puis de son père, et à présent d'une de ses sœurs.

— Ce n'est pas ainsi que les choses se sont passées.

— Mais c'est ainsi qu'elle les voit, ce qui suffit pour elle à en faire une réalité. Je ne peux pas prendre le risque que ta disparition éventuelle, après celle de Daria, vienne lui porter un coup fatal.

Bree comprenait mieux de quoi il retournait. Son beau-frère n'était pas en train de la menacer. Il se faisait du souci pour sa femme, ce qui était parfaitement compréhensible.

En une tentative assez transparente pour faire diversion et ne pas s'appesantir sur un sujet sensible, Ben poursuivit :

— Je dois également te mettre en garde, à propos de Cole DeRoca.

— Qu'as-tu à lui reprocher ? s'insurgea-t-elle. Cet homme m'a sauvé la vie et il m'a davantage aidée ces derniers jours que quiconque. Tu ferais mieux de ne pas le répéter à Amelia mais c'est la vérité. Jordan et James l'aiment beaucoup et…

Ben dressa une main devant lui pour l'interrompre.

— Moi aussi je l'aime bien. N'empêche qu'il se montre très protecteur et même possessif avec toi, alors que vous ne vous connaissez que depuis une semaine. Si je peux te donner un petit conseil, évite de t'engager trop rapidement émotionnellement et même physiquement avec lui, alors que tu es encore sous le choc provoqué par la mort de Daria.

Cet avis, songea Bree, ressemblait assez au conseil de prudence qu'elle venait de donner à Lucinda. Sauf qu'elle n'était pas quant à elle une adolescente immature en révolte contre ses parents.

— En fait, précisa-t-elle, je connais Cole depuis un peu plus longtemps que tu ne l'imagines. Nous avons déjeuné ensemble, il y a quelque temps, et nous aurions pu nouer une relation à l'époque, mais il était en plein divorce.

— Ce qui signifie qu'il est lui aussi émotionnellement

vulnérable. L'effet de rebond, si tu vois ce que je veux dire. Généralement, il n'en résulte rien de bon.

— Merci du conseil, docteur.

— Le fait qu'il t'ait trouvée sur cette plage et qu'il t'ait sauvé la vie est une bénédiction, reconnut-il. Mais cela ne doit pas t'enlever tout sens critique. Et sa disponibilité à ton égard ne doit pas t'aveugler. Cole est toujours au bon endroit au bon moment. Son bureau et son atelier sont juste à côté du Grog Shop, n'est-ce pas ?

— Exact. Et alors ?

— Tu es sûr qu'il n'a pas pu faire également connaissance avec Daria ?

Bree sentit son pouls s'accélérer. Cette conversation lui déplaisait de plus en plus.

— Qu'est-ce que tu es en train d'insinuer ? Bien sûr que oui, il connaissait Daria, puisqu'il siège à la Commission. Mais il ne l'avait pas rencontrée, puisque nous n'avons pas eu jusqu'à présent à rendre de rapport. Demain, ce sera la première fois que je me présenterai devant ses membres. Tu te trompes au sujet de Cole, Ben… Si je ne peux pas lui faire confiance, alors je ne peux faire confiance à personne.

Ces dernières paroles laissèrent dans la bouche de Bree une certaine amertume. Pouvait-elle faire confiance à Cole, alors que sa meilleure amie, sa sœur jumelle, son reflet dans le miroir, avait trahi la sienne ?

# 16

Fidèle à sa parole, Ben s'arrangea pour qu'un technicien de la police scientifique passe le soir même au domicile de Bree. Inconsciemment, elle s'était attendue à voir débarquer chez elle quelque personnage issu de la série *Les Experts*. Aussi fut-elle désarçonnée d'ouvrir la porte à une jeune femme assez anodine et quelque peu enrobée. Accrochée à un gros ruban bleu, elle portait autour du cou une carte d'identification plastifiée au nom de Marilyn Davis, mais elle insista pour que Bree l'appelle Mari.

— Je m'excuse par avance du chantier que je vais devoir laisser chez vous, dit-elle tandis que Bree la conduisait à la chambre de Daria. Je dois relever un maximum d'empreintes, puis éliminer les vôtres. Si vous avez un objet susceptible d'avoir conservé celles de votre sœur — un verre à dents que vous n'auriez pas encore nettoyé, par exemple —, je pourrais également éliminer les siennes.

Bree ouvrant la marche, elles venaient de pénétrer dans la chambre. D'un long regard panoramique, Mari examina les lieux.

— Je vois le topo ! s'exclama-t-elle. Cet endroit a été passé au peigne fin, pas vrai ?

— J'en ai bien peur. J'ai moi-même fouillé un peu dans ses affaires, mais quelqu'un est visiblement passé derrière moi. Ce sont les empreintes de ce mystérieux visiteur qu'il s'agit de retrouver.

— Avez-vous porté plainte pour effraction ? s'enquit Mari en passant des gants en latex.

Sans attendre sa réponse, elle se mit au travail, laissant un peu partout derrière elle des petits nuages de poudre sombre.

— Non, répondit Bree. Plusieurs personnes ont les clés de cette maison, et je n'ai pas constaté la disparition de quoi que ce soit.

— D'ac', maugréa-t-elle. C'est vous qui voyez.

Manifestement, elle n'approuvait pas. Bree faillit lui dire que Ben ne lui avait pas suggéré de porter plainte, mais cela ne la regardait pas. Peut-être parce qu'elle préférait changer de sujet, Mari enchaîna :

— Vous savez, je n'ai jamais eu à travailler dans une affaire impliquant deux vraies jumelles. La plupart des gens s'imaginent qu'elles doivent avoir des empreintes identiques, mais ce n'est pas le cas.

Pour lui laisser le champ libre, Bree alla se placer dans l'encadrement de la porte de la salle de bains et la regarda travailler.

— On nous a souvent posé la question au fil des années, reconnut-elle. Mais même si les empreintes sont différentes, elles possèdent certaines caractéristiques communes, non ?

— Exact. Deux vrais jumeaux ont le même patrimoine génétique et il est virtuellement impossible de différencier leurs ADN. Mais les empreintes digitales ne sont pas le fruit que des seuls gènes. Elles sont en partie déterminées par l'environnement de chaque embryon dans l'utérus et par d'autres facteurs encore. Je ne me rappelle plus exactement.

Bree pénétra dans la salle de bains pour prendre sur la tablette de l'évier le verre à dents, qu'elle déposa sur une serviette propre. Après un instant d'hésitation, elle ouvrit un tiroir et en tira précautionneusement un tube de mascara et un poudrier. En y regardant de plus près, elle put distinguer des traces d'empreintes grasses sur les deux boîtiers en plastique. Il y avait dans ce tiroir tout un tas d'autres produits de beauté dont Bree n'avait jamais vu Daria faire usage. Par exemple, il s'y trouvait rien moins que sept tubes de rouge à lèvres, alors qu'elle n'en portait jamais. Bree commençait à être habituée à ce genre de surprises et ne s'en étonnait presque plus. Daria avait eu un homme dans sa vie, cela paraissait évident, tout comme il semblait certain qu'elle avait préféré le lui cacher. Elle espérait ne pas avoir sans le savoir fait quelque chose qui aurait empêché sa sœur de se confier à elle. Plus probablement, c'était l'identité de l'homme en question qui avait poussé Daria à garder le secret.

Rapidement, Bree passa en revue le contenu du tiroir sans rien trouver d'intéressant. Peut-être, au bout du compte, ce relevé d'empreintes ne donnerait-il rien. Néanmoins, elle était décidée à ne pas renoncer. Même s'il lui serait difficile d'en avoir la preuve, elle était convaincue que quelqu'un s'en était pris à Daria — que quelqu'un l'avait tuée. Peut-être, à son tour, était-elle devenue une cible. Cette éventualité lui glaça le sang. En rassemblant dans la serviette les objets destinés à Mari, elle s'efforça de se reprendre et rejoignit celle-ci dans la pièce voisine.

Les fins gants blancs qui protégeaient les mains habiles de la technicienne accentuèrent encore les doutes que nourrissait Bree. Si la personne qui avait fouillé la chambre en portait de semblables, inutile d'espérer découvrir des empreintes.

Sans rien dire, Bree alla déposer son balluchon improvisé sur le lit et revint se poster dans l'encadrement de la porte de la salle de bains. Rapidement, le silence qui régnait dans la pièce, dans laquelle Mari se déplaçait comme un fantôme, lui devint insupportable.

— Je dois vous remercier, dit-elle pour y mettre un terme. C'est très aimable à vous d'être venue si rapidement.

— Ordres d'en haut, répondit laconiquement la jeune femme.

— De mon beau-frère, Ben Westcott ?

— Pas seulement.

— Josh Austin ?

Tout en se penchant pour examiner la poignée de cuivre d'un tiroir, Mari haussa les épaules.

— On n'en revient toujours pas, dans le service, de la vitesse à laquelle le rapport d'autopsie a été remis. Du moins, en partie.

Intriguée, Bree demanda :

— En partie ? Que voulez-vous dire ?

Mari se figea. Elle écarquilla les yeux, comme si elle venait de s'apercevoir qu'elle en avait trop dit, quand bien même Bree n'ignorait rien des pressions exercées par Ben et Josh.

— Rien, répondit-elle évasivement. Simplement que les conclusions les plus urgentes étaient les causes probables de la mort.

— Les plus urgentes mais pas les seules ? insista Bree. Qu'est-ce qui n'a pas encore été révélé ?

La jeune femme secoua la tête d'un air navré.

— Chaque dossier est un cas particulier, répondit-elle. Je suis sûre que d'ici peu vous y verrez plus clair.

Elle s'était refermée comme une huître. Bree comprit qu'elle n'en tirerait rien d'autre. Devait-elle conclure que le rapport d'autopsie n'avait pas été révélé intégralement ? Si des traces de coups ou de lutte avaient été relevées, il n'aurait pas été possible de conclure à l'accident. Mais quels autres éléments une autopsie pouvait-elle mettre en lumière ? Daria avait-elle dissimulé quelque maladie grave, arrivée en phase terminale, qui l'aurait poussée au suicide ? Peut-être Josh et Ben, pour éviter de ternir sa mémoire, avaient-ils décidé de passer sous silence cet élément ? Rapidement, pourtant, cette hypothèse lui apparut improbable. Une malade en phase terminale prenait-elle un rendez-vous chez le dentiste pour se faire blanchir les dents ?

Dans cet océan de questions, une seule chose demeurait à peu près sûre. Bree savait que jamais Daria ne l'aurait abandonnée seule en mer. Pourtant, au fond de sa tête, une petite voix obsédante commençait à saper cette certitude. *La femme qui est morte ce jour-là n'était pas celle que tu pensais connaître…*

Dès que Mari fut partie avec sa collection d'empreintes, Bree boucla soigneusement l'appartement et se rendit en voiture jusqu'à la maison d'Amelia et Ben. En se garant, elle constata avec soulagement que quelques lumières brillaient encore dans leur vaste demeure. Elle espérait que Ben n'était pas encore parti se coucher, parce qu'elle comptait bien le harceler de questions jusqu'à ce qu'il lui ait révélé tout le contenu du rapport d'autopsie.

Au lieu de sonner, elle frappa du poing contre la porte. La lumière du porche s'alluma un instant, puis s'éteignit avant que Ben ne lui ouvre. Bree le suivit dans le hall et ferma la porte derrière elle. En constatant qu'il tenait d'une main le journal du soir et de l'autre un pistolet, elle réprima un petit cri.

— N'aie crainte, marmonna-t-il en posant l'arme sur une console. Quand j'ouvre à quelqu'un le soir venu, je préfère prendre mes précautions. Dans ma position…

— Dans ta position, l'interrompit-elle en le suivant dans son bureau, tu as tendance à te prendre pour Dieu !

Piqué au vif, Ben pivota sur ses talons et la dévisagea.

— Qu'est-ce que tu racontes ? protesta-t-il. Et qu'est-ce que tu fais là ? Marilyn Davis est déjà passée chez toi ?

— Ne lui en veux pas, mais elle a laissé échapper quelque chose dans le feu de la conversation. Quelque chose à propos du rapport d'autopsie. Je veux connaître le reste de l'histoire.

Ben alla se placer derrière son fauteuil en cuir, prenant appui des deux mains sur le haut dossier. Un long moment, il réfléchit en fronçant les sourcils. Debout devant son bureau, les mains sur les hanches, Bree soutint tranquillement son regard.

— A quoi bon ? demanda-t-il enfin. Amelia et toi, vous n'avez pas besoin de connaître tous ces résultats de tests sanguins, ces analyses de prélèvements de foie et de vessie, ces comptes rendus de dissections. Comme tu l'as dit toi-même, Daria ne se droguait pas, ne buvait pas, n'était pas malade, alors à quoi bon…

Bree le fit taire en levant une main devant elle.

— Je veux tout savoir, dit-elle sèchement. Tout !

Ben ne semblait pas décidé à s'avouer vaincu.

— J'ai voulu faire au mieux et au plus vite. Cela aurait pris des jours pour avoir un rapport complet ! Le médecin légiste du comté aurait pu faire traîner le permis d'inhumer pendant deux semaines. Par cette chaleur, il ne suffisait pas de réfrigérer le corp, il fallait également l'embaumer. La situation était déjà assez pénible. Voilà. Tu voulais des faits, tu les as !

— Ce que je veux, s'entêta Bree, c'est la vérité.

— Alors écoute ! lança-t-il en pointant l'index vers elle.

Réalisant qu'il avait élevé la voix, il baissa d'un ton avant de poursuivre :

— La vérité, c'est que je n'ai cherché dans cette histoire qu'à vous protéger. Amelia d'abord, toi ensuite.

— Je comprends que tu cherches à protéger Amelia, mais tu n'as aucun droit de prendre des décisions à ma place ! Et, bien sûr, tu vas me jurer la main sur le cœur que tu n'as pas songé un instant à ta réputation et à ta réélection à venir ?

— Cela ne m'a même pas effleuré l'esprit.

— Disons que je te crois. Mais je veux quand même voir le rapport d'autopsie. Tu as une copie ici ?

— Non.

— Très bien. Dans ce cas je vais devoir me rendre demain à la morgue pour demander à…

— D'accord, tu as gagné ! maugréa-t-il en contournant son fauteuil pour s'y laisser pesamment tomber.

Bree fut stupéfaite de constater à quel point il paraissait tout à coup hagard et défait, vidé de toute combativité et de toute énergie. D'une main lasse, sans la regarder, il désigna le siège en cuir moins imposant qui faisait face au sien.

— Puisque tu l'as voulu, dit-il d'une voix à peine audible, assieds-toi et prépare-toi à entendre la vérité. Mais tu dois me jurer de ne rien dire à Amelia. Elle est déjà assez anéantie comme ça.

Autant parce que ses jambes la lâchaient que parce qu'il l'y invitait, Bree s'assit devant lui. La gorge serrée, elle hocha lentement la tête en guise d'acquiescement. Tendue comme une corde de piano, les mains serrées dans son giron, elle attendit avec une sourde appréhension qu'il se décide à parler.

— Daria attendait un enfant…, dit-il enfin. L'autopsie a révélé qu'elle était enceinte de sept semaines.

Un grand silence retomba dans la pièce. Bree entendait battre son cœur, sentait son sang se ruer dans ses veines, mais son esprit demeurait vide. Le sens des paroles de Ben paraissait lui échapper, comme s'il s'était exprimé dans une langue étrangère. Parfaitement immobile, elle retint son souffle, dans l'attente de ce qui allait suivre. Curieusement, sa première pensée fut pour réaliser qu'elle savait à présent pourquoi Daria n'avait plus plongé au cours des dernières semaines de son existence. Et pourquoi elle avait menti en prétextant une rage de dents le jour de la tempête. Il n'était pas prudent, pour une femme enceinte, de faire de la plongée sous-marine. La pression pouvait nuire au fœtus. Daria savait qu'elle était enceinte, et elle avait voulu protéger son bébé !

Bree aurait voulu crier, mais elle se surprit elle-même en s'exprimant avec le plus grand calme, à tel point qu'elle eut l'impression que quelqu'un d'autre s'exprimait pour elle.

— Un test ADN permet-il d'identifier le père ?

Ben ne parut pas surpris par sa question. Peut-être même s'y était-il attendu.

— Un test ADN sur un fœtus peut permettre d'identifier le père, reconnut-il. Si du moins on dispose de l'ADN du père pour effectuer la comparaison. Je n'ai pas voulu que le corps de Daria subisse une telle dissection. Et la faire exhumer maintenant qu'elle est enterrée serait cruel et inutile.

Bree aurait voulu lui rétorquer que c'était lui qui avait insisté pour que l'autopsie et l'inhumation aient lieu le plus vite possible. Elle se contenta de constater :

— Cela pourrait nous mener à l'assassin de Daria.

— Bree, arrête ! s'impatienta-t-il. Cela ferait également la une de tous les journaux et remuerait inutilement la fange des ragots. Je déduis de ta réaction que tu n'étais pas au courant.

Bree sentit son calme surnaturel lui échapper.

— Naturellement, je n'étais pas au courant ! Je ne savais pas qu'elle était enceinte, et je ne sais pas davantage qui est le père ! Pourquoi devrais-je savoir une chose pareille ? Je ne suis après tout que l'associée de Daria, sa colocataire, sa plus vieille amie, sa sœur jumelle, la personne censée être plus proche d'elle qu'aucun être humain sur cette planète ! Du moins, c'est ce que j'imaginais…

Une nouvelle fois, Bree fut tentée de raconter à Ben son agression à l'extérieur du Gator Watering Hole, mais elle en arrivait à ne plus lui faire confiance. Même s'il avait accepté qu'un technicien de la police scientifique vienne relever les empreintes dans la chambre de Daria, il n'avait pas insisté pour qu'elle porte plainte pour effraction, et c'était lui qui prendrait connaissance du rapport de Mari avant qu'elle ait pu y jeter un coup d'œil. Il avait clamé haut et fort que sa réputation n'avait joué aucun rôle dans sa décision, mais il venait de laisser échapper qu'il préférait éviter que la presse ne « remue la fange ». En tant que procureur aguerri, il ne lui avait sûrement pas échappé que ce bébé à naître constituait un motif de meurtre suffisant si le père ne tenait pas à la révélation de sa paternité. Cet enfant, qui aurait pu devenir le neveu ou la nièce de Bree, avait été tué avec sa mère. Et pour quelle raison l'incorruptible Ben Westcott détournait-il les yeux de ce double meurtre ? Juste pour protéger sa femme et sa belle-sœur ?

Bree le dévisageait sans aménité, incapable de masquer sa fureur.

— Ben…, dit-elle d'une voix blanche, je sais que Daria rencontrait un homme en secret. Le père de cet enfant, sans doute. Qui que ce puisse être, c'est lui qui a dû la tuer.

— Au beau milieu du golfe ? fit Ben d'un ton narquois. En pleine tempête ? Tu as dittoi-même que tu n'as entendu aucun bruit de moteur. Peut-être ton fameux assassin a-t-il marché sur les eaux, ou nagé sur plus de trois milles ?

— Je n'aurais jamais imaginé que je te verrais un jour faire obstruction à la justice !

Bree se dressa sur ses jambes et se dirigea vers la porte. Ben l'intercepta et la retint par le poignet.

— Et toi, fulmina-t-il, je n'aurais jamais imaginé te voir atteindre le fond de la bassesse !

Un rire sans joie s'échappa des lèvres de Bree.

— Cet après-midi, lâcha-t-elle, tu m'accusais de faire des vagues. Ce soir, d'atteindre le fond. On peut dire que les métaphores maritimes te viennent facilement à la bouche, ces jours-ci… Maintenant, je te prie de me laisser partir. Je suis anéantie par ce que je viens d'apprendre, horrifiée, furieuse — contre toi, contre elle, et contre moi pour n'avoir rien vu ! Je rentre chez moi pour y pleurer toutes les larmes de mon corps. Encore une fois.

D'un geste sec, elle s'arracha à sa poigne et demanda en le défiant du regard :

— Y a-t-il autre chose que je devrais savoir ?

Ben semblait avoir retrouvé le contrôle de lui-même. Ce fut d'une voix parfaitement posée qu'il lui répondit :

— Juste que la révélation surprenante de la grossesse de Daria ne suffit pas pour que tu puisses réclamer l'ouverture d'une enquête pour meurtre. Je te ferai connaître les résultats du relevé d'empreintes dès que je les aurai reçus. Et je garde l'œil ouvert.

— Oh, ça je n'en doute pas !

Tournant les talons, Bree se dirigea vers la porte d'entrée. Son beau-frère l'y rejoignit et l'ouvrit devant elle.

— Dis-moi, ajouta-t-elle tu vas dire la vérité à Amelia ?

— Puisque tu ne me laisses pas le choix, oui.

Avant de sortir, Bree posa les yeux sur le pistolet. Une brusque envie de l'emporter avec elle pour assurer sa propre protection s'empara d'elle. Tout comme ces requins qui l'avaient escortée, elle sentait que quelque chose rôdait près d'elle, juste sous la surface trompeusement rassurante de son existence. Mais elle n'aurait su dire quoi.

Lorsque Bree finit par trouver un sommeil agité cette nuit-là, elle se sentit sombrer dans les profondeurs de l'océan. Un gouffre noir qui l'attirait, puissant, irrésistible, toujours plus loin, toujours plus bas.

Les courants tempétueux qui balayaient le fond du golfe s'emparèrent d'elle et l'emprisonnèrent dans un cercueil de verre. Elle dut retenir son souffle, se débattre pour tenter d'échapper au piège. Elle n'avait pas de bouteilles, pas de détendeur, pas d'oxygène. Où était son masque ?

L'eau emplissait le cercueil de verre. Les cheveux de Bree flottaient autour de son visage comme des plants d'herbe à tortue en train de dépérir. Ils se collaient à ses yeux. Elle y voyait aussi peu qu'au fond d'une mare. Elle luttait en vain pour les écarter de son visage et tenter d'y voir clair.

Bree tambourinait contre les parois invisibles de sa prison, pour se libérer, pour ne pas se noyer, pour se protéger d'un homme en noir qui voulait lui fendre le crâne à coups de clé à molette. Bientôt, elle comprit qu'un autre danger, bien plus terrible encore, la menaçait. Les deux valves d'une conque de béton se refermaient peu à peu autour de son cercueil de verre. Des gens s'agitaient et lui faisaient signe. Ses parents. Ted. Daria, berçant un bébé tout contre elle.

Un autre spectateur arriva, qui se fraya un passage à coups de coude. Sam, souriant derrière son masque, heureux de la voir prise au piège. Il lui cria quelque chose, mais elle ne l'entendit pas. Son ouïe n'était plus aussi fine, et ses cheveux l'aveuglaient à moitié.

Ben était là aussi, à l'extérieur du cercueil de verre. Il lui criait qu'il faisait de son mieux pour protéger la famille de la fange des ragots. Lui aussi portait un masque qui lui cachait le visage. Il brandissait son pistolet à bout de bras. Non pas vers elle, mais en direction de quelque chose qui était tapi dans les profondeurs — les noires profondeurs de l'océan.

Où était Cole ? Il n'y avait que lui pour la sauver.

Bien qu'essayant de retenir son souffle — ce qui risquait d'être son dernier souffle —, elle ouvrit la bouche pour crier son nom. Un homme affublé d'un masque noir la tirait en arrière pour la noyer, mais quelqu'un la secouait pour la forcer à faire surface. D'une main tremblante, elle repoussa les cheveux qui lui couvraient le visage et elle inspira en hoquetant une goulée d'air.

— Bree ! criait-on à côté d'elle. Bree, réveille-toi. Tu as fait un cauchemar. C'est Cole… Je suis là.

Cette fois, ce n'était pas un rêve. Cole était bien là, qui la secouait, écartant du bout des doigts des mèches de son visage noyé de larmes.

Bree se rappelait à présent qu'elle l'avait appelé, après son retour de chez Ben et Amelia. Cole avait insisté pour la rejoindre et pour dormir sur le sofa. La dernière fois qu'elle avait fait un cauchemar, c'était Amelia qui était venue la rassurer. Mais cette fois-ci, c'était Cole. Dieu merci, c'était Cole !

Il la tint dans ses bras jusqu'à ce qu'elle cesse de trembler.

— Tu veux en parler ? lui murmura-t-il à l'oreille.

— Non. C'était trop… bizarre. Je veux juste ne plus y penser, oublier, tout oublier.

Cole portait un short mais pas de chemise. Son large torse musclé et tapissé de petits poils frisés était impressionnant. Comparé à elle, il paraissait parfaitement calme et maître de lui.

— Tu peux tourner le dos aux problèmes, dit-il. Mais ce n'est pas ainsi que tu les as affrontés jusqu'à présent. Et puis, cela ne sert à rien de se voiler la face…

— Je sais…, assura-t-elle d'une voix lasse. Mais pour le moment je ne veux pas y penser. Je suis tellement contente que tu sois là !

— Quand tout cela sera derrière nous, j'aimerais passer du temps avec toi d'une tout autre manière.

— Moi aussi, avoua-t-elle en se serrant contre lui.

Cole poussa un long soupir et ajouta :

— Je fais de mon mieux pour ne pas tirer avantage de la situation. Tu as besoin de moi, et je suis ravi d'être là pour pouvoir t'aider, mais nous nous connaîtrions si peu dans d'autres circonstances.

Bree le comprenait à demi-mot. Elle savait qu'il luttait contre lui-même pour ne pas la rejoindre dans son lit, mais elle n'était pas décidée à lui faciliter la tâche. Ignorant la voix de la raison qui lui commandait de le lâcher, elle se serra plus fort encore contre lui. Elle avait conscience de céder au même désir impérieux qui avait poussé Daria à lui cacher certaines choses, mais elle s'accrocha désespérément à Cole.

— Bree…, gémit-il. Ma douce. Je peux à peine respirer !

— Dans mon cauchemar, c'était ainsi. Désolée…

Bree se résigna à desserrer l'étau de ses bras et se redressa contre la tête du lit. Elle ne parvint pas cependant à rompre le contact avec Cole et resta appuyée contre son flanc. Depuis que Ben lui avait révélé que Daria était enceinte, elle n'était toujours pas parvenue à surmonter le choc. Tout raconter à Cole ne l'avait pas aidée à rendre la chose plus crédible. La sœur tant aimée qu'elle aurait juré avoir connue aussi bien qu'elle-même s'éloignait chaque jour un peu plus. Et la mort la rendait plus étrangère encore.

Tôt ou tard, il lui faudrait pourtant réussir à retrouver ses esprits. Le lendemain, elle plongerait une dernière fois pour vérifier l'état de la prairie sous-marine d'herbe à tortue. Puis elle devrait trouver la force de rendre son rapport sans avoir Daria à son côté pour l'épauler. Cole, heureusement, serait là pour l'aider lors de la plongée. Et, plus tard, il serait rassurant de le voir figurer parmi les membres de la Commission. Il lui fallait balayer les derniers souvenirs de son cauchemar pour parvenir à affronter la journée qui l'attendait. Mais ceux-ci semblaient s'accrocher à elle comme elle s'était accrochée à Cole.

A regret, Bree rompit le contact entre eux. Cole piocha un mouchoir dans la boîte qui se trouvait sur la table de chevet et le lui offrit. Consciencieusement, elle s'appliqua à essuyer ses larmes. Puis elle but une gorgée du verre d'eau qu'il lui tendait.

— Une part de moi-même, reconnut-elle, ne demanderait pas mieux que de tourner le dos et de fuir les problèmes. Aller faire une croisière, peut-être. Rouler jusqu'aux Keys et m'asseoir sur la plage. Mais je crois que partout où je pourrai voir la mer, il me sera impossible d'oublier. Je devrais peut-être accepter l'invitation de Josh et Nikki. Mark Denton me conduirait en jet privé à travers tout l'Etat, et je n'aurais plus qu'à périr d'ennui en admirant les « monotones champs de canne à sucre à perte de vue » — dixit Nikki.

— Tu es sérieuse ? s'étonna Cole.

— Non. Pas du tout. Je dois mener notre projet « Save Our Seagrass » à son terme, même si cela doit créer des tas d'ennuis. Cette herbe à tortue est en pire état que moi. En mémoire de Daria et pour préserver l'avenir de cette région, je dois aller jusqu'au bout. Sous l'effet de la pollution, la prairie de Trade Wreck est en train de mourir. Ce qui signifie que toute la chaîne alimentaire de ce petit paradis est en danger.

Avec un sourire grimaçant, elle s'excusa :

— Désolée… On dirait que je suis déjà en train de délivrer mon rapport. Je regrette de t'avoir réveillé.

— Tu ne m'as pas réveillé, assura Cole. Malgré le ronron de l'air conditionné, le moindre bruit à l'extérieur me tient éveillé.

— Le sofa est trop petit pour toi…

— J'y suis bien, rassure-toi. Tu penses pouvoir dormir ?

— Il va bien falloir. Je ne peux me pointer à la réunion de la Commission en ayant l'air d'une sorcière.

— Impossible ! se récria Cole. Même à cette minute, tu es aussi belle que ces sirènes de l'Odyssée qui tentaient d'attirer le bateau d'Ulysse à elles.

— Pour qu'il s'écrase sur les rochers…

Cole déposa un baiser sur ses cheveux en bataille. Puis, avec une réticence manifeste, il se leva du lit et gagna la porte de la chambre. Bree, en le regardant sortir, comprit qu'elle avait plus que jamais besoin de lui. Mais elle était prête également à admettre qu'elle l'aimait.

Etait-ce à cette conclusion que Daria était elle aussi arrivée à propos de l'homme qu'elle rencontrait en secret ? Et, ce faisant, avait-elle commis une erreur fatale — l'erreur de sa vie ?

# 17

Sur le site de Trade Wreck, Bree sentit un certain malaise l'envahir. Il était étrange de devoir plonger sans Daria. Et pourtant, il était réconfortant d'avoir Cole à ses côtés, et Manny à la barre du *Mermaids I.* L'océan était calme. L'eau, étrangement claire. Les fleurs avaient disparu de la couronne qu'elle avait jetée à l'eau, mais le flotteur de bois exotique était toujours en place. Il leur faudrait le récupérer, ainsi que la balise Pelican, avant de rentrer. Autant éviter qu'un bateau le percute faute de l'avoir vu. Sans compter qu'il n'était sans doute pas prudent de marquer ainsi les lieux de la précieuse et fragile prairie sous-marine.

En descendant le long de la chaîne d'ancre en compagnie de Cole, Bree serra contre elle son appareil photo, comme si elle redoutait de le perdre une seconde fois. A mi-parcours, ils marquèrent le palier de sécurité habituel. Derrière leurs masques, leurs yeux se croisèrent. Mais, pour Bree, ce fut une telle réminiscence de son cauchemar qu'elle préféra détourner le regard. Comment devait-elle interpréter ce rêve ? Son subconscient avait-il cherché à la mettre en garde ? Et, si oui, contre quoi ? Contre la haine remâchée de Sam ? Contre les manœuvres de Ben ? Dans son rêve, déjà prisonnière d'un cercueil de verre inspiré de la cabine de pilotage dans laquelle Daria était morte, elle s'était retrouvée dans une des conques en béton chères aux Holliman qui se refermait sur elle. Et cela, juste après que l'homme en noir l'eut menacée de sa clé à molette. Elle frissonnait rien que d'y repenser, mais, très vite, sa peur se mua en colère. Elle n'était pas de ceux qui croient que certains rêves prédisent un avenir fixé une fois pour toutes. Et si elle était certaine d'une chose, c'était de ne jamais se laisser prendre au piège comme sa sœur l'avait été.

Repoussant ces pensées, Bree s'efforça de se concentrer sur ce qu'elle avait à faire. Après avoir remonté du fond quelques ultimes clichés de la prairie malade, il lui faudrait mettre la dernière main à la présentation PowerPoint sur laquelle elle avait déjà beaucoup travaillé avec Daria. Elle avait envisagé de remonter également un ou deux pieds d'herbe à tortue, afin que les membres de la Commission puissent constater de visu à quel point celle-ci était atteinte. Mais l'idée d'abîmer davantage un milieu déjà bien fragilisé l'avait fait renoncer.

Sans doute inquiet, Cole lui prit la main et la serra dans la sienne. Bree hocha la tête pour lui signifier que tout allait bien et ils reprirent leur descente.

Comme d'habitude, ils avaient jeté l'ancre à distance de la prairie sous-marine pour ne pas lui causer de dommages. Au fond, Gertie le mérou les accueillit. Bree choisit d'y voir un signe encourageant pour le reste de la journée. Le soleil matinal, pénétrant de biais dans l'eau, lui donnait une teinte verte surnaturelle. Elle se demanda si Cole voyait les choses avec la même acuité ou s'il s'agissait toujours des contrecoups de son accident. Devait-elle considérer cet effet inattendu de la foudre comme un don permanent, une sorte de récompense pour avoir survécu ? Mais, parfois, un don pouvait se révéler une véritable malédiction.

Laissant derrière eux l'épave du cargo, ils se dirigèrent

vers le site de la prairie, si familier pour elle. Dès que Bree aurait déposé ses conclusions devant la Commission, nul doute que les médias s'empareraient de l'affaire. Alors, deux camps farouchement opposés — écologistes et partisans du réalisme économique — prendraient les armes. Les activistes du retour à la terre exigeraient des mesures contraignantes pour mettre un terme aux pollutions agricoles et urbaines et rendre les eaux du golfe à leur virginité première. Les tenants d'une croissance économique soutenue répliqueraient que les exigences vitales d'une population sans cesse accrue valaient bien quelques dommages environnementaux temporaires. Et elle, elle serait au milieu de tout cela…

Pour la présentation de son rapport, en début d'après-midi, Bree avait prévu de commencer par une diapositive dédiant le résultat de ce travail à la mémoire de sa sœur. Aussitôt après, en fondu enchaîné, elle voulait faire se succéder une vue prise ce jour-là et une autre prise au premier jour de leur mission. Ainsi comptait-elle illustrer le déclin de…

En découvrant le spectacle qui l'attendait, Bree eut un coup au cœur et faillit recracher son embout.

D'un vigoureux coup de palme, elle piqua vers la prairie, pour l'observer de plus près, suivie par Cole. Bree n'en croyait pas ses yeux. C'était tout simplement miraculeux… L'herbe à tortue ne pouvait s'être reconstituée en si peu de temps. Surtout après avoir subi une semaine auparavant les dégâts provoqués par une tempête. Mais le témoignage de ses yeux était irréfutable. Sur le fond sableux, l'herbe était verte, fournie, vigoureuse, en pleine santé. D'un coup d'œil, elle vérifia qu'elle ne s'était pas trompée de site. L'épave rongée du vieux cargo se trouvait toujours là, à sa place. Et Manny avait jeté l'ancre à leur emplacement habituel.

Bree secoua la tête pour s'éclaircir les idées. Une seule conclusion s'imposait. Même s'il s'agissait du même site que Daria et elle avaient inspecté soigneusement durant des mois, il ne pouvait s'agir de la même herbe. De l'herbe à tortue, certes, mais que quelqu'un avait dû replanter récemment !

A côté d'elle, Cole s'agitait, lui demandant par signes ce qui se passait. Dans le langage gestuel des plongeurs, elle lui fit part de ses soupçons. Dès qu'il l'eut comprise, il inspecta les alentours avec circonspection, comme si quelqu'un avait pu se tenir embusqué.

Lentement, attentive à ne pas donner de coup de palme sur le fond pour ne pas soulever de nuage de vase, Bree retourna à ses observations. Pour commencer, elle effectua un grand tour de la prairie sous-marine. Puis elle quadrilla le terrain pendant que Cole, un peu à l'écart, tenait son appareil photo en la regardant faire.

C'était du beau travail, songea-t-elle, mais bien trop net, bien trop propre pour être le résultat d'un processus naturel. Par endroits, on distinguait les contours des tapis végétaux qui avaient été transplantés pour remplacer l'ancien. On avait fait des efforts pour le dissimuler, sans y parvenir tout à fait. Ce qui subsistait de la prairie d'origine n'avait ni la même épaisseur ni tout à fait la même couleur. De toute évidence, l'herbe à tortue qui se trouvait là devait provenir d'une tout autre région du golfe, voire d'une côte différente, à l'autre bout de l'Etat.

Dans l'esprit de Bree en proie à la confusion, les questions se bousculaient. D'où venait cette végétation aquatique ? Plus important encore : qui avait disposé du savoir-faire, des moyens financiers et du culot nécessaires pour se livrer à un tel tour de passe-passe ? Cette manipulation pouvait avoir pour conséquence de gêner les travaux de la

Commission, de compromettre le projet confié aux Deux Sirènes, de ternir la mémoire de Daria, et de mettre en péril l'avenir même de l'entreprise.

Un instant, Bree fut tentée d'ignorer cette nouvelle donne et de livrer son rapport sans en tenir compte. Après tout, sa documentation existante prouvait les ravages de la pollution et la fin ne justifiait-elle pas les moyens ? Quiconque s'était livré à cette mascarade ne prendrait pas le risque de se dénoncer en venant la contredire. Mais si quelqu'un d'autre avait plongé ici depuis ce miraculeux reverdissement, c'était sa position à elle qui allait devenir intenable. Certes, à l'exception de Cole — et de Manny, bien sûr —, bien peu devaient connaître les coordonnées exactes du site. Soudain, elle tressaillit en réalisant qu'ils en avaient signalé eux-mêmes l'emplacement avec la couronne mortuaire…

Comprenant qu'elle n'avait pas le choix, Bree rejoignit Cole pour récupérer son appareil et entreprit de prendre quelques clichés sous différents angles, choisissant avec soin ceux qui mettaient en évidence une intervention extérieure. Puis, comme à son habitude, elle ajouta quelques gros plans. Avant de remonter, avec son couteau de plongée, elle préleva une touffe de quelques plants qu'elle confia à Cole.

— Tu as ce que tu cherchais ? lança Manny à Bree quand ils refirent surface.

— Pas ce que je cherchais ! lui cria-t-elle. Mais la preuve que quelqu'un a intérêt à ce que notre rapport soit bon, et la preuve qu'il est prêt à tout pour ça. Par une intervention miraculeuse, l'herbe à tortue a ressuscité en quelques jours ! A croire que celui qui s'en est pris à moi à coups de clé à molette a changé d'outils pour aller faire un peu de jardinage en pleine mer…

*
* *

Les choses allèrent de mal en pis à leur retour en ville.

— Manny…, s'inquiéta Bree en pianotant fiévreusement sur son clavier, tu n'as pas touché à cet ordinateur, n'est-ce pas ?

Impossible de mettre la main sur les photos prises depuis des mois sur le site de Trade Wreck ! Elle était parvenue sans problème à télécharger celles prises ce jour-là, mais le reste demeurait introuvable.

— Certainement pas ! grommela Manny. Tu sais que je déteste ces machines. Pourquoi ?

— Je ne comprends pas…, répondit Bree en redoublant d'efforts. Ou plutôt je crois comprendre. Quelqu'un a effacé de ce disque dur toutes les photos. Y compris les dernières prises de vue de Daria que j'y avais copiées il y a cinq jours de ça.

En dernier recours, Bree fouilla tous les dossiers, fit une recherche par mots clés, passa en revue de longues listes de documents. En pure perte. Un soupçon se fit jour en elle. La fouille de la chambre de Daria ne constituait-elle qu'une diversion pour détourner l'attention de ce larcin autrement plus grave ? Et si elle n'avait pas été capable de passer outre au nouveau mot de passe de Daria, quelqu'un était-il parvenu à pirater cette machine — peut-être même en n'étant pas physiquement présent ? Pourtant, le sous-verre du Gator Watering Hole avait disparu du tiroir de la commode. Ce qui tendait à prouver que cette intrusion n'avait pas été qu'un prétexte.

Bree n'avait plus de larmes à verser, mais elle se sentit soudain malade de tristesse. Le travail de mois entiers avait disparu. Tous les espoirs qu'elles avaient fondés, Daria et elle, de participer à la sauvegarde des eaux du golfe se trouvaient réduits à néant. Découragée, elle abandonna ses efforts et s'adossa à son siège. Debout à côté d'elle, Manny en restait sans voix, pour une fois. Cole était rentré chez lui se changer avant la réunion de la Commission en début d'après-midi. Jamais il ne voudrait la croire. *Elle-même* avait du mal à y croire.

Se rappelant soudain la sauvegarde qu'elle conservait dans son bureau, Bree courut ouvrir le tiroir du bas et eut un nouvel accès de découragement en constatant que les C.D. avaient disparu eux aussi. Ainsi, comprit-elle, quelqu'un était bien venu en personne annihiler toute trace de leur travail. En courant, elle grimpa l'escalier et se rua dans la chambre de sa sœur. Comment avait-elle pu ne pas penser au deuxième jeu de C.D. de sauvergarde que celle-ci gardait chez elle pour plus de sécurité ? Peut-être parce que, lorsqu'elle n'avait pu ouvrir sa session de travail sur son ordinateur, elle avait renoncé à pousser plus loin ses investigations.

Fouillant d'une main fébrile tous les tiroirs du bureau de Daria, Bree dut bien vite se rendre à l'évidence. Il manquait non seulement la deuxième sauvegarde de leur ordinateur principal, mais également tous les autres C.D.

Anéantie, Bree se renversa dans le fauteuil de bureau et frappa ses genoux de ses poings. La colère qu'elle ressentait ne parvenait plus à masquer sa peur. Quiconque se trouvait derrière tout cela — et sans doute derrière la mort de Daria — était avisé, puissant, et peut-être riche. Dom Verdugo, que Cole suspectait ? Ce dont il avait besoin par-dessus tout pour mener à bien son entreprise, c'était un rapport favorable. Et il devait sans doute avoir les moyens d'éviter la publication d'un autre qui ne le serait pas.

— Qu'est-ce que tu vas faire ? s'enquit Manny, debout dans l'encadrement de la porte.

Sa présence inattendue et sa question la firent sursauter.

— Je serais tentée d'effectuer un plongeon de dernière minute, répondit-elle d'une voix lasse. Afin d'aller chercher des pieds d'herbe à tortue véritablement malades pour les produire devant la Commission.

Elle marqua une pause, comme pour y réfléchir, avant de conclure :

— Mais je préfère dire la vérité et révéler tout ce qui s'est passé. Quel que puisse être le prix à payer.

— A présent, mesdames et messieurs, le rapport que nous attendons tous impatiemment.

Après s'être ainsi adressé au public présent dans la salle, Marv Godwin, président de la Commission pour l'épuration des eaux du golfe, lança à Bree un sourire d'encouragement. Elle avait pris place avec lui à la table centrale, au pied du podium. Autant qu'elle le pouvait, elle s'efforçait de ne pas regarder Cole, même si elle se sentait plus forte quand elle le faisait.

Les autres membres de la Commission étaient assis au premier rang. Amelia paraissait si hagarde et nerveuse que Bree ne comprenait pas ce qu'elle faisait là. Ben, assis juste derrière elle, semblait l'avoir accompagnée uniquement pour la surveiller.

Au fond de la salle, Sam Travers était là, lui aussi. Ses deux plongeurs, Ric et Lance, le flanquaient comme pour lui faire une escorte rapprochée. Bree s'était imaginé qu'ils seraient déjà à pied d'œuvre sur ce chantier de Sarasota dont Cole lui avait parlé, mais il était vrai que Sam accordait un grand intérêt à tout ce qui concernait ce golfe qu'il aimait et où il travaillait jour après jour.

Josh Austin et Marla Sherborne s'étaient mêlés au public, mais, en politiciens accomplis, ils l'avaient fait de manière à se trouver le plus possible dans le champ des caméras. Bree s'efforçait de faire abstraction de la présence envahissante des journalistes accourus pour l'occasion de tout l'Etat. Une forêt de micros était déjà installée face au podium. Plusieurs cameramen s'étaient assis en tailleur à même le sol, comme s'il s'agissait de ne rien rater d'une conférence de presse présidentielle annonçant la paix ou la guerre. D'une certaine manière, songea-t-elle, au niveau local, c'était de cela qu'il s'agissait.

— Naturellement, poursuivit Godwin d'un ton grave, nous sommes tous encore profondément peinés par la disparition tragique de Daria Devon. Au nom de cette Commission, je présente une nouvelle fois à sa famille nos plus sincères condoléances. Nous sommes d'autant plus reconnaissants à Briana d'être parmi nous aujourd'hui, dans ces circonstances difficiles, pour nous faire part de ses conclusions concernant ce qui constitue rien moins que l'avenir de notre si précieux golfe.

Une salve d'applaudissements salua ces dernières paroles. Bree songea que le président de la Commission, s'il avait eu une idée du contenu de son rapport, n'aurait pas montré un tel enthousiasme. Cole et Manny étaient les seuls au courant. Elle n'avait pas voulu prendre le risque que quiconque puisse essayer de la contrer ou de l'empêcher de parler. Après tout, le respectable M. Godwin espérait un rapport positif qui laisserait le champ libre au développement de l'économie et au mouillage d'un casino flottant à Turtle Bay. Bree n'avait pas manqué de remarquer, en balayant l'assistance du regard, que Dom Verdugo était là également.

Bree se leva et s'arma de courage pour gravir les marches du podium et aller s'installer derrière le pupitre. Ce rapport, c'était avec Daria qu'elle aurait dû le présenter normalement, et elle ne pouvait chasser sa sœur de ses pensées. Tout était allé si rapidement de travers, en si peu de temps… Son seul espoir demeurait qu'en dépit de tous les obstacles qui se dressaient sur sa route la vérité finirait par triompher.

Ses mains tremblaient lorsqu'elle déposa ses documents sur le pupitre et qu'elle s'empara de la télécommande qui allait lui permettre de faire défiler à l'écran sa — désormais — très brève présentation. La première image s'afficha — un simple fond noir sur lequel s'inscrivait en lettres blanches : *Ce rapport est dédié avec amour à la mémoire de Daria Claire Devon, 1978-2006.*

— Merci, monsieur Godwin…, commença-t-elle. Et merci aux membres de la Commission pour les témoignages de soutien et de sympathie qui ont été adressés à notre famille après le décès de ma sœur jumelle. Comme vous le savez, cela fait six mois que Daria et moi surveillons et photographions la prairie d'herbe à tortue située près du site de Trade Wreck, à environ quatre milles au large. M. Godwin est en train de vous faire passer un dossier reproduisant les relevés de nos cinquante-huit plongées. En conclusion de ce document se trouve un diagramme synthétisant les résultats obtenus. La courbe verte est celle qui représente la croissance de notre *Thalassia testudinum*. Comme vous pouvez le constater, elle est au cours de ces six mois d'étude en nette et régulière régression.

Bree avala une gorgée d'eau, davantage pour laisser

le temps à l'assistance d'assimiler l'information que pour étancher sa soif.

— Entre nous, reprit-elle avec un pâle sourire, nous avions coutume d'appeler ce projet « S.O.S. », Daria et moi. S.O.S pour « Save Our Seagrass ». Inutile de vous rappeler que les racines de la végétation aquatique constituent la clé de voûte du biotope marin. Plus particulièrement, les racines et les stolons de la *Thalassia testudinum* contribuent à la stabilité des fonds sableux du golfe. Quant à ses tiges, elles produisent une quantité d'oxygène non négligeable et constituent l'habitat de nombreuses espèces. Ce qui rend d'autant plus dommageable que notre herbe à tortue soit en si grand danger dans les zones côtières du golfe, dont le site de Trade Wreck constitue un bon exemple.

Les flashes occasionnels des photographes mettaient Bree au supplice. Même si elle ne les prenait pas directement dans les yeux, ils explosaient comme autant de bombes au fond de son cerveau et contribuaient à la déconcentrer. Amplifiée par le micro, sa voix lui revenait de manière assourdissante aux oreilles. Pourtant, personne n'avait l'air de s'en plaindre. L'assistance attentive était suspendue à ses lèvres. En dépit de la fraîcheur entretenue dans la salle par la climatisation, Bree sentit qu'elle commençait à transpirer. Après avoir pris une profonde inspiration, elle se força à continuer :

— Avant de faire défiler à l'écran quelques diapositives, je voudrais mettre en lumière deux points essentiels. Premier point : comme je vous le disais à l'instant, durant les six mois au cours desquels Daria et moi avons surveillé sa croissance, l'état de l'herbe à tortue sur le site de Trade Wreck n'a fait qu'empirer. Ce n'est déjà pas sans conséquences sur le reste de la chaîne alimentaire, qui pourrait être à terme gravement compromise. Ce ne sera pas non plus sans conséquences sur les zones côtières, et pas seulement parce qu'il sera plus difficile à nos pêcheurs de faire des touches ou parce que nos enfants se baigneront dans une eau de moins bonne qualité. Il y a à présent un second point que je dois aborder, et qui me paraît presque aussi inquiétant que le premier.

Bree s'éclaircit la voix et risqua un regard en direction de Cole. Tendu sur sa chaise, les sourcils froncés, il la scrutait avec attention. Quand elle lui avait fait part de ses intentions, il s'était tout d'abord insurgé, affirmant que jeter le gant en révélant toute la vérité ferait d'elle une cible si elle ne l'était pas déjà. Elle avait cherché à le convaincre qu'au contraire la révélation du scandale pouvait constituer une assurance-vie. Personne ne pourrait plus s'en prendre à elle sans qu'aussitôt le soupçon pèse sur ceux qui avaient intérêt à la faire taire — à commencer par un certain « parrain du jeu off-shore ».

— Quelqu'un, dit-elle d'une voix haute et claire, a tenté de saboter notre travail et d'en effacer les preuves. Ce matin même, lors d'une ultime plongée, j'ai découvert que l'herbe à tortue rabougrie et jaunissante que j'avais observée le jour de la tempête avait été enlevée et remplacée par une autre plus fournie, plus verte et nettement plus florissante.

De longs murmures s'élevèrent dans la salle, mêlés à des exclamations étouffées. Les flashes crépitèrent. Agrippée des deux mains à son pupitre, Bree s'efforça de les ignorer et de fixer son auditoire.

Josh Austin paraissait ébahi. Il se pencha pour murmurer quelque chose à l'oreille de Mark Denton, qui prenait des notes à toute allure. Pour une fois indifférente aux caméras éventuelles, Marla Sherborne restait bouche bée.

Sam, lui, ne trahissait aucune émotion. Un fait s'imposa alors avec force à l'esprit de Bree. L'une des préconisations logiques, suite à ce rapport, serait sans doute d'effectuer des dragages plus profonds pour faciliter le brassage des marées et l'évacuation des eaux usées. Ce qui ne pouvait que faire les affaires de Sam Travers.

Quant à Dom Verdugo, tout en faisant rentrer sous les manches de son blazer les manchettes de sa chemise sur mesure, il affichait une indifférence hautaine. Cole avait raison de voir en lui le principal suspect. Si quelqu'un avait un motif impérieux de saborder les résultats de leur étude, c'était bien lui. Sans compter qu'il disposait aussi d'hommes de main prêts à tout et d'un jet privé pour ramener des plants d'herbe à tortue pleins de vigueur de l'autre extrémité de l'Etat, voire des Caraïbes.

— Ce n'est pas tout ! reprit Bree d'une voix qui lui parut trop stridente. J'ai constaté ce matin que quelqu'un a piraté notre ordinateur, dans lequel étaient stockées les centaines de photos prises depuis six mois. Dans le but, sans doute, de m'empêcher de rendre mon rapport ou de me discréditer en me privant des preuves de ce que j'avance. J'ai également constaté que notre triple sauvegarde avait été dérobée. Mais je peux tout de même vous montrer une photo que ma sœur et moi avions fait imprimer *avant* ce vol.

Bree appuya sur un bouton de la télécommande. A l'écran apparut une photo d'elle et de sa sœur, au fond de l'océan, souriant derrière leurs masques. Daria avait enclenché le retardateur de l'appareil pour prendre ce cliché. Incrustés en bas de l'image apparaissaient le nom et les coordonnées de leur entreprise. Elles avaient pensé l'utiliser pour un encart publicitaire, mais elles y avaient renoncé *in extremis*, jugeant leurs sourires trop éclatants par contraste avec la prairie d'herbe à tortue miteuse qui apparaissait en arrière-plan. Il était ironique de penser que cette épreuve mise au rebut était tout ce qui restait de six mois de travail, et qu'elle constituait désormais la seule preuve flagrante à verser au dossier.

— Faites abstraction du message promotionnel, conseilla Bree, et concentrez-vous sur l'herbe à tortue qui apparaît derrière nous. Ce cliché a été pris il y a trois mois — à mi-parcours, donc, de notre mission. Notez comme la prairie sous-marine semble mal en point. Surtout si on la compare à celle qui il y a peu l'a remplacée, et qui ferait la fierté de tout parcours de golf !

Bree fit défiler une série de diapositives prises le matin même, attirant en quelques phrases brèves l'attention de son auditoire sur les détails qui prouvaient la manipulation. Elle insista notamment sur une prise de vue montrant que les nouveaux plants luxuriants ne s'enracinaient pas sur le même plan que le reste de la végétation.

— Notez également, conclut-elle, que vous ne pourrez repérer aucune vie aquatique dans ces plants de *Thalassia testudinum* qui paraissent à première vue si éclatants de santé. Pour une raison simple. Quand ils ont été prélevés de leur milieu d'origine, toutes les créatures qui les peuplaient ont péri, et une nouvelle faune n'a pas encore eu le temps de s'y installer. Pour terminer, j'affirme que la manipulation ne fait à mes yeux aucun doute — et Cole DeRoca, qui plongeait ce matin avec moi, le confirmera. Il existe aujourd'hui sur le site de Trade Wreck deux peuplements végétaux entièrement différents. Les restes les moins atteints par la pollution de celui que ma sœur et moi observions depuis six mois, et un tout nouveau, planté là par des ennemis de la vérité, réduits en désespoir de cause à des artifices trompeurs pour vous abuser !

Dans le brouhaha de plus en plus fort qui s'élevait de la salle, Bree répéta, presque dans un cri :

— Des ennemis de la vérité ! Réduits en désespoir de cause à des artifices trompeurs ! Pour vous abuser !

Par crainte d'avouer dans la foulée ses craintes concernant la mort de Daria, Bree descendit du podium et retourna s'asseoir.

Une salve de questions fusa dans la salle et des rangs des journalistes déchaînés. Marv Godwin bondit sur ses pieds, levant haut les bras devant lui dans l'espoir de ramener le calme.

— Je propose de lever la séance ! cria-t-il. Et d'organiser ultérieurement une session spéciale au cours de laquelle chacun pourra poser ses questions. Je remercie Mlle Devon de son exposé.

Le président de la Commission, comme c'était à prévoir, paraissait moins enclin aux amabilités. Bree n'allait pas s'en formaliser. Dans cette affaire, elle n'était que la messagère des mauvaises nouvelles. Restait à espérer qu'elle ne subirait pas le sort généralement réservé, selon le dicton, à ce genre de messager…

# 18

« Bombe à la Commission ! » proclamait le lendemain la une du *Naples Daily News*. Une photo de Bree sur le podium du centre de conférences occupait un quart de la première page. En arrière-plan, l'image les représentant, Daria et elle, au fond de l'océan. L'article ne portait aucune accusation, mais il mentionnait le coup d'arrêt aux nouveaux projets immobiliers sur la côte que cette affaire risquait d'entraîner. Il évoquait également l'influence qu'elle risquait d'avoir sur le vote des citoyens lors de la consultation sur l'implantation du jeu offshore à Turtle Bay. Ainsi, conclut Bree en refermant le quotidien, Dom Verdugo avait désormais deux fois plus de raisons qu'auparavant de lui en vouloir.

Les accusations de manipulation faites la veille devant la Commission occupaient également une grande place dans l'édition du matin du journal de la télévision locale. Mais ce n'était que l'écume de la tempête qu'avaient soulevée ses révélations. Mark Denton l'avait appelée pour lui dire que son histoire était en train de faire le tour de l'Etat, et que lui et « le candidat » l'admiraient beaucoup pour son courage. Un e-mail de la sénatrice Marla Sherborne — un parmi la centaine d'autres arrivés sur le site web de la boutique — affirmait que les vagues soulevées par cette affaire allaient se faire sentir jusqu'à Washington.

La tête dans les mains, penchée au-dessus du petit déjeuner auquel elle avait à peine touché, Bree était presque déçue. Aucune de ces réactions ne trahissait la fureur ou l'embarras de qui se sent accusé ou fautif. Mais elle était plus que jamais décidée à démasquer le coupable. S'agirait-il de la même personne, dans le cas de la manipulation sur le site de Trade Wreck et dans celui de la mort « accidentelle » de Daria ?

Lorsque Cole émergea de la douche, les cheveux humides, après avoir passé une nouvelle nuit sur son sofa, il lui parut bien plus frais et dispos qu'elle ne l'était elle-même. Après avoir déposé un baiser sur sa joue, comme s'ils étaient un vieux couple marié, il alla se verser un café pour achever le breakfast qu'il avait pris avant elle.

— D'autres coups de fil ? demanda-t-il ce faisant.

— J'ai éteint mon portable et la télé. Le nombre d'e-mails ne cesse d'augmenter. C'est l'explosion !

Tournant le journal vers lui sur la table, elle lui désigna le mot « bombe » qui barrait la une.

Cole se pencha pour y jeter un coup d'œil en sirotant son café. Bree, en le regardant faire, regretta d'être à ce point éteinte et défaite, comparée à lui. Elle avait de nouveau passé la moitié de la nuit à se morfondre, préférant ne pas dormir plutôt que de risquer de nouveaux cauchemars. Elle avait occupé ses longues heures de veille à ressasser sans fin une liste de coupables et de motifs potentiels. Bien sûr, bien des choses lui échappaient. Mais une phrase prononcée par la fille de Manny ne cessait de lui titiller l'esprit. Daria avait-elle réellement réussi à surmonter l'échec de sa relation avec Josh ? Leurs routes avaient-elles fini par se croiser à nouveau et alors — *boum!* — leur vieille passion leur avait-elle explosé entre les doigts ? En admettant que cela ait pu se produire, une relation suivie entre les ex-amants semblait pourtant difficilement concevable. Leur ancien camarade d'université était un homme très occupé, toujours en campagne, jamais lâché par sa femme et suivi comme son ombre par son garde-du-corps-pilote-attaché-de-presse, Mark Denton.

Bree se rappelait à présent parfaitement ce que Daria lui avait révélé, alors qu'elles regardaient un spot de campagne de Josh à la télévision. En voyant le couple déambuler main dans la main sur la plage, elle avait dit d'un air absent que Nikki avait subi deux fausses couches et qu'ils désespéraient tous les deux d'avoir un jour des enfants. Quand cela s'était-il passé, au juste ? Il n'y avait certainement pas plus de sept semaines. Sur le coup, Bree ne s'était même pas demandé où sa sœur avait bien pu pêcher cette information, supposant qu'elle se contentait de répéter des ragots. Mais se pouvait-il qu'elle ait appris cela à la source ? Et un homme tel que Josh, qui semblait avoir tout ce qu'un homme peut désirer sur terre, pouvait-il souffrir de ne pouvoir prouver qu'il pouvait aussi être père ?

— Un million de dollars pour savoir à quoi tu penses ! lança Cole en se redressant.

Bree grimaça et se massa le sommet du nez en fermant les yeux.

— Tu ne ferais pas une bonne affaire. Je suis tellement crevée que je n'ai pas les idées très fraîches…

— C'est là où tu te trompes ! s'amusa-t-il en allant rincer sa tasse dans l'évier. Ton quart d'heure de gloire a fait flamber les cours. J'ai hâte d'aller travailler tout à l'heure sur le chantier du casino flottant de Verdugo. Il a fait bonne figure, quand tu as lancé ta bombe, mais je l'ai quand même vu quitter la salle prématurément.

— Cole…, reprit Bree d'une voix songeuse, te souviens-tu de ce que je te disais, à propos de cette envie de prendre un peu de champ ? Je pourrais…

— Impossible ! la coupa-t-il. J'ai accepté ce chantier pour pouvoir tenir à l'œil Verdugo et ses sbires. Hors de question que je te laisse seule, et je ne peux pas t'accompagner.

— Je t'ai parlé de cette invitation de Josh et Nikki, reprit-elle sans tenir compte de l'objection. Ils ont une maison dans la plantation de canne à sucre de Cory Grann. Clewiston n'est pas si loin, et je n'y resterai pas longtemps. Peut-être pas plus d'une journée, s'ils demandent à Mark Denton de venir me chercher et de me raccompagner en avion comme ils l'ont proposé.

— Bree… Josh n'est peut-être pas au top de notre liste de suspects, comme peuvent l'être Verdugo ou Sam Travers, mais il…

— Il mérite d'être gardé à l'œil, acheva-t-elle pour lui. Et c'est pour ça que j'aimerais accepter leur invitation. Ou plus exactement, pour tirer les vers du nez à sa femme, puisqu'il est tellement occupé.

Adossé à l'évier, Cole croisa les bras et la dévisagea un instant.

— Ainsi, dit-il enfin, tu penses que la piste du père de l'enfant de Daria est plus pertinente que celle d'un pollueur soucieux de pouvoir continuer à polluer en paix ?

Bree secoua la tête avec découragement.

— Je n'en sais rien, reconnut-elle. Les deux pistes me semblent aussi réalistes l'une que l'autre, c'est pourquoi je tiens à n'en négliger aucune. Mais je dois avouer que même si Josh est impliqué, je l'imagine mal s'en prendre à Daria, surtout si elle était enceinte de lui.

— Tu n'as jamais entendu dire que le pouvoir absolu corrompt absolument ? Cet homme est un politicien qui nourrit les plus hautes ambitions. En dépit de la morale hollywoodienne qui semble prévaloir dans ce pays de nos jours, un enfant illégitime de son ex-petite amie pourrait causer la ruine de son mariage — et sa ruine tout court, car je suppose qu'il doit y avoir des monceaux de dollars venus tout droit des champs de canne à sucre dans ses coffres de campagne. Sans parler de sa réputation. Après ça, difficile de proclamer : « Vous pouvez lui faire confiance ! » à la face de ses électeurs…

— Mais je le connais depuis des années ! protesta Bree. Je suis sûre qu'on peut lui faire confiance pour…

Soudain, elle se couvrit le visage de ses mains et éclata en sanglots. Elle entendit Cole s'approcher et se laissa faire quand il la força doucement à se lever pour la prendre dans ses bras. Avec reconnaissance, elle nicha sa tête contre son épaule et fit de son mieux pour se reprendre.

— Je… je ne sais pas ce qui m'a pris…, balbutia-t-elle d'une voix entrecoupée de sanglots.

Elle prit le mouchoir qu'il lui tendait et s'épongea les yeux avant de poursuivre :

— On dirait que c'est tout ce que je sais faire, ces temps-ci : passer de l'héroïsme à l'hystérie.

Elle ne lui dit pas ce qui avait motivé sa crise de larmes, mais peut-être Cole avait-il compris. Alors qu'elle lui faisait part de sa certitude de bien connaître Josh, elle avait réalisé qu'elle avait répété à l'envi la même chose de Daria — et qu'elle s'était trompée.

— Reste ici à te reposer ce matin…, suggéra-t-il d'une voix douce en lui caressant les cheveux. Vers midi, tu n'as qu'à me rejoindre sur le quai du *Fun & Sun*. Nous irons déjeuner au Grog Shop. Laisse Manny s'occuper des affaires courantes et contente-toi de surveiller les e-mails, au cas où une piste intéressante se présenterait de ce côté-là.

Appelle-moi sur mon portable s'il y a du nouveau. Moi, je me charge de tenir Verdugo à l'œil.

— A vos ordres, mon capitaine ! lança-t-elle en portant la main à son front, en une parodie de salut militaire.

Cole éclata de rire mais il ne fut pas dupe. Briana Devon n'était pas le genre de femme à se laisser dicter sa conduite.

Lorsque Bree descendit relever les e-mails après le départ de Cole, Manny l'accueillit en lui tendant une lettre.

— Pour toi…, expliqua-t-il. Lance, le plongeur rouquin, celui qui a ramené tes palmes, vient juste de l'apporter. Ça vient de son patron et il m'a dit que c'était privé.

Avec autant de réticences que s'il s'était agi d'un colis piégé, Bree prit l'enveloppe. Ce qu'elle n'avait pas tout de suite remarqué lui sauta alors aux yeux. Manny avait pris possession du bureau de Daria pour en faire le sien. Son nom trônait en bonne place, ainsi que ses photos de famille, et le mazagran coloré que sa sœur avait pour habitude de remplir de son café du matin était plein de maté fumant. Un tournevis et une clé étaient posés sur le sous-main, comme si Manny avait commencé à en faire une annexe de son royaume de l'arrière-boutique.

Mordillant sa lèvre inférieure, Bree gagna son bureau et décacheta l'enveloppe. A l'intérieur se trouvait un simple feuillet couvert de l'écriture nette et précise de Sam.

*Je sais que tu es encore secouée, mais je te demande de réfléchir à ma proposition. Il me semble que c'est le bon moment pour toi de me vendre ton affaire, comme je t'en avais fait la proposition l'année dernière. Rappelle-toi, ton beau-frère y était favorable. Demande à ton avocat de contacter le mien. Je m'engage à reprendre Manny, à augmenter substantiellement mon offre, et à racheter ton local, pour que tu puisses te sentir libre de t'installer où bon te semble. S. Travers.*

Bree ne parvenait pas à y croire. Après tout le mal qu'elle s'était donné avec Daria pour créer cette entreprise à partir de rien, s'imaginait-il réellement qu'elle allait accepter de tout lâcher et de quitter le pays la queue basse ? Elle dut résister à l'envie de faire des confettis de cette proposition, qui pouvait devenir une pièce à conviction au cas où Sam se retrouverait d'une manière ou d'une autre mêlé à la mort de sa sœur.

Manny se leva et contourna le bureau de Daria — ou plus exactement le sien — pour la rejoindre.

— Qu'est-ce que c'est ? demanda-t-il.

— Ferme la boutique, répondit-elle en se levant. Nous allons aller dire deux mots à Sam Travers. Si je comprends bien, ils ne sont pas encore partis pour Sarasota.

— Qu'est-ce que c'est ? répéta Manny.

— La deuxième tentative de Sam pour nous racheter et pour t'embaucher par la même occasion.

— Jamais de la vie ! gronda-t-il en serrant les poings. J'ai travaillé dur ici pour en arriver là, ce n'est pas pour aller me faire donner des ordres par quelqu'un d'autre !

En se détournant de lui, Bree se mordit une nouvelle fois la lèvre inférieure. Elle n'aimait pas l'entendre parler ainsi, et elle était fatiguée de toujours accorder à Manny le bénéfice du doute sous prétexte qu'il avait des ennuis familiaux. Bon sang ! Elle aussi rencontrait quelques problèmes… Mais il serait toujours temps plus tard de mettre les choses au point et de lui faire comprendre qui était l'associé principal dans cette affaire. Pour le moment, elle était décidée à dire haut et fort à Sam Travers sa façon de penser. En espérant qu'il ne réagirait pas en décidant de la tailler en pièces…

Manny s'empressa de fermer boutique et emboîta le pas à Bree sur le trottoir.

— On ne prend pas le truck ? s'étonna-t-il.

— Ce n'est pas si loin, répondit-elle. Je préfère marcher. Cela m'aidera peut-être à me calmer.

Chemin faisant, Bree fut surprise de voir tant de gens la saluer ou lui adresser quelques encouragements. Cela lui fit plaisir et la conforta dans la conviction qu'elle avait bien fait de dénoncer publiquement les agissements de ceux qui avaient cherché à fausser son rapport.

En approchant du siège de l'entreprise de Sam, un grand immeuble de deux étages qu'elle connaissait depuis qu'elle y avait fait les quatre cents coups avec Ted dans leur enfance, la première personne qu'elle vit fut Ric, grimpé en haut d'une échelle. Il était en train de repeindre l'enseigne qui indiquait : « Sam Travers & Fils, Recherches et Sauvetages en mer ». Après la mort de Ted, Sam n'avait jamais pu se résoudre à rectifier sa raison sociale. Cela n'était pas près de changer, puisque Ric se contentait manifestement de raviver les couleurs. Autrefois, Ted avait promis à son père qu'au terme de son engagement, s'il ne faisait pas carrière dans l'armée, il viendrait travailler avec lui. Sam l'avait pris au mot et avait sans attendre hissé le pavillon familial, comme si l'affaire était entendue. Un pavillon qu'il n'avait plus baissé depuis, malgré la défection involontaire de son fils.

En plus du fait qu'il était capable de grimper sur une

échelle pour atteindre le premier étage, Bree nota quelque chose d'intéressant à propos de Ric.

— Manny ? demanda-t-elle à mi-voix. Tu en connais, toi, des types qui mettent des gants pour repeindre une enseigne ?

Elle remarqua également qu'il s'agissait de coûteux gants de plongée, ce qui rendait la chose encore plus insolite.

— Chacun son style…, maugréa Manny, qui ne voyait pas où elle voulait en venir.

Mais, pour Bree, un homme aux mains gantées grimpé sur une échelle pouvait difficilement passer inaperçu. Après le rapport devant la Commission, la veille, Ben lui avait indiqué que Mari n'avait relevé aucune autre empreinte que les siennes et celles de Daria dans sa chambre. La conclusion s'imposait d'elle-même : le mystérieux visiteur qui avait emporté le sous-verre du Gator Watering Hole portait des gants.

— Malheureuse ! s'exclama Manny en la retenant par le coude. Ne passe pas sous l'échelle, ça va te porter malheur !

— Super ! Si j'en fais le tour, je suis sûre que ma chance va grimper en flèche !

Le sarcasme lui avait échappé. Bree le regretta aussitôt.

— Hé, Briana ! cria Ric du haut de son échelle.

Elle était encore tellement en colère qu'elle fut tentée de passer son chemin sans lui répondre. Mais ce pouvait être une bonne idée de parler à ce type, songea-t-elle. Son père n'avait-il pas coutume d'affirmer qu'on peut attraper plus de mouches avec du miel qu'avec du vinaigre ?

Levant les yeux, Bree les abrita sous sa main du soleil matinal.

— Salut, Ric ! lança-t-elle d'un ton léger. Je croyais que vous seriez à Sarasota en train de poser des détonateurs.

Pour un homme de sa corpulence, Ric descendit avec une agilité surprenante de son échelle. En le détaillant des pieds à la tête, alors qu'il se tenait entre Manny et elle, Bree vit qu'il avait bien la même taille que l'homme qui l'avait assaillie à l'extérieur du Gator Watering Hole.

— On part tous demain à la première heure, répondit-il. On restera là-bas deux semaines, le temps de foutre en l'air quelques vieilles piles de pont et d'évacuer les débris.

Il lui adressa un sourire étrange, qui relevait à peine les commissures de ses lèvres. Ric ne portait pas de lunettes de soleil et Bree put constater qu'il avait des yeux aussi sombres que ceux de son agresseur. Tout en parlant, il avait ôté ses gants, révélant des mains manucurées et à l'auriculaire droit un anneau serti de petits diamants. Peut-être cela suffisait-il à expliquer ces précautions. Bree s'en voulait de ne pas avoir porté davantage attention aux mains de l'homme en noir. Mais si Ric et lui ne faisaient qu'un, pourquoi aurait-il pris le risque de se faire reconnaître en venant lui parler ? A moins qu'il n'ait cherché à la mettre en confiance pour l'attirer dans un piège et finir le travail…

— Sam est doué pour les démolitions, poursuivit Ric. C'est grâce à son expérience du Viêt-nam. Il nous a beaucoup appris, à Lance et à moi.

Ignorant Manny, qui fronçait les sourcils de la voir frayer avec l'ennemi, Bree se prêta à la conversation.

— Un travail dangereux, pas vrai ? Mais je suppose que c'est ce qui fait son intérêt.

— Exact, reconnut-il en laissant ses yeux courir sur elle. La pompe à adrénaline n'a pas le temps de refroidir. Mais ça paye mieux que le travail habituel. Du simple au double. Sam appelle ça la prime de combat. Ecoute, Briana…

Ric vint s'interposer entre elle et Manny, le dos tourné à celui-ci. Manny émit un grognement de mécontentement mais s'éloigna pour les laisser discuter entre eux.

— … Je suis vraiment désolé de ce qui est arrivé à ta sœur, reprit-il. Et je suis heureux d'avoir pu te donner un petit coup de main pour la retrouver.

Bree acquiesça d'un hochement de tête et baissa les yeux sur ses mains. Tout en parlant, il tordait ses gants entre ses poings, comme il aurait pu le faire du cou d'un être humain. Baissant la voix, il se pencha plus près d'elle encore pour ajouter :

— Quand je serai revenu, on pourrait aller plonger dans un coin tranquille, tous les deux — juste pour se changer les idées, pour le fun. On pourrait peut-être pousser jusqu'aux Keys ? Je devine ce que la mort de Daria a pu te faire, mais il est temps de recommencer à vivre, en mémoire d'elle.

Bree en resta un instant sans voix. La suggestion de Ric qu'elle devait recommencer à vivre en mémoire de sa sœur la remuait profondément. Mais le culot dont il faisait preuve en la draguant en de telles circonstances la mettait hors d'elle. Frank et Viv Holliman, déjà très forts en ce domaine, avaient trouvé leur maître.

— Cela dit, conclut-il, je comprendrais que tu sois déjà liée avec un autre homme. Je ne veux pas me rendre odieux ou marcher sur les plates-bandes d'un d'autre.

— Merci de ton offre, répondit Bree de manière aussi neutre que possible.

De crainte de perdre son sang-froid, elle décida de mettre un terme à cette conversation. Néanmoins, elle ne put s'empêcher d'ajouter, en levant les yeux sur l'enseigne qu'il repeignait :

— C'est bizarre, de voir un plongeur sur une échelle…

— Tu connais l'adage : touche-à-tout, bon à rien !

Il avait dit cela avec un sourire d'autodérision et un haussement d'épaules qui le rendaient presque charmant. Sauf que parmi les talents de ce « touche-à-tout » pouvaient figurer l'attaque de femmes esseulées à la clé à molette et le vol avec effraction…

— Encore merci pour ces gentilles paroles, conclut-elle. Mais je dois maintenant en échanger quelques-unes avec Sam qui le seront beaucoup moins. Et bonne chance pour ce chantier de démolition à Sarasota !

Tandis qu'elle gagnait la porte du magasin, Manny lui glissa en aparté :

— J'ai compris… Tu cherchais à savoir si c'est lui qui t'a agressée.

Il venait de lui ouvrir la porte pour lui céder le passage et elle n'eut pas le temps de lui répondre.

— Qu'est-ce qui se passe ? s'étonna Amelia en accueillant Ben. Tu n'as pas de déjeuner de travail aujourd'hui ? Tu ne te sens pas bien ?

En entendant la porte du garage s'ouvrir, elle avait jeté un coup d'œil par la fenêtre et avait été surprise de voir la voiture de son mari s'engager dans l'allée.

— En fait, répondit-il, je suis passé voir comment toi tu vas.

— Je vais bien. Je te prépare quelque chose ?

— Bien sûr ! Pourquoi pas une pizza congelée, comme celles qui faisaient notre ordinaire quand je finissais mes études ?

— A l'époque, on n'avait pas les moyens d'ingurgiter autre chose. Aujourd'hui, on a plus de choix et on peut se nourrir sans se boucher les artères.

Rapide et efficace comme à l'accoutumée, Amelia se mit à sortir divers ingrédients des placards.

— En fait, poursuivit Ben en sortant deux Cocas Light du réfrigérateur, je suis aussi rentré parce que j'ai une ou deux choses à te dire. D'abord, que l'on n'a pas trouvé d'autres empreintes que celles de Daria et Bree dans la chambre de Daria.

La main rivée au couvercle du pot de beurre de cacahuète, Amelia fixa longuement la porte du placard, comme si elle avait été capable de lire dans les lignes du bois.

— C'est étrange..., murmura-t-elle, de penser que Daria puisse être partie et que ses empreintes demeurent. Il y a tant d'endroits où ses doigts se sont posés !

Secouant la tête, elle ajouta :

— Désolée ! Cela doit te paraître ridicule. Qu'avais-tu d'autre à me dire de si important pour que tu te donnes la peine de rentrer ce midi ?

— L'autopsie a révélé autre chose.

Comme pour ponctuer sa phrase, Ben souleva la capsule d'une boîte de Coca, ce qui la fit sursauter.

— Il y avait un homme dans la vie de Daria, reprit-il. Elle était enceinte.

Amelia étouffa sous sa main un hoquet de soulagement. Son cœur battait à tout rompre. Elle avait cru savoir ce qu'il allait lui dire. Par exemple, que Daria avait été bousculée peu de temps avant sa mort, ou qu'on savait qui l'avait poussée contre la barre de son bateau. Mais, naturellement, cela n'avait aucun sens. C'était son sentiment de culpabilité qui la rattrapait. Puis la réalité de ce que Ben venait de lui révéler la heurta de plein fouet. Enceinte ! Daria était enceinte ! Ce qui signifiait que deux vies avaient été prises : celle de sa sœur, et celle d'un neveu ou d'une nièce dont elle ignorait tout, et qu'elle ne connaîtrait jamais.

Amelia lutta contre le vertige qui s'emparait d'elle et s'agrippa au plan de travail pour ne pas chanceler. L'espace d'un instant, elle eut l'impression qu'elle allait vomir dans l'évier. Puis le malaise passa et elle s'entendit demander d'une voix détachée :

— Bree n'a pas idée de… qui il peut s'agir ?

— Non. Et je la crois. Elle s'est lancée dans une nouvelle croisade parce qu'elle est persuadée que le père de l'enfant peut être responsable de la mort de Daria.

Amelia serra de plus belle le bord du plan de travail. Ben vint se placer derrière elle et posa les mains sur ses hanches. Comme si les enfants étaient à la maison et pouvaient les entendre, il lui murmura à l'oreille :

— Je t'ai pris un rendez-vous, tard cet après-midi, avec un bon docteur — une sorte de conseiller familial.

Figée sur place, Amelia se sentait transie jusqu'à l'os.

— Un psychologue, traduisit-elle. Ou un psychiatre… Comme c'est commode qu'un spécialiste puisse m'accorder un rendez-vous sur un claquement de doigts de toi !

— Chérie…, argumenta Ben. Il a rajouté un rendez-vous sur son agenda par faveur spéciale pour moi. C'est un peu tard, mais je pourrais te conduire chez lui pour le premier rendez-vous. C'est quelqu'un à qui tu pourras parler en toute confiance, comme on le fait à un avocat.

Amelia hocha lentement la tête. Mentalement, elle tentait de résumer ce qu'il venait de lui apprendre. Bree avait donc raison sur un point : quelqu'un devait avoir eu envie de réduire Daria au silence, en plus de sa sœur aînée qui avait voulu lui faire ravaler ses insultes. Un homme, quelque part, pouvait avoir eu un motif de se débarrasser d'elle. Mais, au fond, cela ne changeait pas grand-chose. La cause de la mort n'était-elle pas la noyade ?

— Tu prends tout cela bien mieux que je ne l'avais

craint, constata Ben avec une certaine inquiétude. Beaucoup mieux que Bree, en tout cas.

De nouveau, Amelia acquiesça machinalement d'un signe de tête. Il était préférable que son mari s'imagine qu'elle allait mieux, et il lui faudrait faire en sorte que le psy pense de même. Elle n'avait pas l'intention de révéler à quiconque qu'elle s'était emparée ce matin-là du pistolet de Ben dans le tiroir de son bureau. Elle seule saurait qu'elle était restée des heures à le contempler avec fascination, jusqu'à ce qu'elle se rende compte qu'il était midi passé en entendant s'ouvrir la porte du garage. Il valait mieux qu'on ignore également qu'elle avait loué un bateau dont elle ignorait le maniement dans le but de reprendre avec Daria leur dispute interrompue. Daria qui lui avait révélé, dans le feu de la conversation, qu'elle ne plongerait pas avec Bree ce jour-là. Oui. Tout cela, il valait mieux qu'elle le garde pour elle.

Se retrouver dans la boutique de Sam Travers, aux yeux de Bree, équivalait à un voyage dans le temps. Rien n'avait changé depuis l'époque où elle fréquentait les lieux avec Ted. Dans leur enfance, il leur était arrivé à tous les deux d'y faire de petits boulots pour Sam. Et après la désertion de sa femme et leur divorce, il avait emménagé avec son fils au dernier étage. Sam vivait à présent ailleurs, mais, pour autant que Bree pouvait en juger, un escalier extérieur dans lequel elle s'était souvent faufilée en compagnie de Ted menait toujours à ce qui avait été leur appartement.

Il y avait tout de même quelques innovations. Au comptoir d'accueil, un nouveau venu officiait au standard téléphonique et derrière le micro-ordinateur — une des rares concessions de Sam à la modernité, avec le GPS et le sonar. Autre nouveauté : un poster derrière lui reproduisait une sorte de comptine édifiante à côté de laquelle il était difficile de passer.

« Un clou vint à manquer et un fer on perdit
Faute d'un fer, une monture on perdit
Faute d'une monture, un cavalier on perdit
Faute d'un cavalier, la bataille on perdit
Perdue la bataille, le royaume on perdit. »

— Puis-je vous aider, mademoiselle Devon ? demanda l'employé.

Elle ne se rappelait pas l'avoir déjà rencontré, mais tout le monde ces jours-ci semblait connaître son visage et son nom — ou ceux de Daria. Avant que Bree ait pu lui répondre, Sam émergea de l'arrière-boutique. Son employé, sans ajouter un mot, se leva et lui céda sa place.

— Tu aimes ? demanda Sam en désignant le poster d'un coup de menton. Ça veut dire qu'il suffit de pas grand-chose pour gâcher la vie d'un homme.

— J'avais compris.

Bree songea à ce temple à la mémoire de son fils que Sam, selon Lance, son deuxième plongeur, avait installé dans le grenier de cette bâtisse. Ce poster, manifestement, comme beaucoup de choses dans la vie de cet homme, participait de cette obsession du souvenir. Bien qu'étant là pour tout autre chose, elle ne put s'empêcher de lui demander :

— Dis-moi… C'était facile, pour toi, de nous différencier, Daria et moi ?

Sam haussa les épaules.

— Je ne vois pas ce que ça vient faire là, grommela-t-il. Son sourire n'était pas tout à fait pareil au tien, et elle était un peu plus nerveuse que toi, du moins ces derniers temps. Quant au physique, difficile de vous distinguer l'une de l'autre. Tout ce que je sais, c'est qu'elle n'aurait jamais jeté mon fils comme tu l'as fait.

Bree décida d'ignorer cette pique. S'il lui était difficile de faire la différence entre les deux jumelles, Sam aurait donc pu croire s'en prendre à elle le jour de la tempête et tuer Daria par erreur. Ou alors il avait pu envoyer Ric faire le sale boulot, et c'était lui, qui ne parvenait pas à les distinguer l'une de l'autre, qui s'était trompé.

— Assez bavardé ! décréta-t-elle sèchement. Je suis venue te parler en mon nom comme au nom de Daria. Nous avons décliné ta première offre de rachat, et je décline la deuxième car je sais qu'elle aurait été d'accord avec moi. Manny, mon nouveau partenaire, est de cet avis lui aussi.

Sam n'accorda pas un regard à Manny. Ses yeux noirs de colère restaient rivés à ceux de Bree.

— Comme tu voudras.

Il avait dit cela en haussant les épaules, mais les rides de contrariété qui lui plissaient le front prouvaient que cette décision ne le laissait pas aussi indifférent qu'il voulait bien le faire croire. Et lorsque Bree aperçut la clé à molette qui dépassait de sa poche comme une menace silencieuse, elle frissonna et ne put s'empêcher de reculer d'un pas. Elle avait été bien inspirée, songea-t-elle, de se faire accompagner par Manny. Car lorsque Ric parut sur le seuil avec sa boîte de peinture à la main, elle se sentit pour le moins cernée.

— C'est tout ce que j'ai à dire, conclut-elle en s'efforçant de ne rien laisser paraître de son trouble.

Sam croisa les bras et maugréa :

— Et en ce qui me concerne, je n'ai rien à ajouter. Je t'ai fait cette offre en toute bonne foi, pour te rendre service et dans l'espoir que tu saisirais l'opportunité de débarrasser le plancher pour que je n'aie plus jamais à te voir, à te parler ni à penser à toi. A présent, dehors ! Tu n'as rien à faire chez moi. Il y a longtemps que tu n'y es plus la bienvenue.

Sans se faire prier, Bree pivota sur ses talons et sortit. En son for intérieur, elle se promit de revenir lorsque Sam et ses deux plongeurs seraient à Sarasota. Dans ce temple à saint Ted qu'il était censé avoir dressé dans son grenier, peut-être lui serait-il possible de trouver des éléments à charge contre lui.

# 19

A son retour au bureau des Deux Sirènes, Manny dans son sillage, Bree tomba nez à nez avec Nikki Austin. Seule pour une fois, elle descendait d'une imposante voiture noire garée devant la boutique.

— Bree ! s'exclama-t-elle. J'ai voulu passer voir comment vous alliez, depuis la dernière fois.

La prenant au dépourvu, elle se précipita vers elle pour lui donner une accolade franche et chaleureuse, sans rapport avec le simulacre guindé de leur précédente rencontre.

— Josh et Mark participent à un banquet du Rotary Club en ville, précisa-t-elle. Alors j'ai pris la voiture pour faire un saut ici. La couverture médiatique de votre rapport à la Commission est tout simplement fabuleuse !

D'autant plus fabuleuse, ajouta Bree pour elle-même, que cela multipliait pour Josh les occasions de s'exprimer sur le sujet…

— Je viens de faire un tour en ville, dit-elle. C'est fou le nombre de gens qui me reconnaissent et me saluent d'un seul coup… Vous avez le temps d'entrer ?

Grimaçant un sourire d'excuse, Nikki secoua la tête.

— En fait, dit-elle d'un ton hésitant, je me demandais — et Josh également — si vous ne pourriez pas laisser tomber les médias et saisir notre offre de prendre un peu de repos chez nous.

Tandis que Manny déverrouillait la porte, Bree marqua un temps d'hésitation. L'arrivée opportune de la femme de Josh ne constituait-elle pas un signe qu'elle pouvait donner suite à son projet de leur rendre visite ?

— C'est tellement gentil de votre part, répondit-elle. Mais vous êtes tous les deux si occupés, je ne voudrais pas vous déranger.

— Josh a un agenda plein à craquer aujourd'hui, expliqua Nikki. Il ne pourra pas nous rejoindre avant ce soir. Mais il est prévu que Mark me ramène en jet chez nous dans…

De son sac, Nikki tira un petit portable élégant qu'elle ouvrit et qu'elle consulta avant de conclure :

— … approximativement une heure et demie. Laissez-vous tenter ! Cela vous fera du bien de changer d'air.

Bree savait que Cole n'allait pas aimer ça, mais c'était une opportunité trop idéale pour ne pas la saisir. Pour parvenir à ses fins, elle était prête à prendre des risques, tout comme Cole le faisait en s'accrochant aux basques de Verdugo.

— C'est d'accord ! lança-t-elle avec un grand sourire. Si toutefois il vous est possible de me ramener ici demain…

— Demain après-midi sans faute ! promit Nikki. Figurez-vous que Josh doit participer à un rassemblement à votre ancien lycée… Vous allez adorer le pays de la canne à sucre, Briana. Ses kilomètres de champs, à perte de vue. Il y a dans cet endroit un je-ne-sais-quoi qui fait du bien à ceux qui doivent se remettre des coups durs de l'existence.

***

— Beau travail, commenta Dom Verdugo derrière Cole. Ce lambris taillé sur mesure sera du plus bel effet.

Depuis qu'il s'était un peu disputé avec Bree au téléphone à cause de sa décision d'accepter l'invitation des Austin, Cole travaillait d'arrache-pied. Il était à ce point préoccupé qu'il n'avait pas entendu Verdugo arriver. Etant donné qu'il avait passé également un peu de temps à écouter aux portes, ce manque de vigilance n'était pas sans l'inquiéter.

— Heureux que ça vous plaise, répondit-il tout en restant concentré sur son travail. Content également que vous n'ayez pas changé d'avis. Vous paraissiez plutôt soucieux, hier, en sortant de la réunion publique de la Commission. Il faut une sacrée dose d'optimisme pour continuer à croire que ce bateau pourra trouver son port d'attache à Turtle Bay…

— J'ai un don pour faire que mes rêves se réalisent.

Cole acheva de clouer la plinthe qu'il venait de tailler et se redressa pour lui faire face.

— C'est ce que doit penser également celui qui a fait en sorte de reverdir miraculeusement le site de Trade Wreck.

Le visage de Verdugo ne changea en rien. Il n'éleva même pas la voix pour demander :

— Ce qui signifie ?

— Vous êtes un homme intelligent. Vous ne pouvez pas ne pas réaliser qu'on pourrait vous suspecter.

— Peu importe. Je n'ai rien à craindre des ragots, surtout qu'il existe une liste de coupables potentiels longue comme le bras.

Ce n'était pas un aveu, mais Cole se demanda si ce n'était pas une sorte de reconnaissance implicite.

Faisant tournoyer en l'air son index dressé, Dom Verdugo poursuivit, en le fixant au fond des yeux :

— Il existe dans les environs une coalition de propriétaires et de marchands qui ne demandent pas mieux que de voir cet endroit se développer. Mon bateau apportera exactement ce dont ils ont besoin. Nul ne peut arrêter le progrès. Surtout ici, au sud de la Floride. Quoi qu'il en soit, vous vous imaginez vraiment que je serais du genre à faire un truc pareil ? Dites-moi... De quel côté êtes-vous, DeRoca ?

Cole n'hésita pas une seconde.

— Du côté de Briana Devon. Que l'on ait pu saboter son travail et celui de sa sœur depuis des mois est un scandale. Sans parler de ce qui est arrivé à Daria.

— Je peux le comprendre. Et compatir. Mais les tragédies arrivent, dont certaines restent à jamais inexpliquées. Vous feriez bien de ne pas l'oublier.

Cela ressemblait à une menace. Cole soutint le regard de son vis-à-vis sans ciller.

— Mais parlons d'autre chose ! lança gaiement Verdugo.

Comme s'il le tirait de sa manche, il fit rouler dans sa paume un peu de ce pop-corn au caramel dont il était friand avant d'ajouter :

— J'étais venu vous prévenir que j'ai lancé des invitations à tout le gratin local, aux membres de la Commission et aux décideurs politiques. J'organise une croisière sur ce petit bijou vendredi soir. Histoire de corrompre tout le monde, naturellement... Pas de jeux de hasard, mais il y aura de quoi manger, de quoi boire et de la bonne musique live. Je tiens à expliquer moi-même à tous ces braves gens que nos bateaux *Fun & Sun* seront désormais équipés de systèmes de collecte et de stockage des eaux usées qui leur permettront de ne rien rejeter en mer. Tous nos déchets seront récupérés, stockés et traités à terre.

— Si je vous comprends bien, conclut Cole, vous aimeriez que tout soit fini pour vendredi.

— Seulement si cela vous semble possible sans bâcler le travail. Vous êtes naturellement doublement invité. En tant que partenaire de ce projet, et en tant que membre de la Commission. Amenez Briana, si ça lui dit. Cette croisière, c'est une bonne opération de relations publiques, pour vous comme pour moi.

— Qu'est-ce que vous préférez faire, Mark ? demanda Bree. Répondre à la presse, piloter cet avion, ou escorter le candidat et son épouse ?

Mark Denton était aux commandes de l'hydravion blanc Cessna quatre places dans lequel Nikki et Bree s'étaient installées. Prétextant un discours à écrire, la femme de Josh s'était assise à l'arrière, laissant le siège du copilote à leur invitée. La vue qu'allait lui offrir cette place de choix durant la petite heure de vol était stupéfiante, et Bree ne boudait pas son plaisir. Après Naples et les lotissements en construction de ses faubourgs, qui partaient comme autant de tentacules à la conquête de la campagne environnante, les vastes étendues vierges des Everglades s'étaient offertes à leur regard. Les eaux des marais reflétaient le ciel comme autant de miroirs. Peu de temps après avoir traversé Alligator Alley, ils avaient survolé la réserve indienne séminole, puis de vastes étendues de champs de légumes et d'agrumes. A présent, cap au nord-est, ils se dirigeaient vers le lac Okeechobee et le pays de la canne à sucre.

— J'ai appris à voler sur le tard, répondit Mark. J'ai fait mes débuts dans les médias et les relations publiques.

Une fois encore, Bree songea que, pour de telles fonctions, cet homme ne paraissait pas spécialement ouvert ni avenant. Mais après tout, peut-être avait-il un réel talent pour la rédaction des communiqués de presse et la mise au point de stratégies de communication.

— Vous êtes marié ? s'enquit-elle.

— A mon travail, pour l'instant.

Tout en admirant le paysage qu'ils survolaient, Bree l'observait à la dérobée. Un chaume noir couvrait son crâne rond et régulier. Avec ses cheveux en brosse, il la faisait penser à un marine. Les arcs épais de sourcils bien marqués couronnaient ses yeux brun foncé, pour l'instant masqués par ses lunettes de pilote qui renvoyaient à Bree son reflet chaque fois qu'il la regardait. Son nez un peu aquilin devait avoir un jour été brisé. Et, comme à son habitude, il parlait sans donner l'impression de bouger les lèvres. Bree avait la sensation qu'il ne l'aimait pas, mais peut-être simplement n'approuvait-il pas cette invitation de dernière minute et pensait-il que ses patrons auraient mieux fait de se concentrer sur leur campagne électorale.

Malgré le bruit du moteur, Bree savait que Nikki, assise juste derrière elle, pouvait entendre tout ce qui se disait. Elle ne se privait pas d'intervenir de temps à autre, et c'est ce qu'elle fit quand un long silence s'éternisa dans l'habitacle.

— Un jour, dit-elle, Mark conduira ce petit joujou jusqu'à la Maison Blanche.

— Vous allez devoir reprendre des cours de pilotage pour prendre les commandes d'Air Force One ! plaisanta Bree.

Mais s'agissait-il réellement d'une plaisanterie ? Josh lui avait fait part des ambitions que sa femme nourrissait pour lui sur le ton d'une boutade, mais il paraissait réellement tout mettre en œuvre pour gravir un à un tous les échelons du pouvoir. D'ailleurs, ce fut avec le plus grand sérieux que Mark Denton répondit :

— Je me verrais plutôt porte-parole de la Maison Blanche. Un porte-parole qui ne se contenterait pas de répéter comme un perroquet la ligne du parti mais qui aurait son mot à dire et qui pèserait sur les décisions. Qu'en pensez-vous, First Lady ?

Nikki ne répondit pas et se contenta de lui décocher un amical coup de poing dans l'épaule.

— Voilà Clewiston, devant nous…, reprit-il. La ville la plus douce des Etats-Unis !

L'avion amorça un virage sur l'aile et se mit à descendre. Pointant du doigt les champs qui se déroulaient en un tapis sans fin jusqu'à l'horizon, il ajouta :

— Et à partir d'ici, nous survolons la canne à sucre de la plantation Grann.

L'avion piqua dans un ciel d'un bleu soutenu. Bree se sentit gagnée par un léger vertige. Descendre dans l'azur en direction de ces vertes étendues lui faisait le même effet que plonger dans une eau translucide vers un fond marin préservé et pur. Ce qui n'était hélas plus le cas des zones côtières au large de Naples.

Elle avait déjà eu l'occasion d'observer un champ de canne à sucre, mais elle n'y avait pas prêté beaucoup d'attention. Elle savait que les plants, hauts et très verts, s'ornaient de touffes beiges à leur sommet, mais c'était à peu près tout. A présent, en découvrant le spectacle qui s'offrait à ses yeux, elle en demeurait pantoise. La campagne, sur des hectares de terre riche et noire, n'était qu'un gigantesque champ de hautes plantes d'un vert soutenu. Le soleil faisait briller les traces parallèles des rails qui conduisaient les wagons de canne chargés à bloc directement aux raffineries.

— Ces grosses machines sont-elles des moissonneuses ? s'enquit-elle.

Elle désignait quelques monstres de métal garés près d'un hangar au toit de tôle. Mark acquiesça d'un signe de tête.

— Mieux vaut ne pas se trouver sur leur passage quand elles entrent en action ! La véritable moisson ne commence que dans deux semaines, mais quelques-unes effectuent déjà quelques essais.

Il était un peu plus disert, comme si le fait d'arriver à destination le détendait enfin.

— Tout ça pour satisfaire le goût prononcé de l'Amérique pour les sucreries ! poursuivit-il. Grand Sugar, la firme du père de Nikki, est le troisième pourvoyeur national de sucre après U.S. Sugar et Crystal. Et là-derrière, à l'horizon, vous pouvez apercevoir le lac Okeechobee. Il borde la plantation Grann. Nous allons nous poser dessus, gagner le dock privé et finir le trajet dans le 4x4 qui nous y attend.

Bree s'émerveillait de la beauté de cette vaste étendue d'eau bleue qui scintillait des Everglades jusqu'au golfe. Elle se demanda s'il était possible d'y plonger.

— Je n'avais jamais vu l'Okeechobee de si haut ! lança-t-elle. Vous savez ce que ce nom signifie ?

— « Les grandes eaux », en séminole.

— On comprend pourquoi.

Bree commençait également à comprendre que la fortune de celui que l'on surnommait King Cane plongeait profondément ses racines dans la terre de cet Etat. Non seulement pour satisfaire le goût immodéré de la nation pour le sucre, comme l'avait rappelé Mark, mais également pour remplir les coffres de divers hommes politiques, ainsi que Cole l'avait souligné. Et peut-être cette influence venait-elle d'avoir des prolongements inattendus sur le site de Trade Wreck, pour éviter que ne soit mis en évidence le rôle joué par la culture de la canne à sucre dans l'empoisonnement des eaux du golfe.

Bree ouvrit de grands yeux quand elle aperçut, au bout d'une allée bordée de chênes, la maison des Austin, située à un peu plus de un kilomètre de la résidence de Cory Grann, devant laquelle ils étaient déjà passés.

— C'est magnifique ! glissa-t-elle à Nikki, installée sur le siège arrière du 4x4 que Mark Denton conduisait. On dirait la maison d'*Autant en emporte le vent*…

— Vous ne trouverez pas Rhett Butler à l'intérieur ! dit-elle en riant. Pour ma part, j'ai toujours détesté ce film. La fin est trop triste. Et cette femme idiote, qui s'amourache de l'homme qu'il ne faut pas.

— C'est ce que j'ai toujours pensé, moi aussi…, intervint Mark. Mais il est vrai qu'il ne faut pas trop demander à ce film. Même s'il se passe au temps de la guerre de sécession, ce n'est jamais qu'un film de nanas.

Roulant des yeux effarés, Nikki expliqua :

— En fait, j'ai un peu remodelé la maison d'origine — un cadeau de mariage de mon père. Je me suis inspirée d'une demeure que Josh et moi avons pu admirer à La Nouvelle-Orléans, lors de notre voyage de noces. Mais pour que ce soit vraiment réussi, j'ai dû importer des chênes verts et de la mousse espagnole. Il a fallu également abattre un tas de palmiers et arracher ces plantes aériennes qui s'accrochent aux arbres dans le secteur.

En somme, songea Bree, une minutieuse reconstitution en toc de la demeure d'*Autant en emporte le vent*. Si Nikki Austin était capable de se donner tant de mal pour de si minuscules détails, alors, comme Amelia, ce devait être une maniaque de la pire espèce.

Pendant que Mark garait le véhicule, Bree put constater que le porche à colonnade constituait une sorte de trompe-l'œil, car la maison en elle-même n'était pas aussi grande qu'elle en avait l'air. Avec une promesse de lui faire visiter les lieux quand elle se serait reposée, Nikki l'entraîna en haut d'un escalier en spirale jusqu'à la suite réservée aux invités avant de la laisser seule.

Bree déposa son sac sur le banc capitonné qui se trouvait au pied du grand lit à baldaquin et gagna la large baie. La vue — sans doute identique à celle que l'on découvrait de toutes les fenêtres du bâtiment — consistait en une mer de plants de canne à sucre de près de quatre mètres de haut. La limite du champ se situait juste de l'autre côté de l'étroite pelouse, de telle sorte que la demeure avait l'air assiégée de tous côtés. L'omniprésence de la canne à sucre mettait Bree mal à l'aise. D'une certaine manière, elle la rendait claustrophobe. Elle aurait pu lui rappeler l'océan, à cause des moutonnements qui soulevaient par endroits la masse des plants serrés les uns contre les autres, mais elle ne pouvait s'empêcher de trouver ce spectacle bien plus angoissant qu'agréable.

Sur une table en chêne, à côté de la fenêtre, se trouvait un plateau d'argent chargé d'un pichet de thé glacé, d'un verre, et de coupelles pleines de quartiers de citron, de glaçons, et de sachets de Grand Sugar. Bree y trouva également, dans un compotier en cristal orné en son centre d'une fleur jaune d'hibiscus, un assortiment de confiseries aux couleurs des plus exotiques. Amusée, elle songea qu'il n'y avait que chez les gens riches et célèbres que l'on pouvait voir ça. Etait-il possible que Daria se soit laissé éblouir par ce style de vie, pendant que son cœur se laissait conquérir une seconde fois par Josh ? Mais l'argent qui permettait ce luxe provenait de la famille de Nikki, pas de celle de son mari. Même si celui-ci avait imaginé pouvoir quitter sa femme pour Daria…

Bree secoua la tête et s'assit sur le lit. Elle allait trop loin. Pourtant… Ce rendez-vous pris par Daria pour aller se faire blanchir les dents l'intriguait toujours. Nikki Austin avait de parfaites dents immaculées et si régulières qu'elles auraient pu être fausses. Peut-être Daria s'était-elle sentie obligée de concurrencer sa rivale sur le plan de la beauté ? Ce qui aurait expliqué la présence inhabituelle de tous ces cosmétiques dans un tiroir de sa salle de bains. Et en allant un peu plus loin encore, Daria avait-elle fini par découvrir que le meilleur moyen de supplanter Nikki consistait à porter l'enfant de Josh ? Et, dans ce cas, comment Bree allait-elle pouvoir s'y prendre pour prouver que Daria et lui avaient renoué une liaison secrète ?

A la grande surprise de Bree, le père de Nikki vint les rejoindre dans une voiturette de golf pour un déjeuner tardif. Il se montra très attentionné avec elle, lui demandant s'il pouvait faire quoi que ce soit pour adoucir sa peine ou lui venir en aide.

— Nikki s'est montrée très gentille avec moi, lui assura-t-elle. Josh également.

Il faisait délicieusement frais dans la maison, grâce à l'air conditionné, mais ils dînèrent dans une véranda surchauffée. La cuisinière et gouvernante, une Haïtienne entre deux âges qui parlait avec un accent français, leur servit un consommé froid à la framboise et une salade de crabe. Sur la nappe en lin, la porcelaine et l'argenterie étaient de sortie. Au centre, des fleurs bleues de plumbago flottaient dans un plat empli d'eau dont le fond s'ornait de cailloux colorés. Bree les prit tout d'abord pour des billes de marbre, avant de réaliser qu'il s'agissait une fois encore de confiseries colorées.

En l'absence de Josh, Cory Grann jouait les maîtres de maison. Bree comprenait comment Marla Sherborne avait pu succomber à son charme, même s'il avait dû tout d'abord faire figure à ses yeux d'ennemi public numéro un. Ce veuf richissime n'était pas seulement séduisant et beau parleur. Il avait également le don de consacrer son entière attention à son interlocuteur du moment. Bree finit cependant par se demander si l'invitation des Austin était aussi généreuse et désintéressée qu'il y paraissait. Elle n'était peut-être pas la seule, dans cette maison, à avoir des arrière-pensées.

Après avoir habilement orienté la conversation dans le sens qui lui convenait, Cory se tourna vers elle.

— Voyez-vous, dit-il en la fixant avec intensité, voilà des années que l'industrie sucrière est rendue responsable de tout ce qui se passe mal dans les Glades. Et aujourd'hui, voilà en plus qu'on nous stigmatise en nous faisant porter le chapeau de la pollution des eaux du golfe.

— Ce qui est ridicule, ajouta Nikki, étant donné que les producteurs de canne n'utilisent plus de pesticides toxiques ni d'engrais chimiques non dégradables dans leurs champs. Il existe des élevages intensifs de bovins, au nord du lac O., qui doivent causer à l'environnement de véritables dégâts. Mais bien rares sont ceux qui s'en offusquent…

Cory approuva sa fille d'un vigoureux hochement de tête et enchaîna :

— Les officiels des comtés de Lee et de Collier feraient mieux de chercher les causes de la pollution et de la piètre qualité de leurs eaux dans leur propre cour. Idem pour ces satanés Khmers v…

Il s'était retenu juste à temps, mais Bree était certaine

qu'il avait failli traiter les écologistes de « Khmers verts », ainsi que le faisaient leurs adversaires les plus virulents.

— Je me laisse emporter..., reconnut-il avec un sourire penaud. C'est parce qu'il est fatigant et agaçant de toujours constituer une cible facile. De plus, à la longue, cela peut se révéler dangereux.

Bree sentit un frisson lui remonter l'échine, mais elle fit en sorte de n'en rien laisser paraître. Devait-elle interpréter ces paroles comme une menace voilée ?

— Je sais que vous êtes parvenu à convertir la sénatrice Sherborne, dit-elle.

Prenant appui des deux bras sur la table, Cory Grann se pencha vers elle pour lui répondre avec un sourire rusé :

— Marla sait combien nous avons investi dans les actions de dépollution. Et pour tant d'autres causes vertes de cet Etat.

Bree avait lu dans la presse que Grand Sugar avait contribué pour vingt-deux millions de dollars à diverses campagnes électorales et au financement de plusieurs lobbies en Floride. La firme de Cory Grann finançait également de nombreux spots publicitaires qui constituaient autant d'incitations à la consommation de sucre. Mais en dépit du manque d'intérêt nutritionnel de tels aliments, les Américains n'étaient pas prêts à se passer de leurs petites douceurs. Bree ne faisait pas exception, pas plus que Daria ne l'avait fait. Toutes deux, elles avaient toujours adoré les sucreries.

Bree se rappela alors que plus d'une fois sa sœur avait ramené à la maison des confiseries qu'elle prétendait avoir achetées. Des confiseries qui ressemblaient étrangement à celles que l'on trouvait à discrétion dans toutes les pièces de la vaste demeure des Austin.

# 20

Bree fut surprise de constater qu'après le repas elle s'était assoupie sur son lit sans même s'en rendre compte. Nikki la réveilla en venant lui annoncer que Josh serait là une demi-heure plus tard, et qu'ils iraient prendre un verre dans le jardin avant le dîner.

— Cette petite sieste vous a fait du bien…, assura-t-elle en la voyant confuse de s'être endormie. C'est bien pour vous reposer que vous êtes là, non ? Croyez-moi, je sais qu'il faut du temps pour surmonter de telles épreuves.

Bree crut qu'elle allait lui en dire plus, mais Nikki se contenta d'un pâle sourire avant de refermer la porte.

Bree prit le temps de se doucher, puis elle se changea, optant pour un pantalon et une blouse choisie avec soin. En quittant sa chambre, elle marqua une pause devant la porte entrouverte voisine de la sienne. C'était — ou plus exactement cela aurait dû être — une chambre d'enfant, avec ses pâles murs jaunes décorés d'arcs-en-ciel. Jaune également était la moquette. Mais il n'y avait aucun meuble pour occuper ce bel espace lumineux. Le nid douillet était vide. L'ensemble laissait une impression de tristesse, comme un cadeau qui n'aurait jamais été ouvert, malgré la beauté de son emballage et de ses rubans.

En se dirigeant vers l'escalier, Bree songea que Daria lui

avait sans doute dit la vérité : Nikki et Josh avaient espéré avoir un enfant. Le projet avait été suffisamment sur le point de se réaliser pour qu'ils préparent une chambre de bébé, mais par deux fois une fausse couche était venue y mettre un terme. Quelle souffrance pouvait-on ressentir, se demanda-t-elle, en perdant deux fois de suite, avant sa naissance, un enfant tant désiré ? Une souffrance comparable à celle que l'on ressent en perdant une sœur jumelle, même s'il s'avère qu'on ne la connaît pas aussi bien qu'on l'imaginait ?

L'estomac noué, Bree descendit lentement les marches et entendit la voix de Josh se mêler à celle de Nikki, même s'il lui était impossible de comprendre ce qui se disait. Quand elle les rejoignit, elle comprit qu'elle les dérangeait dans leur intimité, car Josh avait passé un bras autour de la taille de sa femme. Un poing posé sur sa hanche, celle-ci le dévisageait d'un air de défi, comme si elle avait été sur le point de lui river son clou.

Apercevant Bree sur le seuil, Josh se sépara vivement de Nikki.

— Bree ! s'exclama-t-il en se précipitant pour déposer un baiser sur sa joue. Quel plaisir de te voir ici !

Avant qu'il ne recule d'un pas, Bree eut le temps de voir qu'il avait les yeux embués. Soit il était réellement très heureux de la voir, soit il avait été engagé avec Nikki dans une discussion très sensible pour lui. A moins qu'il n'ait été déstabilisé de voir surgir une femme qui ressemblait trait pour trait à Daria. Intentionnellement, Bree avait choisi une blouse dont elle savait que sa sœur l'avait portée pour se rendre à son cours de comptabilité — ou, plus probablement, au Gator Watering Hole. Elle mourait d'envie de cuisiner Josh sur le sujet, mais elle ignorait s'il était celui qui pourrait lui fournir les réponses qu'elle attendait.

— Prêtes, mesdames ? demanda-t-il en se frottant les mains avec satisfaction. Avant de passer à table, je vais vous préparer des *caipirinha* avec de la *cachaça* maison dont vous me direz des nouvelles !

— Des *quoi* avec de la *quoi* ? s'étonna Bree en riant.

— C'est la boisson nationale du Brésil, à base de canne à sucre. Ça fait fureur dans le coin — surtout à Miami. Qui a dit que les campagnes électorales ne sont qu'un long et épuisant parcours semé d'embûches ?

Tout en parlant, Josh entraîna sa femme et Bree par le bras. Il les emmena dans le jardin, sur la pelouse, près de la lisière orientale du champ de canne à sucre. Une table en bois y était dressée, entourée de quelques chaises. Il y avait là un plateau chargé de trois grands verres, de glaçons, de zestes de citron et de sucre. Sous la table, dans l'herbe, Josh saisit une sorte de pilon en bois, un long couteau et une machette d'allure redoutable à poignée de bois.

— Ça y est, tu es sur le pied de guerre ? plaisanta Bree.

La remarque se voulait ironique, mais elle n'avait pu empêcher sa voix de trembler. Et en voyant que Josh levait la machette à bout de bras pour lui faire décrire un large arc de cercle, elle ne put se retenir d'aller se réfugier derrière Nikki. La lame fendit l'air avec un bruit inquiétant.

— Regardez ! lança Josh. C'est ainsi qu'ils récoltaient la canne autrefois.

D'un grand coup de sa machette, il coupa net à la base deux pieds de canne à sucre, qui s'écroulèrent au ralenti sur les deux femmes.

— Attention ! cria Nikki.

Et, dans son haleine, Bree perçut les relents de l'alcool.

L'instant d'après, chacune d'elles retenait dans ses bras

un pied de canne de quatre mètres de hauteur, dont le feuillage les ensevelissait presque entières.

— Bon sang ! rugit Josh. Ce que ça me fait du bien de me défouler un peu !

Avec un rire sauvage, il décapita deux autres plants d'un seul coup de machette. Puis, baissant son arme, il les abattit à la base et porta ses coups sur d'autres plants encore.

— Fais attention ! implora Nikki. Tu vas te couper. Il ne manquerait plus que tu ailles demain à ton ancien lycée avec des pansements…

Bree songea que si elle parvenait à s'entretenir avec Josh en tête à tête, la perspective de cette visite pouvait constituer une bonne entrée en matière pour le faire parler de Daria.

La large lame toujours brandie à bout de bras, Josh les rejoignit. Saisissant le plant de canne à sucre dont Bree avait amorti la chute, il le jeta au sol et le débita en trois morceaux d'égale longueur.

— Ecole de la canne, leçon numéro un ! proclama-t-il en élevant jusqu'aux yeux de Bree un des tronçons sectionnés.

Josh jeta sa machette dans la pelouse. Avec le couteau qui se trouvait sur la table, il entreprit de peler la tige, révélant ce qui ressemblait à un amas de petites pailles humides.

— Mords là-dedans ! ordonna-t-il.

Tout en gardant un œil sur la machette et le couteau, Bree obtempéra et passa le bout de sa langue sur les petites pailles humides. Un jus sucré et douceâtre lui emplit la bouche.

— Crachez le reste ! conseilla Nikki. La pulpe n'est pas agréable à mâcher, mais c'est une grande source d'énergie — et de sucre !

— Maintenant, poursuivit Josh, leçon numéro deux !

Après avoir pelé un autre morceau de canne, il le découpa sur une assiette en petits dés qu'il déversa dans un des trois verres. Puis, saisissant le grand pilon en bois, qui emplissait la presque totalité du verre, il entreprit de piler le tout.

— Bien sûr, expliqua-t-il ce faisant, même les meilleurs barmen à travers le pays ne prennent pas la peine de se lancer dans la préparation magistrale à laquelle tu viens d'assister. Le distillat de canne à sucre entre dans la composition d'une grande variété d'alcools et de liqueurs — à commencer par le meilleur cognac qui vieillit en France dans des fûts de chêne. D'ailleurs, quand je déguste ce nectar, je me demande si nous ne pourrions pas nous lancer dans la commercialisation de notre propre *cachaça* !

Mêlant habilement les ingrédients, Josh prépara les trois verres puis trinqua avec Bree et Nikki avant de porter un toast.

— A l'avenir de la canne à sucre dans ce pays ! Et à la réussite de celui qu'il enverra siéger au Sénat ! Je te conseille tout de même de te méfier, Bree… Il en reste, mais ce délice est aussi fort et aussi traître que le rhum !

— Avant le dîner, suggéra Nikki pendant que son mari dégustait sa première gorgée, nous pourrions montrer à Bree notre cabane au bord de l'eau.

En réponse à son regard intrigué, Josh adressa un clin d'œil à Bree.

— Bien sûr, dit-il. Nous avons le temps ?

— Montre le chemin, répondit-elle. Lindy doit sonner la cloche pour le dîner. Nous l'entendrons.

Josh alla ramasser sa machette et la brandit devant lui, comme s'il s'agissait d'un étendard qu'elles devaient suivre.

— En avant ! cria-t-il. Toujours plus loin ! Toujours plus fort ! Aus-tin sé-na-teur ! Aus-tin sé-na-teur !

Levant les yeux au ciel, Nikki secoua la tête et se chargea du plateau. Bree trouvait la *caipirinha* délicieuse — douce et sucrée, mais pourtant rafraîchissante et un peu acidulée. Elle n'avait cependant pas besoin de l'avertissement de Josh pour se méfier de ses effets sur son système nerveux. En suivant ses hôtes, elle se promit de vider discrètement son verre en chemin. Elle n'avait pas l'intention de se soûler pour que Josh puisse lui tirer les vers du nez. C'était même l'inverse, qu'elle espérait. Quand l'alcool lui aurait embrumé l'esprit, elle espérait bien avoir une conversation à cœur ouvert avec lui — et, si possible, lui arracher une confession. Sa décision de redoubler de vigilance se fortifia quand elle comprit qu'ils l'entraînaient dans la jungle inextricable du champ de canne à sucre. En tête, Josh brandissait toujours son arme d'aspect redoutable.

Amelia était reconnaissante au médecin de ne pas lui avoir demandé de s'allonger, même s'il y avait un divan dans son cabinet.

— Si je vous ai bien compris, lui dit-elle, tout ce qui se dit ici est confidentiel. Comme chez un avocat ?

Le Dr Scott Nelson le lui avait déjà affirmé — et Ben avant lui — mais elle préférait vérifier. Le praticien avait un visage avenant, et une voix pleine de compassion. Ils étaient assis face à face, et il avait croisé les mains sur son genou replié, comme s'ils étaient là pour une petite conversation amicale. Mais Amelia n'avait pas l'intention de s'y laisser prendre.

— Absolument, répondit-il. Même si je suis un jour cité à comparaître, je refuserai de témoigner et mes notes resteront secrètes. Je préférerais aller en prison plutôt que de trahir la confiance d'un de mes patients.

Plus que jamais, Amelia était sur ses gardes. Témoigner ? Aller en prison ? Loin de la rassurer, le choix de ces mots lui évoquait d'horribles images d'arrestation, d'interrogatoires, d'emprisonnement. Comment rester sereine, alors que le procureur chargé de poursuivre un meurtrier n'était autre que son propre mari ?

Ben ne lui avait pas vraiment répondu quand elle lui avait demandé à quel point il était proche du Dr Nelson. Pour lui obtenir ainsi un rendez-vous au débotté, il ne pouvait être une simple relation de travail. Amelia n'osa pas lui demander si les confidences qu'on lui faisait pouvaient être répétées à un membre de la famille proche. Plus d'une fois, elle avait vu comment Ben s'y prenait pour extorquer des informations à ses propres clients ou à ses confrères. Elle lui en avait déjà beaucoup trop dit. Elle aurait de la chance si lui ou Bree — dans sa « croisade », ainsi qu'il l'avait appelée — n'allait pas poser quelques questions sur les quais de la marina. Il ne leur serait pas difficile, à l'un comme à l'autre, de découvrir que le jour de la tempête elle avait loué une vedette.

Amelia s'étonnait encore d'avoir pu, malgré la peur que lui inspirait l'océan, s'aventurer au large jusqu'à retrouver le *Mermaids II*. Elle avait coupé le moteur avant d'arriver à sa hauteur, par crainte qu'en l'entendant Daria ne lui crie de ne pas approcher. Lorsque sa sœur l'avait enfin aperçue, les deux embarcations étaient presque bord à bord. Elle n'avait eu d'autre choix que d'aider Amelia à la rejoindre.

Ensuite, tout avait dégénéré si vite... Une autre dispute avait éclaté. Plus violemment qu'elle ne l'aurait voulu, Amelia avait poussé Daria, qui était allée atterrir dans le poste de pilotage. Sa tête avait heurté la barre. Elle s'était écroulée, inconsciente. Amelia se rappelait que Daria s'était plainte de nausées et de vertiges, avant que n'éclate leur deuxième altercation. Dorénavant, elle savait pourquoi. C'était sa grossesse qui la rendait nauséeuse. Sans doute, également, était-ce pour cette raison qu'elle avait refusé de plonger ce jour-là avec Bree. Et si elle avait été en pleine possession de ses moyens, une petite bourrade dans les épaules n'aurait pas suffi à la faire tomber. En somme, conclut Amelia pour elle-même, tout était vraiment la faute de Daria, pas la sienne.

Prise de panique à l'idée que Daria pouvait être morte et qu'on pouvait l'accuser de ce qui n'était au fond qu'un accident, Amelia avait regagné son embarcation. Pour éviter que Bree ne refasse surface en entendant le bruit du moteur, elle s'était laissée dériver quelques minutes avant de remettre les gaz. La tempête commençait à se lever. Elle avait préféré ne pas s'attarder. Elle avait cherché à se convaincre que Bree, en regagnant le *Mermaids II*, allait porter secours à Daria. Et elle avait achevé de se donner bonne conscience en se disant que, puisqu'elles avaient toujours fait bande à part, elles n'avaient qu'à se débrouiller toutes les deux.

Face à ce psy au visage aimable et à la voix douce, c'était tout cela qu'elle ne pouvait raconter. Même dans le secret du confessionnal, à l'oreille d'un prêtre catholique, pour rien au monde elle n'aurait avoué son secret. En dépit du fait que le coroner avait conclu à une mort accidentelle, en dépit de la propre responsabilité de Daria dans ce qui lui était arrivé, Amelia avait bien peur d'avoir tué sa sœur. Et, de ce crime, même un avocat aussi extraordinaire que son mari ne pouvait l'absoudre.

*
* *

La canne à sucre poussait dans une terre riche et collante, mais Bree, sur les pas de Nikki et Josh, foulait une piste étroite et gravillonnée. Ne sachant où l'emmenaient ses hôtes, elle se sentait intriguée autant qu'inquiète. Le feuillage fourni des plants bruissait de manière étrange autour d'eux. Le vaste champ semblait ronfler comme quelque énorme bête assoupie.

Alertée par l'envol d'oiseaux affolés, Bree sursauta et s'en voulut de sa réaction. Si elle n'y prenait pas garde, elle allait devenir paranoïaque. D'une main, elle ne cessait de chasser les insectes qui bourdonnaient autour de sa tête. Et, de l'autre, elle renversait un peu du contenu de son verre — pourtant délicieux — dès qu'elle était certaine de n'être pas observée.

Quand elle avait fait part à Cole de sa décision d'accepter l'invitation des Austin, elle lui avait affirmé que rien de mal ne pouvait lui arriver. Si réellement Josh était innocent, elle n'avait rien à craindre de lui. Dans le cas contraire, il avait tout intérêt à faire profil bas. Mais, en dépit de cette assurance affichée, Bree ne se sentait pas tranquille et se demandait où Josh et Nikki pouvaient bien l'emmener.

Comme si elle avait pu lire ses pensées, cette dernière lança par-dessus son épaule :

— Ne crains rien ! Nous voulons juste te montrer notre résidence secondaire au bord de l'eau.

— Sans blague ! Ici ?

Nikki acquiesça d'un signe de tête et but une large rasade de sa *caipirinha* avant d'ajouter :

— Et quand tu auras vu cet endroit, tu ne pourras plus accuser King Cane — ainsi qu'on appelle parfois mon père — de porter atteinte à ta chère herbe à tortue à des centaines de kilomètres d'ici.

— J'ai bien entendu parler de King Kong ? demanda

Josh, d'un ton toujours un peu trop enjoué. Ça me rappelle cette scène où le grand singe sort de la jungle pour…

— La *cachaça* t'égare, mon chéri…, l'interrompit Nikki. Tu devrais peut-être éviter de te resservir.

Quant à elle, elle ne se priva pas d'avaler une autre gorgée de son propre verre.

Soudain, la jungle de canne à sucre qui les entourait prit fin, révélant un vaste panorama. Devant eux se trouvait un grand plan d'eau circulaire bordé de roseaux, parmi lesquels pataugeaient des ibis en quête de poisson et des cormorans déployant leurs ailes pour les faire sécher.

— Je dois admettre, commenta Bree en admirant la vue, que je ne m'attendais pas à ça.

— Tu as sous les yeux un bassin de décantation d'une cinquantaine d'hectares, commenta Josh. Il sert à retenir le phosphore et l'azote issus des cultures environnantes avant que les eaux de ruissellement n'atteignent les Everglades puis le golfe.

D'une voix chargée d'amertume, Nikki prit la relève.

— Il a été créé pour répondre aux obligations qui ont été imposées aux planteurs de canne à sucre en 1994. La cause peut paraître juste, mais le but était de les punir pour avoir fourni pendant des décennies à tout le pays exactement ce qu'il attendait — toujours plus de sucre, pour devenir toujours plus obèse ! Cela nous permet au moins d'avoir notre petit refuge au bord de l'eau.

Bree suivit la direction empruntée par son regard et vit, un peu à l'écart, un petit kiosque protégé par des moustiquaires et assez grand pour abriter une table et quatre chaises. Un hamac se trouvait également à l'intérieur. Le champ de canne à sucre dressait son rempart juste derrière, mais de l'autre côté s'offrait une vue imprenable sur le plan d'eau. Tandis qu'ils s'apprêtaient à y entrer, une sonnerie de cloche, au loin, se fit entendre.

— Déjà ? s'impatienta Nikki avec une moue boudeuse. J'avais pourtant demandé à Lindy de retarder le dîner. Tu as ton portable sur toi, Josh ?

— Bien sûr que non. Cet endroit ne serait pas le paradis si je m'avisais d'y apporter les nuisances du monde extérieur. Bree ?

— Désolée, répondit-elle. Je l'ai laissé dans ma chambre. Je m'attendais juste à prendre l'apéritif dans le jardin.

— Je vais faire un saut à la maison au pas de course, annonça Nikki en déposant le plateau sur la table. Et je dirai à Lindy de ne pas nous attendre avant une petite heure. Cela ne me prendra pas plus de dix minutes. J'emporte avec moi la machette et je ramènerai un portable.

— Non, surtout pas de portable ! s'exclama son mari en la regardant s'éloigner en hâte. Pas d'e-mails, pas d'interviews, pas de déclarations, pas de points de presse non plus !

Sa voix mourut sur ces dernières paroles tandis que sa femme disparaissait dans la forêt dense de plants de canne à sucre.

— Parfois, reprit-il dans un soupir, je préférerais faire lever tranquillement la canne à sucre à la campagne que mener campagne pour faire se lever les foules…

Son calembour était aussi lamentable que ses tentatives précédentes pour faire de l'humour. Naturellement, il était fatigué, songea Bree à sa décharge, et il essayait malgré tout d'être un hôte agréable. Peut-être que son enthousiasme n'était qu'une façade, comme le porche à colonnade de sa demeure…

Bree prit la chaise en bois qu'il lui indiquait. Josh se laissa tomber sur celle voisine de la sienne.

— Au fait…, s'étonna-t-elle, comment es-tu arrivé ?

Est-ce Mark qui est retourné te chercher en avion ? Nikki et moi aurions pu t'attendre.

— Cela n'a rien d'inhabituel, répondit-il en se frottant les paupières. Mark fait beaucoup d'allers et retours. Il loge dans un appartement de la maison du père de Nikki. Il est de service vingt-quatre heures sur vingt-quatre et sept jours sur sept depuis que j'ai entamé ce marathon.

Il fixa Bree et ajouta avec un sourire forcé :

— Comme le lapin en peluche de la pub, qui ne s'arrête jamais.

Bree hocha la tête d'un air compatissant.

— La nécessité de rester constamment en scène doit être épuisante, dit-elle. Tous ces regards, tout le temps braqués sur toi… Il n'y a qu'ici que tu puisses y échapper. Et encore, avec Nikki et Mark, tu n'es jamais tout à fait seul.

Il ne lui répondit pas et laissa son regard errer sur le lac, les sourcils froncés. Plusieurs poules d'eau à bec rouge se battaient en surface. D'autres, autour d'elles, couraient sur l'eau et battaient des ailes comme pour encourager leurs favoris. Soudain, Bree se demanda si ce tête-à-tête opportun avec Josh avait été arrangé par les dieux. Dans un cas comme dans l'autre, elle n'était pas décidée à gaspiller ces dix petites minutes dont Nikki avait parlé.

— Demain, reprit-elle sans quitter des yeux le combat des poules d'eau, ça va te faire drôle de retourner dans notre ancien lycée. Surtout après la mort de Daria.

— Je n'y avais pas pensé ainsi, répondit-il d'une voix absente. Le tout sera bouclé en une demi-heure, avec une rapide visite des lieux, un petit speech devant toute l'école, et un jeu de questions-réponses avec les plus grandes classes. Mark s'occupera de faire mousser le tout pour la presse.

— Si je devais retourner là-bas, insista-t-elle, je sais que je ne pourrais m'empêcher de penser à Ted, de l'imaginer dans les lieux avec moi. Et puis, bien sûr, de me rappeler tout ce qui s'est passé entre nous.

Josh se redressa sur sa chaise et avala une gorgée de sa *caipirinha*. La canne à sucre, autour d'eux, bruissait au gré du vent. Aux oreilles de Bree, ce bruit évoquait celui de lointains applaudissements venus saluer sa performance. Sa main restait crispée sur le verre glacé suant de buée posé sur l'accoudoir.

— Mais à présent, conclut-elle avec fatalisme, Ted est mort et son père me tient pour responsable de sa disparition. C'est dur d'avoir à porter cela sur les épaules et sur le cœur. Sam se comporte avec moi comme si j'avais réellement tué son fils…

Josh se figea sur son siège.

— Bree…, dit-il d'un air gêné, je sais que tu es très affectée par la mort de Daria — moi aussi, bien sûr, mais ce n'est pas pareil. Je n'étais pas autant liée à elle que toi. Sauf… enfin tu sais bien. Sauf autrefois.

Josh, d'habitude en verve, cherchait ses mots. Bree ne put manquer de le noter. Avait-elle touché un point sensible ?

— Pour te dire la vérité…, commença-t-il.

Dans l'attente anxieuse de ce qui allait suivre, Bree sentit tous les muscles de son corps se bander et tous ses nerfs se crisper.

— Je regrette…, poursuivit-il en cherchant son regard. Je regrette vraiment que Sam Travers se conduise ainsi avec toi.

La déception fut à la mesure de l'espoir qui s'était levé en elle. Ce n'était pas dans cette direction qu'elle souhaitait orienter la discussion.

— Sam, je peux m'en débrouiller. Mais…

— Il ne fait que ce qu'il a toujours fait, la coupa-t-il. Se dresser sur ses ergots et distribuer les coups, aussi bien sur le plan professionnel que personnel. Il a voulu contrôler la vie de Ted dès l'instant où sa femme les a laissés tomber. Je n'aurais peut-être pas dû faire en sorte qu'il ait ce job de démolition à Sarasota. J'ai pensé que tu apprécierais de ne plus l'avoir dans tes jambes pour quelque temps.

— C'est toi qui as arrangé ce marché ? s'étonna-t-elle. Par faveur pour moi ?

Ou peut-être aussi, ajouta-t-elle en son for intérieur, en récompense d'une participation substantielle de Sam à sa course au Sénat…

— Oui, répondit-il. Et quand je l'ai vu, il m'a dit qu'il souhaitait racheter Les Deux Sirènes. Je lui ai répondu qu'il ferait bien de te proposer un bon prix. As-tu réfléchi à sa proposition ?

— Sam m'a fait sa proposition. Et je l'ai refusée. Je ne comprends toujours pas ce qui vous fait croire, à toi et à Ben, que nous pourrions…

— *Nous ?* répéta-t-il, les yeux écarquillés de stupeur. Tu te rends compte que tu parles comme si Daria était toujours là ?

C'était de Manny et d'elle, naturellement, qu'elle avait voulu parler, mais elle y vit une autre opportunité d'ébranler les défenses de Josh.

Penchée sur l'accoudoir de son fauteuil, elle se tourna vers lui pour lui faire face. Elle aurait voulu lui demander sans ambages de lui dire s'il avait renoué une relation avec Daria et si l'enfant qu'elle avait porté était de lui, mais elle savait que c'était le plus sûr moyen de le braquer. Nikki n'allait plus tarder à revenir, à présent. Elle devait agir rapidement, même s'il lui fallait pour cela prendre un gros risque.

— Tu sais combien deux jumelles peuvent être identiques.

— Identiques ? répéta-t-il en plissant les yeux. Que veux-tu dire par là ?

— Nous avons toujours tout partagé, avec Daria, quoi que nous puissions cacher à tous les autres. Nous savions même ce que nous pensions, ce que nous ressentions.

Ces mensonges lui écorchaient la bouche. Depuis huit jours que Daria était morte, Bree avait appris de la plus rude des manières à quel point ce qu'elle lui disait était faux. Mais cela, Josh ne pouvait le savoir.

— Tu n'es… tu n'es pas en train de parler d'expériences extrasensorielles ? balbultia-t-il d'une voix blanche qui ne lui ressemblait pas. Qui se poursuivraient… même maintenant ?

Vigoureusement, Bree secoua la tête.

— Je ne crois pas aux fantômes, Josh. Mais je crois que quelqu'un aurait pu s'en prendre à ma sœur, le jour de la tempête, et causer sa mort. J'espère qu'elle repose à présent en paix, mais moi je ne le serai pas tant que la vérité n'aura pas été révélée.

Bree était en train de brûler toutes ses cartouches sans obtenir le moindre résultat. Elle s'en rendit compte et marqua une pause. Nikki allait être de retour sous peu et elle n'aurait plus l'opportunité de parler à son mari seule à seul. Mais peut-être, après tout, sa femme était-elle au courant ? Non, décida-t-elle. Cela paraissait impossible, étant donné le lien fusionnel qu'ils semblaient entretenir.

En désespoir de cause, elle attaqua sous le seul angle qui lui paraissait encore praticable.

— Josh… Tu dois être au courant que l'autopsie a révélé autre chose que les causes de la mort. Daria était enceinte. Je ne peux m'empêcher de penser que cela a pu, d'une certaine manière, lui être fatal. Non pas parce que la grossesse a mal tourné, mais parce que quelqu'un voulait y mettre un terme. Je sais que vous tentez, Ben et toi, de garder certaines choses sous le boisseau depuis le début. Je m'apprêtais à vous en parler plus tard, à Nikki et à toi, mais…

Josh paraissait en colère, mais aussi ébahi.

— Qui était le père ? demanda-t-il d'une voix sourde.

— Je n'en sais rien, répondit-elle en le fixant au fond des yeux. Et toi ?

Ses yeux s'agrandirent sous l'effet de la surprise.

— Tu es folle ! protesta-t-il vivement. Tu… tu t'imagines que c'est moi ?

Bree s'efforça de soutenir son regard sans ciller et sans se troubler.

— C'est quelqu'un dont elle pensait, pour une raison ou pour une autre, qu'elle ne pouvait me parler.

— Mais… tu disais que vous partagiez…

— Je sais très bien ce que j'ai dit !

— Serais-tu en train de me soupçonner ? Tu t'imagines vraiment que Daria et moi… Eh bien tu te trompes ! Et je t'interdis de mentionner devant Nikki le fait qu'elle était enceinte. Elle a eu deux fausses couches, et même si cela ne reposerait sur rien, je ne veux pas qu'elle puisse se faire des idées. Je ne suis pas le père de l'enfant de Daria. Bon sang ! Je ne suis même le père d'aucun enfant vivant en ce monde ! Et mon seul souci en intervenant auprès du médecin légiste, c'était d'accélérer les choses pour t'éviter de souffrir plus longtemps.

Tel était Josh Austin, depuis qu'elle le connaissait — un golden boy surdoué et trop gâté par l'existence qui trouvait toujours les bonnes réponses. Bree n'eut d'autre recours que de s'excuser, en expliquant qu'elle avait monté en épingle de vagues soupçons.

— Je me suis raccrochée à cet amour qu'elle te portait autrefois, dit-elle en reportant son attention sur le lac. Je devais en avoir le cœur net.

— Voilà qui est fait, conclut-il. Mais je te le répète, je compte sur toi pour ne pas répandre de vilaines rumeurs qui pourraient salir ma réputation ou la mémoire de Daria.

Sans parler de son mariage ou de sa campagne, songea Bree. Il s'était exprimé d'une voix un peu chevrotante, peut-être parce qu'elle avait réussi à le surprendre et à l'atteindre personnellement. Si elle avait continué à tout ignorer des mensonges de Daria, Bree aurait sans doute accordé à Josh le bénéfice du doute. Mais à présent, elle n'était plus sûre de rien. Aurait-il pu reconnaître avoir renoué une relation avec Daria, alors que cela pouvait ruiner son couple, son assise financière, et faire de lui le suspect d'un possible meurtre ?

Néanmoins, il lui fallait bien reconnaître qu'il n'existait pas de soupçon de meurtre ailleurs que dans sa tête. Ben était convaincu qu'en l'état actuel l'accusation ne tiendrait pas. Josh ne s'était même pas donné la peine de relever cette hypothèse lorsqu'elle l'avait évoquée. Il n'y avait que Cole pour y prêter attention, mais chaque fois qu'il le pouvait, il se faisait l'avocat du diable.

— Me voilàààà…, minauda Nikki en émergeant au détour du chemin. Devinez qui j'ai trouvé à la maison, espérant se faire inviter pour le dîner ?

Bree vit que Mark la suivait. Josh ne parut pas ravi de le voir les rejoindre, mais il était vrai que son assistant devait symboliser à ses yeux la campagne qu'il avait voulu fuir, fût-ce pour quelques instants.

Pendant que le soleil sombrait à l'horizon, projetant les

ombres immenses des plants de canne à sucre sur le lac, ils devisèrent tous les quatre aimablement. Josh fournissait de gros efforts pour faire bonne figure. Bree savait qu'elle aurait dû se sentir coupable d'avoir ainsi cuisiné son hôte et ami de longue date, mais elle n'avait aucun remords. Si elle s'était montrée égoïste et indélicate, peu lui importait. Le temps pressait, désormais. Elle se sentait de minute en minute plus déterminée à aller jusqu'au bout — et à trouver des réponses.

# 21

Aussitôt que Mark Denton l'eut déposée chez elle, Bree ressortit pour aller parler à Cole. Il n'était qu'un peu plus de midi, mais elle se sentait épuisée. Sa nuit avait été peuplée de cauchemars dans lesquels Josh Austin jouait de la machette pour couper des têtes, tandis que des requins rôdaient dans les rangs de canne à sucre, n'attendant qu'une occasion pour la dévorer.

Ces rêves étranges avaient-ils une signification ? Devait-elle y prêter attention et tenter de garder à l'œil les Austin, quand bien même ils sillonnaient l'Etat pour les besoins de leur campagne électorale ? Cole ne faisait rien d'autre sur le bateau-casino de Dom Verdugo. Bree devrait par conséquent surveiller ses paroles lorsqu'elle l'y retrouverait.

La grande bannière blanche accrochée à l'un des flancs du navire ancré à l'extrémité de la marina proclamait en hautes lettres rouges : « La croisière s'amuse ! » En l'apercevant, Bree secoua la tête d'un air dégoûté. A ses yeux, le slogan ne pouvait que paraître déplacé.

Elle n'avait pas l'occasion de s'amuser beaucoup ces temps-ci. Elle avait même l'impression de devoir lutter de nouveau, seule en mer, contre des courants contraires. Chaque fois qu'elle croyait approcher de la solution, elle était emportée par une nouvelle vague vicieuse et puissante qui ne cherchait qu'à la noyer. Et dans ses pires cauchemars, Daria était toujours prisonnière du poste de pilotage, comme d'un cercueil de verre dont elle cherchait à s'échapper.

Bree fut accueillie au pied de la passerelle par un jeune homme doté d'épaules tellement musclées qu'il paraissait ne pas avoir de cou. Cole l'avait prévenue que figuraient dans le staff de Verdugo quelques individus qui correspondaient au portrait-robot de son agresseur. Celui qui l'avait attaquée au Gator Watering Hole portait un masque. Elle ne pouvait donc le reconnaître formellement, mais il était vrai que par la taille et la stature celui-ci aurait pu être son assaillant.

Sans lui laisser le temps d'ouvrir la bouche pour expliquer qui elle était et ce qu'elle venait faire, il demanda :

— Mademoiselle Devon, n'est-ce pas ? M. DeRoca m'a signalé que vous pourriez passer. C'est par ici, s'il vous plaît.

Elle le suivit le long de la passerelle et dans une sorte de hall d'entrée, au milieu du navire. C'était une pièce superbe aux panneaux incrustés de teck et d'acajou, aux fenêtres encadrées de velours et aux cuivres rutilants. De quelque part vers l'arrière lui parvenaient des bribes de musique, et, vers l'avant, un bruit de marteau sans doute dû à Cole.

— Vous travaillez pour M. Verdugo depuis longtemps ? demanda Bree à son ange gardien.

Elle voulait entendre à nouveau le son de sa voix. Si elle l'avait pu, elle l'aurait fait aligner, avec Ric, dans une file de suspects. Comme dans les films… Elle leur aurait demandé de passer un pull à col roulé noir, de le relever sur leur visage, et de brandir une clé à molette en prononçant ce simple mot : « babe »… A défaut, il lui fallait se contenter des ressources de son imagination.

— Pas très longtemps, m'zelle…, marmonna-t-il avec une évidente mauvaise grâce.

— Vous faites partie de l'équipage ?

— Je serai videur pour le casino. Une fois qu'il aura ouvert.

— Vous pensez que le vote le permettra ?

— Je fais confiance à M. Verdugo. Rien ne lui résiste.

Sur ce, il la précéda dans un vaste salon. Pour que Cole puisse travailler à l'aise sur les cloisons, on avait regroupé les bandits manchots et les tables de craps et de roulette au centre de la pièce. Bree ne le vit pas avant qu'il ne se dresse de l'autre côté de l'hétéroclite amoncellement protégé par de grandes bâches transparentes. Leurs regards se croisèrent. Comme chaque fois qu'ils étaient en présence l'un de l'autre, Bree sentit jusqu'au fond de son ventre l'impact sensuel que cet homme avait sur elle.

— Je vous amène de la visite, monsieur DeRoca ! lança le sbire de Verdugo avant de s'éclipser. Vous devriez tenter votre chance au jeu, on peut dire que vous êtes un petit veinard…

Bree courut se blottir dans les bras de Cole. La soulevant de terre, il la serra fort contre lui et l'embrassa avec passion. Son corps contre le sien était aussi dur que le bois qu'il était en train de travailler. Dans son dos, ses mains couraient avec empressement.

— Attention ! dit-il quand ils mirent fin au baiser. Je suis en train de te couvrir de sciure.

— Je m'en fiche.

— Tu changeras peut-être d'avis quand tu sortiras d'ici avec deux traces de mains sur les fesses et que plus personne ne pourra ignorer l'intérêt que je leur porte…

Bree se sentit rougir jusqu'aux oreilles et se maudit de

sa réaction. Avait-elle donc perdu la tête ? Elle n'était plus, comme Lucinda, une adolescente capable de s'enflammer au premier béguin. Encore que, à cet âge, elle n'avait jamais connu ce qu'elle ressentait aujourd'hui pour Cole.

— De toute façon, la prévint-il tout bas, ces murs peuvent très bien avoir des yeux et des oreilles. Attendons d'avoir quitté les lieux pour parler. Laisse-moi me laver les mains, et je t'emmène.

Mais dès que Cole fut de retour dans le salon de jeu, un autre homme que celui qui avait accueilli Bree apparut sur le seuil.

— M. Verdugo me demande de vous prévenir qu'une salade de homard et une bouteille de vin vous attendent sur le pont arrière.

Bree se retint de manifester l'ennui que lui causait ce contretemps. Elle voulait pouvoir parler en toute intimité à Cole de son voyage chez les Austin. Au téléphone, elle avait préféré rester évasive, par crainte que des oreilles indiscrètes ne surprennent ce qu'elle avait à lui dire. A côté d'elle, elle le sentit se raidir et crut qu'il allait décliner l'invitation. Il la surprit en déclarant :

— C'est vraiment très aimable de sa part. Cela m'évitera de trop m'éloigner et m'aidera à tenir le délai. Remerciez-le pour moi.

Le grand costaud qui avait servi de messager — et qui avait lui aussi la corpulence et la taille de son agresseur — hocha la tête et sortit.

En arrivant sur le pont, Bree fut soulagée de constater que la table était dressée seulement pour deux. Comme au royaume de la canne à sucre, tout ce qui s'y trouvait respirait le luxe, la puissance et l'argent.

Posant l'index sur ses lèvres, Cole ramassa une assiette, un verre et la bouteille de vin. Lui faisant signe de l'imiter, il l'entraîna ensuite à terre, sur les escaliers de bois donnant accès aux embarcations trop petites pour les pontons. Ils y installèrent du mieux qu'ils purent leur dînette et enlevèrent leurs chaussures. Ce faisant, Bree fit part à Cole du résultat de sa visite éclair chez les Austin. Ensuite, laissant tremper leurs pieds dans l'eau, ils savourèrent leur petit pique-nique improvisé.

— Cette table était vraiment attirante, commenta Bree en jetant un coup d'œil au pont du bateau. On peut dire que ce Dom Verdugo sait recevoir.

— Un peu trop peut-être, répliqua Cole en grimaçant. Un micro devait être planqué dessous…

— Nous devenons paranoïaques tous les deux.

— Juste prudents.

— Ce qui ne nous empêche pas de manger sa nourriture et de boire son vin.

— Tout ce qu'il est susceptible d'empoisonner, ce sont les eaux du golfe et les vies de ceux qui vont risquer la ruine sur son bateau. Son impudence est sans limites. Il s'imagine pouvoir tout acheter. Demain soir, il a prévu d'inviter à une petite croisière impromptue tous ceux qui dans les environs peuvent lui servir de relais d'opinion. S'il pouvait se payer les votes un à un, il le ferait.

— Tu penses pouvoir tenir le délai ?

— J'ai rencontré quelques problèmes de qualité avec une partie de mon stock. Il va falloir que j'achète de nouvelles planches en catastrophe et que je me plaigne au grossiste. Mais en travaillant demain d'arrache-pied, cela devrait aller.

— Au fait… cela me rappelle autre chose. Josh m'a dit que c'était lui qui avait fait en sorte que Sam Travers puisse obtenir ce gros marché de démolition à Sara…

Bree se tut brusquement. Un signal d'alarme, au fond de

son crâne, venait de se mettre à retentir. Soudain, la une du *Naples Daily News*, le lendemain de la présentation de son rapport, lui revint en tête : « Bombe à la Commission ! »

Un choc en contrebas la tira de ses pensées. Cole tourna les yeux pour voir ce qui se passait lui aussi. Deux jeunes gens dans une vieille barque à rames venaient de heurter l'extrémité du dock, occasionnant à leur embarcation une petite voie d'eau. Après s'être mis à jurer puis à rire comme des fous, ils commencèrent à écoper avec énergie.

— Besoin d'aide ? leur lança Cole.

— Non, ça ira ! répondit l'un des deux en riant.

— J'y suis ! s'écria Bree, qui fixait la scène d'un œil brillant d'excitation.

Cole la dévisagea un instant sans comprendre.

— Tu peux m'expliquer ?

— Le naufrage…, répondit-elle. Je sais que la police dit avoir retrouvé l'endroit où le *Mermaids II* a percuté un brise-lames. Mais le journal a également rapporté que quelqu'un, sur une plage près de Marco Pass, avait cru entendre un bruit d'explosion. Bien sûr, cela pourrait être celui de la coque heurtant les blocs de béton durant la tempête. Mais peut-être s'agissait-il *vraiment* d'une explosion ! Nous avons constaté que la proue avait été séparée du reste du navire.

— Oui. Et alors ?

— Et alors, cela pourrait résulter du choc avec le brise-lames et de la tempête, mais également d'une destruction par explosif. Nous aurions dû être plus vigilants, et la police également. Une fois que nous avons trouvé Daria dans le poste de pilotage, personne n'est allé voir cette proue de plus près.

— Si je suis bien ton raisonnement, la piste mènerait alors à Sam Travers ?

— A lui, ou à l'un de ses hommes. Ric, tellement à l'aise sur une échelle, aurait pu pénétrer chez moi pour fouiller la chambre de Daria et ne laisser aucune empreinte grâce à ses gants de plongeur — et de peintre.

— Ce qui nous fait un suspect pour le vol de ce sous-verre du Gator Watering Hole. Mais tu l'imagines vraiment dans le rôle du père de l'enfant de Daria ?

Bree secoua la tête d'un air découragé.

— Je n'en sais rien, avoua-t-elle. Tout ce que je sais, c'est que je dois plonger de nouveau dans la passe de la Marco River pour jeter un coup d'œil à l'épave et découvrir ce qui s'est réellement passé. Peut-être Sam ou Ric pariaient-ils sur le fait que l'épave ne serait pas remontée. Peut-être même, en tant que spécialistes de la question, ont-ils poussé en ce sens.

— Ils ont pourtant apporté leur aide aux recherches.

— Pour chercher partout où le bateau n'était pas, jusqu'à ce que nous ne leur laissions plus le choix en leur demandant de nous accompagner.

— Bree..., protesta Cole avec un scepticisme manifeste, j'ai déjà accepté par deux fois de t'accompagner dans des plongées dangereuses, mais cette fois...

— Si nous parvenons à prouver qu'une explosion s'est produite à bord, l'interrompit-elle, la police sera obligée de rouvrir le dossier.

— Une explosion n'est pas forcément criminelle, objecta-t-il. Elle peut se produire pour tout un tas de raisons et...

— Je sais, le coupa-t-elle de nouveau. Mais je persiste à penser que ce naufrage n'a rien d'un accident !

Cole jeta un coup d'œil inquiet en direction du bateau-casino.

— Ne parle pas trop fort ! la prévint-il. Si nous retournons plonger là-bas, il nous faudra l'aide d'autres plongeurs que Lance et Ric.

— Pas d'autres plongeurs que nous deux ! répliqua-t-elle fermement. Nous devons faire ça tout seuls, en nous équipant d'un très bon éclairage. Si je me trompe, personne ne sera au courant de notre petite expédition nocturne. Si j'ai raison…

— Quand comptes-tu effectuer cette plongée ?

— A cause de la faible visibilité, nous pourrions plonger de nuit et y voir tout aussi bien. En plus, il y aurait moins de trafic maritime. Nous pourrions également plonger du brise-lames, et non du bateau.

— Tu veux laisser Manny en dehors de ça ?

Bree étudia la question avant de lâcher son verdict.

— J'avoue que je me sentirais mieux s'il nous conduisait en voiture jusqu'au brise-lames. Il pourrait faire le guet et surveiller nos affaires pendant que nous serions au fond.

En voyant Cole lui sourire, Bree comprit qu'elle avait une fois de plus réussi à le convaincre.

— D'accord, dit-il. Laisse-moi quelques heures pour que je puisse avancer dans mon travail. Je te rejoindrai chez toi vers 18 heures, après être allé chercher à mon atelier ma tenue de plongée. Je déteste avoir à le reconnaître, mais ton hypothèse tient la route. Le bruit de la tempête, du vent, du tonnerre aurait suffi à masquer celui de l'explosion. Donne-moi ton assiette et ton verre, je vais rapporter tout cela à bord. Ensuite, j'irai remercier notre hôte. J'aurai un prétexte pour l'espionner un peu. Je me suis arrangé pour fouiller la moitié du bateau, ainsi. Du moins, sur le pont principal.

— Sois prudent ! recommanda Bree en déposant un rapide baiser sur ses lèvres. On se retrouve à 18 heures.

*
* *

De retour chez elle, Bree ne perdit pas de temps à souffler. Manny se trouvait à l'extérieur. Il réparait à domicile le hors-bord d'un client. Elle n'avait pas encore rangé ses affaires, et le temps allait passer vite jusqu'à l'arrivée de Cole.

Elle atteignait la première marche de l'escalier quand la sonnerie de la porte d'entrée retentit. Derrière la vitre, elle aperçut la fille de Manny en compagnie d'un grand jeune homme blond. A regret, Bree tourna les talons et alla leur ouvrir.

— Je sais que p'pa n'est pas là ! s'empressa d'expliquer Lucinda. Je suis venu avec Luke, mon ami, que je voulais te présenter. C'est jour de conférence pédagogique, à l'école. Ils nous ont relâchés plus tôt.

Alors qu'elle avait tant de choses à préparer pour leur plongée sur le site du naufrage, Bree n'avait aucune envie de bavarder avec des teenagers. Elle ne pouvait pourtant pas leur claquer la porte au nez.

— Entrez..., leur dit-elle en s'effaçant sur le seuil. Luke, c'est un plaisir pour moi de rencontrer un ami de Cindi.

Pendant qu'il lui serrait la main, Lucinda précisa :

— Un *très* bon ami…

Mais Bree n'avait pas eu besoin d'elle pour comprendre qu'il s'agissait là du garçon sous le charme duquel était tombée son « amie ».

— Désolée pour votre sœur..., dit Luke avec un sourire gêné. La perdre dans ces conditions, c'est vraiment la poisse.

— Merci, Luke. C'est vrai que c'est dur.

Plus grand d'une tête que Cindi, il n'aurait pas pu sembler physiquement plus à l'opposé de ce à quoi elle ressemblait.

Grand, svelte, il avait un visage marqué par une ascendance scandinave, une certaine gaucherie et un grand sérieux. Bree se demanda à quoi ressembleraient leurs enfants, s'ils en avaient un jour. Puis, repoussant ces considérations parasites, elle revint bien vite à l'incontournable réalité. Manny en ferait une attaque, s'il trouvait les deux tourtereaux chez elle à son retour. Mais, pour le peu de temps qu'ils allaient passer ensemble, elle pouvait s'efforcer de faire le contraire de ce que son impétueux associé aurait fait — tenter de bâtir des ponts entre ces deux enfants grandis trop vite plutôt que de les miner.

Espérant que la fille de Manny ne la haïrait pas pour cela, elle se lança.

— J'ai tellement hâte qu'arrive la *quinceañera* de Cindi ! Quelle magnifique tradition, et quel fantastique apport à la culture nord-américaine… Quoi de plus tendance que de mêler les styles, les origines, les cultures ?

Souriant gentiment au garçon qui restait bouche bée, elle insista :

— Vous n'êtes pas d'accord, Luke ?

— Oh, si, si ! bien sûr…, répondit-il en s'empourprant. Je ne… Je n'y avais simplement jamais réfléchi ainsi.

Inspirant à fond, Bree poussa plus loin son avantage.

— Ma sœur et moi avions accepté d'être en quelque sorte les marraines de cette grande fête. Ce sera donc à moi seule, désormais, d'assumer ce rôle et de faire en sorte que tout le monde s'amuse, toutes générations confondues. Vous serez là, Luke, n'est-ce pas ? Je suis sûre que Cindi meurt d'envie de danser avec vous. Cindi… Si tu veux apprendre avant la fête les danses traditionnelles mexicaines à quelques-uns de tes amis, nous trouverons le moyen, ton père et moi, de débarrasser un peu l'arrière-boutique pour vous faire une salle de répétition.

Cindi parvint à sourire en acquiesçant d'un hochement de tête, mais elle était presque bleue à force de retenir son souffle.

— Si j'ai le temps, ajouta Bree pour faire bonne mesure, après les cours de danse je pourrais donner à quatre ou cinq d'entre vous des leçons de plongée.

Elle était lancée, à présent. L'essentiel était d'obliger ce garçon à faire ce dont il avait réellement envie en ne lui laissant pas le temps de réfléchir ou de laisser d'autres considérations l'emporter.

— Luke..., conclut-elle en le fixant au fond des yeux, je compte sur vous. C'est vraiment une opportunité unique de découvrir une autre réalité et une autre culture. Il y aura des tas de plats différents à goûter, de nouvelles expériences à tenter, et notre Cindi ressemblera à une princesse ! Vous verrez. Un bal de promo, à côté, vous semblera bien fade.

— Bien sûr..., marmonna Luke, comme s'il venait de se prendre une vague de plein fouet. Je suis tout à fait pour. Tout à fait...

Avec le sentiment du devoir accompli, Bree s'arrangea pour animer la conversation quelques minutes encore. Elle leur servit un soda et leur montra le bureau de Manny, le présentant comme son nouvel associé. En l'écoutant détailler les fonctions du père de Cindi et son habileté à réparer les moteurs, Luke parut intrigué et intéressé. Elle lui promit donc qu'il lui ferait visiter son royaume de l'arrière-boutique la prochaine fois qu'il viendrait.

Quelques minutes avant le retour prévu de Manny, Bree referma la porte derrière les deux amoureux ravis et s'y adossa en soupirant de soulagement. Finalement, tout s'était bien passé — pour Cindi, sinon pour elle. Elle décida d'y voir un signe que le reste de la journée serait placé sous les mêmes auspices.

Mais elle était néanmoins décidée à ne pas trop abuser de sa chance. Avant de parler à Manny de la visite de Luke et Cindi, elle lui ferait promettre de les accompagner, Cole et elle, à la passe de la Marco River ce soir-là. Pour faciliter les choses, elle pourrait lui faire croire que c'était à lui que Lucinda avait voulu présenter Luke, et non à elle. Ensuite, ce serait à la jeune fille qu'il reviendrait de bien tenir son rôle une fois rentrée chez elle…

Bree tenta de faire une sieste, mais elle en fut incapable. Elle finit par se lever et par déambuler dans son appartement en fixant la pendule. Encore trois heures à passer avant son rendez-vous avec Cole pour leur plongée nocturne.

Sans enthousiasme, elle songea qu'elle devrait se résoudre le lundi suivant à reprendre le travail. Sa clientèle comprenait certes qu'elle avait besoin de quelques jours pour récupérer et surmonter le choc, mais, attirés par la publicité faite aux Deux Sirènes, des clients potentiels commençaient à se manifester. Il lui restait peu de temps avant de devoir reprendre le collier. Et même si elle se sentait morte de fatigue, elle ne s'arrêterait pas avant d'avoir obtenu les réponses qui lui manquaient.

Appuyée de l'épaule contre la double porte-fenêtre de la véranda, Bree laissa son regard balayer le port. A travers la forêt de mâts et d'espars des bateaux au mouillage, le toit du bâtiment de l'entreprise de Sam Travers lui était visible. Elle songea à sa décision d'y aller faire une petite visite. Puisque toute l'équipe était partie pour Sarasota, le moment semblait tout indiqué. L'employé de l'accueil avait-il suivi lui aussi, ou était-il resté à son poste pour assurer une permanence ?

Aucune importance, décida-t-elle, puisqu'elle connaissait le moyen d'accéder à l'arrière du bâtiment sans se faire voir. Elle savait même où se trouvait cachée une clé de secours, si toutefois Sam n'avait pas modifié la cachette depuis tout ce temps. Puisqu'elle avait pu constater que rien ou presque n'avait changé dans sa boutique, elle était prête à parier qu'il en irait de même pour la clé. Et puisque Sam avait envoyé Ric pour fouiller la chambre de Daria — à moins que celui-ci ne l'ait fait de sa propre initiative —, elle se sentait en droit de lui rendre la pareille. De toute façon, Sam ne vivait plus sur place. Ce n'était que son lieu de travail — et le temple dédié à son fils — qu'elle s'apprêtait à inspecter.

Après avoir vérifié que tout était bien fermé chez elle, Bree remonta le front de mer jusqu'à chez Sam, comme elle l'avait fait la veille avec Manny. Mais, cette fois, elle se garda bien de se montrer devant la boutique. Avec la conscience de sa propre audace, elle se faufila entre le bâtiment principal et le vieux hangar à bateaux qui le jouxtait, comme Ted et elle l'avaient fait de si nombreuses fois dans leur enfance. Un grand mât en bois, surmonté d'une plate-forme couverte, autrefois destinée à accueillir un nid de balbuzards, se trouvait toujours dans la cour, non loin du mur. Par manque de visibilité sur la mer, les oiseaux avaient déserté le nid depuis longtemps. Mais à mi-hauteur du mât, dans une fissure, Bree espérait mettre la main sur la clé du grenier que l'on y cachait jadis. On y avait accès en montant l'escalier extérieur, ce qu'elle fit.

Oui, songea-t-elle en récupérant la clé dans la fissure, Sam aurait réellement dû se résoudre à quelques changements. Ne pas le faire lui évitait sans doute une prise de conscience difficile. Comme d'accepter, par exemple, que son fils avait pris lui-même, en adulte responsable, les décisions qui l'avaient conduit à se mettre en danger et finalement à mourir. Mais c'était cette obstination à ne pas bouger d'un pouce qui le condamnait à une vie d'amertume et de regrets, empoisonnée par le désir de vengeance.

En glissant la clé dans la serrure, un dernier scrupule fit se figer la main de Bree. Pouvait-elle réellement employer de telles méthodes et entrer chez Sam par effraction ? Mais y avait-il effraction, puisqu'elle avait la clé et que celle-ci semblait fonctionner parfaitement ? La curiosité et la volonté d'éclaircir coûte que coûte la mort de Daria furent les plus fortes. Résolument, Bree fit tourner la clé dans la serrure et appuya sur la poignée.

En s'entrouvrant, la porte grinça sur ses gonds, ce qui la fit sursauter. Elle se tranquillisa en songeant que même s'il y avait quelqu'un au rez-de-chaussée, on ne pouvait l'avoir entendue. Sur la pointe des pieds, elle pénétra dans le grenier et referma soigneusement derrière elle. Les volets intérieurs à claire-voie déposaient sur le parquet des rais de lumière dans lesquels voletait de la poussière. Bree glissa un index sous son nez pour se retenir d'éternuer. Si Sam voulait garder cet endroit intact, ne lui arrivait-il jamais de faire le ménage ?

La pièce dans laquelle elle se trouvait avait été la chambre de Ted durant des années. Du moins, après le départ de sa mère. A présent, l'endroit tenait du musée commémoratif et du mausolée interdit au commun des mortels. En frissonnant, Bree songea à ces photos de la tombe de Toutankhamon qu'il lui était arrivé d'admirer. Le jeune pharaon avait été inhumé avec un splendide trésor, mais aussi avec tout un bric-à-brac d'objets usuels qui devaient lui servir dans l'autre vie. Tout, ici, était recouvert d'années de poussière.

Les yeux écarquillés, Bree contempla le lit de Ted, fait comme s'il devait s'y coucher le soir même ; son bureau, encore encombré de stylos, de cahiers et de livres ; une chaise, sur le dossier de laquelle avait négligemment été jeté un vieux jean. Dans un coin, une paire de baskets sales, aux lacets encore noués. Son gant de base-ball, sur une étagère, voisinait avec des tickets pour Disneyland et quelques T-shirts sommairement pliés. Sur le mur, deux grands posters de joueurs des Miami Dolphins, dont un dédicacé. Et partout, des photos, par dizaines, encadrées ou non, dont la plupart devaient avoir été déposées là par Sam.

Bree se pencha pour les étudier. Sur les photos les plus anciennes de Ted, l'image de quelqu'un d'autre avait été systématiquement éliminée à coups de ciseaux. Sa mère, sans doute. Bree ne l'avait pas connue, mais elle ne pouvait tenir en haute estime une femme capable d'abandonner ainsi son fils, même pour échapper à Sam Travers.

Poursuivant son inspection, Bree passa rapidement devant un assortiment de badges de boy-scout et un rang de trophées de base-ball et de bowling. Puis, passant à une autre étagère, elle y découvrit des photos qui ne lui étaient pas inconnues, et sur lesquelles elle aurait dû figurer. Mais, comme pour la mère de Ted, son image avait été systématiquement éliminée à coups de ciseaux.

Cette découverte lui retourna l'estomac. Pour étouffer un cri de surprise, elle porta la main à sa bouche et se griffa avec la clé qu'elle avait gardée en main. Tenait-elle également la clé de l'énigme ? La rage qui avait incité Sam Travers à supprimer toute trace de la présence de Bree au côté de son fils l'avait-elle également poussé à tuer ? S'était-il débarrassé de Daria en la confondant avec elle, ou pour lui faire souffrir la douleur de la perte d'un être cher qu'il avait lui-même vécue ? Sam avait reconnu la veille devant elle qu'il avait du mal à les distinguer l'une de l'autre. Mais s'il était réellement coupable, pourquoi lui avoir fait cette offre de rachat et lui avoir prêté sa barge ? Ce ne pouvait être pour se délecter de la voir souffrir, puisqu'il n'était monté à bord que longtemps après que l'on eut découvert le corps. Certains éléments se mettaient en place dans le puzzle, d'autres pas.

D'un long regard circulaire, Bree contempla les lieux. La vieille stéréo de Ted était là, avec ses baffles imposants, mais cela restait essentiellement la chambre d'un petit garçon. On n'y trouvait aucune trace du passage de Ted dans les marines et rien qui se rapportât à sa mort. Elle en comprit la raison en passant dans la pièce voisine — la chambre qui avait été celle de Sam.

En y pénétrant, Bree sursauta si fort qu'elle heurta une chaise du genou. Un mannequin grandeur nature lui faisait face, vêtu d'un uniforme de marine — celui de Ted, depuis les boots jusqu'au béret. Ses membres avaient été arrangés de manière à reconstituer un approximatif garde-à-vous.

Sur le mur du fond, un drapeau était accroché. Bree se rappelait que Ted l'avait ramené avec lui juste avant de partir pour l'Irak. La devise des marines — *Semper Fi* — y était brodée en lettres dorées. En dessous, Ted avait inscrit au crayon la traduction : « Toujours fidèle ».

Un Polaroid était punaisé au centre du drapeau. Intriguée, Bree s'en approcha. En découvrant de quoi il s'agissait, elle sentit ses jambes faiblir. La photo les représentait, Daria et elle. Cette fois, Sam n'avait pas éliminé son image à coups de ciseaux. Il s'était contenté d'écrire au travers de son visage : « Infidèle à jamais ! »

Bree sentit les larmes déborder de ses paupières et ne put rien faire pour les retenir. Sam la détestait donc à ce point… Peut-être, pour avoir rompu avec Ted, l'assimilait-il à sa femme qui l'avait quitté. Peu importait. La seule chose qui comptait, c'était la soif de vengeance que trahissaient ses actes.

Sam avait voulu la faire souffrir, et il y était parvenu. Il avait tué sa sœur, soit délibérément, soit par erreur. Elle n'avait plus aucune raison de chercher des indices dans cette pièce. Son existence même constituait un aveu. Elle ne doutait plus de pouvoir trouver d'une façon ou d'une autre, au fond du golfe, la preuve que Sam avait fait sauter le *Mermaids II.* S'était-il imaginé que cette bombe allait lui faire justice de celle qui avait tué Ted ?

Mais pour pouvoir effectuer des comparaisons quand elle aurait trouvé cette preuve, il pouvait être avisé de subtiliser un échantillon des explosifs que Sam utilisait dans le cadre de son travail. Elle savait qu'il conservait tout son matériel d'artificier à l'écart du reste de ses stocks, entreposés dans une grande salle du rez-de-chaussée. Il avait toujours existé ici une remise particulière, au premier étage, dont l'accès leur était interdit et que Ted appelait avec humour la « boum-room ».

Bree sortit de l'ancienne chambre de Sam et pénétra dans le hall sur lequel donnaient une salle de bains et une petite cuisine. Ouvrant la porte du fond, elle s'engagea sur la pointe des pieds dans l'escalier intérieur. Au fur et à mesure qu'elle descendait, elle entendait un homme parler sans vraiment comprendre ce qu'il disait. Elle ne s'en inquiétait pas outre mesure. Si le réceptionniste de Sam restait à l'accueil, au rez-de-chaussée, où elle ne s'aventurerait pour rien au monde, elle pourrait toujours savoir au son de sa voix où il se trouvait.

Sachant que la volée de marches conduisant au premier craquait, Bree descendit sur le bord extérieur, tout contre le mur. Elle n'était qu'à mi-hauteur quand une voix d'homme lui parvint, différente de la première et toute proche. Bree se figea et se renfonça bien vite dans l'ombre de la cage d'escalier. Sur le palier du premier, le propriétaire de la voix qu'elle avait entendue entrait dans la pièce même où elle avait souhaité se rendre. Ric ! réalisa-t-elle, le cœur battant. C'était Ric ! Pourquoi ne se trouvait-il pas à Sarasota ? Sam était-il rentré avec lui ?

Le portable collé à l'oreille, Ric semblait si absorbé dans sa conversation qu'il ne lui vint pas l'idée, fort heureusement, de lever les yeux.

— Oui, je suis arrivé…, dit-il enfin à son correspondant. Compte sur moi, je n'oublierai ni les capsules explosives, ni le Primacord.

Il s'interrompit un instant, écoutant ce que lui disait son correspondant, avant de s'exclamer :

— Mais bien sûr que oui, ça suffira. Ces joujoux, pour peu qu'ils soient bien dosés, viennent à bout de tout — même de cette saleté de pont !

Sans doute parlait-il à Sam. Ils avaient dû emporter trop peu de matériel à Sarasota, ce qui avait obligé Ric à venir se réapprovisionner.

— Oui ! lança-t-il après un bref silence. Un détonateur aussi, compte sur moi.

Déverrouillant la porte, il alluma dans la pièce qui servait de dépôt d'explosifs et y entra. Bree ne savait que faire. Devait-elle remonter au grenier, au risque de l'alerter en faisant du bruit ? Mais il en faisait tellement lui-même en fouillant dans des cartons, sans cesser de parler à Sam au téléphone, que le risque était faible. Précautionneusement, lentement, Bree commença à battre en retraite.

— O.K. ! conclut Ric d'une voix sonore. Je te retrouve là-bas avec tout le nécessaire. Et compte sur moi pour te rappeler cette petite promotion que tu m'as fait miroiter. S'agirait de ne pas l'oublier !

Bree se figea sur place. Que devait-elle en conclure ? Que Sam achetait le silence de Ric pour avoir causé la mort de Daria ? Ou qu'il le rétribuait pour faire le sale travail, comme d'effrayer la nuit une femme trop curieuse en l'assaillant, une clé à molette à la main ? Mais elle ne devait pas se faire d'illusions : même si elle rapportait sous serment devant une cour ce qu'elle venait d'entendre, cela ne suffirait probablement pas à faire la différence. C'était au fond de l'océan qu'elle devait aller chercher avec Cole la preuve de la culpabilité de Sam Travers. Elle se trouvait là, quelque part, parmi les débris disloqués du *Mermaids II*.

# 22

Le trafic dans la passe de la Marco River avait fortement diminué lorsqu'ils y parvinrent au crépuscule pour y plonger. Quelques navires passaient encore de temps à autre, tous feux allumés, de retour du golfe. Au moins, les conditions étaient idéales. Un vent léger soufflait en douceur sur une mer calme.

Lorsque Manny se fut garé sur le parking d'un immeuble résidentiel en bord de plage, ils durent effectuer le reste du trajet à pied. Tirant le Caddie qui contenait leur matériel de plongée, il paraissait bien plus nerveux que Bree et Cole réunis.

Ils avaient chacun une puissante torche étanche, qu'ils attacheraient à leur poignet. Bree portait la ligne de survie sur le dévidoir qui leur permettrait de retrouver leur chemin jusqu'à Manny. Cela les ralentirait de nager ainsi, mais ils ne commettraient pas l'erreur de remonter en faisant surface en pleine nuit.

Aucun d'eux ne parla en chemin. Ce fut Bree qui rompit le silence, lorsqu'ils furent arrivés à l'extrémité du brise-lames et que Cole et elle commencèrent à s'équiper.

— Je considère que le *Mermaids II* m'appartient toujours, dit-elle. Même là où il se trouve. J'ai donc prévu deux filets de remorquage pour ramener à terre d'éventuels fragments de la coque porteurs de traces d'explosifs.

— Tu aurais dû appeler ton beau-frère pour lui demander son avis, fit remarquer Cole en ajustant ses bouteilles. Peut-être ne sera-t-il pas possible de verser ces preuves au dossier si ce n'est pas la police qui les trouve.

— Pour que Ben sache ce que nous voulons faire et essaye de nous en empêcher ? répliqua-t-elle. Non merci ! J'ai eu assez de ses sermons et il s'est suffisamment mêlé de ce qui ne le regardait pas. Il ferait mieux de se consacrer à Amelia, plutôt que de s'en faire pour moi.

— Il me semble plutôt que c'est Amelia qui s'en fait pour toi. Et ce que cache cette inquiétude, c'est son envie que vous vous rapprochiez, toutes les deux.

— Je sais, reconnut Bree avec lassitude. Je pense que nous pourrons nous rapprocher ultérieurement, mais, pour l'instant j'ai besoin d'aller jusqu'au bout de ce que j'ai entrepris. J'imaginais, dans un coin de ma tête, que Daria ne pourrait reposer tout à fait en paix tant que les circonstances de sa mort ne seraient pas éclaircies, mais en fait je crois que c'est moi qui ne pourrai pas trouver la paix.

— J'ai vérifié le remplissage des bouteilles, leur indiqua Manny en veillant aux derniers détails. Deux fois.

Puis, comme pour lui-même, il ajouta entre ses dents :

— A l'aube, cela n'aurait pas été plus mal. Il n'y a pas beaucoup de bateaux non plus.

— A l'aube, répondit Bree en bouclant sa ceinture de lestage, j'espère bien aller frapper à la porte du département de la police de Naples avec les preuves d'un meurtre.

Enfin, Bree et Cole se glissèrent dans l'eau sombre, reliés l'un à l'autre par une longe de trois mètres nouée à leurs ceintures. Ils s'étaient juré de ne pas laisser plus de distance entre eux, avant de se donner un baiser pour se souhaiter bonne chance. Et, dorénavant, il n'y avait plus que le bruit des bulles montant vers la surface et le chuintement de leur propre souffle pour leur permettre de communiquer. Ils ne s'étaient même pas munis d'ardoises. Le langage gestuel et un but commun — en plus de la connaissance des lieux —, c'était tout ce sur quoi ils comptaient.

Mais, en s'enfonçant progressivement dans l'eau, Bree se surprit à trouver suffocant le manque de visibilité, comme si les parois solides d'un cercueil s'étaient peu à peu refermées autour d'eux. Pourtant, sa vision était toujours aussi perçante et leurs torches fonctionnaient à merveille. Grâce à elles, ils disposaient d'une visibilité acceptable dans un rayon de deux mètres. Leurs montres étaient également dotées de boussoles, auxquelles ils se fiaient aveuglément pour retrouver le lieu du naufrage.

Cette fois, ils aperçurent le corps principal du navire avant la poupe. En le découvrant, Bree songea combien il avait dû être étrange, pour Ric et Lance, de constater *de visu* les dégâts occasionnés par leurs explosifs. Si elle n'avait pas été ce jour-là tellement bouleversée, elle aurait pu faire en sorte d'épier leurs réactions.

Tandis qu'ils s'approchaient, ils eurent l'impression que le bateau émergeait des ténébreuses profondeurs pour venir à leur rencontre, tel un vaisseau fantôme. Mais ce n'était qu'un mirage né des faisceaux croisés de leurs torches et du ballet incessant des particules en suspension dans les courants.

Pour commencer, ils jetèrent un coup d'œil dans le poste de pilotage où avait été retrouvé le corps de Daria. Bree trouvait surprenant que les vitres soient encore intactes. Une explosion ne les aurait-elle pas réduites en morceaux ? Non, décida-t-elle rapidement. Lance et Ric avaient le savoir-faire et l'expérience nécessaires pour percer un trou dans une coque sans provoquer de dégâts supplémentaires qui auraient risqué de faire remonter des débris à la surface. Sam et son équipe avaient la réputation de pouvoir engloutir un bateau ou un pont au fond des eaux en laissant tout le reste autour miraculeusement intact.

Soudain, un léger bruit attira son attention et Bree comprit en tendant l'oreille qu'il s'agissait du moteur d'un bateau se déplaçant au-dessus de leurs têtes. Manifestement, les effets de la foudre sur ses sens n'avaient pas fini de se faire sentir.

Alors qu'ils s'éloignaient du poste de pilotage, la torche de Bree accrocha quelque chose qui lui fit faire demi-tour. Cole, entraîné par la longe qui reliait leurs ceintures, fut bien obligé de suivre. Mais ce n'était qu'un gros mérou, qui aurait pu être ce bon vieux Gertie, fidèle habitué de l'épave de Trade Wreck. Bree aimait s'imaginer qu'il avait déménagé pour venir s'installer sur les lieux où Daria était morte.

Sans cesser de dérouler derrière eux la ligne de survie, ils nagèrent en direction de l'endroit où Bree se rappelait avoir vu, lors de leur première plongée, ce morceau de la poupe qu'elle recherchait. Son cœur cogna dans sa poitrine. Dans le faisceau de sa lampe, elle le distinguait enfin, l'éclat mat de la main-courante en aluminium. Mais le morceau de métal blanc qu'elle avait paru désigner la fois précédente d'un doigt vengeur, où était-il ? Le sable et la vase pouvaient-ils l'avoir déjà recouvert ?

Par gestes, Bree fit comprendre à Cole qu'elle était sûre d'être arrivée au bon endroit. Hochant la tête, il commença à racler le fond sableux avec les mains. Dans des conditions normales, cela aurait suffi à les priver de toute visibilité.

Mais ils y voyaient déjà si peu que cela ne fit pas grande différence.

Enfin, il apparut à leurs yeux, ce morceau de la coque du *Mermaids II* dont les lettres à demi effacées composaient à présent le sinistre « MA D I ». Fébrilement, ils le dégagèrent de sa gangue de sable et de vase. D'un coup, les soupçons de Bree se trouvèrent vérifiés. Un trou de la taille d'un ballon de football perçait le métal. Les dentelures s'incurvaient vers l'intérieur. Cette section de la poupe avait été cachée sous la vase et Bree n'avait pu la voir lors de leur première plongée. Cependant, il était à craindre que la police n'attribue cette déchirure dans le métal au choc avec le brise-lames en béton qui avait été évoqué lors de l'enquête. Mais, dans ce cas, le trou aurait-il été aussi rond, aussi net ? Non ! Une analyse approfondie prouverait sans doute qu'il avait été causé par ce que Ric avait appelé une « capsule explosive ».

Des frissons lui remontaient l'échine. Bree luttait pour retenir les larmes qui lui embuaient les yeux. La brèche avait été ouverte sous la ligne de flottaison. La bombe avait dû être posée sous l'eau. Un autre plongeur s'était-il mis à l'eau pour la poser, le jour de la tempête ? A moins que le *Mermaids II* n'ait été remorqué et coulé seulement après. Mais s'il avait été remorqué, comment se faisait-il qu'elle n'ait pas repéré de bruit de moteur ?

Bree tourna la tête vers Cole, qui acquiesça gravement. Lui aussi avait compris. Enfin, ils obtenaient des réponses et trouvaient des preuves qui mèneraient droit à Sam Travers et à ses hommes. Tout se mettait en place. Mais, pour achever le travail, il leur fallait remonter cette plaque de métal jusqu'à la surface. Elle était si lourde que les deux filets qu'elle avait prévus n'y suffiraient peut-être pas. Et s'ils y parvenaient, restait à espérer qu'un bateau ne viendrait pas…

Tirée brutalement de ses pensées, Bree eut à peine le temps de voir la flèche de fusil à harpon pneumatique qui venait d'effleurer sa main posée sur le bord de la plaque de métal. Cole, à côté d'elle, sursauta violemment et la poussa sur le côté, tendant brusquement la longe qui les reliait. Alors qu'il s'élançait pour la suivre, une autre flèche d'acier passa à côté d'eux, laissant dans son sillage un filet de bulles.

Ils avaient donc été suivis, songea Bree. Par l'assassin de Daria ? Sans doute. Et, dorénavant, ils savaient de qui il s'agissait et connaissaient le mobile de son crime.

Dans cette purée de pois, ils ne pouvaient voir personne, mais manifestement quelqu'un pouvait les voir. Cole eut la même idée qu'elle. Ils éteignirent en même temps les torches qui faisaient d'eux des cibles toutes désignées. Les ténèbres se refermèrent sur eux comme un piège.

Le souffle de Bree, le bruit de son détendeur, le battement de son cœur et son pouls résonnaient comme des tambours au centre de son crâne. Elle n'y voyait plus rien, pas même les bulles qui s'échappaient de son embout. Comment aurait-elle pu voir Cole ? La longe n'était plus tendue entre eux. A tâtons, elle le chercha autour d'elle. Soudain, quelqu'un lui agrippa l'avant-bras et la tira vers le haut. *Cole !* Ce devait être lui. Il ne pouvait en être autrement… Il voulait lui faire comprendre qu'ils n'avaient d'autre choix que de faire surface, et il avait raison. Il en coûtait à Bree de laisser derrière eux la preuve précieuse qu'ils s'étaient donné tant de mal à dénicher. Mais Cole ne lui donnait pas le choix. Une nouvelle fois, elle le sentit tirer fortement sur son avant-bras.

L'espace d'un instant, elle craignit qu'il ne s'agisse pas de lui mais de quelqu'un d'autre — le tueur peut-être ! Mais si Bree ne pouvait voir Cole, elle pouvait le sentir. Et ce que son instinct lui dictait ne laissait pas de place au doute.

Avec force, Cole l'attira contre lui. Il la surprit en lui prenant les mains pour les poser au-dessous de son masque. Alors, en palpant ses lèvres sous ses doigts, elle comprit ce qui se passait : le détendeur et son embout avaient disparu. L'air s'échappait librement du tuyau arraché.

Une flèche avait dû emporter l'équipement respiratoire. Bree frémit en réalisant qu'elle aurait pu atteindre Cole en pleine tête. Après avoir pris une profonde inspiration, elle ôta son propre embout et le lui offrit. Pendant qu'il reprenait son souffle et qu'elle retenait le sien, Cole la serra fort contre lui. Rapidement, Bree analysa la situation. Même en s'arrangeant pour respirer à tour de rôle, ils ne pouvaient repartir par où ils étaient venus, en suivant la ligne de survie. Leur seul espoir consistait à faire surface au plus vite, en priant pour ne pas entrer en collision avec un bateau. Heureusement, ils ne se trouvaient pas à une grande profondeur et n'auraient pas à respecter de paliers de décompression.

Mais alors que Cole lui rendait son embout, une lumière aveuglante fut braquée sur eux. Maintenant que leurs torches ne faisaient plus d'eux des cibles, leur assaillant avait besoin de la sienne.

Cole repoussa Bree d'un côté et plongea de l'autre, tandis qu'une nouvelle flèche passait entre eux. La longe se tendit à l'extrême, puis elle se détendit d'un coup, comme si elle s'était brisée, ou comme si Cole venait de la trancher. Bree sentit que quelqu'un fondait sur elle — et cette fois ce n'était pas Cole ! En tâtonnant pour remettre en bouche l'embout de son détendeur, elle donna un vigoureux coup de palmes pour amorcer sa remontée. La voix de son père résonna dans sa mémoire : « Au moindre doute, sortez de l'eau ! ». Mais, cette fois, il n'y avait plus le moindre doute à avoir. Son assaillant l'avait saisie par la cheville. D'une brusque détente de la jambe, elle parvint à lui faire lâcher prise. La torche, heurtée par le pied de Bree, échappa des mains de son agresseur et s'éteignit. Cole avait disparu. Etait-elle seule, au fond, dans le noir, avec l'assassin ?

D'instinct, sans attendre qu'il s'en prenne de nouveau à elle, Bree fit volte-face et lança ses deux pieds en avant, l'atteignant en pleine poitrine. Puis, débouclant sa ceinture de lestage, elle se propulsa vers le haut et fendit l'eau de toute la force de ses membres. Elle fit surface à une vingtaine de mètres de l'endroit où Manny devait les attendre. Mais Cole, où se trouvait-il ? Sans réserve d'air, il ne pouvait rester au fond plus longtemps ! Une angoisse sans nom lui étreignit le cœur. Elle le chercha dans toutes les directions, mais rien à la surface de l'océan n'indiquait sa présence.

En désespoir de cause, elle s'apprêtait à replonger pour le chercher lorsque Cole jaillit non loin d'elle, dans un geyser d'écume, aspirant avidement l'air à pleins poumons.

Précipitamment, Bree cracha son embout et cria :

— Cole ! Je suis là…

— Sortons d'ici ! lança-t-il. Je l'ai perdu…

Oui, songea Bree en se mettant à nager avec lui vers le brise-lames, où Manny agitait les bras. Ils avaient perdu le tueur, mais lui les avait perdus aussi.

Quand elle fut suffisamment près, Manny l'attrapa sous les aisselles et la tira de l'eau sans ménagement. Bien que luttant pour reprendre son souffle, Bree s'efforça en quelques mots de le mettre au courant de ce qui s'était passé.

— Il y avait quelqu'un d'autre… au fond. Il nous a tiré dessus… avec un fusil à harpon. Il a atteint le détendeur de Cole. Il nous a fallu remonter… en catastrophe. Mais nous avons eu le temps de trouver… la preuve. Le bateau a été coulé ! Un trou… grand comme un ballon… dans la coque… sous la ligne de flottaison.

Luttant lui aussi désespérément pour retrouver son souffle, Cole se hissa près d'elle et se mit péniblement debout. Les yeux plissés par la concentration, il scruta l'océan à l'aplomb du site du naufrage. Bree fit de même, mais rien ne vint troubler la quiétude nocturne de l'océan — ni plongeur faisant surface, ni embarcation.

— Rien, constata-t-il avec dépit. On ne remarque même pas de bulles venant crever en surface.

— Je parie que c'est le même homme qui m'a attaquée sur le parking du Gator Watering Hole, suggéra Bree. Le même, également, qui fait sauter des piles de pont et coule de vieux navires pour le compte de Sam. Au moins, nous savons à présent qui est l'assassin de Daria ! Je me demande si Ric est également le père de l'enfant qu'elle portait.

Bree entendit Manny gémir sourdement puis jurer entre ses dents. Alors, elle se rendit compte qu'elle n'avait pas pris le temps, au milieu de tout ce chaos, de le mettre au courant de la grossesse de Daria. A présent, cela devrait attendre.

Alors seulement, Bree remarqua les vêtements mouillés de Manny et la mare qui se formait à ses pieds.

— Manny ? s'étonna-t-elle. Tu es trempé…

— Mouillé jusqu'au cou, moi aussi ! dit-il d'un ton amer.

Puis, tout penaud, il ajouta :

— Pendant que vous étiez au fond, j'ai glissé et je suis tombé à l'eau.

*
* *

Enfin, Manny entendit Bree descendre l'escalier pour le rejoindre, comme il s'y était attendu. Assis à son bureau, il serra les poings et se raidit, dans l'attente de l'explication qui allait suivre.

Après qu'elle leur eut préparé un rapide repas chaud, Cole s'était installé sur le sofa, où il avait décrété qu'il passerait une autre nuit. A la première heure, le lendemain, Bree et lui devaient appeler la police. Ils espéraient obtenir l'ouverture d'une enquête afin que des plongeurs aillent récupérer sur le site du naufrage le morceau de coque percé d'un trou. « S'il s'y trouve encore », avait ajouté Bree. Ils avaient arpenté toute la longueur du brise-lames, pendant une heure, avant de rentrer, espérant y voir accoster une embarcation ou sortir de l'eau un plongeur. En vain.

Prétextant quelques affaires à ranger avant de rentrer chez lui, Manny avait emporté son assiette en bas pour y manger. Il avait appelé Juanita pour qu'elle ne s'inquiète pas. Elle avait expliqué que Lucinda voulait inviter chez eux son ami Luke, le dimanche suivant, pour le leur présenter. Parce que sa femme avait insisté, il lui avait promis de ne pas s'énerver et de se montrer aimable avec ce garçon.

Manny, accoudé à son bureau, le menton posé sur sa main, fixait le vide lorsque Bree le rejoignit. Elle ne perdit pas de temps et lui demanda tout de go :

— Que voulais-tu dire, tout à l'heure, en affirmant que tu étais « mouillé jusqu'au cou », toi aussi ?

C'était le moment d'avouer la vérité, songea-t-il. Bree lui avait permis de pacifier ses relations avec sa fille, un vrai miracle. Il lui devait bien ça. Elle s'était assise sur le coin de son bureau, comme elle le faisait parfois. Tant bien que mal, il s'efforça de soutenir son regard posé sur lui. Il allait se résoudre à lui répondre lorsqu'elle le devança.

— Mais tout d'abord, je dois m'excuser auprès de toi pour ne pas t'avoir mis au courant de la grossesse de Daria.

Manny s'éclaircit la voix et répondit :

— J'étais au courant.

Bree écarquilla les yeux sous l'effet de la surprise.

— Depuis quand ? s'étonna-t-elle. Qui te l'a dit ?

— J'étais là quand son docteur le lui a annoncé, expliqua-t-il d'une voix sourde. Au téléphone. Elle était allée prendre l'appel dans la remise. Parce que tu te trouvais à ton bureau, j'imagine. Elle ne savait pas que j'étais là. J'étais allongé par terre, en train de réparer je ne sais quoi, masqué à ses yeux par une étagère. Je l'ai entendue dire : « Vous êtes sûr, docteur ? Vous êtes sûr que je suis enceinte ? »

— Mais elle n'a jamais su que tu avais surpris son secret.

Bree avait énoncé cela comme une certitude, pas comme une question.

Manny soupira et se redressa sur son siège. Ce siège qui avait été celui de Daria, réalisa-t-il soudain.

— Elle l'a su, corrigea-t-il calmement. Au moment où elle raccrochait, j'ai laissé tomber une clé sur le sol.

— Alors, enchaîna Bree, tu lui as promis le secret. T'a-t-elle dit qui était le père ?

— Elle m'a juste dit que c'était une histoire compliquée. Oui : *compliquée*. C'est le mot qu'elle a employé.

Les mains de Bree s'abattirent sur ses cuisses, le faisant sursauter.

— Bon sang ! fulmina-t-elle. Pourquoi ne me l'as-tu pas dit plus tôt ? Tu aurais dû le faire dès qu'elle a disparu…

Manny haussa les épaules et détourna le regard.

— Le respect dû aux morts…, marmonna-t-il. Egalement pour respecter ses dernières volontés, d'une certaine manière. De toute façon, il n'y avait hélas plus rien à faire pour ce bébé.

Bree se dressa d'un bond sur ses jambes et se mit à faire les cent pas dans la pièce, ses bras croisés serrés contre elle, comme si elle était transie. Heureusement, songea Manny, elle présumait qu'il avait gardé le secret par discrétion et par amitié pour sa sœur. La vérité était bien moins glorieuse pour lui… Décidé à jouer le tout pour le tout et à saisir sa chance, il avait en fait suggéré à Daria que pendant sa grossesse elle avait tout intérêt à reporter la plus grosse part de sa charge de travail et de ses responsabilités sur lui. Elle lui avait confié qu'elle souhaitait garder cet enfant. Pour cela, il l'admirait. Mais cela ne l'avait pas empêché de la laisser acheter son silence. Cet argent, il ne le lui avait pas réclamé. C'était elle qui d'elle-même le lui avait offert. Il en était aujourd'hui accablé de honte et de remords. Ces deux cents dollars dont il était presque sûr que l'amant de Daria les avait offerts, il les avait empochés sans sourciller. Et si Bree l'apprenait un jour, il était certain qu'elle ne le lui pardonnerait pas et qu'elle trouverait un moyen pour le renvoyer.

Le lendemain matin, Cole but son café dans la véranda pour laisser tranquillement Bree passer son coup de fil à la police. De temps à autre, sa voix pleine d'ardeur passait le seuil de la porte-fenêtre et il surprenait quelques bribes de la conversation téléphonique.

Il se sentait plein d'ardeur, lui aussi, depuis qu'il avait fait sa connaissance. Jamais les jours sombres de son divorce ne lui avaient paru aussi lointains. Cette dizaine de jours qu'ils venaient de passer ensemble, dans des circonstances troublées et pleines de dangers, lui paraissait déjà la plus heureuse et la plus intense de son existence. Depuis qu'il était tombé sur sa petite sirène inconsciente, sur une plage de Keewadin Island, sa vie n'était plus la même. Il lui semblait qu'il la connaissait — qu'il la désirait — depuis des années. Pourtant, une inquiétude commençait à se faire jour en lui. Puisque leur quête pour découvrir ce qui était arrivé à Daria touchait à sa fin, allait-elle avoir toujours autant besoin de lui ?

Quant à lui, il ne ressentait pas le même soulagement que Bree. Certes, tout semblait indiquer la culpabilité de Sam et Ric. Il était soulagé de savoir que l'enquête allait à présent passer dans des mains plus expertes et plus officielles. Mais il continuait à s'interroger sur la méfiance que lui inspiraient Dom Verdugo et ses sbires. Sans doute, songea-t-il, fallait-il y voir une conséquence de sa propre histoire familiale et du dégoût qu'il ressentait face à tout ce qui concernait l'univers du jeu.

Machinalement, le regard de Cole se reporta sur le bateau-casino amarré au bout de la marina. Il s'était engagé à finir le travail ce jour-là, pour que les invités à la petite sauterie de Verdugo — son « opération de relations publiques », comme il l'appelait — puissent évoluer dans un décor digne du « parrain du jeu offshore ». Il regrettait presque, maintenant, d'avoir pactisé avec le diable en acceptant ce chantier. Il avait juste cherché à rendre service à Bree en gardant un œil sur un suspect potentiel, et le contrat qu'il lui avait offert sur un plateau était arrivé à point nommé pour cela. Finalement, le seul côté positif de l'affaire resterait ce pactole qui allait lui permettre d'envisager sereinement la création de sa propre fabrique artisanale de bateaux.

Il avait accepté de se joindre aux invités de Dom Verdugo ce soir-là pour une seule raison. Pendant qu'il travaillait, il avait noté un certain va-et-vient des hommes d'équipage vers une zone de stockage du pont inférieur qui ne lui était pas accessible. Il comptait sur la distraction de Verdugo et de son équipage, accaparés par la réussite de la soirée, pour aller y jeter un coup d'œil. Il savait désormais qu'il risquait d'y trouver des équipements de plongée et des fusils à harpons. La police pouvait concentrer ses investigations sur Travers et ses employés, il restait quant à lui intimement convaincu que Verdugo n'avait pas les mains propres non plus.

Lorsque Bree vint s'asseoir de l'autre côté de la table de jardin, face à lui, Cole devina en découvrant son sourire qu'elle avait su se montrer convaincante. Ce sourire, qui retroussait le coin de ses lèvres et faisait pétiller ses yeux gris-vert, arrivait presque à masquer son épuisement.

— Enfin…, se réjouit-elle avec un profond soupir.

— Ils vont rouvrir le dossier ?

— Un certain lieutenant Mike Crawford est, à l'heure qu'il est, occupé à obtenir un mandat de perquisition pour aller passer le domicile et les locaux professionnels de Sam au peigne fin. Il m'a mise en relation avec le chef de l'équipe des plongeurs de la police, à qui j'ai indiqué précisément où il pourrait trouver le morceau de poupe percé du *Mermaids II* — s'il se trouve encore dans la passe de la Marco River. Je lui ai proposé de l'y accompagner, mais il n'a pas voulu en entendre parler. Ensuite, le lieutenant Crawford m'a reprise en ligne pour m'informer que nous serions convoqués tous les deux demain matin pour un interrogatoire.

— Formidable ! se réjouit Cole en tendant le bras pour serrer sa main dans la sienne. J'espère qu'à présent tu vas te relaxer un peu…

Bree ferma les yeux un instant et acquiesça d'un signe de tête.

— Maintenant, je peux bien reconnaître que je me sens vidée. Je ne pouvais pas me permettre de me laisser aller. Pas avant d'avoir retrouvé Daria, de l'avoir enterrée et d'avoir démasqué son assassin.

— Mais s'il s'agit de Sam ou de ses plongeurs, nous ne savons toujours pas si c'est toi qui étais visée à sa place.

— Si telle avait été son intention, il serait sans doute passé à l'acte bien avant.

— Il lui a peut-être fallu tout ce temps pour trouver la motivation nécessaire et mettre au point un plan d'action.

— Ou pour comprendre qu'il assouvirait mieux sa soif de vengeance en éliminant Daria. Je crois qu'il a voulu me faire souffrir autant qu'il avait souffert à la mort de Ted. Le fait que nous ayons osé ouvrir un établissement semblable au sien sur son territoire, Daria et moi, n'a pas dû arranger son animosité à notre égard. Quand il a compris qu'il ne pourrait pas nous acheter, il a attendu le moment favorable pour que la mort de Daria ressemble à un accident. Peut-être est-il tombé sur elle par hasard et a-t-il profité de la tempête. Ou peut-être avait-il mûrement médité son coup. Je n'en sais rien, mais j'espère que l'enquête pourra le déterminer.

Cole laissa le silence retomber entre eux. Il hésitait à lui faire part de l'invitation de Dom Verdugo. Outre que Bree ne semblait pas suffisamment en forme pour sortir ce soir-là, il préférait être seul pour mener à bien la mission qu'il s'était assignée.

— Verdugo m'a dit que je pouvais venir avec toi ce soir, dit-il néanmoins. Mais tu préfères sans doute te reposer.

— J'ai décidé de ne pas y aller, confirma Bree. Rassure-toi, Manny viendra jouer les gardes du corps. Nous avons beaucoup de choses à nous dire pour finaliser notre nouvelle association. En plus, le lieutenant Crawford a promis de me rappeler ici ce soir. Et puis…

Elle lui adressa un sourire qui valait une promesse et conclut :

— … tu peux toujours me rejoindre après cette petite sauterie pour me raconter comment ça s'est passé.

Cole lui rendit son sourire. Il allait lui tarder, à présent, que la journée se termine…

Après s'être levé, il l'attira contre lui et l'embrassa. Tout doucement, tout d'abord, puis avec plus de fougue. Comme pour l'inciter à plus d'audace encore, Bree entrouvrit les lèvres. Elle glissa les doigts sur ses tempes et joua avec ses cheveux. Cole avait la sensation grisante de filer sur l'océan à la barre de son sloop, à toute vitesse, vers des contrées encore inconnues mais auxquelles il aspirait de tout son être.

Lorsque finalement ils mirent fin à ce baiser, Bree laissa dériver ses lèvres le long de sa joue, jusqu'à son oreille.

— Je te l'ai déjà dit, murmura-t-elle, mais je tiens à te le répéter : je ne sais pas comment j'aurais pu traverser cette épreuve sans toi. Sois prudent, ce soir. Nous avons échappé aux requins, grâce à ton bateau, mais je crains qu'au cours de cette croisière tu en retrouves quelques-uns à bord avec toi.

# 23

Manny était très en retard. Alors que Bree commençait à s'inquiéter, il finit par l'appeler pour lui dire qu'il avait crevé en chemin et qu'il devait encore changer sa roue avant de pouvoir la rejoindre.

Bree put alors vérifier qu'elle souffrait toujours des effets résiduels d'une certaine paranoïa. Au lieu de lui prodiguer des encouragements, elle s'entendit lui demander :

— Tu es sûr que ce n'est qu'un accident ? Quelqu'un a fort bien pu trafiquer ton pneu.

A l'autre bout du fil, Manny soupira longuement.

— Je connais les pneus, maugréa-t-il. Presque aussi bien que les moteurs.

— Sois prudent, lui recommanda-t-elle. Assure-toi que tu es bien garé à l'écart de la voie principale avant de changer ta roue.

— O.K., boss !

— « O.K., partenaire » m'irait aussi bien !

Sans lui laisser le temps de répliquer, elle raccrocha.

Bree était décidée à profiter de cette soirée pour clarifier les choses avec Manny. Ils devaient accorder leurs violons et se mettre d'accord sur quelques règles de base. Sinon, leur association ne fonctionnerait pas et leur entreprise partirait à vau-l'eau. Elle était persuadée pour sa part que le fait d'être un homme issu d'une culture machiste expliquait une bonne part des problèmes que Manny rencontrait avec sa fille, et de sa difficulté à accepter que des femmes puissent lui donner des ordres. Cet abcès-là, ils devaient à tout prix le vider en se parlant franchement avant de pouvoir passer à autre chose.

Bree décida ensuite d'appeler Amelia pour l'informer que le lieutenant Crawford prenait en main une enquête destinée à vérifier les allégations de meurtre sur la personne de Daria. Mais, connaissant Ben, il devait être au courant des derniers développements de l'affaire. Peut-être même le juge qui avait signé le mandat de perquisition avait-il décroché tout de suite après son téléphone pour le prévenir.

La voix qui lui répondit à la deuxième sonnerie ne fut pas celle d'Amelia.

— Je suis la sœur de Mme Westcott, expliqua Bree. Suis-je bien chez elle ?

— Oui, bien sûr ! dit la jeune voix qui lui avait répondu. Je suis la baby-sitter, Johanna. J'ai décroché parce que j'ai cru que ce pouvait être ma mère.

— Pourriez-vous dire à Mme Westcott que j'ai appelé et que je la rappellerai demain ?

— Sans problème. Ils sont de sortie sur un gros bateau qui fait une croisière au large ce soir.

Puis, comme si elle se sentait obligée de faire son rapport, elle ajouta :

— Les garçons sont adorables.

— Dites-leur bonjour de la part de leur tante Bree. Dites-leur aussi que je viendrai les voir bientôt.

En raccrochant, Bree songea qu'elle aurait dû se douter que Ben et sa femme figureraient sur la liste des prestigieux invités de Verdugo. Elle était heureuse de savoir qu'Amelia se sentait suffisamment bien pour répondre à cette invitation. Avec elle aussi, autant qu'avec Manny, il lui faudrait bientôt avoir une discussion à cœur ouvert. Mais elle savait qu'elles auraient toutes deux un long chemin à parcourir avant de pouvoir se retrouver. Elle espérait qu'il n'était pas trop tard pour lui faire enfin comprendre qu'elle n'avait manqué ni de l'amour de son père, ni de celui de ses sœurs. Et elle espérait par-dessus tout qu'elles pourraient s'aider l'une l'autre.

Alors qu'elle commençait enfin à se relaxer un peu, Bree sursauta en entendant retentir la sonnette de la porte d'entrée. Peut-être le lieutenant Crawford souhaitait-il passer la voir en personne, songea-t-elle en descendant l'escalier. Mais elle était décidée à ne pas allumer les lumières tant qu'elle ne saurait pas qui avait sonné.

Nikki Austin se tenait derrière la porte vitrée, encore plus sur son trente et un que d'ordinaire. Mark, debout derrière elle, les bras croisés devant leur voiture, était très élégant lui aussi. C'était sa casquette de chauffeur qu'il avait de toute évidence coiffée ce soir-là. Après avoir donné de la lumière, Bree déverrouilla la porte et l'ouvrit.

— Wow ! s'exclama-t-elle en admirant la robe de soirée vert jade de sa visiteuse. Vous êtes magnifique !

— Merci, répondit-elle en souriant. Nous devons rejoindre Josh sur ce casino flottant où Verdugo veut nous montrer à quel point ses bateaux sont écolos et combien les électeurs auraient tort de voter contre lui. Marla sera là également.

— Comme vous pouvez le constater, répondit Bree en lui désignant le T-shirt et le jean qu'elle portait, en ce qui me concerne je n'y serai pas.

Un instant, Bree envisagea de lui faire part de l'ouverture d'une nouvelle enquête, mais un reste de prudence l'incita à s'en abstenir. Il était toujours possible que Josh, et non pas Ric, ait été le père du bébé de Daria.

Mark se rapprocha de Nikki et précisa :

— En passant, nous avons vu de la lumière chez vous et nous nous sommes dit que nous pourrions vous emmener là-bas.

— Vous savez, expliqua Nikki en montrant ses souliers à talons aiguilles, il est impossible d'aller bien loin dans ces choses-là. Nous allons vous attendre dans la voiture pendant que vous vous changez. Mark pourra nous déposer toutes les deux.

— Je vous remercie, mais j'ai vraiment décidé de ne pas y aller. Je vous souhaite de passer une très bonne soirée.

Le téléphone se mit à sonner sur le bureau de Bree. Elle avait enclenché le répondeur, mais elle préférait décrocher. Ce pouvait être Cole, et elle n'avait pas envie que Nikki et Mark puissent entendre son message.

— Excusez-moi une petite seconde…

Elle se rua vers son bureau mais n'y parvint pas à temps pour prendre l'appel. Une voix d'homme — qui n'était pas celle de Cole — commença à dicter un message.

— Bree ? Dave Mangold à l'appareil. J'ai été épouvanté d'apprendre ce qui est arrivé à Daria, et tellement désolé de ne pas avoir été là pour participer aux recherches avec la patrouille.

Bree décida de ne pas l'interrompre. Ce n'était pas un problème si Nikki et Mark entendaient cela.

— Je suis allé rendre visite à ma fille à Memphis, poursuivit Dave. Je n'ai appris ce qui s'est passé qu'aujourd'hui en rentrant. J'ai aussi écouté tes messages sur mon répondeur. Et je t'appelle parce que j'ai effectivement vu quelque chose d'étrange, cet après-midi-là. Comme s'il fuyait la tempête qui montait, j'ai remarqué un hydravion tirant en remorque un bateau qui ressemblait au tien — je ne mettrais pas ma main à couper qu'il s'agissait du *Mermaids II*, mais cela en avait tout l'air. C'était un spectacle vraiment… bizarre. En tout cas, je suis sûr qu'ils se dirigeaient vers la passe de la Marco River.

Dave Mangold acheva son message en lui souhaitant bon courage et en disant qu'il rappellerait plus tard. La réalité de ce qu'elle venait d'apprendre heurta Bree de plein fouet. Cet hydravion devait être celui dans lequel elle était montée. Ce qui expliquait bien des choses, et notamment pour quelle raison elle n'avait pas entendu de bruit de moteur lorsqu'elle se trouvait au fond. Les moteurs d'un hydravion ne sont pas au contact de l'eau.

Le timing, cependant, ne pouvait être plus mauvais. Nikki et Mark n'avaient rien raté du message de Dave. Impossible de faire avec eux comme si de rien n'était. En se retournant pour leur faire face, Bree sentit la panique la gagner. Serrés l'un contre l'autre, ils affichaient désormais l'intimité d'un couple uni — uni dans le crime…

— Quel dommage que vous ne puissiez assister à cette réception ! lança Nikki, d'une voix à présent dénuée de toute amabilité. Je crois savoir que tous les membres de la Commission y assisteront.

Bree cherchait désespérément un moyen de se tirer de ce guêpier.

— Ma sœur et son mari y assisteront également, dit-elle en s'efforçant de paraître calme. Je les attends d'une minute à l'autre. Ils ont dit qu'ils passeraient me dire bonjour avant de s'y rendre.

— Bien essayé…, intervint Mark en pointant sur elle un petit revolver. Nikki vient d'avoir son mari au téléphone. Il est déjà à bord du bateau-casino, et les Westcott s'y trouvent également. En revanche, votre chien de garde, Cole DeRoca, semble ne pas être encore arrivé.

Bree sentit l'espoir renaître en elle. Se pouvait-il que Cole ait changé d'avis et qu'il ait fait demi-tour pour la rejoindre ? Quant à Manny, il était censé arriver d'une minute à l'autre. A présent qu'elle connaissait l'identité des coupables, toutes les hypothèses se bousculaient sous son crâne. Ces deux-là travaillaient-ils pour Josh, ou contre lui ? Elle était furieuse contre elle-même de ne pas avoir interprété correctement les indices dont elle disposait. Furieuse contre les Austin et leur soi-disant garde du corps de l'avoir trompée et manipulée.

Ce fut d'une voix acerbe et vibrante de colère, qui lui était étrangère, que Bree s'adressa à lui.

— Vous avez décidé de laisser tomber vos armes bizarres pour une autre plus ordinaire ? Vous aurez tout essayé : clé à molette, fusil à harpon, capsule explosive… C'était habile de faire en sorte, avec mon aide, que Sam soit suspecté à votre place.

Sans cesser de pointer sur elle son revolver, Mark gagna lentement le bureau de Bree. Il y avait, sur ses lèvres minces, un sourire cruel, qui ressemblait plutôt à une grimace.

— Au Gator Watering Hole, dit-il, il ne s'agissait encore que de vous faire peur.

D'un geste sec, il enfonça la touche d'effacement des messages sur le répondeur et poursuivit :

— Quant à ce bout de tôle percé qui vous intéressait tant, sachez qu'il n'est plus au fond de l'eau. Il en a été extrait cette nuit de la même manière et par la même voie que votre chère herbe à tortue. Et à présent, c'est à vous de disparaître aussi…

— Donc, lança Bree d'une voix provocante, vous allez

me tuer avant d'aller tranquillement vous joindre aux autres sur le bateau de Dom Verdugo.

— Ma chère, répondit Nikki en enfilant une paire de gants, une fois encore vous vous trompez sur toute la ligne.

Elle alla fermer soigneusement la porte à double tour et s'y adossa tranquillement.

— Vous êtes tellement affligée par la perte de votre sœur, reprit-elle, que vous allez d'ici peu vous suicider à l'endroit même où elle a disparu. Quant à nous, nous ne mettrons pas les pieds à la réception de Verdugo.

De son sac, elle tira son téléphone portable qu'elle ouvrit avant de conclure :

— Dans approximativement une heure, une bombe fixée à la coque du *Fun & Sun* le fera sombrer au fond des eaux du golfe. Avec tous ceux qui s'y trouvent.

— Quel dommage que Bree ne soit pas venue ! déplora Amelia en s'adressant à Cole. Et moi qui me faisais une fête de passer cette soirée avec elle…

Cole avait été très sollicité depuis le début de la réception. Surtout après que Dom Verdugo l'eut félicité pour la qualité de son travail au cours de son speech de bienvenue. Amelia venait seulement de pouvoir l'aborder. Il dut forcer la voix pour se faire entendre malgré le brouhaha ambiant.

— Elle aurait bien aimé, elle aussi. Mais elle était épuisée.

Amelia hocha distraitement la tête en l'observant. Cole avait fière allure. Lorsqu'ils s'étaient retrouvés tous les deux à la clinique au chevet de Bree, on aurait pu le prendre pour un naufragé tout juste sorti de l'eau. Mais ce soir, c'était des pages glacées du magazine *GQ* qu'il aurait pu sortir. A la place de sa sœur, elle se serait accrochée à ses basques pour ne plus le lâcher, épuisée ou pas. Cela ferait sans doute du bien à Bree d'avoir un nouvel homme dans sa vie — même si cela l'éloignerait probablement encore plus de sa sœur aînée.

Laissant d'autres invités la remplacer, Amelia prit congé de Cole et déambula au hasard dans le vaste et luxueux salon. Au passage d'un serveur, elle prit un canapé et sortit sur le pont. Comble de raffinement ostentatoire, une petite orchidée comestible décorait son toast à la crevette. Ben, debout près du bastingage, était si occupé à parler à Josh Austin qu'il ne remarqua pas l'arrivée de sa femme.

Nikki venait d'appeler son mari pour l'informer qu'une terrible migraine l'empêchait de le rejoindre et qu'elle allait se reposer à leur QG de campagne. Beaucoup voyaient déjà le charismatique et influent couple Austin s'installer un jour à la Maison Blanche. Et si Josh devenait président, peut-être prendrait-il Ben dans son équipe ?

Tandis que le bateau quittait le port, Amelia grignota son canapé mais garda dans sa main la petite orchidée rose pour se rendre à l'arrière du yacht. Accoudée à la rambarde, elle regarda les lumières de Turtle Bay s'éloigner peu à peu et les premières étoiles clignoter dans le ciel. Mais, bien vite, la vaste étendue d'eau sur laquelle ils naviguaient capta toute son attention.

Ce golfe avait englouti sa sœur et l'avait noyée. Un doute lancinant revint tourmenter Amelia. Si Daria n'avait pas été inconsciente, après son départ, serait-elle morte quand même ou serait-elle parvenue à se sauver ? Et, dans ce cas, lui en aurait-elle voulu davantage encore, au point de la détester ? Et si elle finissait par confier à Bree ce qui s'était réellement passé, lui pardonnerait-elle un jour ?

La rumeur assourdie de la réception flottait jusqu'à elle

et se mêlait au bruit des flots, qu'Amelia fixait de manière hypnotique. Comme il devait être atroce, songea-t-elle, de se sentir sombrer au fond de l'eau pour y mourir ! Son verre, qu'elle serrait entre ses doigts, lui échappa et alla s'abîmer dans l'océan.

— Un toast à la mémoire de Daria…, murmura-t-elle en laissant également tomber l'orchidée dans l'eau.

Comme par un fait exprès, ils semblaient mettre le cap sur le site de Trade Wreck, où Bree et Daria avaient connu leurs plus grands moments de complicité, et où la mort était venue les séparer. Avec un profond sentiment de malaise, Amelia se demanda ce qui l'avait toujours à ce point effrayée dans l'élément liquide. Pourtant, elle avait trouvé le courage de partir seule en mer pour aller retrouver Daria quand celle-ci lui avait dit de grandir un peu et de ne pas s'appesantir sur le passé. D'une certaine manière, c'était également ce que lui avait dit le Dr Nelson, en termes plus diplomatiques. Selon lui, sa perception de la réalité n'était ni celle des autres ni la réalité elle-même. Cela l'avait fait réfléchir, mais cela lui avait également fait si peur qu'elle préférait ne pas trop y penser.

Amelia se pencha un peu plus sur la rambarde, au risque de tomber. La surface soyeuse de l'océan semblait à présent l'attirer autant qu'elle lui faisait peur. Une fois encore, elle se répéta que le coroner avait conclu à une mort accidentelle par noyade. Daria avait glissé, dans le feu de leur discussion, et s'était à moitié assommée. C'était l'océan — l'océan et lui seul — qui l'avait tuée. Dans ce cas, pourquoi se sentait-elle si mal ? Et pourquoi ressentait-elle cette impression de se noyer, peu à peu, dans un océan de culpabilité ?

*
* *

Bree consulta avec horreur l'horloge murale. Moins de une heure plus tard, une bombe exploserait, perçant la coque du *Fun & Sun*, à n'en pas douter sous la ligne de flottaison. Cole était en danger de mort. Amelia et Ben également. Josh et son adversaire, Marla Sherborne — sans parler de tous les autres. Il lui fallait à tout prix faire quelque chose pour éviter ça. Et sans tarder. Si elle parvenait à distraire suffisamment Nikki et Mark en les faisant parler, peut-être Manny finirait-il par arriver ? Mais combien de temps cela prendrait-il ? Le mieux, conclut-elle pour elle-même, était encore de tenter de prévenir les gardes-côtes par téléphone afin qu'ils interceptent le bateau de Verdugo et le fassent évacuer.

— Je suis surprise, dit-elle à Nikki, que vous envisagiez de vous débarrasser ainsi de Josh. N'est-il pas votre ticket pour Washington et les plus hautes sphères du pouvoir ?

Nikki prit le revolver que Mark lui tendait. Celui-ci gagna la porte de l'arrière-boutique, actionnant l'interrupteur avant d'y entrer. En le regardant faire, Bree comprit qu'il était chez elle comme chez lui et que ce n'était pas la première fois qu'il visitait les lieux.

— S'il ne m'avait pas trahie, répondit Nikki, je l'aurais suivi n'importe où. Certaines choses sont impardonnables. Il valait donc mieux que Daria disparaisse. Tout comme il vaut mieux que Josh quitte la scène politique aujourd'hui. Vous n'avez jamais entendu parler du capital de sympathie dont bénéficient les veuves des hommes politiques ? La femme du député Sonny Bono a été élue à sa place lorsque celui-ci est mort d'un accident de ski largement médiatisé. Et ce n'est qu'un exemple.

Déstabilisée, Bree s'efforça de soutenir le regard de Nikki sans ciller. Cette femme avait des nerfs d'acier et de la glace au fond des yeux. Il était illusoire de jouer sur ses sentiments ou d'espérer une baisse de vigilance de sa part.

— Si vous comptez faire porter le chapeau à Sam, insista-t-elle, c'est raté. Il est à Sarasota pour faire sauter un pont.

— Encore une fois vous vous trompez, répliqua Nikki le plus tranquillement du monde. Josh l'a fait revenir ce week-end pour participer demain à un déjeuner-débat consacré à la sauvegarde du golfe. Je sais que vous n'êtes pas en très bons termes, tous les deux, mais sans que vous le sachiez il est sur la même ligne que vous et soutient votre combat. Cela dit, je ne vais pas me plaindre que vous vous soyez fourvoyée en le suspectant d'avoir manigancé la mort de Daria, exactement comme nous l'espérions.

Rongée par le remords, Bree songea qu'elle avait tout fait pour incriminer Sam et qu'elle ne serait bientôt plus là pour pouvoir le disculper.

— Ôtez-moi un doute, reprit-elle. Ric, le plongeur de Sam, travaille bien avec vous, n'est-ce pas ?

— Bien sûr ! Non seulement avec nous, mais *pour* nous. Avec Mark, il a fait du très bon travail.

— En tirant au fusil à harpon sur Cole et moi. En aidant Mark à pénétrer ici pour fouiller la chambre de Daria — et pour nettoyer notre ordinateur.

— Une liste impressionnante, n'est-ce pas ? Mais nous allons devoir la clore ici. Ric ne dira rien. Mark va devenir mon assistant au Congrès — le temps que nous puissions nous marier. J'ai donc besoin d'un nouvel homme fort et Ric a accepté d'être celui-là.

En réalisant sa méprise, Bree reçut un nouveau coup au cœur. La veille, elle avait présumé à tort que c'était à Sam que Ric parlait au téléphone. La complicité de Ric expliquait comment Nikki et Mark s'étaient procuré l'explosif qui avait coulé le *Mermaids II*. C'était probablement lui également qui leur avait fait part de la rancune tenace que son patron vouait à Bree. Les éléments du puzzle se mettaient peu à peu en place, même s'il demeurait quelques zones d'ombre. Aurait-elle le temps de les éclaircir ?

— Comment avez-vous su ? demanda Bree. Pour Daria et Josh ?

— Cette idiote s'est trahie elle-même, répondit Nikki avec un haussement d'épaules. Avec l'aide de Josh, naturellement. Je suis tombée par hasard sur une conversation téléphonique entre eux. Elle l'avait appelé chez nous, à Tallahassee, alors qu'elle ne le joignait habituellement que sur son portable professionnel. Peut-être croyait-elle que je ne serais pas là, mais j'ai tout entendu sur un autre poste.

Le revolver se mit à trembler dans sa main. Elle le serrait si fort que les jointures de ses doigts étaient blanches. Bree entendait Mark s'agiter dans la pièce voisine. Elle en venait presque à espérer son retour pour qu'il puisse calmer sa maîtresse. Leur intention n'était sûrement pas de la tuer chez elle, mais Bree en arrivait à craindre le pire de la part de Nikki. Pourtant, cette dernière parvint à se reprendre, et ce fut d'un ton parfaitement neutre qu'elle poursuivit :

— Vous n'avez vous-même pas manqué d'habileté pour le faire parler lors de notre petite sortie au bord du lac. Sans le savoir, vous étiez sur la bonne piste.

Bree comprit à demi-mot ce qu'elle ne disait pas.

— Quand vous nous avez laissés seuls, vous n'êtes pas rentrée chez vous, n'est-ce pas ? Vous nous avez espionné, cachée dans la canne à sucre. Cette invitation ne visait qu'à me piéger !

— C'est *vous* qui avez essayé de piéger Josh ! Nous avons tout entendu, Mark et moi. Au moins, vous pouvez désormais comprendre pourquoi je veux me débarrasser de ce traître, de ce lâche, de ce menteur de Josh Austin ! Cela faisait des mois qu'il me mentait. Et, au beau milieu d'une élection capitale, il s'arrangeait encore pour passer du temps avec *elle*. J'ai envie de vomir rien qu'à vous regarder, tellement vous lui ressemblez !

— Je lui ressemble physiquement, s'insurgea Bree, mais je ne suis pas elle ! D'ailleurs, je ne la connaissais même pas aussi bien que je l'imaginais.

C'était sans arrière-pensée que Bree avait prononcé ces mots. Même si ce n'était pas une raison pour la tuer, il fallait reconnaître que Daria s'était arrangée pour tout gâcher.

— Je dois avouer que Mark m'avait mise au courant de la liaison de Josh avec votre sœur dès le début, reprit Nikki. Ou, plus exactement, c'est moi qui l'ai forcé à me le dire.

Elle avait apporté cette précision avec une sincérité assez désarmante, comme s'il était important pour elle de soulager totalement sa conscience par cette confession.

— Mais ni lui ni moi n'étions au courant de sa grossesse avant que je n'intercepte ce coup de fil. Préparez-vous à rire ! Daria a dit à Josh qu'elle allait inventer une histoire à votre intention pour ne pas plonger avec vous ce jour-là et pour que votre employé ne vous accompagne pas. Vous auriez dû voir sa tête quand Mark et moi sommes descendus de l'avion à la place de son grand amour… Ce qui nous a grandement facilité la tâche, c'est qu'elle s'était déjà cogné la tête en tombant. Elle était à peine consciente à notre arrivée. Mark a posé la charge explosive et nous n'avons eu qu'à remorquer le bateau jusqu'à la passe de la Marco River, juste avant que la tempête ne se déchaîne. J'ai su qu'elle ne ferait rien pour s'opposer à nous quand elle m'a appelée par votre nom en me voyant. Elle disait être heureuse de vous avoir près d'elle.

Un flot de larmes noyait les yeux de Bree. D'une certaine manière, elle se sentait soulagée d'apprendre que les derniers instants de Daria avaient pu être adoucis. Même si ce n'était que par l'illusion de sa présence, et même si elle l'apprenait de la bouche de la pauvre folle qui lui avait ôté la vie.

Pour ne pas flancher et garder le courage de continuer à parler, Bree serra les bras contre elle. Manny pouvait arriver d'une seconde à l'autre. Il ne fallait pas renoncer à gagner du temps.

— Vous accusez votre mari de vous avoir trahie, lança-t-elle d'un ton accusateur, mais vous avez fait comme lui en le trompant avec Mark !

— Sa trahison était pire que la mienne ! s'emporta Nikki, rouge de colère. Il m'a laissée tomber parce que je ne pouvais pas avoir d'enfant !

— Je peux comprendre que vous vous soyez sentie trahie, répondit Bree. Surtout après avoir subi deux fausses couches.

Bree ne trouvait plus ses mots. Si impatiente fût-elle de porter secours aux passagers du bateau de Dom Verdugo, elle se sentait vidée de toute éloquence et de toute énergie.

Marc revint dans le bureau, porteur d'un filet et d'une longueur de corde.

— Ça ne va pas aller, protesta Nikki en désignant la corde du regard. Il ne faut pas de traces de ligatures sur ses poignets si nous voulons faire passer sa mort pour un suicide. Enlève ta chemise et attache-lui les poignets avec les manches.

Au désespoir, Bree se triturait les méninges pour trouver une solution. Elle gardait un couteau de secours sous le siège du *Mermaids I*, mais à quoi lui servirait-il avec les poignets entravés ? Après que Mark eut ôté son veston et sa chemise, elle tendit les poignets devant elle pour les lui présenter.

— Pas comme ça, grogna-t-il. Tournez-vous.

Aussitôt qu'elle lui eut obéi, il la courba en deux sur son bureau et entreprit de lui ligoter les poignets dans le dos. Bree regrettait à présent de ne pas avoir opposé de résistance. Si Nikki avait été obligée de lui tirer dessus de là où elle se trouvait, il leur aurait été impossible de faire passer sa mort pour un suicide.

Soudain, le bruit de moteur caractéristique du truck de Manny se fit entendre dans la rue. Bree reprit espoir. Manny était enfin là ! Il allait pouvoir lui porter secours. Pouvait-elle le prévenir en criant, ou lui tireraient-ils dessus pour la faire taire ? Le cœur battant, elle tendit l'oreille pour surprendre le bruit de ses pas sous le porche, de sa clé dans la serrure. Pourquoi tardait-il autant ?

Mark, lui, ne perdit pas de temps. Tirant un mouchoir de sa poche, il le fourra en hâte dans la bouche de Bree, la saisit à bras-le-corps et la força à s'agenouiller derrière le bureau.

— Occupe-toi d'elle ! lança-t-il à mi-voix à Nikki. Je me charge de lui.

Nikki prit la place de son amant derrière Bree. Et quand elle fit mine de se débattre pour lui échapper, le canon du revolver s'enfonça contre sa nuque. La main qui tenait l'arme tremblait fortement. Tous les sens aux aguets, Bree sentit sa gorge s'assécher.

Enfin, Manny ouvrit la porte et le bruit du carillon familier retentit.

— Hello, partenaire ! lança-t-il d'une voix guillerette. Où es-tu ? Là-haut ou dans l'arrière-boutique ? La lumière est all…

Un bruit sourd, écœurant, le fit taire. Tout de suite après,

Bree entendit le corps de Manny tomber lourdement sur le sol.

Il ne lui fut pas facile de s'éclipser sans attirer l'attention, mais Cole y parvint enfin. Il en avait plus qu'assez de jouer les faire-valoir des entreprises douteuses de Dom Verdugo. Il ne pouvait s'empêcher de se demander si ses invités gobaient ses prétentions écologiques aussi facilement qu'ils vidaient ses bouteilles et engloutissaient ses canapés, ou s'ils faisaient semblant.

Ouvrant l'œil pour s'assurer qu'il n'avait pas été repéré par un des sbires de Verdugo, Cole se faufila en direction du pont inférieur. Un coup d'œil par un hublot lui révéla une nuit calme. La côte, parfaitement visible, se dessinait au gré des lumières électriques qui la soulignaient. Dans un ciel où s'attardaient encore quelques clartés, les premières étoiles brillaient mais la lune ne s'était pas encore levée.

Cole regretta de ne pas avoir Bree à ses côtés pour profiter de la vue avec lui. Que faisait-elle, à l'heure qu'il était ? Attendait-elle Manny, ou l'appel du lieutenant Crawford ? Il eut envie de lui passer un coup de fil, mais il lui fallait d'abord aller inspecter cette zone de stockage qui l'intriguait. Ensuite, s'il devait pousser plus loin ses investigations, il aviserait. Sans prendre de risques excessifs ni passer trop de temps.

La porte de la zone de stockage était fermée. Mais tout à côté se trouvait un petit placard mural dans lequel il avait vu par deux fois les hommes de Verdugo glisser la main avant de pénétrer dans cette pièce. Il y trouva la clé qu'il cherchait et vérifia que personne ne venait avant d'ouvrir la porte et d'entrer. Même lorsqu'il eut trouvé l'interrupteur et qu'il l'eut actionné, la petite pièce dépourvue de hublot demeura faiblement éclairée. Les yeux de Cole mirent un moment à s'habituer à la pénombre. Il comprit alors qu'il ne se trouvait pas dans une zone de stockage mais dans ce qui ressemblait à une chambre.

Et là, sur un lit, une jeune fille d'origine latino-américaine était allongée, complètement nue. Bras et jambes aux montants du lit, bâillonnée, elle le regardait avec des yeux emplis de terreur.

# 24

— On se serait bien passés de cette complication ! lança Mark à Nikki.

Bree tendait l'oreille mais ne percevait aucun bruit. Selon toute apparence, Manny n'avait pas bougé. L'angoisse lui étreignit le cœur. Etait-il évanoui ou bien mort ?

Nikki se redressa, ôtant le canon du revolver de la nuque de Bree.

— Puisque nous sommes décidés à éliminer ceux qui nous gênent, répondit-elle, un de plus ou de moins, qu'est-ce que ça peut faire ? Il vaut toujours mieux qu'elle se suicide. Peut-être son employé a-t-il cherché à l'en empêcher et l'a-t-elle assommé dans un moment de folie ?

— Admettons, bougonna Mark avec une moue sceptique. A moins que Sam Travers ne soit venu ici, ne soit tombé sur ce type et ne lui ait réglé son compte.

Affolée par leur froide détermination, Bree fut envahie par un intense sentiment de culpabilité. Tout était sa faute. Si elle était parvenue à leur échapper plus tôt, Manny n'aurait pas été…

Elle devait reprendre ses efforts pour les distraire et les retarder. Il lui fallait trouver un moyen de leur échapper pour prévenir les secours. Mais tandis qu'ils traînaient le corps de Manny sous le bureau, ils ne prêtèrent aucune attention à ses protestations étouffées. Puis, pendant que Mark reprenait sa garde auprès d'elle, Nikki alla refermer la porte. Bree se tordait le cou pour ne pas quitter des yeux son ami. Il gisait face contre terre, et une mare de sang s'étalait autour de sa tête. En arrivant, il l'avait appelée « partenaire », se rappela-t-elle, le cœur serré. Sous ses dehors revêches, Manny était un homme bon, plein de bonne volonté. Avec lui, elle aurait pu finir par s'entendre, si tout n'avait pas si rapidement et si dramatiquement dégénéré. Et avec sa fille, il aurait fini par se réconcilier aussi. Mais maintenant…

Sans ménagement, Mark força Bree à se remettre debout. Et quand elle refusa de le suivre, il la traîna de force à travers toute la boutique et l'arrière-boutique, jusqu'au dock qui se trouvait derrière. Chargée du grand filet qu'il avait subtilisé dans les réserves et des clés du bateau, Nikki fermait la marche.

Bree s'était finalement décidée à ancrer le *Mermaids I* à ce qui avait été jusqu'alors le mouillage du *Mermaids II*. Celui-ci était devenu la dernière demeure de sa sœur. Et à présent qu'elle était la dernière des deux sirènes, par une ironie grinçante, le premier de leurs deux navires allait servir de corbillard pour la mener à une mort certaine.

Mark la jeta littéralement sur le pont. Bree y atterrit sans douceur mais se redressa aussitôt pour ne rien rater de ce qui se passait.

— Dites au revoir à Nikki ! lui lança-t-il en attachant un dinghy à l'arrière du navire. Elle va regagner le quartier de campagne de Josh avec une terrible migraine pendant que je me débarrasserai de celle qui la lui a provoquée. Quelques volontaires y travaillent tard, ce soir. Le parfait alibi. C'est là que je la rejoindrai un peu plus tard, et tout le monde croira que j'étais resté tout ce temps dans la voiture.

Bree l'écoutait à peine. Elle était suffisamment proche du siège pour apercevoir le couteau qu'elle conservait dessous, mais jamais elle ne pourrait l'atteindre avec les mains liées dans le dos. Elle avait beau scruter les environs, le dock était désert. Personne n'avait donc l'idée d'aller se promener par une aussi délicieuse nuit ?

Lovée contre lui, Nikki était en train d'embrasser Mark avec passion.

— Pour te porter chance, susurra-t-elle avant de s'éclipser.

Bree avait l'impression d'entendre un tic-tac effrayant au fond de son crâne. Le tic-tac de la bombe à retardement qui devait décompter les secondes, sur la coque du *Fun & Sun*, où personne ne pouvait la voir.

Cole recouvrit la jeune fille tremblante et nue avec son veston. Précautionneusement, il ôta le ruban adhésif qui lui recouvrait la bouche. En dépit de sa bonne volonté affichée, elle écarta les jambes pour lui. Doucement, il les lui referma et lui expliqua en espagnol qu'il était là pour l'aider.

De grosses larmes, aussitôt, débordèrent de ses yeux.

— *Cuidado ! Cuidado !*

« Prudence », ne cessait-elle de lui murmurer.

Cependant, elle restait sur ses gardes et rechignait à lui parler. Elle craignait peut-être d'avoir affaire à un autre des hommes de Verdugo venu lui jouer un mauvais tour. A force de patience, Cole parvint à lui faire dire qu'elle venait du Guatemala. On l'avait convaincue d'émigrer en lui faisant miroiter un job de serveuse à Miami. Hélas pour elle, le « señor Verdugo » l'avait repérée et enfermée ici pour la livrer à ses hommes.

Cole en avait assez entendu pour avoir envie de vomir. A sa colère et à son indignation se mêlait la satisfaction de ne pas s'être trompé sur le compte de Verdugo. Sam était peut-être responsable de tout le reste, mais le magnat n'avait pas les mains propres lui non plus. Dans une prison d'Etat, il allait avoir quelques années devant lui pour expier son crime.

En quelques mots, Cole expliqua la situation à la jeune fille. Il y avait, lui dit-il, une réception à bord, avec des tas de gens importants qui allaient pouvoir lui venir en aide. Mais, pour le moment, il était obligé de la laisser là.

Sa réaction fut immédiate.

— *No, señor! No, por favor!*

Cole fit de son mieux pour la rassurer. Mais le plus dur, ce fut de récupérer sa veste et de remettre en place l'adhésif sur sa bouche, au cas où elle aurait de la visite en son absence.

Dieu merci, il n'y avait personne dans le couloir quand il sortit, parce qu'il se sentait d'humeur à étrangler Verdugo et ses hommes de ses propres mains.

Comme Nikki avait pris la précaution de le faire, Mark enfila des gants pour conduire le *Mermaids I* vers le large. A plat ventre sur le pont, Bree sentait les vibrations du moteur se communiquer à tout son corps.

Ainsi donc, songeait-elle, sa vie allait finir stupidement à l'endroit même où celle de Daria avait basculé dans l'horreur et la mort. Elle n'était pas pour autant résignée à son sort, et son esprit continuait d'échafauder des plans de survie. Si son bourreau lui détachait les mains avant de la jeter à l'eau, elle pourrait toujours se mettre à nager et tenter de regagner la terre ferme. Sans tempête et sans requins pour l'escorter, cela ne lui serait pas très difficile. Mais, pour avoir constaté la minutie avec laquelle Mark et Nikki planifiaient leurs crimes, elle se doutait qu'ils ne prendraient aucun risque.

En outre, ce filet qu'il avait pris la peine d'emporter avec lui ne lui disait rien qui vaille. Un plan possible — un plan horrible — pouvait être de la maintenir sous l'eau dans ce filet, sans la détacher, jusqu'à la noyade, pour pouvoir lui ôter ses liens ensuite et jeter son corps à l'océan. Pourrait-elle retenir son souffle aussi longtemps et feindre d'être morte ? Pourrait-elle ensuite lui échapper en nageant quand il l'aurait libérée ? Nikki lui avait-elle confié son arme, avant de partir ? Et si elle parvenait à se débarrasser de lui une fois qu'elle serait libérée, pourrait-elle arriver à temps pour sauver les passagers du *Fun & Sun* ? Combien de temps restait-il avant que la bombe n'explose ? Sans doute moins de la moitié des soixante minutes que Nikki avait évoquées.

Bien trop tôt, ils atteignirent le site de Trade Wreck. Mark coupa le moteur et laissa le bateau dériver.

— Vous savez, dit-il en la soulevant par les aisselles pour la forcer à se mettre à genoux, cela ne m'amuse pas de devoir en arriver là. Si vous n'aviez pas joué les détectives après la mort de votre sœur, rien de tout ceci ne serait arrivé. Vous auriez dû prendre en compte l'avertissement que nous vous avons donné au Gator Watering Hole. Mais quand vous avez commencé à soupçonner que Josh pouvait être le père du bébé, nous ne pouvions plus vous laisser remuer ciel et terre. Cela aurait pu mettre en lumière la responsabilité de Nikki dans la mort de Daria. L'enjeu était trop important. Bientôt, tout le monde verra en elle la prochaine sénatrice de Floride. Ce ne sera que le début de sa conquête du pouvoir. Ensuite, à nous les étoiles !

Les yeux embués de larmes, Bree regarda les étoiles qui clignotaient dans le ciel nocturne, si belles mais si distantes et si froides. Peut-être attendri par sa détresse, Marc lui ôta enfin son bâillon. Sa gorge était si sèche qu'elle eut du mal à parler.

— Si elle est capable de le trahir, dit-elle, elle vous trahira aussi. Une femme ambitieuse comme elle, à Washington, se mettra en quête d'un homme plus susceptible d'assouvir son appétit de pouvoir que vous. Jamais son père n'acceptera qu'elle épouse un simple…

— La ferme ! s'emporta-t-il en la secouant par les épaules. Tout ce que nous avons fait ensemble a créé entre nous un lien qui ne peut être défait.

— Si elle a pu trouver un moyen pour se débarrasser de son mari, elle en trouvera un autre pour…

— Je vous ai dit de la fermer ! Finissons-en.

En le voyant déployer le filet sur le pont, Bree comprit qu'elle ne s'était pas trompée. Il ne lui détacherait les mains que quand elle serait morte. Pourrait-elle se débarrasser de la chemise qui l'entravait, dans l'eau ? Pourrait-elle échapper au filet et nager en profondeur, plutôt que de refaire surface pour respirer ?

Le bateau tangua dangereusement lorsque Mark la saisit à bras-le-corps pour la rouler dans le filet. Il eut tôt fait de l'y enfermer de manière à ce qu'elle ne puisse pas nager. C'était un filet solide, conçu pour remonter les plus lourdes pièces du fond. Le cœur cognant à coups redoublés dans sa poitrine, Bree eut juste le temps de prendre une profonde inspiration. L'instant d'après, l'eau glacée se referma autour d'elle.

— Amelia ? Ça va ?

Brutalement ramenée à la réalité, Amelia se détourna de la rambarde et fit volte-face pour se retrouver nez à nez avec Cole DeRoca.

— Ça va, mentit-elle d'une voix lasse.

Cole, qui paraissait d'humeur noire, hocha la tête d'un air sceptique.

— Vous n'avez pas l'air d'aller beaucoup mieux que moi, maugréa-t-il. Mais j'ai besoin de vous. Je dois parler de toute urgence à Ben. Pourriez-vous aller me le chercher en faisant en sorte de ne pas trop attirer l'attention ?

Parce que ses jambes paraissaient sur le point de la trahir, Amelia agrippa la rambarde.

— Bien sûr, répondit-elle. Dites-moi… Ça n'a rien à voir avec Bree ?

— Non, assura-t-il avec un sourire rassurant. Faites vite, s'il vous plaît. C'est vraiment très urgent.

En une minute à peine, Amelia fut de retour avec son mari.

— Dans une cabine du pont inférieur, leur expliqua Cole d'une voix vibrante de colère, il y a une jeune fille attachée et bâillonnée sur un lit. Elle est nue, sans défense, terrifiée, et elle a été violée à de multiples reprises. Elle dit qu'elle vient du Guatemala et que c'est Verdugo lui-même qui a ordonné qu'on l'enferme là pour servir d'objet sexuel à ses hommes. Pour ce que j'en sais, voilà des jours et des jours que tout l'équipage de ce foutu rafiot doit lui passer dessus !

Ben ne perdit pas de temps en questions inutiles.

— Enfin je le tiens ! s'exclama-t-il en frappant sa paume de son poing. Il pourra se payer tous les avocats qu'il voudra, il ne coupera pas à une dizaine d'années d'emprisonnement au moins pour avoir réduit cette gamine à l'esclavage sexuel.

D'une pierre deux coups, nous serons par la même occasion débarrassés de son casino offshore. Bingo !

Cole se chargea de modérer son enthousiasme.

— Mais si nous ne voulons pas que la situation dégénère quand ils auront découvert qu'ils sont foutus, expliqua-t-il, nous allons devoir jouer serré. Tant que nous n'aurons pas regagné la marina et que les gardes-côtes ne seront pas à bord, il va falloir laisser cette pauvre fille où elle est.

— Vous ne pouvez pas la laisser là-dedans une seconde de plus ! s'insurgea Amelia.

Ebahis, les deux hommes se tournèrent vers elle. Dans le feu de leur discussion, ils avaient manifestement oublié sa présence. Une vague d'indignation et de fureur la soulevait tout entière. Comment des hommes pouvaient-ils se rendre coupables de telles horreurs ?

— Voilà ce que nous allons faire, suggéra Cole quand il fut revenu de sa surprise. Il faut que l'un d'entre nous fasse semblant d'être gravement malade pour que Verdugo donne l'ordre d'interrompre la croisière et de rentrer au port.

— Je peux m'en charger ! décida Amelia sans hésiter. Une terrible crise d'appendicite. Mais dès que je serai guérie, je tiens à prendre en charge personnellement cette petite.

Avant que Ben ait pu l'interrompre, Amelia précisa :

— Je sais bien qu'elle doit être remise aux autorités. Mais il faut que quelqu'un l'épaule dans cette épreuve. Toi, tu vas être accaparé par les médias dès que l'affaire sera connue. Après ce qu'elle a vécu, la pauvre doit être traumatisée, dépressive, peut-être suicidaire. Je sais que je peux l'aider.

Les doigts agrippés aux mailles du filet dans son dos, elle tirait sur le lien dans l'espoir de le desserrer. Mark maintenait soigneusement sous la surface la nasse qui l'empêchait presque de bouger. Un poisson arraché aux profondeurs de l'océan ressentait-il la même terreur que celle qui la tétanisait ? « Daria… Est-ce ce que tu as ressenti, dans la cabine de pilotage, quand le bateau s'enfonçait ? »

Mais le plus désespérant pour elle, en ces derniers instants de son existence, était encore de penser à tout ce qu'elle allait perdre. *Cole !* Elle aurait tant voulu avoir une vie à ses côtés. Elle aurait tant voulu pouvoir nouer des liens plus solides, avec Amelia. Apprendre à ses neveux à plonger.

Devait-elle éviter de se débattre, pour ne pas gaspiller le peu d'air qui lui restait dans les poumons ? Mais pour quoi faire ? Pour prolonger l'agonie ? Pour se sentir mourir plus longuement ?

D'étranges couleurs pulsaient devant ses yeux. De subtiles nuances de vert, de bleu et d'or, qu'elle n'avait jamais vues. *Sous l'océan, sous l'océan…* Tout était si beau et le monde avait une autre dimension, sous l'océan. Le soleil, le ciel, et la vaste mer étendue sous eux. *Sous l'océan…*

Bree se sentait dériver inexorablement. Ce royaume allait être le sien, dorénavant. Elle allait respirer l'eau, comme les poissons. Elle allait… mourir. Il fallait renoncer. Renoncer à vivre. *Daria…* Lui prendre la main, la rejoindre sous la terre grasse, sous la prairie d'herbe marine. *Cole…* Le sourire de Cole. Partir au large, loin, très loin, sur le bateau de Cole…

Les couleurs extraordinaires se fanaient progressivement sous les yeux de Bree. Elles viraient au gris, au noir, au blanc. *Sous l'océan, sous l'océan…* Elle avait cru pourtant pouvoir vivre une belle vie, avec Daria, sous l'océan. C'était la mort qui l'attendait. La mer était son amie, mais elle avait déjà pris sa sœur… et maintenant… maintenant…

Sans comprendre ce qui lui arrivait, Bree se sentit hissée brutalement hors de l'eau. Sa tête creva la surface. Elle ouvrit la bouche désespérément pour emplir d'air ses poumons.

Mark avait-il changé d'avis ? Etait-elle en train de délirer, de mourir ?

Clignant des yeux pour en chasser l'eau de mer, Bree lutta désespérément pour reprendre son souffle. Et ce qu'elle vit alors faillit le lui faire perdre de nouveau. Ce n'était pas Mark, qui l'avait tirée de l'eau, mais Sam Travers ! En luttant pour amener le filet à bord de son bateau de plongée, il lui écorcha le ventre sur la coque, mais elle n'en avait cure. Si Satan lui-même s'était mis en tête de venir la sauver, elle n'aurait rien trouvé à y redire.

Allongée de tout son long, Bree reprit avidement son souffle pendant que Sam bataillait pour la libérer du filet.

— Qu'est-ce... que tu... fais là ? parvint-elle à ânonner.

— Je voulais juste faire un tour en mer, maugréa Sam. J'ai vu ce type sortir ton bateau de la baie. J'ai pensé qu'il était en train de le voler, alors je l'ai suivi à distance. Quand j'ai vu que ce salaud était en train de te noyer, j'ai rappliqué dare-dare et je lui ai crié d'arrêter. Il m'a tiré dessus. Alors je lui ai rendu la monnaie de sa pièce avec un fusil à harpon qu'un imbécile avait laissé chargé sur mon bateau.

Bree, l'esprit à présent plus clair, se redressa d'un bond. Sur la proue du *Mermaids I* gisait le corps de Mark Denton, transpercé d'une flèche en plein cœur. Ce n'était que justice, mais cette vision lui ramena à l'esprit d'autres victimes que cette triste affaire risquait de faire d'ici peu.

— En fait, poursuivit Sam d'un ton bougon, je ne sais pas ce qui m'a pris de venir te sauver. Je reviens pour aider ton ami Josh Austin dans la cause que vous défendez tous les deux et qu'est-ce que j'apprends ? Que mes locaux et ma maison ont été perquisitionnés… Je te préviens : si tu as quoi que ce soit à voir avec…

— Sam, l'interrompit-elle en cherchant son regard, je sais que nous avons des comptes à régler, mais ce n'est pas le moment de discuter et tu dois m'aider.

Bree se mit à genoux, puis se dressa difficilement sur ses pieds. La tête lui tournait, mais par un effort de volonté elle parvint à rester debout et à scruter l'horizon au-delà du site de Trade Wreck. Dieu merci, le yacht de Verdugo semblait avoir fait demi-tour et se dirigeait à vive allure vers la baie.

— Quelle heure est-il ? demanda-t-elle.

— Comment ?

— L'heure ! s'impatienta-t-elle. Je n'ai pas le temps de t'expliquer tout en détail, mais le type que tu viens de tuer a posé une bombe — le même genre de bombe que celle qui a coulé le *Mermaids II* — sur le *Fun & Sun*. C'est Ric qui lui a fourni le matériel nécessaire.

Sam jura brièvement entre ses dents, avant de passer en mode opérationnel.

— 21 h 23, répondit-il en jetant un œil aux diodes lumineuses de sa montre.

— Alors il nous reste vingt minutes pour arracher cette bombe de la coque.

— Vingt minutes ? répéta Sam. Ils ont mis un minuteur dessus ? Même à pleine vitesse, les artificiers de la police ne pourront y arriver à temps. Et je n'ai pas le temps non plus d'amener un plongeur là-bas.

— Sam… Je suis le plongeur, et toi l'artificier.

Bree marcha jusqu'à un équipement de plongée laissé à l'abandon près du fusil à harpon. Rapidement, elle vérifia le niveau de remplissage des bouteilles, ramassa le masque et commença à l'essuyer.

— Mets les gaz ! ordonna-t-elle ce faisant. Rattrapons ce bateau pendant que tu m'expliques comment se débarrasser d'une capsule explosive et d'une « prime à corde » — comme celles que tu utilises pour faire sauter les ponts.

— « Primacord », rectifia-t-il. Et si c'est ça qui risque de faire sauter ce rafiot, on a intérêt à le rattraper à temps !

Puis il alla s'installer à la barre et fit démarrer son bateau, laissant dans son sillage le *Mermaids I* et le dinghy dans lequel Mark Denton avait pensé s'échapper.

Tout en s'équipant, Bree força sa voix pour couvrir le bruit du moteur.

— Je parie que tu as eu au Viêt-nam des missions bien plus difficiles à remplir ! Et je suis sûre que Ted a eu aussi son lot de missions impossibles en Irak. Que tu me croies ou non, Sam, je voulais te dire que je suis fière de lui et de ce qu'il a fait là-bas.

Leurs regards se croisèrent. En le voyant se renfrogner, Bree crut qu'elle avait eu tort d'évoquer Ted devant lui. Mais Sam, après avoir acquiescé d'un hochement de tête, mit le cap sur le *Fun & Sun* à pleine vitesse.

— Si je regrette une chose, cria-t-il, c'est de n'avoir pas pu poursuivre ses assassins comme tu l'as fait pour ceux de ta sœur !

Luttant contre ses larmes, Bree hocha la tête à son tour. Accrochée à la main courante pour ne pas tomber, elle étudia le fonctionnement de ce matériel différent du sien. La réserve d'air était très limitée, mais, étant donné le peu de temps dont ils disposaient, cela suffirait.

— Il me faut de la lumière ! cria-t-elle à Sam. Tu as une torche étanche, quelque part ?

— Dans le coffre, sous la banquette !

Bien qu'au bord de l'épuisement, Bree se sentait déborder d'énergie, comme le jour où il lui avait fallu nager seule en mer pour survivre en pleine tempête. Ils fonçaient droit sur le *Fun & Sun*, pourtant celui-ci paraissait toujours aussi lointain alors que deux minutes au moins s'étaient écoulées.

Afin d'écouter les recommandations de Sam, Bree alla le rejoindre à la barre quand elle eut terminé de s'équiper.

— S'il s'agit d'une de mes capsules explosives…

— C'en est une ! le coupa-t-elle.

— Alors il s'agit d'un dérivé du TNT. C'est un explosif stable, relativement insensible aux chocs. Tu n'as donc pas à craindre de le malmener. Mais s'il est visible, ne t'avise pas de chatouiller le Primacord de trop près ! Il sera fixé à la coque par ce qui ressemble à de la pâte à modeler, de couleur vive, peut-être rouge ou bleue.

Pendant qu'il continuait à lui décrire en détail le dispositif explosif et la manière dont elle devrait s'y prendre pour s'en débarrasser, Bree redoubla d'attention. Elle lui fit répéter une ou deux choses, puis elle hocha la tête en concluant :

— Au moins, ce bateau est neuf. Je n'aurai pas à travailler en m'écorchant les doigts sur une couche de coquillages. Je vais d'abord inspecter la poupe, sous la ligne de flottaison. C'est là que la bombe qui a coulé le *Mermaids II* avait été posée.

— Qui a fait ça ?

Ils arrivaient aux abords du *Fun & Sun*. Sam réduisit sa vitesse et vint se ranger parallèlement au grand yacht. La réponse devrait attendre.

— Plus tard, répondit Bree. Ecoute ! N'est-ce pas des voix que l'on entend ? Il doit y avoir quelqu'un sur le pont.

Plissant les yeux, Bree vit deux silhouettes d'hommes

penchés sur le bastingage. L'un d'eux semblait aussi grand que Cole. Etait-il possible que ce soit lui ? Oui ! C'était lui : elle reconnaissait sa voix à présent.

Sam actionna la sirène de bord, couvrant le cri qu'elle avait poussé pour attirer l'attention.

Cole les vit et se pencha davantage. Ben se tenait à côté de lui. En songeant à eux et à ce qui risquait de leur arriver moins de sept minutes plus tard — ainsi qu'à tous les autres occupants du navire —, Bree sentit son cœur se serrer.

Sam s'était emparé d'un mégaphone.

— Faites stopper les machines ! cria-t-il. Bombe à bord !

Josh ne perdit pas de temps en questions inutiles. Il tourna les talons et disparut à l'intérieur. Il s'écoula de précieuses secondes encore avant que le *Fun & Sun* s'immobilise tout à fait. Dès qu'il le put, Sam s'approcha au plus près.

— Une bombe ? cria Cole à l'intention de Bree. Sam a été pris de remords et t'a prévenue que…

— Sam est du bon côté ! le coupa-t-elle. Il est là pour m'aider à la désamorcer.

Pendant ce temps, l'intéressé manœuvrait pour remonter toute la longueur du bateau vers la poupe. Cole courut le long de la rambarde pour rester à leur niveau. Bree avait tant de choses à lui dire… Mais cela devrait attendre. Elle mit son masque en place et s'apprêta à plonger.

— Il nous reste très peu de temps, dit-elle à Sam. Quand je serai là-dessous, éloigne-toi autant que possible. Juste au cas où…

— Pas question ! répondit-il fermement. Je reste là, au cas où tu aurais besoin de moi. Quand la bombe sera décrochée, contente-toi de l'emmener le plus loin possible vers le fond et laisse-la couler. Je n'aurai pas le temps de la désamorcer. Je suis sûr que tu te débrouilleras très bien.

La gorge nouée, Bree songea que le monde était devenu fou. Sam Travers était là pour l'aider. Il lui disait qu'elle allait très bien se débrouiller, et elle le croyait… Qui plus est, il lui avait sauvé la vie. Quoi qu'il puisse arriver à présent, conclut-elle pour elle-même, il aurait au moins résulté ce miracle de toute cette histoire.

Sam avait repris son mégaphone.

— Allumez toutes les lumières ! cria-t-il à l'intention de Sam et Josh. Faites monter tout le monde sur le pont à la proue du navire. Evitez les mouvements de panique et ne laissez personne sauter par-dessus bord !

La dernière chose que Bree entendit, avant de plonger, ce fut la voix de Cole.

— Bree ! Sois prudente ! Je…

Celle de Sam, amplifiée par le mégaphone, couvrit ses dernières paroles.

— Distribuez les gilets de sauvetage ! Et faites prévenir les gardes-côtes, si jamais…

Bree se laissa tomber à la renverse et s'enfonça dans l'eau noire. Le geyser de bulles qu'elle fit naître, illuminé par le faisceau de sa lampe, lui donna tout d'abord le tournis. Il lui suffit de fermer les yeux quelques instants pour chasser toute sensation de vertige. Quand elle les rouvrit, une faible lueur atténuait autour d'elle les ténèbres qui l'environnaient. Les consignes de Sam avaient été suivies à la lettre, et toutes les lumières du bord allumées se reflétaient dans l'eau.

Lentement, elle se laissa glisser le long de la coque. A quelle profondeur Mark Denton avait-il posé sa bombe ? Le faisceau de sa torche balayait de haut en bas la toute nouvelle peinture bleu marine du navire. Elle était si brillante que son image s'y reflétait. Bree eut un coup au cœur en découvrant son reflet. C'était un peu comme si Daria l'accompagnait…

Avec angoisse, elle se demanda combien de temps il lui restait. Personne ne sait jamais combien de temps il lui reste à vivre. Daria n'avait pas vu sa mort approcher. Mark non plus.

Bree venait d'inspecter toute la hauteur immergée de la poupe, côté bâbord. Aucune bombe ne s'y trouvait. Restait à examiner l'autre flanc, côté tribord. C'était de ce côté que se trouvait le quai, quand le navire était au port. Peut-être Mark l'avait-il choisi pour courir moins de risques d'être surpris.

Les secondes continuaient à s'égrener, inexorablement. Les versets du psaume lus à l'enterrement de Daria flottaient dans la mémoire de Bree. *Enseigne-nous à bien compter nos jours, afin que nous appliquions notre cœur à la sagesse…* Les jours de tous les êtres humains étaient comptés. Mais les jours de ceux qui se trouvaient sur ce bateau allaient être dramatiquement écourtés si elle ne trouvait pas cette bombe.

Enfin, dès qu'elle eut contourné la poupe du navire, Bree repéra ce qu'elle cherchait. Deux petites choses circulaires en métal, proches l'une de l'autre et fermement accrochées à la coque par une sorte de pain de pâte à modeler rouge. Aucun fil ni cordon n'était visible, mais cela ne prouvait pas qu'il n'y en avait pas.

Sans perdre un instant, Bree s'attaqua à l'adhésif avec son couteau de plongée, prenant garde à ne pas toucher aux parties métalliques. Elle avait vu des films dans lesquels le héros devait couper, dans un écheveau, un fil d'une certaine couleur pour stopper la minuterie d'une bombe. Ce qu'elle faisait, par comparaison, paraissait bien élémentaire.

Enfin, le premier des deux plots adhésifs céda. En dépit

de la fraîcheur de l'eau, la sueur coulait dans son masque et l'embuait. Elle devait se dépêcher. Le décompte n'était pas encore arrivé à son terme, puisqu'elle était toujours en vie, mais il ne devait pas rester beaucoup de temps. Elle risquait de sauter avec la bombe d'une seconde à l'autre, mais il lui fallait aller jusqu'au bout. Pour sauver Amelia et Ben. Pour que leurs enfants ne deviennent pas orphelins. Pour que Cole puisse continuer à vivre, et qu'elle puisse vivre à ses côtés.

Dès qu'elle eut décollé le second plot de la coque, Bree jeta son couteau loin d'elle plutôt que de le rengainer. De la même façon, elle laissa couler sa lampe torche à distance de l'endroit où elle se trouvait. Puis elle plongea à la verticale, le plus vite possible, les deux parties de la bombe serrées dans chacune de ses mains. Quand elle estima la profondeur suffisante, elle se débarrassa enfin de son mortel chargement. Avec lui, il lui sembla se débarrasser de toutes ses peurs. Puis, de toute la force de ses palmes, elle bondit comme une roquette vers la coque éclairée du navire.

Bree avait presque atteint la surface lorsqu'une explosion étouffée se produisit sous elle. Sitôt après, un poing liquide d'une force prodigieuse l'emporta vers le haut. Autour d'elle, l'océan bouillonnait. Elle eut l'impression d'être revenue au jour où tout avait commencé, et où il lui avait fallu également lutter pour sa survie.

Ses oreilles lui faisaient mal. Elle n'osait ouvrir les yeux. Elle comprit qu'elle était revenue à la surface en réalisant que des mains rudes l'empoignaient sous les aisselles. Sam la hissait contre la coque de son bateau. Au-dessus d'elle, elle entendit un cri. Elle ouvrit les yeux pour voir Cole plonger, les pieds en avant, depuis le pont du *Fun & Sun*. Dès qu'il eut refait surface, il grimpa à bord pour prêter main-forte à Sam.

Etourdie mais folle de joie et de soulagement, Bree cracha son embout pendant que Sam lui ôtait ses bouteilles. A peine fut-elle libérée qu'elle se réfugia dans les bras de Cole.

Plein de sollicitude, Sam posa une main sur l'épaule de Bree et demanda :

— Ça va ? Tu n'as rien ?

Bree ne prit pas la peine de lui répondre. Tout son corps était secoué de tremblements, mais contre elle celui de Cole était solide comme un roc. Cela ne pouvait donc aller mieux.

# 25

*Deux mois plus tard*

Sur le patio de leur nouvelle maison, Bree plongea dans la piscine. Cole l'imita aussitôt. Cela n'avait aucun intérêt dans un bassin chloré, mais elle ouvrit les yeux sous l'eau, juste pour se délecter de la vision de son mari nageant à pleine puissance à son côté.

Bien que mariés depuis trois semaines, ils étaient de retour d'un voyage de noces aux îles Caïman depuis quelques jours seulement. Au bout du bassin, Cole fit surface près d'elle et la coinça entre ses bras posés sur le rebord. La piscine n'était pas très grande, et la villa ne comptait que deux chambres, mais ils avaient tous deux leurs entreprises à faire prospérer et ils étaient délicieusement heureux.

Avec l'aide de Manny, Bree gérait les Deux Sirènes. Et si le nom n'avait pas changé, leur activité connaissait un nouveau départ. Cole, lui, était sur le point d'abandonner son métier précédent pour se lancer dans la création d'un atelier de construction de sloops traditionnels. Le risque était grand, mais il comptait dans un premier temps animer des stages pour transmettre sa passion à d'autres et assurer un minimum de trésorerie.

— C'est plus facile de nager dans l'océan, dit-il. Mais il y a moins de dangers à nager dans une piscine — beaucoup, beaucoup moins de dangers. Pas d'épaves où se couper, pas de tempêtes, pas de requins, pas de bombes…

Il la taquinait sur le sujet, mais il l'accompagnait encore volontiers au fond. Il ne rechignait pas non plus, en cas de besoin, à venir prêter main-forte au plongeur que Manny et elle venaient d'embaucher.

Se prêtant au jeu, Bree passa les bras autour du cou de son mari et pressa son corps contre le sien. Chaque fois qu'elle se coulait contre lui, elle s'émerveillait de voir leurs formes à ce point s'épouser malgré leur différence de taille. Elle frissonna lorsqu'elle le sentit glisser ses doigts, au bas de son dos, sous son Bikini et placer ses mains en coupe sous ses fesses.

— Bree…, murmura-t-il à son oreille. Nous avons pas mal de temps avant que Ben, Amelia et les garçons ne débarquent.

— Certes…, admit-elle tout bas. Mais il nous faut encore achever de préparer le dîner et tu dois accrocher dans l'allée la banderole « Félicitations pour ta réélection ! » que tu as préparée.

L'élection s'était déroulée trois jours plus tôt. Marla avait retrouvé son siège au Sénat avec une majorité écrasante. Josh s'étant retiré de la compétition, son parti avait dû investir *in extremis* un candidat qui n'avait pas fait le poids.

Ben avait expliqué à Bree que Josh avait décliné une offre de contrat pour faire un livre de son histoire. Aux dernières nouvelles, il se lançait dans la production industrielle de *cachaça* pour une compagnie directement concurrente de Grand Sugar. Il avait également entamé la procédure pour divorcer de Nikki, qui préparait sa défense à la prison de Collier County.

Dans le quartier des hommes du même établissement, Ric attendait lui aussi d'être fixé sur son sort. Dom Verdugo, quant à lui, aurait à se défendre d'une accusation de trafic d'êtres humains. C'était Ben qui avait monté le dossier, et même la kyrielle d'avocats que le « parrain du jeu offshore » avait embauchés auraient du mal à y trouver la moindre faille. Et ses projets d'implantation au sud de la Floride étaient désormais réduits à néant.

Dans le dos de Bree, les mains de Cole remontèrent pour dégrafer le haut de son maillot.

— C'est vrai, reconnut-il. Et puis nous devons aussi préparer les jeux de piscine pour les enfants. Et nous laver les cheveux. Et…

Laissant sa phrase en suspens, Cole pencha la tête sur le côté. Bree vit ses lèvres s'abaisser lentement vers les siennes et retint son souffle. Ils allaient s'embrasser lorsque retentit dans la maison le carillon de la porte d'entrée.

Redressant la tête, Cole jura entre ses dents. Bree se mit à rire.

— Pourquoi faut-il qu'Amelia soit toujours en avance ? se plaignit-il.

Ils savaient que s'ils ne sortaient pas rapidement de la piscine pour aller ouvrir, ils verraient James et Jordan se faufiler le long de la clôture, impatients de leur dire bonjour.

D'un œil dépité, Cole observait les deux pièces du Bikini flottant entre deux eaux.

— Au moins, le consola Bree avec une caresse sur la joue, tu ne dors plus sur mon sofa.

Elle s'efforçait de plaisanter, mais sa déception devait être aussi forte que la sienne. Chaque fois que Cole DeRoca la regardait, la touchait, la caressait ainsi, Bree succombait à un nouveau coup de foudre. Le choc consécutif à la déflagration de la bombe dans l'océan semblait avoir ramené sa vue et son ouïe à la normale. Pourtant, elle avait l'impression que plus rien ne serait normal à présent que Cole partageait sa vie. C'était lui, désormais, qui exacerbait ses sens. Daria lui manquait et lui manquerait toujours, mais elle vivait avec son mari dans une communion inédite pour elle.

Cole sortit rapidement de l'eau et enfila un peignoir, la laissant partir à la recherche des deux pièces de son Bikini pendant qu'il allait ouvrir.

Cole adorait Jordan et James, qui le lui rendaient bien. Bree avait même réussi à convaincre Amelia de les laisser aller assister avec eux à une de ces « courses de voitures amphibies » dans la boue qui faisaient fureur dans l'arrière-pays. Comble de l'exploit pour sa sœur, elle n'avait crié contre personne lorsqu'elle les avait vus revenir crottés de la tête aux pieds. Il était vrai qu'Amelia avait déjà beaucoup changé.

Elle consacrait désormais ses efforts, avec son efficacité habituelle, à lutter contre le trafic d'êtres humains. La nuit où Cole avait libéré la jeune fille guatémaltèque retenue prisonnière dans une cabine du *Fun & Sun*, elle l'avait prise sous son aile et avait été pour elle d'un grand secours. Au procès de Verdugo, elle comptait apporter son témoignage à charge. Le « parrain » pouvait s'attendre à passer un sale quart d'heure…

Bree eut à peine le temps d'enfiler son maillot et de s'enrouler dans une serviette avant que ses neveux viennent se coller contre le grillage de sécurité qui entourait la piscine.

— Tante Bree, tante Bree ! cria l'aîné. On peut faire tout de suite ce jeu ? Celui où il faut plonger pour récupérer des pièces au fond de l'eau !

Bree les rejoignit et les serra fort entre ses bras.

— Si votre mère est d'accord, répondit-elle.

Tout sourires, Amelia apparut au coin de la maison. Elle portait un plateau chargé de cookies et de brownies qu'elle déposa sur une table. Bree lui avait pourtant précisé qu'elle s'occupait du repas.

— Non seulement leur mère est d'accord, dit-elle d'un ton guilleret, mais regardez ce que j'ai amené !

De son sac, elle tira d'un grand geste théâtral un masque et un tuba encore munis de leur étiquette.

— Tu vas plonger avec nous ? s'étonna Bree en allant la serrer dans ses bras.

Elle était trempée, mais Amelia ne s'en formalisa pas. Pas plus que du fait que son époux, réfugié dans un coin d'ombre, était déjà pendu au téléphone et tardait à les rejoindre.

— Je n'ai pas cuisiné ! annonça Amelia en désignant le plateau de gâteaux. Ce sont juste quelques restes du déjeuner de collecte de fonds pour ma nouvelle association. Et pour répondre à ta question, oui, je vais plonger avec vous ! J'ai entendu dire que c'était meilleur que de se disputer…

Cole emmena les deux garçons à l'intérieur pour les aider à se changer. En attendant leur retour, les deux sœurs, bras dessus bras dessous, déambulèrent le long de la piscine.

Amelia avait expliqué à Bree tout ce qui s'était passé le jour où Daria avait disparu. Bree avait été tout d'abord furieuse contre sa sœur, pour avoir abandonné Daria dans un tel état de vulnérabilité, la livrant sans le savoir aux griffes de Mark et Nikki. Puis sa colère s'était apaisée. Daria avait commis ses propres erreurs, dont certaines l'avaient conduite droit à la catastrophe.

Peut-être également, supposait Bree, les malaises de son début de grossesse étaient-ils autant responsables de sa chute que la dispute avec leur sœur aînée. Amelia avait tout naturellement supposé que Bree allait faire surface sans tarder et s'occuper d'elle.

De plus, après avoir traversé l'épreuve de la mort de Daria, après avoir encaissé les révélations qui s'étaient ensuivies, Bree avait appris à mieux comprendre le mélange de sentiments d'amour et de haine qui avait empoisonné la vie d'Amelia depuis son plus jeune âge.

Au cours du premier mois de thérapie de sa sœur chez le Dr Nelson, Bree avait assisté aux séances avec elle. Ensemble, elles avaient déblayé les ruines du passé et établi de nouvelles fondations pour une relation plus saine et plus satisfaisante.

— La dernière arrivée est une poule mouillée ! cria Cole, suivi des deux garçons hilares, en se précipitant dans la piscine. C'est fou ce qu'on peut faire de choses intéressantes dans l'eau…

Le regard éloquent qu'il adressa à Bree en disait long sur ce qu'il avait en tête. Amelia, la voyant rougir, se mit à rire.

— J'ai l'impression que nous sommes arrivés au mauvais moment…, dit-elle. Ou plutôt au bon ! Ce doit être pour ça que j'ai enfin décidé de me jeter à l'eau. Chez nous, il y a une très belle et très grande piscine. Et je trouve que Ben a été beaucoup trop occupé dernièrement.

La jeune mariée aux joues rouges et aux yeux brillants aurait peut-être quelques conseils à me donner ?

Toutes deux éclatèrent de rire et se jetèrent dans les bras l'une de l'autre, comme deux jeunes filles insouciantes et heureuses.

Un air de salsa résonnait entre les murs du luxueux salon de réception Garcia, à Immokalee. Il s'y pressait près de trois cents personnes, sur la piste de danse ou autour des tables surchargées de victuailles. Bree se sentait émue d'être partie prenante de cette *mexicana quinceañera*, qui réunissait toute la famille et de nombreux amis des Salazar. Elle était heureuse d'avoir pu aider à organiser cette magnifique fête, qui marquait traditionnellement le passage d'une jeune fille à l'âge adulte.

D'une certaine manière, Daria avait elle aussi contribué financièrement à ces festivités. Manny avait fini par avouer à Bree que sa sœur lui avait donné de l'argent pour s'assurer de son silence à propos de sa grossesse. C'était cette somme qui lui avait permis de régler en partie la location du salon Garcia.

Bree et son nouveau partenaire avaient eu de nombreuses discussions sur la meilleure façon de gérer l'entreprise et sur la répartition des rôles entre eux. Même si tout n'était pas encore réglé, ils étaient parvenus à de gros progrès et à une meilleure compréhension réciproque. Bree avait l'impression de déployer beaucoup d'énergie, ces temps-ci, à tenter de comprendre les autres et à leur pardonner leurs erreurs. Et, par ricochet, elle se comprenait mieux elle-même et devenait une personne meilleure et plus forte.

Les Salazar avaient choisi d'organiser la fête autour du

thème de Cendrillon. Toute la décoration — jusqu'à la pièce montée à cinq plateaux — en subissait l'influence. Cindi — elle avait insisté pour que Bree l'appelle Lucinda en ce jour de fête — ressemblait pour moitié à la reine du bal et pour moitié à une jeune mariée. Dans sa robe blanche, un diadème d'or posé sur ses longs cheveux dénoués, elle était tout simplement époustouflante.

Manny avait expliqué qu'elle s'était pliée sans rechigner aux cinq heures de préparation à la *quinceañera* requises par la tradition. A l'église de leur paroisse, on lui avait enseigné les rudiments de ce que devait savoir une jeune catholique en matière de responsabilités familiales, de sexualité et de religion.

La rencontre des parents de Lucinda avec ceux de Luke avait également beaucoup fait pour apaiser les tensions. Manny avait remercié Bree pour le rôle qu'elle avait joué dans ce rapprochement. Elle était venue le voir chaque jour à l'hôpital où il s'était remis rapidement du coup que Mark lui avait assené sur le crâne. Ce qui l'avait le plus mis en fureur, c'était que son agresseur s'était servi de la clé à molette qu'il avait lui-même laissée traîner sur son bureau.

A la table d'honneur, Manny était entouré à sa gauche par sa femme radieuse, et à sa droite par sa mère, souriante elle aussi même si très affaiblie par la maladie. On lui passa un micro, et, après avoir réclamé le silence, il fit une annonce, en anglais d'abord, puis en espagnol.

— Et maintenant, vous êtes tous invités à danser cette très belle valse mexicaine. Elle s'intitule *Mi Linda Hijita*, et je dois préciser à l'intention de nos amis non latinos que cela signifie « Ma fille si jolie ».

En préambule, les jeunes amis de Lucinda firent la démonstration des pas de danse, recueillant un franc succès auprès de l'assistance qui les applaudit à tout rompre. Bree et Cole ne se firent pas prier, ensuite, pour quitter leur table et rejoindre la piste. Ils durent s'interrompre lorsque Luke et Lucinda, main dans la main, vinrent les rejoindre.

— Merci à tous les deux d'être venus ! lança la jeune fille.

Elle était l'image même de la joie et du bonheur. Son cavalier, quant à lui, rayonnait de fierté.

— Bree..., reprit-elle. Je tenais à te montrer ce bracelet. Il est offert à chaque jeune fille à sa *quinceañera*. Il symbolise le cycle sans fin de la vie.

L'espace d'un instant, Bree se demanda si Manny avait révélé à sa famille qu'elle était enceinte. Elle avait tenu à lui faire partager cette bonne nouvelle, non seulement parce que cela supposait une charge de travail accrue pour lui dans les mois à venir, mais aussi pour lui témoigner cette confiance que Daria leur avait refusée en gardant sa grossesse secrète.

— Regarde, poursuivit Lucinda en levant son poignet. J'ai fait graver sur ce bracelet les noms de ceux qui me sont chers et qui nous ont quittés, mais qui restent dans mon cœur. Là, c'est le nom de mon grand-père. Et là, c'est celui de Daria. Tu vois ?

Profondément touchée, Bree sentit ses yeux s'embuer. Prenant Lucinda dans ses bras, elle la serra fort contre elle et lui murmura à l'oreille :

— Merci !

Pendant que Luke et sa cavalière repartaient sur la piste pour un tour de valse, Cole vint passer un bras autour de la taille de sa femme.

— Ça va ? demanda-t-il à mi-voix. Tu veux qu'on rentre ?

— Certainement pas ! Je ne voudrais manquer pour rien au monde ce qu'elle a mijoté en secret pour son père. Je veux être là pour voir la tête qu'il fera…

Un des amis de Lucinda vint placer une chaise au centre de la piste de danse. Pendant ce temps, celle-ci alla prendre son père par la main et l'entraîna vers la chaise, où elle le força à s'asseoir. Une autre amie vint lui apporter un coussin, sur lequel elle s'assit à son tour, aux pieds de Manny. Avec soin, elle arrangea autour d'elle les plis de sa robe.

Sur un signe de Luke, les musiciens firent silence. Alors, levant les yeux vers son père, dont le visage trahissait la nervosité, Lucinda dit en espagnol, d'une voix tremblante d'émotion :

— Je voudrais remercier tout spécialement l'homme qui a joué un si grand rôle dans ma vie, pour ne pas m'avoir lâché la main sur une route difficile. Ce jour de bonheur est aussi pour toi, ainsi que ceux que nous vivrons encore ensemble.

Au commandement de Luke, le groupe se mit à jouer une musique solennelle, que Bree ne connaissait pas. Elle avait eu raison d'attendre. Macho ou pas, Manny venait de fondre en larmes dans les bras de sa fille.

Laissant couler ses pleurs elle aussi, Bree prit la main de Cole et se hissa sur la pointe des pieds pour lui murmurer à l'oreille :

— Je voudrais remercier tout spécialement l'homme qui a joué un si grand rôle dans ma vie, pour ne pas m'avoir lâché la main sur une route difficile. Ce jour de bonheur est aussi pour toi, ainsi que ceux que nous vivrons encore ensemble.

Cole, aussi ému que Manny, serra Bree contre lui, posant une main entre eux sur son ventre qui déjà s'arrondissait. Elle mêla ses doigts aux siens, songeant à ce petit être qui bientôt les rejoindrait. Elle aimait imaginer son bébé tel qu'il devait être dans son ventre, tranquille, heureux, flottant bien à l'abri dans son propre petit océan.

## *A paraître le 1er janvier*

*Best-Sellers n°448 • thriller*

**Mortel Parfum - Lisa Jackson**

Quand il ouvre les yeux dans sa chambre d'hôpital à La Nouvelle-Orléans, l'inspecteur Rick Bentz croît reconnaître un parfum familier – celui de Jennifer, sa première épouse. Jennifer qu'il aperçoit ensuite, dans l'embrasure de la porte, d'où elle lui envoie un baiser avant de disparaître. Or tout cela ne peut être réel, il le sait, car Jennifer est morte dans un accident, douze ans auparavant. Pourtant, à peine sorti de l'hôpital, Bentz continue de la voir partout, même si elle s'évanouit dès qu'il essaie de s'approcher d'elle. Est-il en train de devenir fou ? Mais voilà qu'il reçoit bientôt de Los Angeles une photo récente de Jennifer et son certificat de décès barré de rouge. Un envoi qui, pour Bentz, remet tout en question. Car si Jennifer est encore vivante, alors qui était la femme qu'il a identifiée après l'accident ? Saisi d'effroi, Bentz décide de dissiper au plus vite ce terrible doute et se rend en Californie. Mais à peine est-il arrivé qu'une série de meurtres s'enclenche et le suit, tel un sillage mortel. Des meurtres dont chacune des victimes a jadis été une personne proche de Jennifer.

*Best-Sellers n°449 • suspense*

**Le voile de la trahison - Laura Caldwell**

En quelques heures à peine, la vie d'Izzy McNeil, une pétulante avocate de Chicago, s'effondre brutalement : non seulement Forester Pickett, un client qu'elle aime comme un père, est mystérieusement assassiné, mais Sam, son fiancé, se volatilise à quelques semaines de leur mariage. Et dire qu'Izzy pensait tout savoir de son futur époux ! Comment a-elle pu être naïve à ce point ? Certes, elle avait des doutes quant au bien-fondé de leur mariage. Mais elle aimait profondément Sam et ne pouvait imaginer pareille trahison. Partagée entre la colère et l'incompréhension, Izzy décide alors de tout entreprendre pour retrouver Sam et démasquer le meurtrier de Forester. Sans savoir que les ennuis ne font que commencer pour elle, et que mensonges et tromperies sèment son chemin de pièges…

*Best-Sellers n°450 • suspense*

**Les nuits du bayou - Stella Cameron**

En s'installant dans la jolie petite ville de Toussaint, en Louisiane, où elle vient tenir un restaurant plein de charme, Annie Duhon rêve de couler des jours paisibles et heureux. Mais au cœur de l'été, dans le bayou écrasé de chaleur, ce sont de terribles visions de meurtres qui hantent ses nuits. Désemparée, elle envisage de confier son secret à Max Savage, un chirurgien, lui aussi nouvel arrivant à Toussaint et pour qui elle éprouve une attirance spontanée. Mais de sinistres rumeurs se répandent bientôt sur Max et sur la disparition de plusieurs de ses ex-compagnes. Pis encore : certains éléments de ces rumeurs corroborent les pires visions d'Annie, donnant à ses cauchemars une dimension atrocement réelle …

*Best-Sellers n°451 • roman*

**Sur les rives du bonheur - Sherryl Woods**

Lassée de sa carrière de femme d'affaires, Gracie MacDougal quitte Cannes et le monde fastueux qu'elle a toujours connu pour se ressourcer dans une pittoresque bourgade de Virginie. Dès son arrivée, elle tombe sous le charme d'une ancienne demeure victorienne en bordure de fleuve et elle se prend à rêver : et si elle redonnait vie à ces vieilles pierres pour transformer ce lieu en chambres d'hôtes raffinées et chaleureuses ? Mais à peine ses idées prennent-elles forme qu'un obstacle se dresse entre Gracie et son rêve… un obstacle inamovible. Car Kevin Daniels, le neveu de la propriétaire, un séduisant sudiste à l'allure nonchalante, n'a pas du tout l'intention de la laisser acheter cette maison. Qui plus est, il tente effrontément de la séduire, par simple jeu. Résolue à ne pas se laisser impressionner, Gracie décide de réaliser son projet coûte que coûte – et, surtout, de chasser de son esprit cette étrange fascination que Kevin exerce sur elle depuis le premier instant.

*Best-Sellers n°452 • paranormal*

**La vengeance de la nuit - Rachel Vincent**

Depuis que son père l'a convaincue de quitter le monde des humains pour rejoindre sa caste de félins et se former au combat, Faythe Sanders n'a pas l'esprit tranquille. Aurait-t-elle commis la pire erreur de sa vie en renonçant à son indépendance et à sa liberté ? Malgré ses doutes, Faythe sait que cette expérience parmi les siens est nécessaire pour comprendre qui elle est vraiment. Et surtout, c'est le seul moyen de venger la mort tragique de son amie d'enfance. Une mort qui l'a ébranlée au plus profond d'elle-même et qui a fait voler en éclat ses convictions les plus intimes – au point de la pousser aujourd'hui à relever les défis les plus audacieux. Dans cette quête, il lui reste aussi à prouver à Marc Ramos, un félin au regard d'émeraude qui la protège depuis toujours, qu'elle est capable de prendre elle-même en main sa destinée.

*Best-Sellers n°453 • suspense*

**Sombre présage** - Heather Graham

Voilà deux mois, Genevieve O'Brien a été sauvée de justesse des griffes d'un tueur grâce au détective privé Joe Connolly. Mais à peine est-elle tirée d'affaire qu'elle replonge dans l'angoisse, car tout la porte à croire que sa propre mère, Eileen, est elle aussi en danger. En effet, un meurtrier s'en prend aux membres de l'association des Corbeaux, tous fans du célèbre écrivain Edgar Poe. Une association dont Eileen fait partie, et dont le président vient d'être assassiné par un mystérieux tueur qui a signé son crime de cette note manuscrite : *Meurs, dit le Corbeau*. Un crime dont chacun des membres de l'association pourrait être l'auteur… Alors que la police enquête, Genevieve, elle, décide de faire appel à Joe pour mener avec lui leurs propres investigations. Les indices sont rares, et l'enquête piétine, jusqu'au moment où d'étranges signes leur parviennent : des visions, mais aussi des voix venues d'outre-tombe, qui semblent vouloir les aider. Et les prévenir du terrible danger qui les menace…

*Best-Sellers n°454 • historique*

**La maîtresse de Clarewood** - Brenda Joyce

*Angleterre, Régence*

Après le décès de sa mère, Alexandra Bolton a abandonné sa vie insouciante de jeune fille pour se consacrer entièrement à l'éducation de ses sœurs. Une tâche d'autant plus ardue que son propre père préfère, lui, noyer son chagrin dans l'alcool et dilapider le peu d'argent qui leur reste dans les salles de jeu. Pour Alexandra, bientôt, le seul moyen de sauver les siens de la ruine est d'accepter la demande en mariage d'un vieil aristocrate fortuné. Un sacrifice auquel elle consent sans ciller… jusqu'à sa rencontre avec Stephen Mowbray, le très convoité duc de Clarewood. Dès le premier instant, en effet, celui-ci ne cache pas son désir de faire d'elle sa maîtresse, une parmi tant d'autres. Mais, si Alexandra ne peut nier la passion que le duc éveille en elle, elle refuse toutefois de céder à ses avances car aujourd'hui, l'honneur de sa famille passe avant tout. Hélas, Stephen, habitué à obtenir ce qu'il veut, ne renonce jamais…